Nadège

À travers ton sourire, le silence résonne

Alexandra Roch

À travers ton sourire, le silence résonne

Roman

NOUVEAUX AUTEURS

Éditions Les Nouveaux Auteurs

16, rue d'Orchampt 75018 Paris
www.lesnouveauxauteurs.com

ÉDITIONS PRISMA

13, rue Henri-Barbusse 92624 Gennevilliers Cedex
www.editions-prisma.com

ISBN: 978-2-8195-07406

À la mémoire de Françoise Bourdin (1952-2022),
présidente de la seizième édition
du prix du roman Femme Actuelle.

Prologue

Douze ans plus tôt

C'est une magnifique journée de juin et pourtant, c'est le jour le plus triste de ma vie. Une blouse d'hôpital recouvre ma nudité et jamais je n'ai ressenti autant de vulnérabilité. Comme si ce simple vêtement de papier retirait notre personnalité, notre statut, notre condition humaine. J'ai le sentiment d'être une petite chose abandonnée entre les mains des savants chirurgiens. Christophe tient la mienne jusqu'à ce que les deux infirmiers pénètrent dans ma chambre pour m'emmener au bloc. La présence de celui que j'aime devrait me rassurer, pourtant elle m'est surtout douloureuse. Quand je reviendrai à ses côtés, je ne serai jamais plus la même.

Allongée dans mon lit, les deux hommes me promènent dans un dédale de couloirs froids et glaçants. Ils garent mon brancard dans un coin, je dois patienter le temps que l'anesthésiste puisse me rejoindre. On me colle des électrodes sur la poitrine et j'ai le sentiment de ne plus posséder la moindre dignité. Les professionnels agissent dans une routine bien rodée et semblent peu s'inquiéter de mon angoisse.

Je reste seule de longues minutes, un moment indéfinissable où j'ai envie de m'enfuir en courant, de tout abandonner derrière moi. Je me redresse dans mon lit et inspecte les alentours, mais je n'ai pas le temps de mettre mon plan à exécution que l'anesthésiste me rejoint. Je retrouve la raison et me résigne à mon destin. Il s'adresse à moi tout en s'affairant, j'ai un masque à oxygène sur la figure et je sens un liquide me brûler les veines. Je l'entends me parler, mais je ne l'écoute plus.

Je prie du plus profond de mon âme pour ne jamais me réveiller.

***

À présent, j'avais la certitude qu'aucun autre jour ne pourrait ébranler mon existence. Mon corps avait survécu au pire, tandis que mon âme y était restée. Comment se pouvait-il alors qu'une boule de bowling lancée à pleine vitesse contre des quilles, dont aucune ne resterait fièrement dressée, puisse détenir le pouvoir de les renverser une nouvelle fois ? C'est ce que je m'apprêtais à découvrir. Que d'aucune chute, il n'est impossible de se relever.

Chapitre 1

22 février

La fin de journée s'installe, affaiblissant la lueur du soleil chaque minute. Au volant de ma voiture, je manœuvre pour me garer en plein centre-ville de Quimper à quelques mètres de la nouvelle résidence de mes parents.

Immobile dans mon siège, les yeux fermés, j'apprécie ce doux moment d'accalmie après presque six heures de route. Mon corps endolori s'enfonce un peu plus, tandis que ma bouche expire lentement. Enfin, je rassemble le peu d'énergie qu'il me reste pour quitter le véhicule.

Le claquement de mes talons résonne d'un bruit sec contre les pavés de la ruelle. Je ralentis en croisant ma silhouette à travers la vitrine de la boulangerie voisine. Mes cheveux coupés court, pour faciliter mon quotidien de chef cuisinière, me donnent un air plus mature. Mes joues sont creusées de fatigue et de nutrition irrégulière, tandis que mon triste reflet accentue l'ampleur de mes cernes. Quel sombre tableau ! Les années passées trahissent mon teint sans pudeur, me rappelant douloureusement que je ne serai plus jamais celle que j'avais pu être. Et dire que je n'ai que trente-cinq ans !

Toujours immobile, je soupire à l'idée de recevoir la salve parentale au sujet de ma longue absence et de ma mine décomposée. Deux ans déjà que je n'ai pas profité de plus de deux jours de vacances d'affilée. Autrement dit, un week-end pour la plupart des Français ! Par conséquent, les séjours prévus à plusieurs reprises chez mes parents n'ont jamais vu le jour. Et j'ai bien senti leur déception à chaque annulation, comme un petit crève-cœur dont j'étais responsable. Coupable de ne pas m'être imposée face à mon employeur, coupable d'avoir pris volontairement de la distance pour perdurer ma mascarade de vie joyeuse. Inéluctablement, j'ai franchi le seuil de ma résistance physique et nerveuse, alors par instinct de survie, j'ai posé des congés. C'était cette option ou ébouillanter sciemment mon commis, tête la première dans la marmite d'huile. L'incompétence et le manque de rigueur de mes collègues sont devenus insupportables. Hier à la fin du service, j'ai foncé jusqu'au bureau de mon patron et lui ai balancé une feuille de congés. Il n'a ni tergiversé ni demandé son reste, préférant cela plutôt qu'un inévitable arrêt maladie ou une brutale démission. Disposant enfin d'une dizaine de jours, je n'ai pas hésité à venir les passer dans ma région natale, la Bretagne. Bien entendu, je n'avouerai rien de mon petit coup de fatigue à ma famille. Sous peine d'avoir droit à une haute surveillance ou des remontrances sur mon mode de vie. Sans façon !

Je dévisage la façade rosée de la maison quimpéroise d'un style ancien. C'est la première fois que je me retrouve face au nouveau logement de mes parents. Malgré moi, je regrette qu'ils ne vivent plus dans le magnifique manoir de mon enfance ; notre manoir du bonheur. Peu importe ce qu'il pouvait m'arriver, au premier pied posé à l'intérieur de notre demeure, tout devenait plus léger dans mon cœur.

Le souffle glacial du vent s'immisce sous le col de ma veste, comme pour me rappeler que douze ans plus tôt, ce lieu n'a pas réussi à apaiser mon âme. D'ailleurs, rien n'a jamais pu y parvenir.

Ma mère, Violaine, ouvre la porte arborant un sourire chaleureux, ce qui a le don de me tirer de mes sombres pensées. C'est dingue comme notre ressemblance est frappante ; blondes toutes les deux – enfin les cheveux de ma mère tirent plus sur le blanc à présent – les mêmes nuances de marron dans le regard, taille et minceur similaires. Pourtant, je dois admettre qu'elle semble bien plus en forme que moi, malgré ses quelques décennies de plus… Le karma sans doute !

Sans prévenir, ma mère m'attire dans ses bras.

— Ma petite fille, ça nous fait tellement plaisir de t'avoir enfin à la maison !

Elle se recule et m'observe du seuil de la porte, d'emblée ses prunelles trahissent son inquiétude.

— Mon Dieu, Anna, tu as encore perdu du poids ! Tu n'étais déjà pas bien épaisse. Comment est-ce possible en travaillant dans une des meilleures cuisines de la capitale ? Et puis, tes cheveux, tu les as encore raccourcis…

Je l'interromps en dégainant mon fameux sourire de façade pour parer toute gêne immédiate. Je m'efforce de ne pas le prendre personnellement, c'est uniquement de l'angoisse maternelle. C'est loin d'être une déclaration de guerre, bien que le sujet de mes cheveux reste encore délicat pour moi. Respire, Anna !

— Maman, je me porte très bien. Pour ma coupe, c'est plus simple pour le boulot. Et puis, je ne suis pas certaine que « petite fille » soit le bon qualificatif, la taquiné-je pour créer une diversion.

— Tu le seras toujours pour moi et tu le sais très bien.

Nous sommes interrompues par l'arrivée de mon père, Pierre, enfin surtout par le bruit qu'il émet en traînant ses savates dans le hall. Ses yeux bleus se plissent, laissant deviner quelques rides et me dévisagent un instant. Ses cheveux ont clairement muté du brun au gris, son ventre s'est quelque peu arrondi et sa taille imposante semble s'être légèrement voûtée. La réalité de l'âge qui s'effiloche m'étreint le cœur, mes parents ne sont pas éternels. Après quelques secondes à m'observer d'un œil sévère, il m'ouvre ses bras, un sourire subtil aux coins des lèvres.

— Bienvenue au bercail, la Parisienne !

Mon père et sa façon affectueuse de me reprocher d'avoir quitté Quimper ! Je ne relève pas, parce que je comprends son désarroi. Au fond de mon cœur, la ville de lumière n'a jamais pu rivaliser pas avec ma terre natale et son air marin.

***

Le repas se déroule dans la bonne humeur. J'ai été mauvaise langue, mes parents ne m'ont adressé aucune réflexion sur mon absence ni sur mon mode de vie et intérieurement, je les en remercie. Ça m'évitera bien des mensonges pour camoufler mon épuisement moral.

Ma mère nous rejoint avec son plus beau service à thé et le dépose délicatement sur la table. Depuis mon plus jeune âge, elle prend soin de cette porcelaine et je suis certaine que les tasses resteront immaculées pour les prochains siècles. Il ne vaudrait mieux pas que j'en hérite, car avec ma maladresse légendaire, je ne leur prédis pas une grande survivance !

Muette, je les observe un long moment, mais ma curiosité me pousse à les interroger puisque aucun d'eux n'a encore abordé le sujet. J'ai même eu cette impression qu'ils l'évitaient le peu de fois où nous parvenions à nous téléphoner.

— Alors, où en est la vente du manoir ?

Mes parents se crispent immédiatement tout en se dévisageant quelques secondes en silence. De toute évidence, ils me cachent quelque chose. À l'inverse de moi, ils sont incapables de mentir ouvertement. Mon père réunit ses mains et les serre nerveusement devant lui, allant jusqu'à froisser sa chemise fraîchement repassée.

— À vrai dire, Anna, nous ne l'avons pas mis en vente.

L'annonce me sidère et mes yeux s'écarquillent à mon insu. Pourquoi ont-ils prétendu le contraire ?

— Je ne comprends pas, vous l'avez quitté depuis plus d'un an pour vivre ici. À quoi bon le garder ?

Ma mère se rassoit avant d'intervenir.

— Nous avons acheté cette maison, parce que le manoir devenait trop compliqué à entretenir par nous-mêmes. Il nous aurait fallu du personnel quotidiennement et c'était hors de question. Pourtant, après de longs mois de réflexion, nous ne nous sommes pas résolus à sa mise en vente. C'est le patrimoine familial de Pierre et nous l'avons chéri toute notre vie.

— En fait, intervient mon père, nous attendions ta venue pour t'en parler. Nous avons une autre idée en tête.

Il s'interrompt une seconde et la tournure de cette conversation m'empêche de le questionner.

— Nous désirons qu'il te revienne et que tu prennes la relève.

Si je n'étais pas assise, je me serais écroulée. Jamais, je n'avais envisagé une telle issue ! Mes parents remarquent mon trouble et décident d'aller droit au but, de ne pas reculer sur leur belle lancée.

— Il y a maintenant des années, tu nous avais confié

ton souhait d'ouvrir une maison d'hôtes et avec ta mère, nous pensons que le manoir serait parfait. Il faudra réaliser quelques travaux, mais c'est envisageable, non ?

Je reste sans voix, avec les yeux certainement exorbités. Leur intention me touche, pourtant je sens l'étau se resserrer autour de moi. Puis la réalité me revient de plein fouet, déliant ma langue.

— Je vous rappelle tout de même que ce rêve remonte à mon enfance. Entre-temps, j'ai suivi des études de cuisine, quitté la région depuis des années… Aujourd'hui, ma vie est à Paris, je ne peux pas abandonner mon travail. Je suis touchée, mais ça me paraît insensé à l'heure actuelle.

— Tu ne peux pas ou tu ne veux pas, Anna ? Parce que c'est très différent, rétorque ma mère. Tu es exploitée dans ce restaurant huppé. Excuse-moi pour ce que je vais te dire, mais en deux ans, tu es devenue méconnaissable. Un vrai zombie ! Vas-tu encore persister à te voiler la face ? Ton expérience de chef cuisinière serait un plus à valoriser pour ce projet. Tu pourrais réaliser ta propre cuisine pour tes clients.

Elle s'interrompt un instant, le temps d'adoucir son ton. Dois-je y voir le signe d'une entourloupe maternelle ?

— Entre nous, tu es divorcée et célibataire depuis cinq ans, tu vis loin de ta famille. Alors, à moins d'avoir un amoureux mystère, qu'est-ce qui te retient à Paris ?

Eh bien, non en fait, c'est trop direct pour être un subterfuge ! Mon visage doit être écarlate et mes mains tremblent sans discontinuer, j'ignore si c'est de la nervosité, de la colère, le rappel de ma pathétique existence ou simplement le choc de cette annonce. Je suis sidérée par le plan de vie que mes parents ont élaboré pour ma petite personne. Face à mon désarroi, mon père décide de couper court à mes élucubrations.

— Anna, nous ne te demandons pas de réponse immédiate. Peux-tu seulement y réfléchir ? Nous savons combien tu tenais à ce rêve et nous serions vraiment heureux que le manoir puisse avoir un nouveau souffle au sein de notre famille.

Un silence s'installe quelques minutes entre nous. Une multitude de pensées contradictoires traverse mon esprit. J'inspire et j'expire pour les museler.

— Je veux bien y songer ces prochains jours, parce que là sincèrement, j'en suis incapable. Mais même si j'acceptais, mon banquier ne me suivrait jamais. Racheter le manoir et investir pour les travaux… Si cela ne lui déclenche pas une syncope, il va me conseiller de redescendre sur terre.

— Nous allons éclaircir un point tout de suite, puisque tu abordes l'aspect financier. Nous voulons te soutenir dans ce projet familial, nous ne comptions pas te le vendre, mais te le céder gracieusement. Il a toujours été transmis en héritage à travers les différentes générations. Tu auras à ta charge seulement les travaux de transformation et la suite de l'entretien.

Complètement hébétée, je déglutis difficilement et m'affaisse contre le dossier de mon siège en dévisageant mes parents.

— Je ne peux pas accepter un tel geste de votre part.

— Tu es notre unique enfant, il ne peut revenir qu'à toi. Crois-moi, c'est à nous que tu rendrais service. Comme nous te l'avons dit, c'est impossible pour nous de nous en séparer.

Malgré moi, un large sourire se fraye un chemin sur mes lèvres.

Mon père sait comment interpréter mon faciès et nous sort une bouteille de champagne qu'il avait préparée pour l'occasion. Je viens d'accepter tacitement ce vaste projet, sans y avoir réfléchi plus de quinze minutes. Je dois être complètement cinglée !

Mes parents clament en chœur la devise de notre ville :

— *Unanet e vimp kreñv !*[1]

Leur joie est tellement palpable et communicative que je n'ai pas le cœur à être rabat-joie en leur rappelant de m'accorder un peu de temps.

***

Voilà comment, en une soirée suivie de trois mois, ma vie a pris un tournant que je n'espérais même plus. Mes parents ont raison sur un point, ce rêve a toujours existé dans un tiroir de mon âme, mais je m'étais interdit de l'en sortir. Objectivement, rien ne m'empêchait d'accepter ce défi.

Dans quelques jours, j'aurai tout plaqué pour rejoindre Quimper. Et si je me plantais complètement ?

« Qui vivra, verra. » C'est ce qu'on dit, non ?

1. Unis nous serons forts !

Chapitre 2

Début mai
Dimanche

Sous le soleil généreux du début d'après-midi, les déménageurs me saluent d'un geste de la main et s'enfoncent dans la longue allée boisée du manoir éloignant, en même temps qu'eux, le raffut insupportable du camion. Je rejoins les marches extérieures menant à l'entrée, tandis que mon regard s'attarde sur la beauté de l'architecture, la façade en pierre apparente, les grandes fenêtres voûtées et ornées de moulures en fer, les deux tours à l'extrémité de chaque aile et enfin la toiture d'ardoise propre à la région. Je me retourne une seconde, détaillant le domaine que mes parents ont continué à faire entretenir par des professionnels. Les différentes couleurs des arbres, des plantes et des fleurs offrent une palette variée dans un cadre bucolique saisissant. Je crois que gamine, je n'avais pas conscience de cet écrin de verdure et de vie.

Une fois l'imposante porte d'entrée refermée, le calme et la mélancolie m'envahissent un instant. Mes yeux d'adulte scrutent l'univers familier de mon enfance, à la recherche d'un sentiment lointain. Je pensais ne jamais le retrouver et pourtant mon cœur tressaille. L'odeur du vieux bois surpasse celle laissée par le renfermé. Exaltée, je veux revivre les sensations de mon enfance et me débarrasse aussitôt de mes chaussures, les abandonnant au milieu du passage. Pieds nus, je gravis avec empressement les trois marches, puis mon corps se fige face à la vue du hall circulaire. Les souvenirs m'assaillent, me projetant de nombreuses années en arrière. J'ai huit ans, je ne tiens pas en place et cours dans tout le manoir, au risque de renverser un vase hors de prix ou une statue ancienne. Cette maison atypique était un merveilleux terrain de jeu pour une enfant unique, j'aimais me cacher des heures durant pour oublier ma solitude et cela au grand dam de mes parents. Cette pensée m'arrache un sourire. Dehors, un volet claque sous l'assaut du vent et le bruit sec me ramène au temps présent. J'avance jusqu'au vaste escalier, le bois craque sous mon poids, me rappelant que plus jeune je le parcourais silencieusement sans la moindre difficulté. Arrivée au milieu, les marches se séparent pour desservir les ailes du premier étage. J'hésite… Par où commencer ? J'avance sur la droite, j'ai envie d'y retrouver ma pièce préférée ; l'immense bibliothèque. Face à la porte fermée, je me sens fébrile, je crains d'être déçue en l'ouvrant, il ne doit pas en rester grand-chose. Je tourne la poignée et ne distingue absolument rien à travers l'obscurité profonde. L'odeur des livres anciens n'a pas quitté ce lieu et la nostalgie envahit mon corps. Je me dirige à tâtons vers la fenêtre, parviens à l'ouvrir tant bien que mal et accrocher les volets imposants. Mes poumons reprennent leur souffle grâce à l'air qui pénètre immédiatement. Je me retourne et vacille. Rien n'a changé, tout est à sa place. Trois pans de mur sont recouverts d'étagères démarrant du parquet jusqu'au plafond, le quatrième accueille une impressionnante cheminée d'époque. Aucun livre ne semble avoir disparu et ce sont des milliers d'ouvrages qui me font face. Mon âme d'enfant exulte et je m'élance vers l'échelle fixée au rayonnage. Je grimpe les deux premières marches et donne une impulsion du pied pour parcourir les mètres de littérature. Hormis les fauteuils et la table basse recouverts de draps, tout est fidèle à mon souvenir. Avant de quitter la pièce, je me demande pourquoi mes parents n'ont rien emporté avec eux. Peut-être ont-ils toujours songé à me céder le manoir.

Ensuite, je parcours les six chambres réparties sur les deux ailes du premier étage pour ouvrir chaque fenêtre et aérer. J'ai l'impression d'étouffer au milieu de cette poussière. Je m'attarde un peu plus dans ma chambre d'enfant, elle ne l'est plus depuis longtemps, mes parents l'avaient « dépersonnalisée » quinze ans en arrière. Pourtant, je me souviens encore très bien du gros tapis persan qui trônait au pied de mon lit et où j'aimais m'allonger pour lire. Je caresse le large rebord en bois de la fenêtre, là où je me postais pour observer la vue sur le domaine en m'inventant mille et une vies. Je rêvais secrètement d'être la princesse de Quimper et que mes parents m'avaient caché l'existence d'un petit frère ou d'une sœur.

N'ayant pas la force de traverser le second étage maintenant, je rejoins le rez-de-chaussée. Mon cœur se serre à cette pensée et chasse brusquement les souvenirs incrustés dans mon âme. J'ouvre la baie vitrée du grand séjour, la lumière pénètre aussitôt et je constate avec joie que mes parents ont laissé tout le mobilier. Je réalise seulement que leur nouvelle résidence ne contient aucun bien du manoir. Je m'enfonce jusqu'au fond de la pièce en appréciant la sensation lisse du magnifique parquet sous mes pieds. J'écarte les deux portes coulissantes qui conduisent à la salle de réception. Celle-ci est complètement vide. Les motifs rosacés du sol en marbre m'arrachent un sourire. Je ne peux me retenir de tournoyer sur moi-même, comme quand j'avais onze ans, affublée des robes de soirée de ma mère et défilant fièrement devant leurs invités. J'éclate de rire face au pathétique de la situation avant de refermer les portes derrière moi.

Je reviens dans l'entrée, poursuis sur ma gauche jusqu'aux « cuisines », nous les avons toujours nommées ainsi, tellement l'espace est vaste et équipé pour préparer de la cuisine à grande échelle. Comme un vestige, le manoir s'est succédé à une longue lignée de familles issues de la noblesse avec domestiques et *tutti quanti*. Mes ancêtres n'ont pas hérité de la fortune de leurs prédécesseurs, disséminée au fil des générations. Du patrimoine familial, seul ce manoir a survécu et j'ai encore du mal à réaliser qu'à présent, il m'appartient.

Ma béatitude redescend bien vite lorsque je lorgne les tas de cartons dispersés dans tout le rez-de-chaussée. Durant quelques secondes, je regrette d'avoir refusé la prestation comprenant le rangement de mes affaires. Je me serais épargné une sacrée peine ! Qui aurait cru qu'il était possible d'amasser autant de bazar dans un appartement parisien de soixante mètres carrés ? Ce qui, je dois admettre, est tout de même un certain luxe pour une personne seule, vivant dans la capitale. Bref, revenons-en à mes premières pensées. J'ai du pain sur la planche !

Avant de m'atteler au déballage de mes biens, un grand ménage de la vaste demeure s'impose. Mais avant tout, il faut déjà retirer tous les draps qui recouvrent chaque meuble et statue. À mon humble avis, j'aurais assez de pièces de tissu pour confectionner une montgolfière. Une chose est sûre, je ne vais pas m'ennuyer ces prochains jours.

***

Quatre heures plus tard, la sonnerie de mon portable interrompt ma traque à la poussière.

— Bonjour, ma chérie. Avec ton père, on se disait que tu pourrais peut-être t'octroyer une pause et venir dîner à la maison.

Mes yeux détaillent rapidement le séjour, évaluant la quantité de travail qu'il me reste.

— C'est gentil, mais le trajet et le ménage m'ont complètement épuisée. Une autre fois, d'accord ?

Je l'entends répéter à mon père qu'elle a gagné son pari, leur jeu enfantin m'arrache un sourire. Sous la tonne d'interrogations de ma mère, nous poursuivons la conversation durant quelques minutes avant de raccrocher. Nous avons convenu de nous retrouver mardi midi.

Le soleil commence à se retirer lorsque je quitte la salle de bains. J'ai enfin réussi à me débarrasser de l'odeur de renfermé et de cette couche de sueur poisseuse sur ma peau. Après m'être habillée, j'attrape mon sac à main et descends les marches extérieures en direction de ma voiture. Je n'ai pas anticipé la moindre course alimentaire, repoussant ce détail à plus tard et j'imagine que ma mère l'a deviné.

Je quitte le sentier et rejoins l'axe routier menant au centre-ville. Objectif : m'arrêter commander dans un restaurant rapide, rentrer dîner et me vautrer au plus vite dans mon lit. Chouette programme !

Lorsque je saisis le sachet contenant un hamburger et des frites, la chef cuisinière en moi m'adresse une insulte à la dignité. Je la chasse immédiatement en lui rétorquant que pour une fois, ça ne va pas me tuer et au mieux me faire reprendre quelques calories ! Cela semble l'avoir mouchée ! Elle ne bronche plus. Tant mieux !

La nuit est fraîche et finalement, je décide de me promener et de manger mon repas aux abords de l'Odet, une des rivières les plus réputées de France. Je réalise que je suis émue d'avoir retrouvé ma ville natale. Souhaitant profiter de l'instant, je m'assois sur un banc pour mordre dans mon sandwich – *bourré de graisse et de perturbateurs endocriniens,* ronchonne ma conscience.

Tout en mastiquant, mon regard s'attarde à quelques mètres et remarque un homme titubant sur la voie publique. L'obscurité de la soirée ne me permet pas de le détailler avec précision, pourtant il a une démarche saccadée et vacillante et ça, j'en suis certaine. Par réflexe, je me redresse en le voyant tanguer dangereusement vers le bord de la route. Il n'a pas l'air de se soucier ou de se rendre compte de la circulation environnante. J'abandonne la moitié de mon repas dans une poubelle et commence à le suivre. J'en ignore la raison, mais ma conscience me l'ordonne, comme un mauvais présage.

Je le prends en chasse, l'homme traverse n'importe comment et ne semble aucunement préoccupé par ma présence derrière lui. Soudain, je me fige quand, à une intersection, il ne regarde ni à gauche ni à droite. Au moment où je tourne la tête, un camion déboule à l'angle. Il ne le verra pas à temps ! Je crie en vain à l'inconnu de s'écarter, soit il ne m'entend pas, soit il m'ignore sciemment. Mon cerveau ne réfléchit plus et mes jambes se mettent à courir. Suffisamment proche de lui, j'ai juste le temps d'attraper le col de sa veste pour l'entraîner brutalement en arrière sur le trottoir. Au même instant, le souffle chaud du véhicule nous frôle le visage et le chauffeur klaxonne lourdement avant de poursuivre sa route. Mon mouvement était tellement brusque que nous tombons à la renverse. Le contenu de mon sac et de sa poche de veste s'éparpille au sol. L'homme semble enfin revenir à lui et réaliser ce qui vient de se passer, pendant que je rassemble silencieusement mes affaires les doigts encore tremblants. Dès que mon rythme cardiaque se rapproche de la normale, ma peur laisse éclater ma colère.

— Sérieusement, vous cherchiez quoi ? À vous faire tuer ?

Il se relève tant bien que mal, fourre maladroitement son téléphone et portefeuille dans sa poche. Je peux sentir l'odeur d'alcool qu'il dégage. L'inconnu avoisine la quarantaine, avec des yeux d'un gris-vert sombre, très sombre, une barbe naissante et des cheveux bruns en bataille. Je n'ai pas le temps de le détailler davantage qu'il sort de sa léthargie pour m'assener d'une mélodieuse joute verbale.

— Qu'est-ce que ça peut bien vous foutre ? Je ne vous ai rien demandé, non ?

Sidérée, je n'en reviens pas et n'arrive pas à y croire. Je lui sauve la vie et il m'envoie vulgairement paître ! Rien de tel pour me faire sortir de mes gonds !

— Vous avez raison, cela ne me regarde pas. J'aurais dû laisser ce camion vous écraser comme une crêpe !

— Peut-être bien, oui !

— Si vous voulez mourir, c'est votre droit. Ayez simplement la décence de n'impliquer personne. Vous auriez pu ruiner la vie de ce conducteur et la mienne par la même occasion !

Face à moi, le corps de l'homme se fige et son regard fuyant se rive au trottoir pavé.

— Désolé, murmure-t-il.

Son changement d'attitude m'en fait perdre mes mots et mon irritabilité en prime. Je capitule et n'en rajoute pas, il semble au trente-sixième dessous et dans un état d'alcoolémie avancé. Je ramasse mon sac à main et m'éloigne. Au bout de quelques pas, ma conscience me pousse à me retourner dans sa direction.

— Ça va aller ? Je peux vous déposer quelque part, proposé-je sans grande conviction.

— J'ai la tête qui tourne et je risque de ravager l'intérieur de votre voiture. Je ne suis pas loin de chez moi... Quelques rues seulement.

— Bien, je vous accompagne à pied dans ce cas.

Le teint livide, il relève les yeux sur moi d'un air médusé.

— Je n'aurai pas l'esprit tranquille si je vous laisse poursuivre votre marathon urbain. Allons-y.

Nous marchons silencieusement, il semble s'efforcer d'avancer le plus droit possible, sans tanguer. Au bout de quelques minutes et d'une belle performance de sa part, nous nous arrêtons face à la devanture d'une chocolaterie. J'ignore s'il est le gérant, un employé ou un simple locataire des appartements aux étages supérieurs. Je refrène ma curiosité, sa vie ne me regarde pas.

— Je suis arrivé, je libère votre bonne conscience. Merci, euh...

— Anna.

Il me dévisage un peu trop longuement à mon goût.

— Et la catastrophe ambulante a un prénom ?

— Ewenn.

— Ravie de le savoir, ironisé-je, bonne fin de soirée, Ewenn.

Je n'attends pas de réponse de sa part et m'éloigne dans la ruelle. Il me faut une vingtaine de minutes pour revenir à ma voiture.

Sur le trajet du retour, mon esprit est parasité. Cette rencontre et surtout cette situation peu banale ont du mal à quitter mes pensées. Aurais-je dû chercher à savoir s'il allait vraiment attenter à ses jours ? Ou bien avait-il seulement le comportement inattentif d'un homme bourré ?

La pluie s'est mise à tomber lorsque j'atteins le haut portail du manoir. Un des premiers investissements à prévoir serait une ouverture électrique, ça m'éviterait d'être complètement trempée chaque fois que la météo se dégrade et que je rentre chez moi.

Je m'échoue sur le canapé et mon ventre gargouille, avec cette histoire je n'ai pas mangé grand-chose. Je soupire gravement lorsqu'une sonnerie dans mon sac à main retentit. J'en sors mon téléphone et comprends immédiatement que ce n'est pas le mien, même si c'est le même modèle. La notification d'un message sur l'écran de veille me confirme ma déduction.

Daphné : « Ewenn, tu dois respecter la décision du tribunal. J'ai accepté cette promotion à New York et notre fille vit avec moi. Arrête de compliquer la situation ! Rappelle-moi que nous convenions de ton soir de garde avant notre départ. »

Chapitre 3

Des fourmillements s'installent dans mes jambes, j'ai dû rester immobile plusieurs minutes après la lecture de ce SMS, qui visiblement ne m'était pas destiné. Je tente de me remémorer le moment où nous ramassions nos affaires sur le trottoir. Au comble de l'énervement, j'ai saisi un des deux téléphones sans y prêter attention et je me souviens clairement d'avoir vu Ewenn en ranger un dans sa poche, le mien en l'occurrence. Je songe un instant à appeler sur mon portable, mais ce cher Ewenn a mis un code de verrouillage sur le sien, ce qui m'empêche d'accéder au menu, je ne peux voir que les notifications qui s'affichent sur l'écran de veille. Évidemment, je n'ai jamais pris cette peine et l'idée que cet inconnu puisse parcourir le contenu de mon smartphone me traverse aussitôt. Impuissante, je me résigne d'un haussement d'épaules, il n'y a pas grand-chose de personnel à l'intérieur, hormis quelques photos de Paris et de mes proches. Je pose l'appareil à proximité, sur la table basse, priant pour qu'il s'aperçoive de notre malencontreux échange et me contacte au plus vite.

Ma patience s'amenuise, il est bientôt minuit et je n'ai pas de nouvelles. Il a dû sombrer sous la quantité d'alcool ingurgitée. La ligne téléphonique du manoir sera opérationnelle dans plusieurs jours, donc si je veux récupérer mon portable, je n'ai pas d'autre choix que de débarquer chez lui demain matin, en espérant qu'il y soit.

***

L'horloge du tableau de bord m'indique qu'il est presque neuf heures, quand je me gare à proximité du commerce de la veille. Une belle chocolaterie, où les différentes couleurs et la décoration donnent envie de pénétrer. Je jette un œil à travers la vitrine, sait-on jamais, cet homme pourrait travailler là. Après plusieurs secondes, je repère une unique vendeuse d'environ vingt-cinq ans. Je tourne la tête en direction de la porte qui doit mener aux étages supérieurs et fixe les sonnettes face à moi. Bien évidemment, seuls les noms des résidents sont inscrits et je ne connais pas celui d'Ewenn. Même pas une initiale de prénom pour me donner un indice. Autant dire que si je choisis la carte du hasard, je risque de déranger au maximum neuf personnes.

Déterminée à ne pas rebrousser chemin, j'entre dans la boutique déserte de clients et tente ma chance auprès de la jeune femme. Dans l'air flotte une agréable odeur de chocolat, la douceur des mets en préparation parvient jusqu'à l'intérieur de mon palais et je crains un instant que mon estomac crie famine. La vendeuse a une allure décontractée avec des mèches de cheveux qui s'échappent de son chignon. Elle m'adresse un large sourire et me souhaite la bienvenue tout en terminant de ranger des chocolats en vitrine. Chaque geste qu'elle effectue semble naturel et rempli de grâce. Si je n'étais pas venue l'interroger, j'aurais pu l'observer en silence plusieurs minutes en train de s'affairer. Le salut qu'elle m'adresse me tire de ma contemplation et me ramène à la réalité.

— Bonjour, excusez-moi de vous importuner. À tout hasard, connaissez-vous les résidents des appartements au-dessus de votre boutique ?

— Oui, certains d'entre eux. Vous cherchez quelqu'un en particulier ?

— Oui, un dénommé Ewenn. Un grand brun, environ la quarantaine.

— C'est sûrement l'homme qui a emménagé il y a quelques mois.

— Nous avons malencontreusement échangé nos portables hier. J'ai besoin de le voir, mais j'ignore son nom de famille.

— Je suis navrée, je ne sais rien de plus sur lui. Il n'est même jamais entré ici pour acheter des chocolats. Il m'arrive souvent de le croiser quand je ferme la boutique et qu'il rentre. On se salue simplement. Souhaitez-vous me laisser son téléphone ? Je pourrais toujours le lui remettre.

Cette proposition ne me convient pas. Je préférerais récupérer le mien en échange, j'ai l'impression d'être lésée.

— Je vous remercie, c'est gentil. Je vais trouver une alternative. Il va bien finir par s'apercevoir que ce n'est pas son portable et m'appeler. Comme je suis là, je vais en profiter pour acheter ces deux boîtes de chocolats au lait, s'il vous plaît, lui indiqué-je de la main.

Elle m'honore de son immense sourire avant de préciser :

— Vous verrez, c'est un de nos meilleurs produits.

Au moment où je m'apprête à tirer la porte, la vendeuse ajoute que si elle croise Ewenn, elle l'informera de ma venue. Je la remercie et quitte le commerce.

Tout en marchant vers ma voiture, je ne peux m'empêcher un dernier regard sur l'immeuble. Je soupire, je n'ai plus qu'à attendre qu'il se manifeste.

***

Il est quinze heures lorsque je traverse l'allée du manoir, le coffre rempli de courses. Il est temps que je cuisine un repas digne de ce nom. Je décide aussi pour les deux heures suivantes de visiter chaque pièce et de lister les premiers travaux à effectuer. Durant les derniers mois à Paris, j'ai commencé à mettre ce projet sur papier, me renseigner sur les différentes démarches, détailler le concept, les grandes idées. Il me reste encore à définir précisément les rénovations, leur coût et rédiger un business plan. La semaine passée, je me suis inscrite à la prochaine session de formation dispensée par la Chambre de commerce et d'industrie de Quimper, « cinq jours pour entreprendre » ou plutôt trente-cinq heures pour me prouver que je ne suis pas complètement cinglée ! Ça fait plutôt rêver, mais je ne suis pas naïve, il me faudra bien plus de temps pour affiner mon projet et réaliser toutes les démarches administratives pour ouvrir mon établissement et obtenir également l'appellation « table d'hôtes ».

Je traverse le hall, les bras chargés plus qu'ils ne sont capables d'en supporter. J'abandonne le tout sans ménagement sur le plan de travail dès que j'entends enfin une sonnerie. Je m'empresse d'extirper le portable de mon sac à main. Je vérifie l'écran et n'hésite pas à décrocher en reconnaissant mon propre numéro. Encore heureux qu'on puisse accepter un appel sans ce foutu code !

— Allô, dis-je simplement.

— Donc, vous avez bien mon téléphone.

— En effet et vous le mien. Vous en avez mis du temps pour vous en apercevoir !

— Vous ne manquez pas d'air, c'est quand même moi qui vous appelle ! Je me suis rendu compte tout à l'heure que ce n'était pas le mien quand j'ai eu besoin de passer un coup de fil.

— Si le vôtre n'était pas verrouillé, je vous aurais contacté hier soir. Je me suis rendue devant chez vous ce matin, mais je ne savais pas sur quelle sonnette appuyer. J'ai même embêté la vendeuse de la chocolaterie. Enfin bref, peut-on se voir pour l'échange ?

— Je suis au travail et j'ignore l'heure à laquelle je vais terminer. Donnez-moi votre adresse, je vous rejoins devant chez vous en sortant. Ça sera plus simple.

Je soupire un instant, appréhendant le fait qu'un inconnu vienne à mon domicile. Qui sait, il est peut-être dangereux ? Je revois son air de la veille et cela chasse aussitôt ma paranoïa. Je me ressaisis et lui demande de noter mes coordonnées.

En fin d'après-midi, fière de moi pour avoir énuméré une partie des priorités à réaliser dans cette demeure, j'entre dans la cuisine. J'analyse le contenu du frigo et me lance dans le lavage et pelage de plusieurs légumes. Rien que de penser à ce gratin et à cette viande fraîche de bœuf haché qui va mariner dans les épices, j'en salive déjà.

La cuisine a ce don de fermer le clapet à toutes mes ruminations mentales et de défier le temps. Et c'est certainement pour cette raison que la sonnerie du téléphone me surprend. J'ignore l'heure qu'il est.

— Je suis devant le portail. Vous êtes sûre que vous vivez bien là ?

— Non, je vous ai donné une mauvaise adresse pour ne jamais récupérer mon portable. Je viens d'emménager, vous avez juste à pousser la grille et rouler jusqu'au bout de l'allée. Je vous retrouve devant l'entrée.

Une légère sensation de stress m'envahit et je ne sais pas pourquoi. Je vais seulement récupérer mon téléphone.

Lorsque Ewenn sort de sa camionnette et me rejoint, j'ai l'impression de découvrir une autre facette de lui. Son teint n'est pas livide comme la veille, son apparence est beaucoup plus soignée, malgré ses vêtements de chantier. Je ne m'en étais pas vraiment aperçue à notre rencontre, il est bel homme. Enfin, c'est peut-être plus une question de charme que de beauté. Je souris légèrement en remarquant que sa barbe naissante a disparu et que ses cheveux ne sont plus en bataille.

— Anna, c'est bien ça ? Bonsoir.

— Je vois que votre cerveau n'était pas complètement anesthésié par l'alcool hier soir.

— J'admets que ce matin en me réveillant, tout n'était pas très clair.

Gêné, il lève la tête sur la façade du manoir.

— Vous habitez vraiment ici ?

— Pourquoi mentirai-je ? J'ai emménagé il y a deux jours.

— Cet endroit est juste incroyable, il a un véritable potentiel.

Sa remarque et son vif intérêt ont le don de m'amadouer, si bien que je l'invite à découvrir les lieux. Il accepte sans hésiter et me suit à l'intérieur. Il me confie qu'il est du coin et que gamin il se promenait souvent dans le bois juste à côté. Le manoir l'avait toujours intrigué.

Nous achevons la visite du premier, où les chambres sont toutes semblables ; du parquet ancien, une cheminée encastrée, de la literie d'antan, des murs aux tons crème avec une partie basse en boiserie. Nous terminons par la bibliothèque et je n'ai pas le temps d'inviter Ewenn à redescendre, qu'il s'engouffre dans l'escalier pour rejoindre le second. Mes mains tremblent malgré moi, je n'ai pas encore réussi à m'y rendre. Nous commençons par l'aile droite, celle que j'appréhende. Le long tapis ornemental recouvrant le parquet du couloir me renvoie quelques années en arrière et ma gorge se noue. Mon visiteur ne s'aperçoit pas de mon trouble, occupé à s'émerveiller sur les nombreux tableaux d'époque. Il observe les pièces une à une, ce sont encore des chambres identiques à celles du premier, il y a également un petit salon. Lorsque sa main s'apprête à se poser sur la poignée tant redoutée, je prétexte qu'il ne vaut mieux pas l'ouvrir. Que celle-ci est pleine de bric-à-brac et que de nombreux rongeurs doivent s'y abriter. Évidemment, c'est un mensonge, il renonce et nous revenons sur nos pas. En réalité, c'est une chambre également. Celle dans laquelle je me suis réfugiée après... Celle où il m'est impossible à présent de franchir le seuil sans ressentir toute la souffrance qui m'a dilapidé le cœur.

Ewenn fait preuve d'un enthousiasme dont je ne le soupçonnais pas, il observe chaque détail avec grand intérêt et je me demande bien pourquoi. C'est au moment où nous regagnons le rez-de-chaussée qu'il s'exprime à ce sujet.

— C'est dans son jus, mais franchement, il y a tellement de potentiel. Et vous pouvez me croire, c'est mon métier.

Après lui avoir fait visiter le séjour et la salle de réception, je lui propose un verre. J'avoue que sa remarque de tout à l'heure a piqué ma curiosité. Après une longue hésitation presque gênante, il accepte d'un signe de tête.

— Suivez-moi dans la cuisine, comme vous pouvez le constater le séjour est envahi par mes cartons.

Lorsque je franchis la porte, l'agréable odeur de nourriture se diffuse, mon gratin continue de mijoter tranquillement au four. Je l'avais complètement oublié !

Ewenn semble surpris par le doux parfum, pourtant il reste silencieux. Je l'invite à s'installer sur un haut tabouret face au bar en bois. Je sens son regard sur moi pendant que j'ouvre une bouteille de vin blanc et remplis la moitié de nos verres.

Dans un élan de plaisanterie, je trinque :

— Aux retrouvailles de nos téléphones. Je vais enfin pouvoir échanger à nouveau avec des êtres humains.

Il boit une première gorgée et sort mon smartphone de sa poche.

— Tenez, je vous rends votre vie sociale, me taquine-t-il d'un sourire narquois.

Je pose également le sien sur la table et le pousse dans sa direction. Le SMS de la veille me revient en mémoire, je me tais, ça ne me regarde pas. Bien que je ne puisse m'empêcher de penser que c'est certainement cette situation qui l'a conduit à son état d'hier. Un blanc s'installe entre nous et je rebondis sur le sujet qui m'intéresse.

— Quel est votre métier exactement ? Vous l'avez évoqué brièvement tout à l'heure, mais ce n'était pas très clair.

— Je suis entrepreneur spécialisé en rénovation d'anciens bâtiments. Mais c'est une petite société héritée de mon père, je n'ai qu'un ouvrier et il va me quitter dans moins d'un mois. Je réalise les travaux et m'occupe aussi de la partie administrative que je suis loin d'affectionner. Avant, c'était ma femme…

Il s'interrompt brutalement et je comprends qu'il a parlé trop vite. Il ne voulait pas aborder ce sujet-là, pourtant il poursuit, se sentant certainement obligé de se justifier.

— On est divorcés depuis peu, c'est elle qui se chargeait de ça. Heureusement, je me débrouille aujourd'hui.

Je peux lire dans son regard qu'il est mal à l'aise, alors pour dédramatiser, je nous sers un second verre.

— Bienvenue au club des divorcés. C'est aussi mon cas, depuis un peu plus de cinq ans.

Il semble étonné et m'adresse un sourire franc. Le trouble inscrit sur son visage s'est dissipé en quelques secondes.

— Tant qu'on en est aux présentations et vous, quel est votre métier ? J'imagine que vous en avez un pour avoir acheté ce manoir.

— En fait, je l'ai plaqué pour m'installer ici. Je travaillais à Paris en tant que chef cuisinière dans un restaurant trois étoiles. Cette demeure est dans ma famille depuis des générations, mes parents me l'ont cédée. Je suis donc à l'aube d'un nouveau projet et je crois que votre entreprise peut m'intéresser…

La sonnerie du four m'interrompt et me prévient que le plat est prêt. Je jette un œil à l'horloge murale, il est vingt heures quarante-cinq. J'imagine un instant Ewenn reprendre la route et se retrouver seul dans son appartement. La scène de la veille me revient en mémoire de plein fouet.

— Ça vous dit de partager avec moi ce gratin maison ? Il se fait tard et puis, si je veux vous expliquer mon projet, autant que ça soit autour d'un repas.

— J'avoue que je suis un peu gêné, Anna. Mais je serais un abruti de refuser un plat cuisiné par une professionnelle, alors d'accord.

J'éclate de rire face à sa remarque et me lève pour mettre le couvert. Il me rejoint vers les placards et me prend les assiettes des mains.

— Si je mange là, je participe, c'est un minimum.

— Ça tombe bien, j'ai horreur de la vaisselle, me moqué-je en désignant le tas dans l'évier.

Il sourit et hausse les épaules.

— Vous avez intérêt à ce que votre plat soit à la hauteur !

— Et vous, pour ce que je m'apprête à vous proposer, vous avez intérêt à l'être également.

Ses yeux vacillent légèrement et ses joues virent au rouge. En me répétant la phrase dans ma tête, je viens de comprendre l'ambiguïté et le ridicule de la situation me fait exploser de rire encore une fois.

Chapitre 4

De l'autre côté de la baie vitrée, la nuit enveloppe les restes du jour. Ewenn et moi commençons à manger, puis j'ose enfin dévoiler mes plans.

— Si je suis revenue ici, c'est dans un but bien précis. Je souhaite transformer le manoir en maison d'hôtes et pour cela, j'ai besoin de professionnels. Les deux premières chambres que je vous ai montrées tout à l'heure, j'aimerais les réunir pour accueillir un couple avec des enfants.

— Il faudra créer une ouverture et réagencer l'espace des pièces. Il sera nécessaire aussi de traiter le parquet et de remettre à neuf les murs. Il y a quelques fissures au plafond, cela peut être rénové en conservant les moulures actuelles. Chaque chambre dispose d'une salle d'eau et d'un sanitaire adjacent, en réunissant vos deux chambres, vous pourrez créer une unique salle de bains plus spacieuse et plus moderne.

Les heures défilent sans que nous en ayons conscience, nous sommes bien trop animés et focalisés par le sujet des travaux du manoir. Ewenn a soumis plusieurs propositions, comme retaper la dépendance en un vaste appartement autonome pour moi et que je puisse garder un peu de liberté vis-à-vis de mes futurs pensionnaires.

Après avoir terminé son café, il jette un œil à la montre sur son poignet.

— Il est déjà une heure du matin, je vais vous laisser. Merci pour le repas et cette conversation, ça m'a changé les idées. Vous avez un beau projet devant vous.

J'ai envie de lui demander s'il fait référence à son humeur maussade de la veille, pourtant je me ravise face à l'indiscrétion d'une telle interrogation.

— Merci pour votre temps et vos conseils avisés, ça se concrétise davantage dans mon esprit. Pour la peine, vous êtes dispensé de vaisselle, plaisanté-je.

Je m'interromps un instant, hésitant à lui poser la question imprimée dans mon esprit depuis le début du repas. Mes yeux le dévisagent et les siens m'encouragent à poursuivre.

— Ewenn, accepteriez-vous de vous occuper de la rénovation du manoir ? Bien sûr, il faudrait qu'on puisse établir un budget précis et des devis. Mais sincèrement, j'apprécie votre vision des choses et je pense que vous êtes la bonne personne pour mener à bien mon projet.

Ses yeux gris-vert s'écarquillent de surprise, ses lèvres s'entrouvrent légèrement comme pour réfléchir encore un instant à la réponse à me donner.

— Vous savez, si vous contactez une plus grosse entreprise, vos travaux seront terminés beaucoup plus vite. Pour le moment, nous sommes restés trop vagues, mais j'imagine qu'il y en a pour plusieurs mois, si je m'en occupe.

— Cette maison d'hôtes est un rêve de gamine. En réalité, c'est même bien plus que ça, parce que j'ai grandi ici. Ces murs m'ont offert un terrain de jeu, cet endroit m'a permis d'oublier ma solitude de fille unique. Ce manoir est une partie de mon être. Je préfère que cela prenne des mois, plutôt que de gagner du temps et sûrement engager des personnes qui se contenteront de suivre ce que je leur demande. Vos idées m'intéressent, Ewenn.

Un léger sourire s'affiche au coin de ses lèvres marquant sa fossette. Ce détail rehausse son charme et la gêne commence à m'envahir.

— Recontactez-moi, je viendrai réaliser une estimation. Il reste encore de nombreux points à préciser.

— Je n'ai pas votre numéro.

— Consultez le journal de votre téléphone, je vous ai appelée deux fois aujourd'hui. Bonne nuit, Anna.

Je le salue tandis qu'il regagne sa camionnette. J'observe le spectre lumineux des phares s'enfoncer dans l'allée jusqu'à disparaître. Un étrange sentiment me parcourt. Ewenn a réussi à réveiller mon excitation pour ce projet. La vie reste tout de même un sacré mystère. Hier, j'étais loin d'imaginer avoir sauvé l'entrepreneur dont j'aurais besoin pour réaliser mon rêve. Le vent s'infiltre à travers mon gilet me faisant frissonner. Je me décide à rentrer, tentant de repousser mes ruminations sans succès. L'état dans lequel se trouvait Ewenn lors de notre rencontre devrait m'alerter. S'il s'avère un puits sans fond, je crains de miser sur le mauvais cheval pour mon projet. Pourtant, ce soir, il a juste bu deux verres, tout comme moi. Peut-être que son comportement de la veille n'est qu'un fait isolé, un moment de détresse. Et puis, qui suis-je pour le juger ? Moi qui ai bien souvent noyé mon chagrin de la même manière.

***

Mardi

Mes paupières me brûlent et cette sensation me tire du sommeil, le soleil se lève timidement. Affalée sur mon matelas, une quantité d'idées m'a trotté dans la tête une bonne partie de la nuit et me pousse hors du lit. À peine debout, je cherche un carnet afin de tout noter pour ne rien oublier. Une fois la première feuille noircie, je ressens l'envie de partager mes pensées avec Ewenn et d'avoir son avis. Je suis convaincue qu'il comprendra ce que je veux.

Après avoir passé la matinée à imaginer mille scénarios possibles pour le manoir, je me prépare pour l'invitation de midi chez mes parents. Avant de partir, j'attrape la boîte de chocolats achetée la veille posée sur la commode de l'entrée. Ma mère raffole de ces sucreries, je suis certaine de faire une heureuse.

Le trajet en voiture est court entre le manoir et le centre de Quimper, pourtant je n'ai pu m'empêcher de traîner un peu, après m'être garée pour admirer les habitations et les commerces. L'odeur des crêperies, le visage souriant des Quimpérois, l'air breton emplissant mes poumons… Une porte au fond de mon âme se déverrouille face à la réminiscence de cette atmosphère, laissant un ancien sentiment de légèreté me conquérir. Je ne l'avais plus jamais ressenti en vivant à Paris. Je presse le pas, imaginant l'organisation millimétrée de ma mère perturbée par mon léger retard.

Mon père m'accueille à l'entrée.

— Bonjour, ma puce. Tu as meilleure mine qu'à notre dernière entrevue en février.

Je l'embrasse et nous allons rejoindre maman, occupée à dresser l'apéritif sur un plateau en argent. Je la regarde affectueusement s'affairer, c'est grâce à elle que j'aime autant cuisiner. Elle était une avocate très réputée et à l'emploi du temps chargé, pourtant, de mon enfance à l'adolescence, nous avons passé un nombre incalculable d'heures derrière les fourneaux. Encouragées par mon père qui dégustait nos expérimentations avec bonheur. J'étais tellement heureuse à leurs côtés.

— Alors, ton installation se déroule comme prévu ? Tu ne veux toujours pas d'aide ? s'enquiert-il.

— Non merci, tout va bien. Je progresse à mon rythme. Et puis, à quoi bon ranger toutes mes affaires ? Je compte réaliser des travaux dans tout le manoir. Il vaut peut-être mieux que la majorité reste en cartons.

— Je pensais que tu croulais sous les tâches, j'ai essayé de t'appeler deux fois sans succès hier, ajoute ma mère.

— C'est une longue histoire de téléphone… En revanche, j'ai rencontré un entrepreneur spécialisé en rénovation. Il a des idées intéressantes et nous devons reparler plus précisément des travaux, mais je crois avoir trouvé la bonne personne.

Mon père se redresse du dossier du fauteuil et se penche vers moi.

— Anna, écoute mon expérience, tu devrais réaliser plusieurs devis. Il ne faut jamais se décider sur un seul avis.

L'homme d'affaires tapi en lui depuis sa retraite a ressurgi en une seule phrase.

— Et l'intuition, ce n'est pas important ? osé-je sachant que cet argument ne le satisfera pas.

— Elle n'a pas vraiment sa place lorsqu'il est question d'argent et d'investissement pour l'avenir.

— Je reste persuadée du contraire. Je me suis toujours fiée à mon instinct et ça ne m'a jamais porté préjudice.

— Et ton mariage, alors ? Tu penses avoir eu la bonne intuition pour Christophe ?

Ma gorge se serre, mes doigts s'agrippent autour de mon verre de vin pour encaisser. Ma mère, plus pâle que d'habitude, intervient.

— Pierre, tu vas trop loin ! Qu'est-ce qui te prend de dire une chose pareille ?

— Ne t'inquiète pas, maman. Il m'en faut plus pour

m'ébranler. Non, pour Christophe, ça n'a rien à voir et tu le sais. Nos perspectives à long terme se dessinaient dans des horizons opposés. C'était perdu d'avance.

— Comment peux-tu encore le défendre ?

— Papa, il y a des rêves que l'on ne peut emprisonner, ils viennent jusqu'à hanter et torturer notre âme si on ne les assouvit pas. J'en sais quelque chose, crois-moi. Et sur ce sujet précisément, dont il était question entre Christophe et moi, nous nous sommes leurrés en croyant y parvenir. Il a essayé et ça n'a pas fonctionné. Il n'y a rien à ajouter.

— Ta gentillesse te perdra, ma fille. Je n'ai jamais réussi à lui pardonner.

— Et moi, je n'ai jamais eu besoin de le faire, alors je ne vois pas pourquoi toi, tu le devrais.

Mon père blêmit à ma remarque, je sais qu'il a mal au cœur pour moi. Il y a bien des choses dans la vie sur lesquelles nous n'avons pas d'emprise, alors lui comme moi, rien n'y fera. Comment la discussion a pu en arriver là ?

— Passons à table. Anna, j'ai hâte que tu nous expliques tes idées pour le manoir, intervient ma mère pour mettre un terme à cette sombre conversation.

En repartant de chez mes parents, c'est un réflexe puéril ou une sorte de revanche mesquine, mais je veux tester mon intuition, certaine de pouvoir lui accorder toute ma confiance. À peine remontée dans ma voiture, je rédige un texto.

« Bonjour, Ewenn. Quand peut-on prendre rendez-vous pour l'estimation des travaux ? Anna »

J'ignore pourquoi, mais j'ai hâte. Sincèrement, j'oscille entre deux motivations, contrarier un peu mon père pour ses reproches et la simple envie de revoir Ewenn. Sa compagnie est plutôt agréable et je ne me suis pas montrée aussi naturelle avec quelqu'un depuis longtemps. Il y a en lui une sorte de dualité, quelque chose d'accessible et de fuyant à la fois, qui le rend malgré lui intrigant et attirant.

Je m'attelle à désherber les carrés de terre prévus pour le semis dans le coin potager du domaine, à l'arrière du manoir. On peut y accéder directement depuis la porte-fenêtre de la cuisine. Il n'est pas encore trop tard pour planter quelques légumes et salades. Et puis, j'ai aussi la chance de pouvoir utiliser une serre avec une surface conséquente. Le domaine s'étend sur presque dix hectares qui accueillent différents espaces ; la grande dépendance qui n'est autre que l'ancienne écurie, une immense partie boisée, la longue allée de gravier menant du portail au manoir, de vastes superficies de pelouse ponctuées de différents massifs et à l'arrière aux alentours du potager, un large terrain bordant la rivière. Il y a même un pont pour traverser jusqu'à la forêt voisine, bien qu'il soit vétuste, il reste charmant. Il y a deux terrasses, une de taille moyenne jouxtant la cuisine et une bien plus grande accolée à la salle de réception.

À genoux et les mains dans la terre humide, je sens une vibration dans la poche arrière de mon pantalon. J'essuie mes doigts sur le jean usé et sors mon téléphone.

« Bonjour, je suis plutôt occupé cette semaine. Éventuellement samedi matin, si ça vous convient. Ça vous permettra de préciser davantage ce que vous voulez pour ce manoir. Une fois les travaux engagés, vous ne pourrez pas vraiment revenir en arrière. Cela demande un temps de réflexion. »

Son message offense un peu ma fierté. Pense-t-il vraiment que je ne sais pas où je vais ? C'est plus fort que moi, mes doigts empressés pianotent une réponse.

« Croyez-moi, j'ai eu des années pour ça. OK, pour samedi matin, dix heures. Bonne soirée et évitez de faire un marathon urbain d'ici là, j'ai besoin de vous vivant pour mener à bien ce projet. »

Aussitôt le message envoyé, je m'en veux un peu d'avoir remis ça sur le tapis, mais il m'a cherchée en titillant ma fierté.

« Pas d'inquiétude à avoir. Je le pratique uniquement lorsque je suis certain de croiser une inconsciente prête à m'arracher aux pneus d'un camion. Bonne soirée. »

Un petit cri d'agacement s'échappe de mes lèvres, je fulmine. C'est bien la première fois que j'entends ça à mon sujet. Je suis plutôt la prudence incarnée, la tête sur les épaules et les pieds sur terre. Je peste tout en répondant :

« Je doute qu'il soit raisonnable de travailler pour une inconsciente. Vous savez, on ne peut jamais prédire leurs réactions. »

Un large sourire s'affiche sur mon visage, fière de ma pauvre répartie.

« Je vais vous écouter, une inconsciente et un suicidaire amateur ne forment pas le meilleur duo professionnel. Courage pour vos travaux. »

Je ne réponds plus, redoutant qu'il ait mal interprété ma plaisanterie. À vrai dire, ce genre de comportement ne me ressemble pas vraiment. Je songe un instant au terme inconscient… Il n'a peut-être pas si tort, j'ai tout de même sauvé un homme bourré, l'ai invité à dîner chez moi le lendemain et maintenant je lui propose une collaboration. Décidément, je ne me reconnais plus depuis quelques mois.

Chapitre 5

Jeudi
Ewenn

Je me gare devant l'entrée du collège et patiente le temps que Clara me rejoigne. Je profite de ces quelques minutes où je n'ai pas besoin de cacher ma tristesse ni de faire semblant d'aller bien. Je sors de la voiture et m'allume une cigarette. Je tire trois bouffées jusqu'à ce que ma fille me saute dessus, indifférente aux regards amusés de ses camarades.

— Bonjour, princesse. Alors, comment s'est passée ta dernière journée ?

— Un peu difficile de dire adieu à tout le monde. Mes copines vont me manquer…

Je me baisse à sa hauteur, pose ma main sur sa tête et lui affirme qu'elle s'en fera un tas de nouvelles. Pour chasser son chagrin, je l'informe que nous dînerons dans son restaurant préféré. J'ai la chance d'avoir une enfant qui aime la vraie nourriture et non pas toutes ces répliques industrielles. Même si cela va me coûter un bras, nous allons très bien manger et profiter dignement de cette dernière soirée ensemble.

— On dépose tes affaires à la maison et comme il est

encore tôt, on pourrait se balader dans les rues du centre-ville ?

Elle hoche la tête heureuse de ma proposition. Clara a bientôt treize ans, mais elle ne rechigne jamais à partager des activités avec moi. Le moment de subir une honte monumentale rien qu'à la simple présence de ses parents tarde à venir ou alors, par chance, nous en serons peut-être épargnés.

Après une heure de promenade, nous longeons les quais de l'Odet et l'endroit me rappelle ma rencontre avec Anna. Cette femme me laisse perplexe, avec son physique plutôt frêle au visage d'ange, on est loin d'imaginer son goût aigu pour la diatribe. Clara interrompt mes pensées en me questionnant sur le nom d'une espèce d'oiseaux à proximité de nous, je reporte mon attention sur la grive musicienne et ma fille, bien décidé à me consacrer à ce moment rien qu'à nous.

***

En milieu de soirée, nous rentrons à l'appartement et nous nous installons pour visionner un film. Contrairement à ses habitudes, Clara se colle à moi dans le canapé. Sa proximité m'apaise, pourtant elle accentue l'appréhension de son départ prévu demain. Silencieuse, elle fixe l'écran pendant la première heure, puis murmure :

— Je n'ai pas envie de vivre à New York. Je peux rester ici avec toi ?

Je tente de lui cacher mon trouble et me retiens de lui répondre combien j'aimerais qu'elle vive à mes côtés.

— Ma puce, le tribunal a attribué la garde à maman. C'est perturbant de déménager et de changer d'école, qui plus est à l'étranger. Mais tu verras, ça va être chouette New York.

Tu maîtriseras bientôt l'anglais, tu pourras crâner auprès de tes copines. Et puis, maman serait triste que tu ne partes pas avec elle.

— Et pas toi ? Ce qui me dérange le plus dans tout ça, c'est de te savoir tout seul, ici.

Les enfants ont le don de vous renvoyer votre pathétique condition au visage ! Sa bienveillance me touche, je la serre contre moi et embrasse son front.

— Tu seras toujours dans mon cœur et l'on s'appellera plusieurs fois par semaine. Si tu es heureuse là-bas, je ne serai pas triste. Cesse de t'inquiéter et puis je ne vais pas m'ennuyer, j'ai trouvé un nouveau chantier qui va nécessiter beaucoup de temps. On aura presque tout le mois d'août pour se rattraper et profiter ensemble.

Elle me sourit et hoche la tête. Ma réponse semble lui convenir, bien qu'elle m'ait coûté. Silencieusement, je hais Daphné de nous infliger ça. Clara se lève, m'embrasse et rejoint sa chambre. Je sens que la nuit va être sans sommeil, me rappelant invariablement tout ce qui part en vrille dans ma vie. Dans moins de vingt-quatre heures, ma fille sera sur un autre continent en compagnie de sa mère et de son nouveau compagnon. Dans un mois environ, mon ouvrier Manu se fera la malle pour retrouver sa famille dans le sud de la France. Et pour finaliser ce beau tableau, ma situation financière est catastrophique.

Je dévisage la bouteille de whisky sur le buffet de la cuisine, mais me l'interdis aussitôt en présence de Clara. C'est devenu une attitude de repli ces dernières semaines, je dois arrêter, sinon je cours à ma perte. Déjà que ma stabilité actuelle est à deux doigts de s'effondrer ! D'ici sept jours, je m'installerai dans les locaux de mon entreprise. Éviter de dépenser un loyer me permettra de maintenir ma boîte hors de l'eau. Le divorce m'a arraché de nombreuses plumes et la vente de la maison ne m'a rien apporté, puisque mon ex en avait hérité de sa grand-mère et nous l'avions stipulé dans le contrat de mariage. J'aurais dû me méfier d'une personne capable de rédiger un tel truc avant d'épouser quelqu'un ! En bref, toutes les économies possibles seront les bienvenues. Ce qui m'ennuie, c'est que je dois trouver une solution de logement pour la période d'été où j'aurai la garde de Clara, c'est-à-dire dans un peu moins de trois mois. On pourrait toujours aller chez ma mère et mon beau-père qui vivent à une cinquantaine de kilomètres. Si c'est pour ma fille, ils ne refuseront pas. Mais depuis la mort de mon père, les rapports avec ma mère se sont détériorés et ce n'est pas la grande entente avec son nouveau compagnon, Samuel. En revanche, avec Clara, ils sont des grands-parents irréprochables, je ne peux pas leur enlever ça. Quant aux relations avec Gérald, mon petit frère, je ne préfère même pas y songer et puis il vit à une centaine de kilomètres. L'anxiété me noue l'estomac et la gorge. Les secondes suivantes, Anna se fraye un chemin dans mon esprit. Son projet de rénovation pourrait bien assurer l'équilibre de mon entreprise. Néanmoins, est-ce une bonne idée, si Manu n'est pas là pour me seconder ? Aurai-je les moyens de recourir de temps à autre à un intérimaire ? Je soupire, j'en ai vraiment assez de me prendre la tête sur chaque détail à venir. Je capitule et me résigne à me coucher.

Avant de rejoindre ma chambre, j'avance vers la porte de Clara restée entrouverte. Je l'observe dans l'obscurité plusieurs minutes, puis je m'approche d'elle pour l'embrasser.

— Je t'aime, ma puce.

Elle bouge de quelques centimètres et je crains que mon égoïsme l'ait réveillée.

— Moi aussi, je t'aime, répond-elle à moitié endormie.

Le cœur lourd, je quitte silencieusement la pièce et referme la porte derrière moi.

***

Samedi

C'est le début de matinée, ma fille se trouve à des milliers de kilomètres depuis la veille. Je termine mon café sans saveur avant de monter dans ma camionnette et prendre la direction du manoir.

Sur la route, je m'interroge une seconde sur les derniers SMS échangés avec Anna, où je lui souhaitais bon courage avec ses travaux. S'attend-elle vraiment à ce que je ne vienne pas aujourd'hui ? J'aurais peut-être dû l'appeler avant, puis après plusieurs hésitations je capitule n'étant plus qu'à quelques minutes de ma destination.

Je pousse la grille d'entrée et reprends le volant. Le paysage est saisissant, l'allée centrale est recouverte de graviers, avec de chaque côté des arbustes aux tons prune, jaunes et verts, ainsi que des rosiers un peu plus loin. Un parc boisé encadre le domaine et derrière la bâtisse se dessine le cours de la rivière. Une atmosphère enivrante et apaisante se dégage des lieux. Anna a raison, c'est un endroit parfait pour ouvrir une maison d'hôtes, les touristes ne pourront qu'être subjugués.

Je frappe contre l'immense porte d'entrée en bois massif, puis aperçois la sonnette que je n'ai même pas cherchée. J'entends vaguement du bruit de l'autre côté et après une bonne minute, Anna apparaît, vêtue d'une salopette recouverte de taches de terre, les cheveux en bataille et les joues rosies.

— Oh, vous êtes venu finalement, se moque-t-elle.

— Il faut croire que je dois être aussi inconscient que vous.

Un léger silence s'installe entre nous. Anna glisse une main dans sa poche comme pour masquer sa gêne et de l'autre indique une direction.

— Nous pourrions peut-être commencer par examiner la dépendance. En fait, c'était une écurie et j'avoue que l'idée de me créer un appartement m'a convaincue. Allons-y.

Je la suis et nous pénétrons dans le vieux bâtiment d'une surface imposante, de la paille trône encore dans un angle à l'étage, une ancienne odeur de cheval incrustée dans les parois s'invite dans mes narines.

— Ayez un peu d'imagination, me lance-t-elle. En gros, il ne faut garder que les murs et la toiture. Elle est presque neuve, mes parents l'ont remplacée il y a quatre ans à peine. Ils ont même déjà modifié la structure de la façade, fermant les autres entrées extérieures. Ils comptaient en faire une annexe du manoir et ce projet a été mis de côté. Serait-il possible d'utiliser le grenier pour créer une mezzanine pour une chambre ? Pour le rez-de-chaussée, j'aimerais dans cette partie à droite une cuisine ouverte sur le séjour, avec une belle cheminée à cet endroit. Et ici, sur la gauche, nous pourrions diviser l'espace en quatre : une salle de bains et sanitaires, une buanderie, une chambre d'amis et enfin une bibliothèque.

— Celle du manoir ne vous suffit pas ?

— Impossible de caser un livre de plus. Je suis comme mes parents, une amoureuse de littérature et je tiens à une telle pièce chez moi.

Je la laisse poursuivre ses plans en détail que je ponctue de quelques conseils pratiques. En même temps, je note les investissements en matériaux, l'installation d'un système de chauffage, les évacuations d'eau à prévoir et toute l'électricité à réhabiliter. Il faudra aussi prévoir une véritable porte d'entrée, celle-ci est une vieille porte en bois qui ferme à peine.

— Vous êtes vraiment capable de réaliser tous les corps de métier ?

Cette réflexion aurait pu me vexer, mais elle est légitime.

— En grande partie. Je déléguerai juste l'électricité, il vaut mieux un véritable professionnel sur ce point. Et puis concernant certaines choses, nous contacterons des artisans locaux.

— Quelle formation avez-vous ?

Je reste silencieux quelques secondes, il était évident que cette question allait suivre.

— Honnêtement, j'ai seulement un CAP dans le gros œuvre. J'ai travaillé avec mon père depuis ma majorité, c'est lui qui m'a tout appris dans la rénovation et le second œuvre. J'ai repris son entreprise depuis dix ans maintenant. Je suis désolé, vous deviez espérer mieux, j'imagine.

— Je ne m'attendais à rien en particulier. C'était simplement de la curiosité. Est-ce que vous avez des photos de chantiers que vous avez réalisés ?

Elle est loin d'être folle la guêpe, elle veut tout de même vérifier que j'ai quelques compétences. Le contraire m'aurait vraiment étonné. Je sors mon téléphone et lui montre mes deux dernières rénovations.

— Oh, c'est magnifique. C'étaient de vieilles fermes ?

— Oui, très anciennes, insisté-je, peut-être davantage que ce manoir.

— J'en doute, il date du XVe siècle, me répond-elle avec fierté. Bon, j'admets que depuis, de nombreux travaux ont été réalisés au fur et à mesure des générations, il garde néanmoins son cachet d'origine.

— Ah, vous avez gagné. Les deux fermes étaient du siècle suivant.

***

Plusieurs heures se sont écoulées, nous venons de terminer la liste exhaustive des travaux. Le comportement d'Anna m'a semblé étrange lorsque nous avons visité le second étage. Elle est restée silencieuse ou évasive et j'ai été étonné de découvrir que le débarras que nous n'avions pas ouvert la dernière fois, n'en était pas un, mais bien une autre chambre. J'ai eu envie de la taquiner à ce sujet, mais quand j'ai vu son teint livide et les légers tremblements de ses mains, je n'ai pas osé la moindre remarque. Et puis, elle est restée dans le couloir et j'ai compris que cette pièce était à l'origine de son trouble. Elle a paru soulagée dès que nous sommes redescendus.

Honnêtement, le temps s'est écoulé sans que je m'en aperçoive. Anna raconte l'histoire de ce manoir avec une telle passion que c'en est captivant. Elle m'a ensuite donné plusieurs plans de la demeure et annoté ses souhaits d'agencement. Elle a griffonné les autres idées que je lui ai suggérées au cours de la visite. J'ai également pris différentes mesures et photographies.

— Je pense pouvoir établir un devis d'ici une dizaine de jours. Je dois contacter plusieurs artisans pour le prix de certains matériaux.

— Super, je pourrai faire un point avec la banque. Nous attendons l'estimation des travaux pour finaliser la demande de prêt.

— Ça va représenter un sacré investissement, vous en êtes consciente ? Il va vous falloir plusieurs années pour l'amortir. Et puis, il y aura ensuite toute la gestion de votre maison d'hôtes.

— Ewenn, cessez de vous inquiéter pour moi ! Songez plutôt à votre partie du projet.

J'hésite un instant, puis me décide à me montrer franc.

— Anna, ce que je vais vous dire est assez délicat. Mon unique ouvrier va partir d'ici peu. Je serai donc seul pour effectuer les travaux. Mon divorce m'a laissé sur la paille et je n'aurai pas les moyens de recourir souvent à de l'intérim. Pourtant, pour certaines opérations, il faudra être au moins deux. Je doute que ça soit une bonne idée, sincèrement. J'en aurai certainement jusqu'à la fin de l'année en commençant rapidement.

Je n'ose plus la regarder en face. Lorsque je relève les yeux, je ne décèle aucun jugement dans les siens.

— Et ce projet représente quoi exactement pour votre entreprise ? Une perte ou un gain ?

— Un gain, sans hésiter. Vous m'assurez du travail pour les prochains mois, alors que mon carnet de commandes tire la langue.

— Bien, le problème est réglé. Pour la main-d'œuvre qualifiée dont vous aurez besoin pour certaines tâches, estimez le montant, on l'inclura dans le budget. Pour le reste qui n'exige pas de grandes compétences, je vous assisterai. N'y voyez pas de la pitié, je veux apprendre et connaître les bases du bâtiment pour pouvoir me débrouiller. Histoire de ne pas me retrouver dépassée par le moindre truc qui lâche. Et puis de toute manière, moi aussi, j'ai besoin de plusieurs mois pour mettre en œuvre le concept de mon établissement et préparer l'ouverture.

Je la dévisage malgré moi. Est-elle vraiment sérieuse ? Primo, ça lui coûterait moins cher de faire appel à une société qui peut fournir directement une équipe. Deuzio, j'ai l'habitude de travailler avec Manu qui est un ouvrier compétent et talentueux. Vais-je réussir à faire preuve de patience et de pédagogie envers une débutante et qui n'est autre que la patronne du chantier ? Cette fois, j'en suis certain, cette femme est complètement inconsciente.

Chapitre 6

Juin
Vendredi

La rénovation au manoir a débuté depuis trois semaines. Aujourd'hui, c'est le dernier jour de travail de l'employé d'Ewenn et j'ai organisé un barbecue pour le remercier et lui souhaiter un bon départ. Je connais Manu depuis peu, pourtant sa présence va me manquer. C'est un quinquagénaire drôle, le terme de bon vivant lui colle à la peau et le résume parfaitement. Là où il passe, les sourires se dessinent ou les rires éclatent. Son visage rond est parsemé d'angles doux et chaque trait a le don de vous inspirer confiance. C'est d'ailleurs assez déconcertant. J'imagine la peine d'Ewenn, combien cette journée va être difficile pour lui. Manu est heureux, tout son être le reflète et il n'a qu'une hâte ; rejoindre dès demain sa femme et ses deux adolescents qui vivent dans le Sud depuis trois mois. Son épouse a été mutée et l'homme attendait de trouver un autre poste sur place avant de pouvoir les retrouver. Je crois aussi qu'il a un peu tardé pour repousser la séparation avec Ewenn. Apparemment, ses enfants se sont intégrés facilement dans leur nouvelle école, pour la plus grande fierté de leur père, qui souligne à plusieurs reprises le niveau de leurs compétences sociales.

Je regarde l'heure, je dispose d'une vingtaine de minutes pour achever de préparer les accompagnements des grillades avant que mes parents n'arrivent. Comme ils étaient très curieux de voir les débuts du chantier, je les ai conviés à la fête. De toute manière, tôt ou tard ils auraient trouvé une excuse pour se pointer à l'improviste et rencontrer Ewenn. Finalement, mon père n'a pas insisté pour que je fasse appel à d'autres entreprises, acceptant que ce soit à moi de gérer mon projet. J'ai apprécié ce changement de comportement.

Après avoir passé la matinée à travailler dans la dépendance, Ewenn et Manu me rejoignent à l'intérieur du manoir et me demandent l'autorisation pour se laver les mains.

Au moment où j'attrape la bouteille de gaz pour la porter jusqu'au barbecue, Ewenn ne me laisse pas faire et me la retire. Le frôlement de ses doigts sur les miens me fait rougir immédiatement, mal à l'aise, je tourne la tête dans la direction opposée. Depuis un certain temps, il dégage quelque chose de triste en lui. J'imagine que sa fille a dû quitter la France. Je n'en suis pas certaine, il ne s'épanche jamais sur sa vie privée d'ailleurs et je respecte son choix. Officiellement, je ne suis donc pas au courant de l'existence de Clara, ce n'est que le SMS de Daphné le soir de notre rencontre qui m'a donné cette information. Ewenn ne m'en a jamais parlé. Un coup de klaxon retentit dans la cour et met un terme à mes pensées, mes parents sont arrivés.

Nous nous retrouvons tous les cinq à l'extérieur et je fais les présentations. Lorsque ma mère remarque Ewenn, elle m'adresse aussitôt un regard complice. À son léger sourire charmé, je comprends que je n'ai pas fini d'entendre parler de mon employé. Il ne manquait plus que ça ! Soyons honnêtes, elle n'a pas tort. Il possède un certain charisme, physiquement il est très agréable à observer et son métier a sculpté un corps robuste sans surplus. Son visage est beau, avec des traits harmonieux et une mâchoire carrée, son regard gris-vert bien souvent caché sous des mèches brunes a le don d'hypnotiser son interlocuteur. Lorsqu'il sourit, une légère fossette s'inscrit sur sa joue et je dois bien admettre que ça me trouble à chaque fois.

— Avant de nous installer pour l'apéro, je vous propose d'aller voir l'avancée des travaux de la dépendance.

Mes parents ne se font pas prier et se mettent en chemin. Ewenn et Manu me font signe d'y aller, le temps qu'ils allument le barbecue. C'est étrange, mais je suis un peu stressée et j'ai besoin de combler le silence.

— Je vous préviens, c'est loin d'être terminé.

— Détends-toi, Anna. Si c'était déjà fini, ça m'inquiéterait plus qu'autre chose, me rassure mon père.

Mon rythme cardiaque s'accélère au moment où j'ouvre la porte. L'odeur de cheval a disparu, nous avons passé les trois premiers jours à vider les lieux et tout lessiver. Ewenn et Manu ont abattu deux cloisons non porteuses afin d'agrandir la pièce de vie, ils ont détruit les box en bois qui servaient auparavant. Et en dernier, ils ont coulé une dalle de béton suivie d'une chape de ciment. L'ancien sol était en terre battue et rien que ce détail change totalement l'espace.

— J'attends la livraison du revêtement. Pour le moment, c'est en stand-by.

— Oh, regarde Pierre, le grenier est devenu une véritable mezzanine ! s'exclame ma mère.

— Oui, le plancher était trop endommagé pour être gardé, ils ont tout remplacé.

Mon père reste silencieux et inspecte les différentes installations pour l'évacuation d'eau. Puis son attention se fixe au panneau électrique dans le couloir de l'entrée.

— Ils se sont aussi chargés de ça ?

— Non, pour cette partie, nous avons fait appel à un électricien.

Je comprends à son air qui se radoucit, que ma réponse le satisfait. Nous avançons dans la dépendance et je leur explique comment je vois l'agencement intérieur du bâtiment.

— Ils ont terminé la restauration des murs. Il ne me reste plus qu'à me décider sur les différents tons des pièces à vivre.

Ma mère semble émerveillée, quant à mon père, je n'arrive pas à discerner la nature de ses sentiments.

— Papa, tu es déçu ?

Il se rapproche de moi et passe son bras autour de mes épaules.

— Non, pas du tout, ma chérie. C'est juste que j'ai beaucoup de souvenirs dans cette écurie. Gamin, j'y ai passé des heures à prendre soin des chevaux. Et le changement est tellement bluffant que je douterais presque que c'est le même endroit. Bien que nous ayons renoncé avec ta mère dès notre installation à garder les cheveux, cela reste une merveilleuse époque dans mes souvenirs.

Ses paroles me rassurent, nous discutons encore une bonne dizaine de minutes avant de rejoindre Ewenn et Manu sur la terrasse arrière du manoir, celle jouxtant la cuisine.

Ma mère et moi servons l'apéritif, tandis que mon père est en grande conversation avec les deux hommes. J'entends des bribes et ne peux m'empêcher de m'intéresser à ce que raconte Ewenn. Allez savoir pourquoi !

— J'ai repris l'entreprise de mon père, il y a maintenant dix ans. J'avoue qu'elle n'est plus ce qu'elle était à l'époque. J'ai de plus en plus de mal à trouver des clients qui veulent investir dans la rénovation de ce genre de bâtiments.

— Quel est votre nom de famille ? J'ai toujours habité Quimper, il ne doit pas m'être inconnu.

— Morvanec.

— Oh… Vous êtes le fils d'Arthur ?

Ewenn semble surpris et sa voix tremble légèrement.

— Vous le connaissiez ?

Le ton de l'imparfait entre eux me précise que la personne en question est décédée. Le trouble que je lis à travers les yeux d'Ewenn me prouve que le sujet est difficile à évoquer.

— Oui, nous étions à l'école élémentaire ensemble. Et à vrai dire, il a effectué quelques travaux dans ce manoir, il y a plus de trente ans. En fait, je viens de me rendre compte que je vous ai déjà vu, vous deviez avoir à peine neuf ou dix ans. D'ailleurs, comment se porte Marielle, votre mère ?

Mon regard cherche à nouveau celui d'Ewenn, il semble nostalgique. J'étais loin de m'imaginer que sa famille avait déjà collaboré avec la mienne. À cette époque, je devais avoir dans les cinq ans, je n'en ai aucun souvenir. La suite de la conversation m'échappe et la voix de mon père me ramène au présent.

— Anna, ton intuition était la bonne. Si le fils travaille comme le père, ta maison d'hôtes est entre de bonnes mains !

Ewenn sourit, mais je sens que cet échange l'a perturbé.

Le reste du repas se déroule tout en légèreté et convivialité. Manu nous montre des photos de sa famille et nous présente chaque membre en détail.

La fin d'après-midi est vite arrivée et mes parents sont partis depuis plus de trente minutes. Pendant que je commence à débarrasser, Ewenn s'approche et pose naturellement sa main sur mon épaule pour s'adresser à moi.

— Anna, je ramène Manu au centre-ville, il doit terminer ses préparatifs pour demain. Je reviens juste après vous aider. Attendez-moi, ne rangez pas toute seule.

Sa proposition m'étonne et je suis encore perturbée par le contact de ses doigts sur ma peau. Je me recule doucement pour ne pas avoir l'air de fuir.

— Ewenn, c'est gentil, mais je vais réussir à m'en sortir. Rentrez vous reposer. Vous avez eu une semaine fatigante. On se voit lundi.

Je sens qu'il hésite, puis il soupire légèrement avant d'acquiescer. Pourquoi je regrette déjà d'avoir refusé son aide ?

Ewenn s'éloigne pour récupérer ses affaires restées dans la dépendance, tandis que Manu s'approche à son tour. Le moment des adieux est officiel.

— Anna, c'était un véritable plaisir de vous rencontrer. Je ne risque pas d'oublier avec quelle vigueur vous lessivez un mur ! me taquine-t-il.

Il s'interrompt et mon sourire se fige lorsque je comprends à son regard qu'il n'est plus à la plaisanterie.

— Je suis rassuré que vous soyez dans l'entourage d'Ewenn…

Il semble gêné d'entrer sur ce terrain-là, alors je l'y encourage.

— Il a des soucis ?

— Ça reste entre nous, mais j'ai besoin que vous le surveilliez un peu. Depuis le départ de sa fille, je vois bien que son moral est au plus bas. Et puis…

Manu se passe la main dans les cheveux comme pour repousser le moment de son aveu et de sa trahison envers Ewenn.

— Vous pouvez me faire confiance.

— Je crois qu'il a des soucis financiers, il a libéré son appartement et vit au dépôt de l'entreprise depuis plusieurs semaines.

Cette nouvelle me déstabilise et mon corps se crispe.

— Il pense que je ne m'en suis pas rendu compte, mais

j'ai bien vu le lit installé dans la pièce qui était condamnée. Il n'est pas sans-abri, il y a une douche et une petite cuisine. Mais c'est très loin du niveau de vie qu'il avait avant, quand il était encore marié.

Il se retourne et chuchote en apercevant Ewenn revenir vers nous.

— Anna, je sais que vous êtes sa cliente. Mais j'ai confiance en vous, pouvez-vous me promettre de garder un œil sur lui ?

J'ignore pourquoi je me sens soudainement si concernée par le sort d'Ewenn, mais j'accepte la demande de son ami.

***

Depuis une bonne heure, je m'affaire à laver les plats, l'esprit totalement ailleurs. Je ressasse ma conversation avec Manu et la situation de mon entrepreneur me parasite.

Après avoir tout nettoyé et même ce qui n'a pas été sali, je me sers un verre de vin. Je me laisse tomber sur le canapé et le visage d'Ewenn ne cesse de me troubler. Je repense au jour où je l'ai rencontré, il était dans un tel état… alors que sa fille n'était pas encore partie. Comment gère-t-il la solitude et son installation au dépôt ? Je vais devenir dingue à ruminer de la sorte sans agir. J'attrape mon portable sur la console et regarde l'heure, dix-neuf heures trente. Je soupire, cesse de réfléchir et l'appelle.

— Bonsoir, Anna. Il y a un souci ?

— Euh non, je sais qu'il est un peu tard, mais avez-vous déjà mangé ? On a cuit trop de viande, je n'avais pas réalisé que c'était à ce point. J'ai besoin d'aide pour terminer les restes.

— Pourquoi ne pas inviter Pierre et Violaine plutôt ?

Je ne m'attendais pas à cette réaction de sa part et mon amour-propre en prend un léger coup.

— Je vous dérange, peut-être ? Je vous ai appelé uniquement pour ne pas gâcher la nourriture. Mes parents ne ressortiront pas à cette heure-là. Ils ont leurs petites habitudes.

J'entends sa respiration à travers le combiné. Je crois deviner qu'il hésite.

— C'est une impression ou la solitude vous pèse ?

Sa phrase me foudroie, j'ai le sentiment de faire pitié. Moi qui souhaitais lui venir en aide, voilà que la situation se retourne contre moi. Je décide d'abréger l'humiliation.

— Non, pas du tout. Bonne soirée, à la semaine prochaine.

— Ne réagissez pas comme ça. J'arrive d'ici une quinzaine de minutes.

— Je ne veux pas vous forcer à quoi que ce soit.

— Arrêtez de tergiverser, Anna. Vous savez, elle me pèse aussi.

Il raccroche sans que j'aie le temps d'ajouter un mot. Son aveu m'a prise de court, je ne pensais pas qu'il se livrerait si facilement. Eh oui, je serais une menteuse de dire que la solitude ne m'affecte pas depuis que je suis à Quimper. À Paris, j'avais des amis, des collègues, un semblant de vie sociale en dehors du travail, je n'ai que mes parents, ma tante – dont je repousse la visite – et Ewenn. J'ai quitté cette ville à seize ans et je n'ai pas maintenu les liens avec mes copines d'antan. On a essayé les premiers mois, puis nos existences respectives se sont immiscées entre nous. Aucune n'est restée vivre ici, soit elles étaient parties pour des études sans jamais revenir, soit leur vie de famille ou de future épouse les avait conduites à déménager. Les seules connaissances que je possède dans cette ville sont les artisans et commerçants qui étaient déjà implantés là durant mon enfance. Et puis pour être totalement honnête, même si j'ai constamment eu des amies au cours de mon existence, j'ai bien souvent du mal à entretenir les relations. Je suis une personne que la solitude n'effraie pas et rassure. La vraie amitié a toujours été pour moi quelque chose de contraignant. Par exemple, devoir prendre sur moi pour suivre Magalie, ma meilleure amie, en boîte de nuit jusqu'au lever du jour, écouter ses longues théories sur l'amour et les interactions entre hommes et femmes. Être disponible à quatre heures du matin, face aux pleurs et cris de désespoir d'une copine larguée sans aucun état d'âme. L'absence de lien a un côté bien plus simple et transparent. Les relations sociales compliquent tout. Puis mes pensées me ramènent à Ewenn et en fin de compte, mes arguments ne parviennent plus à me convaincre. La présence d'Ewenn est plus agréable que mon exil.

Chapitre 7

Je redoutais d'être mal à l'aise à l'arrivée d'Ewenn, alors que tout s'est déroulé naturellement. Nous avons mangé agenouillés au salon face à la table basse, avec la télévision en bruit de fond, un peu comme des amis de longue date. Pour l'occasion, j'ai ouvert un bon vin et je dois bien admettre que l'alcool me monte un peu à la tête et m'encourage à assouvir ma curiosité.

— Parlez-moi un peu de vous, Ewenn. Vous ne dites jamais rien sur votre vie.

Mon voisin de table me dévisage un instant, l'air désarçonné. Puis un sourire vient chasser son léger trouble.

— Je vous retourne le compliment. Dans votre genre, vous êtes bien mystérieuse aussi.

— OK, très bien. Je vous confie quelque chose, puis c'est à votre tour et ainsi de suite, proposé-je en nous resservant.

Il acquiesce et je réfléchis rapidement à un élément sans grande importance à dévoiler sur ma vie.

— Je crains les serpents. Je n'en mène pas large quand je traverse les hautes herbes du domaine à l'orée du bois. Je parle à voix haute, tape des pieds pour être bruyante et faire fuir les potentiels reptiles.

Ewenn s'esclaffe et me répond :

— Vous vous moquez de moi. Ce n'est pas vraiment une grande révélation. Peu de personnes les aiment. Tentez autre chose, sinon je ne vous confie rien.

Je soupire de ma ruse avortée.

— D'accord. Il y a encore quatre mois, je pensais vivre à Paris pour le restant de mes jours. Puis à la proposition de mes parents, j'ai tout plaqué sans réfléchir pour venir ici. Enfin, je crois que je vous en ai déjà parlé, en fait.

— Vaguement, lors de notre seconde rencontre. Vous n'aviez aucune attache là-bas ?

— Vous trichez, je vous répondrai quand vous m'aurez livré une information sur vous. C'est à votre tour.

— Bien. J'ai une fille.

L'annonce est brutale, je ne m'attendais pas à ce qu'il commence par ça. Je feins de ne pas être au courant de la situation et dégaine une expression surprise.

— Oh… Elle vit avec votre ex ?

— Vous ne respectez pas votre propre règle. Bon, vous me devrez la réponse précédente et une nouvelle révélation.

Il s'interrompt pour me dévisager et vérifier que j'accepte. Je hoche la tête pour lui confirmer.

— Oui, elles sont parties s'installer à New York, il y a plus d'un mois à présent.

Je ravale la multitude de questions qui me traverse l'esprit et me concentre pour reprendre mon tour.

— Je n'avais rien de particulier à Paris, hormis des amis et un job. Je me répète sûrement, mais je suis divorcée depuis cinq ans et à cette période, j'ai tiré un trait définitif sur les relations amoureuses. Je suis heureuse ainsi, ma vie me convient mieux qu'avant.

— À tel point, que vous invitez votre ouvrier à dîner.

Je fulmine à moitié vexée et lui donne un coup de coude.

— Ce n'est pas digne d'un gentleman de me balancer ça !

— Je n'ai jamais prétendu l'être.

Je décide de le piquer à mon tour.

— Et c'est sûrement la raison de votre divorce ?

— Madame ne se laisse pas faire. Non, ça n'a rien à voir avec ça. Nous étions trop préoccupés par nos activités professionnelles respectives. Daphné passait plus de temps avec son associé qu'avec moi, elle en est tombée amoureuse et a demandé le divorce un peu plus tard. Et puis, il y a trois mois, on leur a proposé de se développer à l'étranger, elle a obtenu la garde de Clara. Fin de l'histoire. Et vous, vous êtes restée longtemps avec votre ex-mari ?

— Neuf ans. Je l'ai épousé à vingt-cinq, mais nous étions déjà ensemble depuis quatre ans.

— Je me suis marié au même âge... Nous allions sur nos quatorze ans de relation. La vie est parfois très surprenante. Elle nous enlève tout ce qu'on pensait avoir acquis. À ce qu'il paraît, il y a toujours un plan de l'existence à travers les épreuves que nous endurons. Je n'ai pas trouvé le sens caché derrière tout ça.

Je décèle de la tristesse dans son regard, Ewenn semble encore très attaché à son ex-femme. C'est quelque chose d'assez perceptible et il n'a pas l'air de s'en cacher. D'où la difficulté à encaisser sa séparation et le déménagement à l'étranger en prime.

— Comme quoi, on n'est jamais certain de rien ! S'il y a bien une chose que l'existence m'a enseignée, c'est que rien n'est éternel, tout n'est qu'éphémère. Changeons un peu de sujet, parlez-moi de votre fille.

— Clara aura bientôt treize ans. C'est une gamine merveilleuse, elle est bonne élève et aime encore passer du temps avec ses parents. Incroyable, n'est-ce pas ? Elle me manque terriblement. Et vous, je présume que vous n'avez pas d'enfant. Sinon vous ne seriez pas seule ici, non ?

Bien qu'elle soit logique, je ne m'attendais pas à cette question. Malgré le nombre d'années, elle me fait toujours aussi mal. J'ai l'impression d'avoir reçu une gifle et tente de contenir les trémolos dans ma voix.

— Non, en effet.

Ewenn se redresse un peu et me fixe.

— En couple pendant neuf ans et pas d'enfant. C'est un sujet sensible, n'est-ce pas ?

Sa déduction me glace le sang, pourtant à travers le timbre de sa voix, je comprends qu'il n'y a aucune méchanceté, ni jugement… juste une certaine maladresse. Je relève les yeux dans sa direction et ajoute :

— Encore deux questions à la suite, vous êtes vraiment mauvais joueur ! La bouteille est vide, je reviens.

J'ignore si l'alcool accentue ma vulnérabilité, mais je sens mes larmes s'agglutiner à peine arrivée dans la cuisine. Pourquoi je ne parviens pas à être plus forte que ces putains d'émotions ?

Je ravale mes sanglots et tente de retrouver un souffle normal avant de rejoindre le salon. Je m'apprête à déboucher la bouteille, quand il m'interrompt.

— Anna, merci, mais j'ai déjà trop bu. Même si je n'habite pas loin, je dois reprendre le volant. Ce n'est pas raisonnable.

Je ne peux me retenir de sourire et de la ramener.

— Je suis heureuse de constater que vous avez pris de la graine depuis notre rencontre.

— À ma décharge, j'étais à pied, non en voiture.

— Ça ne vous a pas empêché d'être dangereux. Si vous voulez continuer à boire, il y a une dizaine de chambres inoccupées dans ce manoir. Bon, j'admets que certaines sentent encore un peu la poussière.

— Je me trompe ou vous invitez un inconnu à dormir chez vous ?

Sa remarque me perturbe un instant.

— Primo, vous n'êtes pas un inconnu, je vous ai embauché. Et deuzio, je sais que je peux avoir confiance en vous. Ne me demandez pas pourquoi, c'est mon intuition.

— Je suis touché alors, plaisante-t-il.

— Je vous sers ou vous vous arrêtez là ? Vous êtes attendu peut-être ?

Il plonge son regard gris-vert dans le mien, l'intensité qu'il dégage me trouble pendant plusieurs secondes et j'ai bien du mal à déglutir. Puis, Ewenn n'ajoute rien et me tend son verre. Ce qui a le mérite de m'arracher un sourire victorieux.

Nous discutons encore une demi-heure, quand je me sens assez éméchée pour aborder le sujet qui me parasite depuis la fin de journée.

— Ewenn, j'ai quelque chose à vous avouer, mais ne vous braquez pas. D'accord ?

— Je crains le pire.

Je le toise pour lui montrer que je ne suis pas en train de plaisanter.

— J'ai parlé avec Manu avant son départ. Il m'a confié que vous aviez quitté votre appartement et que vous logiez au dépôt.

Mince ! Je n'aurais pas pu y aller de manière moins frontale. Je suis vraiment une plaie en relation sociale ! Son regard s'assombrit aussitôt, tandis que ses lèvres se resserrent légèrement, comme pour contenir sa colère. Sans rien ajouter, il termine son verre d'une traite et le repose avec fracas sur la table.

— De quoi se mêle-t-il pour vous avoir raconté ça ?

— Il s'inquiétait sincèrement pour vous. N'y voyez rien

de mal. Donc, c'est vrai ? insisté-je sans me démonter face à mon interlocuteur agacé.

— Oui et alors, ça vous pose un problème ?

J'ai heurté sa fierté, mais je ne me laisse pas intimider pour autant. Je commence à cerner son caractère.

— Non, disons que j'ai plutôt quelque chose à vous proposer. Mais avant ça, détendez-vous. Vous me stressez là !

Il soupire et se pince l'arête du nez pour relâcher la tension.

— Je crois que vous ne cesserez jamais de m'étonner.

— Installez-vous provisoirement ici. Je ne pourrai pas louer les chambres avant plusieurs mois, alors autant qu'elles servent. Vous savez, les lieux sont assez grands pour qu'on ne se croise même pas. Vous pourrez garder votre totale indépendance. Je ne vous demande pas de loyer, seulement un petit coup de main pour le jardinage, le bois ou d'autres tâches de ce genre.

Ewenn semble décontenancé par mes propos. Je n'arrive pas à déterminer s'il est choqué ou de mauvaise humeur. J'ai l'impression que la limite entre les deux est incertaine.

— Pourquoi feriez-vous ça pour moi ?

C'est le moment de ravaler ma fierté, si je veux être convaincante !

— Vous avez vu juste, la solitude me pèse. Et pour être complètement honnête, c'est assez flippant la nuit. Même si c'est la maison de mon enfance, je n'ai jamais vécu seule ici. Une présence me rassurerait et mettrait un terme à mes angoisses nocturnes.

— C'est vraiment gentil, Anna, mais je ne sais pas. Hormis le fait que ça soit totalement gênant pour moi, c'est tellement bizarre comme idée.

J'explose de rire face à sa mine déconfite.

— Ça va, respirez, Ewenn ! Je ne vous ai pas demandé de

tuer quelqu'un. Ne me donnez pas de réponse tout de suite, vous pouvez juste y réfléchir. Et si toutefois, vous ne voulez pas me supporter tous les jours, dites-le-moi, je ne me vexerai pas. Je n'ai plus cinq ans, je survivrai, plaisanté-je.

— Ce n'est tout de même pas commun. Je travaille pour vous et nous ne sommes même pas amis.

Sa réponse me blesse immédiatement. Notre relation est de nature professionnelle, mais nous avons déjà partagé plusieurs moments de complicité en dehors de ce cadre. Je n'ai pas forcément mis de mot sur ce qui me reliait à Ewenn. Mais pour moi, l'amitié était là en quelque sorte. Je ne montre rien et lui rétorque :

— C'est vrai, je vous l'accorde, mais parfois la vie est étrange. Vous l'avez dit vous-même ! Cette cohabitation pourrait être pratique aussi. Vous serez sur place pour travailler ! Gain de temps et d'essence.

— Vous êtes une drôle de femme, Anna.

— Vous pouvez parler ! Enfin, je veux dire, un drôle d'homme. Je ne vous traite pas de femme, vous m'avez comprise.

Ewenn rit de plus belle et je m'esclaffe à mon tour.

— Je vais y réfléchir, promet-il. En tout cas, c'est très sympa de votre part.

Je ne relève pas son compliment.

— Bien, vous pourrez vous faire une idée dès cette nuit. Il est tard, je vais vous montrer où vous allez dormir.

Nous nous levons et je le guide au premier étage dans la chambre la plus chaude. C'est la seule, hormis la mienne, que j'ai pris soin de décorer et de préparer. C'était une pièce pour éventuellement accueillir mes parents ou Magalie et son fiancé.

Je lui ouvre la porte, il me dépasse et avance timidement.

— C'est magnifique, vous l'avez réaménagée depuis ma visite.

— Oui, merci. Je vous laisse. Réfléchissez bien, lui lancé-je avec un clin d'œil.

Chapitre 8

Samedi
Ewenn

Le jour perce à travers les grandes fenêtres de la chambre et me tire doucement du sommeil. Mes paupières papillonnent, puis mon regard s'attarde sur les murs dont les pans sont recouverts à moitié de boiserie, je ne suis pas au dépôt. Je détaille un instant la commode ancienne aux ornements minutieux qui me fait face et me souviens que j'ai passé la nuit au manoir, chez Anna. J'attrape mon portable sur la table de chevet à ma gauche ; je n'y crois pas, il est plus de neuf heures ! Je ne dors jamais aussi tard, même le week-end. Jusqu'à présent, je n'ai jamais eu besoin de réveil, je suis réglé comme une horloge. L'alcool de la veille a dû complètement m'assommer. Je me redresse contre le bois du lit et me passe les mains sur le visage. La proposition de mon hôte me revient en mémoire et sincèrement, je ne sais pas quoi en penser. C'est tout de même étrange de suggérer à un homme que l'on connaît à peine de vivre chez soi. Enfin, même si nous étions des amis de longue date, on invite rarement les gens à s'installer dans notre cadre de vie. Cette femme est vraiment singulière et elle m'intrigue de jour en jour. J'éprouve le besoin de comprendre ce qui lui traverse l'esprit et je ne vois que deux options. Soit elle a pitié de ma situation et ses peurs nocturnes sont une excuse bidon pour me déculpabiliser, soit elle a une autre idée en tête concernant notre relation. Mais honnêtement, elle ne ressemble pas à ce type de personne capable d'une telle manœuvre. D'ailleurs, elle n'a même jamais montré une éventuelle attirance envers moi. D'habitude, j'ai plutôt la côte auprès de la gent féminine, mais elle, reste une des rares que je laisse de marbre. Cette pensée semble présomptueuse, pourtant c'est un fait, j'ai dû repousser de nombreuses avances durant mes années de mariage et davantage juste après mon divorce. J'abandonne le cours de mes réflexions et me rhabille. J'entre dans la salle d'eau adjacente pour me rafraîchir le visage et les idées au passage !

Une fois préparé, je parcours lentement l'interminable couloir. Mes yeux ne peuvent quitter les différents tableaux qui ornent les murs. Les œuvres sont magnifiques et doivent dater du XIXe siècle, ce sont presque toutes des peintures à l'huile. Deux d'entre elles attirent particulièrement mon attention. Sur la première, on distingue une scène de nuit dans une vaste plaine éclairée par la lune, trois menhirs forment un V inversé et se dressent en arrière-plan tandis qu'un druide leur fait face et tend les bras en direction de l'astre. Cette toile m'inspire un sentiment de magie, de retour aux forces de la nature que nous avons perdu. Sur le second, c'est un bateau de pêche qui lutte contre le tumulte effrayant des vagues, les marins se ruent sur le pont pour tenter de déjouer la tempête, mais un d'entre eux est passé par-dessus bord et ses coéquipiers ne semblent pas l'avoir remarqué. Bêtement, celui-ci m'évoque une sortie en mer avec mon père et Gérald, il faisait l'idiot pour attirer l'attention et est tombé dans la mer agitée. C'est la seule fois où notre paternel s'était montré inquiet pour lui et dans le fond, je me suis toujours demandé si mon petit frère ne l'avait pas fait exprès. Car je dois bien avouer, que mon père ne lui a jamais accordé la moindre importance, à l'inverse de moi. Le souvenir de Gérald me serre la poitrine, je chasse rapidement mon malaise doublé de ma culpabilité et reprends ma marche. Au sol, un long tapis d'un rouge majestueux recouvre le parquet jusqu'à l'escalier, ça se voit que le revêtement est récent, il doit recouvrir une ancienne dalle en pierre. À peine ai-je posé le pied sur la première marche que mes narines s'élargissent et reniflent un doux parfum sucré provenant de la cuisine.

Je m'aventure dans cette direction en imaginant qu'Anna doit s'y trouver. Je passe la tête dans l'embrasure de la porte qui est restée ouverte et l'observe un instant en silence. Elle me tourne le dos, face au plan de travail, en train de chantonner. Sa voix et son air faux me font sourire, comme quoi on ne peut pas être parfait ! Amusé, je tousse pour me manifester et la salue. Elle sursaute et se retourne immédiatement, gênée que je la surprenne ainsi.

— Oh, bonjour Ewenn. Désolée, je fredonne facilement quand je cuisine.

— Mon Dieu, vos anciens collègues ont dû souffrir à vos côtés.

— Vous êtes très sympathique au réveil. Je vous rassure, cela ne me prend que lorsque je suis seule.

— Donc, si j'accepte votre offre, vous ne pousserez pas la chansonnette ?

— Ah tiens, la nuit vous a porté conseil ? Vous avez décidé ?

— Non, pas encore. J'avais simplement envie de vous embêter un peu.

— Méfiez-vous que je ne chante pas lorsque je vous aide sur le chantier !

Je lève les mains en signe de capitulation.

— Oublions ce que je viens de dire.

Elle secoue la tête comme pour encaisser mon humour ras les pâquerettes.

— Il y a du café et une tasse juste là, servez-vous. Vous aimez les gaufres ?

— Bien sûr. Qui n'aime pas ça ?

— Des tas de personnes.

— Citez-en moi une.

— Mon ex-mari est un bon exemple.

Je ne relève pas et m'assois, elle me rejoint et me tend une assiette avec deux gaufres fumantes recouvertes de chocolat fondu. Rien que l'odeur accentue mon appétit. Depuis quand n'en ai-je pas mangé ? Je crois que cela remonte à mes premières années de mariage, Daphné était encore très attentionnée à cette époque, cela a vite changé par la suite. Je ne me fais pas prier pour mordre dedans.

— C'est délicieux. Je sens un ingrédient différent de la recette habituelle, je n'arrive pas à trouver ce que c'est.

— Je ne peux rien pour vous. Un chef ne divulgue jamais ses petits secrets de création.

Je souris et poursuis ma dégustation. Mon regard se perd à travers la porte-fenêtre qui donne sur le potager. Le vent diffuse un souffle agréable et les effluves des rosiers à proximité se mélangent à ceux de la cuisine. Ce domaine est un sublime coin de paradis, entre l'architecture du bâti et les beautés simples de la nature environnante. L'idée de vivre ici temporairement devient de plus en plus difficile à rejeter, surtout si je la compare avec mes conditions de vie actuelles.

— Vous savez, Ewenn, j'ai bien réfléchi par rapport à notre conversation d'hier. Je comprends tout à fait que cela semble étrange comme proposition. Donc, si vous voulez, on peut faire une sorte de test. Vous pouvez passer une première semaine au manoir et à l'issue, si on ne s'est pas entretués d'ici là, on en reparle plus sérieusement. Qu'en dites-vous ?

— Tiens, vous avez changé d'avis. Finalement, vous craignez de commettre une erreur en me proposant de m'installer chez vous.

Elle quitte sa cuisson des yeux et se retourne face à moi. Elle semble outrée par ma réponse et pose ses mains sur ses hanches.

— Pas du tout ! Mais vous êtes plutôt difficile à convaincre. Votre amour-propre peut-être, ajoute-t-elle d'un petit air narquois qui la rend séduisante.

— Mettez-vous à ma place, si nous étions dans la situation inverse, auriez-vous immédiatement accepté mon aide ?

Elle reste silencieuse quelques secondes et semble réfléchir sérieusement à ma question.

— Oui, parce que j'ai confiance en vous. Vous vous adressez quand même à une personne qui a décidé de reprendre ce manoir et d'ouvrir une maison d'hôtes en quinze minutes. Je ne suis pas le meilleur exemple à suivre, je vous l'accorde.

Cette femme est drôle et spontanée. Elle ne cesse de m'étonner au fil des jours. Déjà, lorsqu'elle a insisté pour nous aider avec Manu, elle m'a amusé. Comme nous ne savions pas trop quelle tâche lui confier, nous lui avons demandé de lessiver les surfaces. Sincèrement, je n'ai jamais vu quelqu'un prendre une mission aussi ingrate à cœur. Je crois qu'Anna est une de ces personnes intègres, qu'elle élabore un grand plat ou nettoie des murs dégueulasses, elle y met la même conviction. C'est un côté assez admirable chez elle, bien qu'elle semble avoir malgré tout un foutu caractère. Les minutes suivantes, je m'imagine rentrer au dépôt et m'installer dans ma chambre de fortune, seul. Sa compagnie est nettement plus divertissante, je dois bien l'admettre.

— C'est d'accord, pour le test.

Elle m'offre un large sourire qui illumine son visage et tape dans ses mains d'un air victorieux.

— C'est génial ! J'en avais plus qu'assez de passer des soirées mornes, ici. Vous verrez, ensemble, ça sera sympa... Mais ne vous inquiétez pas, si vous souhaitez être seul, je le respecterai. D'ailleurs, je peux rendre visite à mes parents, si...

Sans réfléchir, je me lève, j'attrape ses poignets pour qu'elle se taise et lui réponds en plaisantant :

— Anna, calmez-vous. Ne me faites pas regretter ma décision.

Elle ne semble pas s'offusquer de mon contact, comme si c'était quelque chose de naturel. En tout cas, c'est ainsi que je le ressens.

— Je suis certaine que le jour où vous reprendrez un logement, vous serez triste de quitter votre super coloc !

— Vous êtes bien sûre de vous. Partons déjà sur une première semaine.

— On en reparlera, me défie-t-elle.

Je ne renchéris pas, elle a ce tempérament à ne rien abandonner facilement.

— Je vais passer au dépôt récupérer des affaires. J'ai...

— Première règle, vous n'avez pas à vous justifier de vos allées et venues. Faites comme si vous étiez chez vous, d'accord ?

— OK, chef !

Ma remarque la fait sourire, puis j'ose ajouter :

— Anna, si on cohabite, même ne serait-ce qu'une semaine, on pourrait peut-être se tutoyer, non ?

Elle m'offre un sourire franc.

— Tu as raison.

Satisfait, je termine de déjeuner. Une fois à l'extérieur, je grimpe dans ma camionnette et me demande sincèrement dans quoi je suis en train de m'embarquer.

***

Au dépôt, j'ai rempli un sac de vêtements, pris ma télévision parce qu'il n'y en a pas dans la chambre du manoir et quelques bricoles du quotidien. Je décide de faire des courses pour remercier Anna en m'occupant du dîner ce soir. Il n'y a pas qu'elle qui sait cuisiner, je pense que ça va lui en boucher un coin.

Il est plus de quatorze heures lorsque je quitte le centre commercial et charge le coffre. Je suis interrompu par la sonnerie de mon téléphone. La photo de Clara sur l'écran me redonne immédiatement le sourire.

— Bonjour, ma puce. Tu vas bien ?

— Oui, je viens de me lever. Il est huit heures quinze à New York.

— Je vais avoir du mal à m'habituer à ce décalage horaire. C'est le début d'après-midi à Quimper.

— Je sais, papa. Qu'est-ce tu fais de beau ?

— Je sors du centre commercial.

— Toi, tu fais des courses, un samedi en plus ?

— Oui, c'est surprenant. Comme quoi, tout arrive. Raconte-moi, comment se passe ta vie new-yorkaise ? Le collège est cool ?

— Je progresse en anglais et même si c'est difficile, j'ai réussi à me faire quatre copines. Elles trouvent que c'est trop la classe d'être Française.

— C'est une super-nouvelle. Alors, tu te plais là-bas ?

— L'appartement est génial, on se croirait dans une série télé. Mais…

— Qu'est-ce qui te chiffonne ?

— Tu me manques et… j'ai mal au cœur en pensant que tu es tout seul. En plus, Manu est parti rejoindre sa famille. Qui s'occupe de toi ?

J'hésite un instant, puis je décide de révéler une partie de la vérité à ma fille.

— Tu sais, il y a eu un peu de changement. Je t'ai parlé de mon dernier chantier, le magnifique manoir que je dois rénover. Eh bien, je m'entends très bien avec Anna, la propriétaire et je vais habiter là-bas quelques semaines. J'ai dû rendre mon appartement, le bailleur l'avait promis à son fils. Du coup, elle m'a proposé de m'héberger le temps de retrouver un logement. Donc je ne suis pas tout seul.

Je n'ai pas pour habitude de mentir à ma fille, mais toute vérité n'est pas bonne à dire.

— Oh… Elle est gentille cette Anna ?

— Oui, très sympa.

— C'est comme maman et Tom ?

— Non, ça n'a rien à voir, ma puce. C'est juste une amie.

— Pour qui tu travailles, c'est un peu bizarre, quand même.

— Ça peut le paraître, mais c'est plutôt cool. C'est comme si tu habitais avec une de tes copines.

— Mouais… Au moins je suis rassurée, tu n'es pas tout seul. Tu me la présenteras quand je viendrai ? J'aimerais bien visiter le manoir, les filles ne vont pas en revenir. C'est un peu comme un château, je vais passer pour une princesse, rit-elle.

— C'est promis. Et tu as raison, on en dirait vraiment un tellement il est grand.

Nous discutons encore quelques minutes et je raccroche. Je m'installe au volant, pensif. C'est étrange d'avoir confié ça à Clara, mais elle sera quitte de s'inquiéter pour moi. Puis, je réfléchis un peu plus loin. Si la cohabitation se passe bien, je devrais toujours y être d'ici août. Est-ce qu'Anna acceptera que ma fille loge au manoir le temps de son séjour en France ? C'est un point que je vais devoir éclaircir avec elle. Essayons déjà cette semaine, si je décide de rester, je lui en parlerai.

Chapitre 9

Ewenn s'est absenté depuis plusieurs heures, j'en ai profité pour nettoyer les pièces principales du manoir. Il me semble entendre mon portable sonner, du pied je coupe l'aspirateur sans douceur.

— Bonjour, maman, tout va bien ?

— Oui et toi ? Tu viens dîner à la maison ?

Je soupire intérieurement, je crois que mes parents se sentent obligés d'occuper mes soirées. Leur fille célibataire doit vraiment leur faire pitié.

— Euh non, c'est gentil, pas aujourd'hui. Plutôt la semaine prochaine, si tu veux.

— C'est toi qui vois, si tu ne te lasses pas d'être seule dans ce manoir. Tu devrais sortir un peu en ville et provoquer des rencontres.

Je serre le poing pour éviter de révéler ce que j'ai sur le cœur, je sais bien que ce n'est pas méchant de sa part. Mais ça a tout de même le don de m'irriter !

— Inutile, je me sens bien chez moi.

Je m'interromps lorsque j'entends la porte d'entrée s'ouvrir et Ewenn m'interpeller depuis le hall.

— Qui est-ce ?

Évidemment, il fallait que ma mère n'en rate pas une

miette. Je bouche un instant le micro de mon smartphone et clame en direction d'Ewenn :

— Une seconde, je suis au téléphone.

Je recolle l'appareil à mon oreille.

— J'ai de la compagnie ces prochains jours.

— Tiens, tiens. Et tu comptes garder le mystère encore longtemps ? Aie un peu pitié de ta pauvre mère qui s'inquiète pour toi.

Elle sort ses grands violons, je suis foutue ! Je soupire, il faut toujours qu'elle joue avec la corde sensible pour parvenir à ses fins.

— C'est Ewenn, mais s'il te plaît, ne te monte pas des films dignes de Spielberg.

— Tu m'en diras tant, s'amuse ma mère.

— Tu n'es pas possible. Bref, je vous expliquerai quand je viendrai vous voir.

— D'accord, je garde ça pour moi pour le moment. Ton père risque d'avoir une syncope en sachant que ton employé vit chez toi. Moi, je l'aime bien ce garçon ! Et puis entre nous, il est très charmant, mais je pense que tu n'es pas aveugle…

— Maman, arrête. Ce n'est pas ce que tu crois.

— Anna, tu as le droit de reconstruire ta vie.

Je tais mon envie de lui répondre que de ce côté-là, cette idée m'a abandonnée depuis longtemps.

— Je dois te laisser. Embrasse papa.

Je raccroche, excédée par le besoin compulsif de ma mère de me recaser.

— Tout va bien ? m'interrompt Ewenn dans mes pensées en me rejoignant dans la cuisine.

— Oui, merci.

— Tu me donnes un coup de main pour décharger le coffre ?

— Oh, d'accord. J'arrive.

***

Je fais les cent pas dans le séjour, je fulmine. Ewenn a réussi à me chasser de ma propre cuisine, m'agrémentant d'un « je m'occupe du dîner, mais hors de question de t'avoir dans mes pattes ! ». Je ne sais pas comment le prendre, ce n'est pas parce que c'est mon métier que j'aurais jugé ou critiqué. Quelle étroitesse d'esprit ! Mon téléphone sonne à nouveau. Je souffle en espérant que ce n'est pas ma mère qui revient à la charge. Finalement, l'écran m'indique un appel de mon agent immobilier parisien. Pourquoi me contacte-t-il un samedi en fin d'après-midi ?

— Bonsoir, madame Le Goff. Je suis désolé de vous déranger, le notaire vient de m'envoyer un e-mail important. Tout est finalisé pour la vente de l'appartement. Avez-vous la possibilité de vous déplacer à Paris pour signer les derniers documents ? Le rendez-vous peut avoir lieu lundi ou mardi. Sinon, cela va reporter à une quinzaine de jours. Le notaire doit s'absenter à l'étranger, d'où l'urgence de mon coup de fil.

Je suis plutôt surprise. À vrai dire, cette transaction m'est complètement sortie de la tête. J'ai reçu, il y a presque deux mois à présent, une proposition d'achat d'un jeune couple et cette fois les formalités sont terminées. Mon cerveau retrouve ses fonctions et je réponds à mon interlocuteur.

— D'accord pour mardi, à quelle heure ?

— Quatorze heures chez le notaire.

— Bien, c'est noté. Bonne soirée.

Après avoir raccroché, cette nouvelle me laisse sans voix. Je suis heureuse de vendre mon appartement, mais ce lieu a quelque chose de sentimental, le symbole nostalgique de ma reconstruction après le divorce. Je l'ai acheté quelque temps après notre séparation. J'ai l'impression de tourner une page de ma vie, plus grand-chose ne me rattachera à Paris à présent.

Ewenn me rejoint au séjour avec un verre dans chaque main.

— Tu fais une de ces têtes. Quelque chose ne va pas ?

— Non, au contraire. Je viens d'avoir mon agent immobilier au téléphone. Je dois me rendre à Paris mardi, pour conclure la vente de mon appartement.

— Félicitations ! s'enthousiasme-t-il en me tendant ma boisson.

Je renifle le contenu, je reconnais le parfum de godinette ; un cocktail breton à base de liqueur de fraises, d'eau-de-vie et de muscadet.

— Merci. C'est toi qui l'as préparé ?

— L'intégralité du menu de ce soir est maison, madame la chef.

Je ris face à son air indigné.

— Alors, qu'as-tu cuisiné de bon ?

— Je suis resté dans le traditionnel, un *kig-ha-farz*.

— Oh, génial, je n'en ai pas mangé depuis des années.

— Un comme le mien, je peux te garantir que tu n'en as jamais goûté.

— Maintenant, j'ai peur, le taquiné-je. Je n'ai peut-être plus si faim…

***

La soirée s'écoule dans une ambiance agréable, son pot-au-feu breton était délicieux. J'avoue qu'il est bien meilleur que celui de ma mère. J'ai découvert les ingrédients qu'il a rajoutés, mais je décide de garder le secret pour moi et de le laisser savourer sa petite fierté.

— Donc, tu vas à Paris ?

— Oui, je prendrai le train de mardi matin, je dois signer en début d'après-midi. Je te confie le manoir en mon absence. D'ailleurs, je te donnerai un double des clés que tu garderas.

— Tu comptes rester un peu là-bas ou tu fais juste l'aller-retour ?

— Honnêtement, je ne sais pas. Ça pourrait être l'occasion de profiter de passer un peu de temps avec ma meilleure amie que je n'ai pas vue depuis mon départ.

Ewenn me dévisage, puis il ose me questionner.

— J'ai le sentiment que cette vente ne te réjouit pas ?

— Si, bien entendu. Seulement, c'est une page de ma vie qui se tourne.

— Dis-m'en plus, je suis d'une nature curieuse.

Je souris à sa remarque, Ewenn a le don de dédramatiser inconsciemment les situations.

— J'ai acheté cet appartement après mon divorce. Avant, avec Christophe, nous habitions à Neuilly-sur-Seine et bossions ensemble dans un grand hôtel à Paris. Il était sommelier et moi en cuisine, on s'est rencontrés sur notre lieu de travail quand j'avais vingt et un ans et on ne s'est plus jamais quittés. Enfin, jusqu'au divorce. Après la séparation, j'ai plaqué Neuilly et mon job. C'est donc comme ça que j'ai poussé la porte de ce restaurant trois-étoiles qui recherchait un chef cuisinier. La concurrence était rude, mais je me suis démarquée durant les épreuves pratiques du recrutement. Le patron m'a proposé une embauche tout de suite et j'ai accepté. Puis, j'ai déniché cet appartement et l'ai acheté, enfin j'ai contracté un prêt comme la plupart des gens. Ce logement était un peu le signe de ma reconstruction, de la reprise de ma vie en main. À vrai dire, je ne pensais pas que m'en séparer me rendrait nostalgique.

— On est parfois surpris de l'attachement qu'on a pour certains lieux. Excuse-moi si c'est indiscret, mais tu as l'air d'avoir souffert de ton divorce. Ce n'était pas ta décision ?

Je soupire, me ressers un verre de vin avant de répondre à sa question.

— C'était mon choix et il l'a respecté. Je crois qu'on ne sort jamais indemne d'une séparation. Et toi, comment encaisses-tu le tien ?

— Daphné avait une liaison avec son associé. Elle a mis deux ans à me l'avouer et demander le divorce. Alors, je n'avais pas vraiment d'alternative, je n'étais plus l'homme qu'elle aimait. Essayer de poursuivre ne rimait à rien et puis, elle avait trahi ma confiance.

Je décèle de la tristesse dans son regard. Troublée, je baisse les yeux et lui sers un verre à son tour.

— On risque de finir alcooliques à ce train-là. Il va falloir songer à changer nos habitudes.

— Tu as raison, on prendra de bonnes résolutions. Mais, pas ce soir, ajouté-je en souriant.

— OK, va pour demain, se moque-t-il.

— On poursuit les questions ?

Il hoche la tête pour me signifier son accord.

— Et ta fille, comment gère-t-elle la séparation ?

— Je crois qu'elle s'inquiète plus pour moi que pour elle-même. Je l'ai eu tout à l'heure au téléphone, elle est triste de me savoir seul ici.

— Elle a l'air d'être une chouette gamine.

— Oui, elle est ma raison de vivre.

Cette phrase témoigne de son amour pour sa fille et me rappelle ce que je ne ressentirai jamais… Pourtant, à cet instant, ça fait mal. Je dois réagir et répondre quelque chose avant que mon silence ne devienne étrange.

— Tu as de la chance de l'avoir.

— C'est vrai. Tu verras, quand tu auras refait ta vie, tu auras cette chance aussi, connaître la joie d'avoir une famille.

Cette remarque explose telle une bombe à l'intérieur de mon cœur. Bouleversée, j'en renverse mon verre sur la table. Je fixe le liquide se répandre à grande vitesse sur le jean de mon voisin.

— Merde, je suis désolée. Je vais chercher de quoi t'essuyer. Quelle nouille, ce n'est pas…

Ewenn se redresse et me retient par la main.

— Anna, calme-toi. Ce n'est pas grave. Qu'est-ce que tu as ? Tu donnes l'impression d'être au bord des larmes.

Je le repousse gentiment pour éviter de l'affronter face à face.

— Tu te fais idées, tout va bien. Je suis juste fatiguée.

— Laisse, je vais nettoyer et débarrasser. Va te coucher.

— D'accord, merci. Le repas était délicieux.

Je saisis cette perche pour prendre la fuite. Le long du couloir qui mène à ma chambre, j'évalue gravement mon besoin de suivre à nouveau une thérapie. Je ne peux pas être si faible à chaque fois que la conversation dévie sur ce sujet. Je ressens de la colère contre moi-même, je pensais avoir dépassé tout ça. J'ai commis l'erreur de le croire.

Je prends une douche rapide pour me changer les idées et réchauffer mon âme. Je me glisse sous la couette et ferme les yeux. Jamais ma solitude n'a été aussi dure à porter. Est-ce que tout ça a un lien avec la présence d'Ewenn ?

Chapitre 10

Paris
Mardi

Ewenn m'a déposée à la gare de Quimper tôt ce matin. J'ai prévu de manger avec Magalie avant de me rendre au cabinet du notaire pour quatorze heures. Elle ne le sait pas encore, mais ce soir je compte m'incruster chez elle et son fiancé. Je les connais, ils seront heureux de m'accueillir même à l'improviste. Mag a le don de se plier en quatre pour ses proches et David, son conjoint, possède aussi cette qualité. Difficile de trouver meilleures pâtes qu'eux, même si Mag garde son caractère bien tranché. Cette pensée me rappelle le soir de notre rencontre. Je fêtais mes dix-huit ans dans un pub parisien avec des camarades de classe. Nous avions commencé la soirée assez fort et étions déjà bien éméchés, tandis que Mag était installée à une table voisine avec trois autres étudiants. Nous ne nous connaissions pas et nous nous sommes retrouvées au bar. Lorsque tour à tour, nous avons détaillé au serveur les différentes boissons pour nos amis, nous nous sommes engueulées concernant le choix de la meilleure bière de l'établissement. Aucune de nous deux ne voulait en démordre, chacune campant fermement sur ses positions.

Nos amis sont venus nous rejoindre se plaignant qu'ils mouraient de soif. Dans une parfaite synchronicité, Magalie et moi leur avons ordonné de dégager le temps de régler notre litige. En les regardant se rasseoir à table, la queue entre les jambes, nous avons éclaté de rire. Une dizaine de minutes plus tard, nous étions toujours dans l'incapacité de trancher, alors nous avons rassemblé nos troupes assoiffées pour leur faire goûter les deux bières afin qu'ils élisent la meilleure – à notre grand désarroi le serveur avait refusé de prendre part à notre dilemme. Puis les heures ont défilé à toute vitesse, je crois qu'aucune de nous ne se souvient quelle boisson a remporté la majorité. La seule chose que ma mémoire ait retenue, c'est notre subite entente et notre show endiablé sur le bar, à danser et chanter devant tout le monde. Après cette fameuse soirée, elle et moi avons rendu le contenu de nos tripes sur le bord d'un trottoir. Notre amitié s'est scellée à cet instant. Rien de tel que de se tenir les cheveux dans un moment de honte, pour lier deux personnes à vie ! Et depuis ce moment, elle m'a traînée dans toutes les fêtes parisiennes possibles. Mag a toujours eu le don de se greffer sur la liste des invités, de parvenir à nous incruster.

Le bruit des voitures me ramène à la réalité et je reprends ma marche pour rejoindre le restaurant italien préféré de mon amie. L'établissement est planqué à l'angle de la grande librairie et même si d'extérieur, l'endroit ne paye pas de mine, ce boui-boui doit sa popularité à son cuisinier. Un homme hors du commun, à l'imagination et la créativité débordante, qui ne cesse de revisiter les plats de son pays natal, l'Italie. J'ai toujours été très admirative de ses *agnolotti*, *focaccia*, risottos ou encore de sa soupe *minestrone*. Des recettes plutôt simples à réaliser, pourtant il est parvenu à les décliner dans des saveurs très originales, doublées d'une harmonie parfaite.

Lorsque je pénètre dans l'établissement, j'aperçois mon amie assise à notre table habituelle au fond. Je l'observe un instant, rassurée de reconnaître ses traits si familiers.

Dès que son regard croise le mien, elle se lève et avance vers moi d'un pas rapide. Elle me prend immédiatement dans ses bras et m'embrasse affectueusement.

— Tu m'as tellement manqué ! L'air breton te va drôlement bien ! Tu n'as jamais semblé si reposée !

— Merci, tu es radieuse aussi. J'ai l'impression que cela fait une éternité que je n'ai pas vu ta bouille d'ange.

Après de longues effusions, nous nous asseyons et Hugo, le gérant, vient nous offrir un apéritif.

— Trinquons à la vente de ton appartement et à ta nouvelle vie à Quimper ! Il faut que tu me racontes tout ce qui t'est arrivé depuis ton départ. Tu as tellement de mal à décrocher ce satané téléphone. Alors, plus d'excuse, Anna, je veux tout savoir !

Cette phrase réveille ma culpabilité. Je n'ai jamais répondu à ses appels, me contentant d'envoyer après-coup de brefs messages. J'ai ce truc que les autres ne comprennent pas. Il m'est plus douloureux d'entretenir un lien à distance que de l'abandonner. Si j'avais répondu, je suis certaine que j'aurais raccroché chaque fois la mort dans l'âme. Entendre sa voix ravive son absence. Et selon moi, l'absence appelle l'absence, il n'y a pas d'entre-deux. Peu de personnes peuvent tolérer cette part d'égoïsme en moi. Si je lui disais la vérité, je sais qu'elle ne comprendrait pas. Tout simplement, parce qu'elle ne le ressent pas comme ça. Contrairement à moi, elle a besoin d'entretenir des liens. Alors, à quoi bon tergiverser ?

Mon amie trempe à peine ses lèvres et repose le verre au coin de la table. Ce comportement ne lui ressemble pas, c'est toujours la première à ingurgiter de l'alcool pour n'importe quelle raison. Je décide de ne pas relever et poursuis la conversation.

— Les travaux ont débuté il y a quelques semaines, j'ai engagé un entrepreneur pour la rénovation du manoir. Il s'appelle Ewenn et pour être honnête, nous sommes devenus amis.

— Je suis curieuse, tu me connais. Il est comment physiquement cet ami ?

— Normal, deux bras, deux jambes et une tête.

— Très drôle, je suis certaine qu'il est plutôt pas mal, sinon tu m'aurais répondu qu'il était carrément moche ou vieux. Méfie-toi, ma belle, tu sais très bien ce que je pense de l'amitié homme femme.

— Oui… une vague mascarade. Nous n'avons jamais été d'accord sur ce point. Bref, tu viendras me voir avec David quand les travaux seront terminés ? J'ai hâte de vous montrer les lieux.

— Avec plaisir ! Et pour le mariage, c'est toujours OK pour toi ?

— Ne t'inquiète pas, je ne raterai ça pour rien au monde et je t'ai promis d'être là.

— Tu sais, si ma sœur ne m'avait pas cassé les pieds pour être mon témoin, c'est toi que j'aurais choisie.

— Rien de plus normal qu'elle occupe cette place. Et crois-moi, elle sera parfaite dans ce rôle. Et puis, comme je n'aime pas être au centre de l'attention, ça me convient très bien.

— Ça n'a pas toujours été un problème, me taquine Mag.

Je ne relève pas et me contente de sourire. Pourtant, elle a raison. Avant j'étais libre, insouciante et je me foutais bien de ce que les autres pouvaient penser de moi. Ce qui m'est arrivé douze ans plus tôt m'a radicalement transformée.

Pendant que le serveur nous apporte nos cafés, j'observe

mon amie du coin de l'œil en train de se triturer les mains. Son visage semble tracassé et je la trouve soudainement mal à l'aise.

— Et toi, des nouvelles à m'annoncer ? Comment se passe ton installation avec David ?

— Tout va très bien entre nous. C'en est même flippant ! Il est parfait, j'ai été longue à accepter la vie commune, mais franchement, je n'ai aucun regret. Le mariage a lieu en septembre et sincèrement j'étais loin d'imaginer toute la logistique que ça nécessite. Il m'aide énormément, j'ai vraiment hâte. Et puis…

Elle se tait un instant et je devine son trouble à la teinte de ses joues.

— Qu'est-ce qui se passe ?

Elle baisse les yeux, puis soupire.

— J'ai réfléchi à différentes façons de te l'annoncer. Mais il n'y en a pas de bonne… Alors, je vais aller droit au but. Je… Je suis enceinte de trois mois.

La joie m'envahit immédiatement et je me rapproche de mon amie pour l'embrasser.

— Oh, mon Dieu, c'est génial ! Je suis très heureuse pour vous, félicitations ! Tu fais une de ces têtes. Réjouis-toi. Tu es enceinte, c'est tellement merveilleux ! Même s'il va sûrement falloir ajuster ta robe de mariée, plaisanté-je.

Les larmes aux yeux, elle pose sa main sur la mienne.

— Oui, je suis aux anges, m'avoue-t-elle enfin. Je suis désolée de ne pas te l'avoir dit plus tôt.

— Je comprends mieux pourquoi tu n'as pas touché à ton cocktail, me moqué-je. Tu ne m'en voudras pas, mais je n'aime pas gâcher, je vais trinquer pour nous trois.

J'attrape le verre et engloutis son contenu en une gorgée avant de reprendre :

— J'imagine que tu avais peur de me faire de la peine.

Enfin, Mag ! Tu es mon amie, pas de secret comme ça entre nous. Je suis sincèrement heureuse pour vous deux. Ne t'inquiète pas pour moi, je te jure avec la vie que je mène en ce moment, c'est un soulagement de ne pas avoir d'enfant. Je me suis lancée dans un sacré projet avec la rénovation du manoir. Et ce n'est que le début, ensuite je m'occuperai de tout pour mes hôtes. Je suis une carriériste irrécupérable !

Non, la vérité est que je n'ai rien d'autre dans mon existence et je ne pourrai jamais rien avoir de plus. Mais je la ferme et garde la réalité pour moi.

Je sais que j'en fais trop et que mon amie n'est pas dupe, pourtant c'est plus fort que moi. Je maintiens un large sourire, alors que je suis en colère contre moi-même. J'ai tellement pleuré sur mon triste sort, qu'elle n'a même pas osé me confier sa grossesse depuis le début. Je suis d'un pathétique, à un niveau que je ne pensais jamais atteindre.

— Allez, raconte-moi tout. Je veux tout savoir, tes projets avec David, la couleur de la chambre du bébé, les prénoms que vous envisagez, la liste des invités au mariage. Rattrapons le temps perdu !

Chapitre 11

Le rendez-vous chez le notaire est d'un ennui sans nom. Malgré toute ma volonté, je pique du nez dès qu'il commence à énoncer lentement la moindre ligne inscrite sur chaque document. Je dois avouer que le jargon immobilier est plus efficace qu'un somnifère, je songerai à relire l'acte de vente en cas d'insomnie. Après un temps indéfini, mon agent me donne un léger coup pied pour me tirer de ma rêverie. Les autres ont aussi remarqué, mais personne n'a osé dire quoi que ce soit. Gênée, mes joues ont viré *illico* au rouge cramoisi. J'aurais peut-être dû éviter de boire autant au restaurant, je crois que ça et les émotions de ma conversation avec Mag m'ont assommée.

Le moment des signatures de chaque partie se profile enfin et la réunion se termine en quinze minutes. Lors de la remise des clés aux nouveaux propriétaires, je contiens ce réflexe enfantin de vouloir m'accrocher à mon bien et de ne pas le lâcher. La jeune femme me tend la main et m'adresse un large sourire, je retrouve mes bonnes manières et lui confie mon trousseau.

Je quitte le bâtiment haussmannien, l'esprit libre et délestée d'un poids, même si j'ai encore du mal à enregistrer que mon appartement ne m'appartient plus. Mon regard s'accroche sur les commerces avoisinants, rien dans cette ville ne m'a manqué. Je ne regretterai ni l'air irrespirable, ni les ruelles tristounettes sous la pluie et encore moins la masse piétonne qui foule le pavé à une vitesse effrénée. Je préfère de loin le parfum marin de la Bretagne, ses allures de campagne et son rythme de vie qui n'entre pas en compétition avec une fusée.

Je regarde mon téléphone, il est quinze heures trente. Je soupire en songeant qu'Ewenn attend mon retour demain et que cela va sûrement paraître bizarre que j'écourte mon séjour. Après l'annonce de Magalie, je ne souhaitais pas me retrouver dans leur intimité et je n'ai même pas évoqué l'idée de rester. J'aurais pu faire semblant, mais je sais qu'ils seraient mal à l'aise en ma présence et je préfère garder mes distances avec le bonheur des futurs parents.

Je me trouve à une vingtaine de minutes de la gare et me mets en marche plutôt que de héler un taxi. Je ne fais guère attention à la circulation, la tête rivée sur mon écran, les doigts pianotant sur le site de la SNCF pour réserver mon billet de retour. Je peste à voix haute en réalisant que je vais poireauter quarante minutes. Génial !

Assise sur un banc en attendant l'arrivée de mon train, j'observe les voyageurs aux alentours, dispersés entre le hall et les quais. Le milieu d'après-midi est sans la moindre chaleur, seule la pluie ne cesse de tomber. Le temps gris donne des airs glauques au lieu public et l'humidité s'engouffre à l'intérieur de mes os. Je reste réfugiée à l'abri, puisque je n'ai même pas prévu de parapluie. À ma décharge, ce temps n'a rien à voir avec un mois de juin !

Je soupire et envoie un message à Ewenn. Tant pis s'il pose des questions.

« Finalement, je reviens ce soir. Je serai à Quimper à

21 h 20, est-ce que tu es dispo pour venir me récupérer ou je réserve un taxi ? »

Je relève les yeux de mon smartphone et mon regard bute sur un visage familier. J'ai l'impression de défaillir et ma respiration se bloque, tandis que mon cœur se serre douloureusement. Il ne manquait plus que lui pour m'achever. C'est ma journée, décidément ! Je me recroqueville pour disparaître sur mon banc. Si mon sac à main était assez grand pour contenir ma tête, je me serais réfugiée à l'intérieur. Mais bien entendu, j'ai opté pour un petit modèle pratique pour ne pas m'encombrer ! J'entends des pas se rapprocher, je ne me retourne pas et fais tout pour fixer quelque chose dans la direction opposée, n'importe quoi. Même le couvercle de la poubelle à proximité me semble une meilleure option que celle qui m'attend. J'ai envie de lui hurler que ce n'est pas la peine d'être poli, qu'il ne me doit rien et peut passer son chemin. Mais je n'en ai pas le temps, Christophe m'interpelle déjà.

— Oh, salut Anna. C'est étrange de se croiser ici, après cinq ans. Je reviens de voyage. Tu vas bien ? Qu'est-ce que tu deviens ?

— Salut. Euh oui, merci. Tu sembles bien te porter aussi. Je… Pas grand-chose de spécial, j'ai quitté la région. Je suis rentrée en Bret…

Je m'interromps et me fige lorsqu'une voix lointaine s'adresse à lui en même temps.

— Papa, tu viens ? Maman a dit que j'aurai un bonbon à la maison.

Mes poings se serrent malgré moi pour m'empêcher de trembler comme une feuille. Je lève les yeux en direction de la voix et découvre l'image d'une famille parfaite. Une belle brune, d'environ mon âge, un bébé dans les bras et une petite fille agrippée à sa veste.

— Oh… Tu as des enfants et une femme ? Félicitations.

— Oui, j'ai refait ma vie. Anna, je suis désolé.

Son comportement change et Christophe devient tout penaud. Je peux sentir sa culpabilité jusque-là. Il fixe devant lui pour éviter de m'affronter et ce n'est pas plus mal, car j'ignore comment je parviens à sauver les apparences.

— Je voulais prendre de tes nouvelles et n'ai pas osé. Je suis content de voir que tu te portes bien. Je dois y aller, elles m'attendent. Prends soin de toi.

Sur ces mots, il m'adresse un signe de la main et s'éloigne. J'ai l'impression qu'il m'a enfoncé la lame d'un couteau dans la poitrine avant de se faire la malle. Je crois que si les haut-parleurs ne venaient pas d'annoncer l'entrée en gare de mon train, je me serais jetée sur les rails, incapable de supporter une minute de plus ici.

Putain, il est désolé ? De quoi ? De me laisser comme une merde après cette nouvelle brutale ou d'avoir suivi son instinct de fonder une famille ? J'ai envie de hurler et n'arrive pas à retenir mes larmes, malgré les passagers autour de moi. Pourquoi cela me blesse-t-il autant après toutes ces années ? Tout simplement, parce que je l'aimais et j'ai demandé le divorce uniquement pour lui. Je ne pouvais pas lui offrir ce qu'il désirait tant et lui n'a jamais voulu entendre parler d'adoption. Nous n'avions aucun avenir, même s'il m'a fait croire le contraire, qu'il porterait avec moi les conséquences du mien.

Je m'affale sur le siège et pose ma tête contre la vitre, complètement amorphe. Mon cœur est resté sur le banc de la gare et à cet instant, je ne ressens plus rien, hormis un immense vide.

Mon téléphone vibre, encore abasourdie, je le sors de ma poche avec difficulté.

« Désolé, Anna. Comme tu n'étais pas censée rentrer aujourd'hui, je suis allé rendre visite à ma mère et elle tient à ce que je reste dîner. Je serai de retour dans la soirée. Je t'ai réservé un taxi. À plus tard. »

Quelle journée de merde !

***

Je remercie le chauffeur et lui indique de me laisser devant la grille du manoir. Mes pas traversent mécaniquement la grande allée. Mon cerveau est incapable de réfléchir à quoi que ce soit, mais je suis tout de même soulagée d'être de retour chez moi.

Je lâche mes affaires dans l'entrée et me réfugie dans la cuisine. J'ouvre le frigo, mais rien n'y fait, l'appétit m'a complètement désertée. Je lorgne la bouteille de whisky toute neuve posée sur le bar. Il me faut au moins ça pour oublier à quel point ma vie est misérable. Je me sers un verre et le bois cul sec avant de le remplir à nouveau. J'ironise un instant, en pensant que je croyais qu'Ewenn avait un souci avec l'alcool, c'est plutôt moi en fin de compte.

J'emporte le remède éphémère jusqu'au séjour et me laisse choir sur le canapé. Mes yeux dévisagent les murs, puis je songe à mes parents. Quelle blague ! Ils m'ont fait don de ce manoir, parce qu'ils souhaitent que ce bien reste dans la famille. Mais ont-ils pensé un instant que je n'aurai jamais personne à qui le léguer ? Je n'aurai jamais d'héritier et serai bien obligée de le vendre à des inconnus quand je serai vieille et incapable de m'en occuper. Je hurle ma colère et mon sentiment d'injustice. Qu'ai-je fait pour mériter ça ? Pourquoi ne puis-je pas être une femme normale ? Pourquoi a-t-il fallu qu'on me diagnostique un cancer des ovaires au stade IIIA[1] à presque vingt-trois ans ? Cette saloperie qui, en quelques mois, a massacré tous mes espoirs de maternité.

Puis, comme pour dompter mes démons, j'emporte mon verre avec moi et monte les escaliers en direction du second étage. Mes pieds avancent mécaniquement à travers le couloir, mon souffle peine et ma vision reste brouillée derrière mes larmes qui ne parviennent pas à se tarir. Mes doigts attrapent la poignée ronde, je prends une profonde inspiration avant de pousser la porte. L'odeur de renfermé accentue ma nausée, j'appuie sur l'interrupteur et découvre le lieu qui m'a accueillie quelques semaines après mon hospitalisation. Face à moi une pièce très poussiéreuse, avec de vieilles toiles de chaleur jaunies au-dessus du petit radiateur. L'endroit est assez différent de mes souvenirs, pourtant mon esprit est propulsé douze ans en arrière… lorsque Christophe était complètement démuni et que mes parents ont cru pouvoir m'offrir l'exil. Quelques semaines après mon opération, j'avais besoin d'une certaine distance avec mon conjoint et j'ai tout mis en œuvre pour suivre mes six mois de chimiothérapie à Quimper. En arrivant ici, j'avais refusé de séjourner dans ma chambre d'enfant, je voulais être le plus loin possible de tout contact humain et j'ai choisi volontairement cette pièce, la plus isolée du manoir. Le mobilier est toujours le même, la peinture d'une femme nue me renvoie le dégoût que j'ai pu ressentir face à cette toile à l'époque. Me rappelant douloureusement ce que je n'étais pas vraiment, me mettant sous les yeux ce corps sans cicatrice de douze centimètres du pubis à l'abdomen, sans

1. Quatre stades sont définis par la Fédération internationale de gynécologie obstétrique (FIGO). Le stade IIIA correspond à un cancer des ovaires étendu au péritoine (membrane qui enveloppe les organes de l'abdomen).

chambre implantable dans le thorax et avec une magnifique chevelure tandis que je perdais les miens. J'avance vers le pan de mur gauche, décroche fébrilement le cadre photo de la mer bretonne et mes doigts parcourent le contour du trou. J'étais tellement en colère contre l'existence, que mon poing s'était écrasé de toutes ses forces contre le mur, affaissant le placo et me cassant deux doigts au passage. Honteuse à mon départ, je l'ai caché derrière ce cadre, je n'ai jamais évoqué ma légère fracture et mes parents n'ont jamais dû remettre un pied dans cette chambre. J'ouvre le tiroir de la commode et retrouve la boîte entamée d'antidépresseurs, ainsi que deux lettres de Christophe. Dans la première, il me priait de rentrer à Paris et dans la seconde, reçue peu avant la fin de ma chimio, il demandait ma main. Je ramasse les restes de mon passé avant de quitter cet endroit où j'ai survécu entre deux mondes, coincée entre la vie et la mort. Avant de retourner au salon, je me débarrasse de ces derniers souvenirs dans la poubelle et un léger sourire d'ivresse m'étreint.

Je vide mon énième verre d'une traite, la nausée revient. Je ferme les yeux, allongée sur le canapé. J'ai le tournis, je me relève pour m'adosser. Puis finalement, après avoir eu l'impression que mon corps faisait des loopings infernaux, je sombre dans le néant.

Chapitre 12

Ewenn

Il est presque minuit, lorsque je coupe le moteur de la camionnette devant le manoir. J'aperçois de la lumière à travers la fenêtre, Anna doit être encore debout.

Je passe la porte et me déchausse avant de monter les trois premières marches qui donnent sur le rez-de-chaussée. J'avance vers le séjour et m'apprête à interpeller Anna, mais me ravise aussitôt en découvrant qu'elle est endormie sur le canapé. Progressant à pas de loup, mon regard s'attarde sur la bouteille de whisky à moitié vide qui trône sur la table basse. C'est bien celle que j'ai achetée samedi et que nous n'avions pas ouverte. Mes yeux se rivent sur le visage d'Anna, ses joues sont striées par des lignes noires de mascara. J'ignore ce qui s'est passé à Paris pour qu'elle pleure et se saoule. Je culpabilise un instant de ne pas avoir été présent pour la récupérer à la gare. Son retour précipité aurait dû me mettre la puce à l'oreille.

Je m'assieds sur le bord du canapé et tente de la réveiller. Elle va attraper froid sans couverture et vu la position dans laquelle elle se trouve, demain elle aura un torticolis.

— Anna, tu devrais aller te coucher dans ta chambre.

J'attends quelques secondes, mais aucune réaction de sa part, pas le moindre mouvement. Mes doigts saisissent son épaule et la secouent légèrement. Toujours rien. Heureusement que je perçois sa respiration, sinon j'aurais déjà appelé les secours la croyant ivre morte. Je me relève et l'observe encore quelques instants, ne pouvant me résigner à la laisser là.

Je me rapproche d'elle, passe une main sous son dos et l'autre sous ses jambes. Je la soulève facilement, elle est plutôt légère. Je la porte jusqu'à l'étage et galère à ouvrir sa porte de chambre. Une fois dans la pièce, je la pose délicatement sur son lit. Je lui retire ses chaussures, puis je déboutonne sa veste cintrée. Autant la mettre à l'aise pour dormir. Je la relève doucement et l'appuie contre mon torse le temps d'enlever les manches une à une. Puis, je maintiens l'arrière de sa tête jusqu'à l'oreiller. J'admets que c'est étrange pour moi, de toucher le corps d'une autre femme que Daphné. Cette proximité me rend un peu fébrile et nerveux dans mes gestes. Pourtant, je dois bien avouer que ce contact est loin d'être désagréable. Je me dépêche tant bien que mal, parce que si elle se réveille maintenant, je ne donne pas cher de ma peau. Je la fais glisser sur le côté, le temps d'ouvrir sa couverture. Je la déplace à nouveau pour remonter la couette sur son corps habillé. Les volets ne sont pas fermés et la luminosité de la lune m'offre un visage barbouillé de mascara. Sur la pointe des pieds, je me dirige dans sa salle de bains et inspecte les différents produits sur l'évier. J'attrape un coton et y dépose du lait démaquillant. Je ne sais pas trop comment doser, mais bon ça devrait faire l'affaire. De toute manière, ça m'étonnerait qu'elle se réveille avec la quantité d'alcool ingurgitée. Elle bouge légèrement le visage sous le contact frais du liquide, puis je passe le disque le long de ses joues et sur ses yeux. Je ne discerne pas grand-chose dans l'obscurité, mais je pense avoir enlevé le plus gros. Je souris du grotesque de la situation, je n'ai jamais fait ça pour ma femme !

Après avoir jeté les cotons dans la poubelle, je me rassois un instant à ses côtés. J'ignore pourquoi, mais j'ai du mal à la laisser seule. Je l'observe, ses traits endormis n'ont rien à voir avec ceux de tous les jours. Ils sont graves, tirés, sans aucun sourire et pour une fois, je peux y lire de la vulnérabilité. Sans réfléchir, je frôle sa joue du bout des doigts pour la consoler.

— Quoi qu'il ait pu se passer, ça ira mieux demain. Tu peux me croire.

— Si seulement, murmure-t-elle.

Mon cœur fait un bond, mon corps se fige et ma main reste en suspens dans l'air, le temps de vérifier que ses yeux sont toujours clos. Ma respiration se relâche, elle dort. Alors, je me relève doucement du bord du lit.

— Désolée, Ewenn.

Surpris, je me retourne pour lui faire face et constate son réveil.

— Que tu m'aies trouvée dans cet état et que tu aies dû me conduire jusqu'ici. Je suis pitoyable…

Je me rapproche d'elle et reprends ma place.

— Ce n'est pas grave, on l'est tous à un moment donné. Rappelle-toi dans lequel j'étais quand tu m'as rencontré. Au moins, toi, tu n'as pas fait de marathon urbain. Tu es restée chez toi.

Je devine un léger sourire au coin de ses lèvres.

— Tu veux en parler ?

— Non, merci. Je préfère oublier.

Des larmes coulent à nouveau le long de ses joues et c'est plus fort que moi, mon pouce vient les essuyer. Son regard croise le mien, mon geste l'a surprise. Elle est si vulnérable que ça ne lui ressemble pas du tout. Mais peut-être est-ce une habitude pour elle de faire semblant, elle n'est probablement pas aussi heureuse qu'elle prétend l'être.

— Tu sais où me trouver si tu as besoin.

Anna se redresse dans son lit et soupire à cause de l'effort que ça lui demande. Je n'ai pas le temps de comprendre qu'elle a passé ses bras autour de mon cou. Elle s'appuie contre moi, de telle façon que je ne puisse plus la voir.

— Je suis contente que tu sois là. Merci.

Sa sincérité m'ébranle, même si elle est peut-être due à l'alcool. Sans réfléchir, ma main se pose sur l'arrière de sa tête et caresse ses cheveux.

— Tu me rediras ça, quand tu seras à jeun, la taquiné-je. Dors, on a du travail demain. On a reçu la peinture pour les murs.

Je desserre mon étreinte et lui souhaite une bonne nuit avant de quitter la pièce le cœur lourd.

***

Mercredi,

Les rayons de soleil illuminent la chambre du manoir, j'aurais dû tirer le rideau ou fermer les volets hier soir. Avant de me lever, je songe un instant à la veille et à Anna. J'ignore dans quel état je vais la retrouver aujourd'hui. J'avoue qu'elle a suscité ma curiosité et que j'aimerais savoir ce qui s'est passé durant son voyage. Elle avait l'air tellement triste.

Je repousse mes réflexions tout en m'habillant et descends préparer le petit-déjeuner. Peut-être que cette simple attention lui fera plaisir et lui redonnera le sourire.

Je pénètre dans la cuisine et comprends qu'Anna est déjà levée, sa tasse de café vide traîne dans l'évier et elle a posé une thermos pleine sur la table. Je sors la vaisselle lorsque j'entends la porte d'entrée claquer.

— Salut, Ewenn. Je suis allée à la boulangerie, il y a des viennoiseries, si tu as faim.

Je l'observe silencieusement et tente d'analyser la situation. Elle ne semble pas au trente-sixième dessous, elle a même son sourire habituel. Ses cheveux sont retenus par plusieurs barrettes et elle porte une vieille salopette de travail. C'est à se demander, si je n'ai pas halluciné hier soir.

Anna s'installe face à moi, sa tasse à la main et se verse un café. Elle mord avec gourmandise dans un petit pain au chocolat et j'ai bien l'impression qu'elle évite mon regard. Mes yeux s'arrêtent quelques secondes sur les miettes au coin de sa bouche et la pensée qui me vient immédiatement me dérange. Je me focalise sur ma boisson fumante et tente de faire diversion.

— Prête pour la peinture ? Ça va aller ?

— Ewenn, je sais que je ne suis pas Manu. Mais quand même, c'est dans mes cordes, cesse de me sous-estimer.

— C'était plutôt une question par rapport à ta cuite d'hier.

Ma maladresse jette un froid pour le restant du petit-déjeuner.

***

Deux heures plus tard, nous sommes dans la dépendance, chacun à l'extrémité d'une pièce en train de recouvrir les murs. Le comportement d'Anna est troublant, j'ai l'impression qu'elle met tout en œuvre pour me persuader qu'elle va très bien. Elle vient de rapporter un poste et le branche. Soudain, une musique rock, que je ne connais pas, est diffusée par les deux enceintes. Je vois bien qu'elle se retient de danser, son corps trahit quelques mouvements de pied, de bassin ou encore d'épaules. Mais le plus drôle dans cette scène, c'est qu'elle chantonne et ne semble pas s'en apercevoir.

— OK, pour la musique, mais cesse de fredonner, je t'entends. Tu avais promis de ne pas le faire sur le chantier, je te rappelle.

— Ce que tu peux être rabat-joie !

— La pluie s'est calmée cette nuit, pas la peine de la faire revenir !

Elle s'approche de moi et me défie du regard.

— Ewenn Morvanec, je vous annonce que vous vous êtes attiré les foudres d'Anna Le Goff et vous allez devoir répondre de vos actes.

— Me voilà navré d'avoir heurté madame.

— Bon, si tu fais le choix de continuer à t'enfoncer, c'est ton problème, après tout. Tu vas mériter le sort que je te réserve.

Je la dévisage l'air de ne pas comprendre où elle compte en venir et me fais surprendre par le pinceau qui lèche ma joue.

Anna explose de rire et en même temps recule par instinct de protection. Je vois à son regard qu'elle est amusée, mais commence à redouter ma réaction.

— Tu veux la jouer comme ça ?

Elle a envie de me répondre, pourtant elle se contient et ne quitte pas mes gestes des yeux.

— Tu l'auras cherché.

Le large rouleau pour peindre en main, je le trempe généreusement dans le pot de beige, sans prendre la peine de l'égoutter. J'attrape Anna par la taille juste avant qu'elle ne se carapate et lui trace une ligne de la tête aux pieds. Heureusement que nous avions bâché la pièce !

— Ewenn, mes cheveux ! Sérieusement, ce n'est plus une petite blague là ! Je te jure que tu vas me le payer.

À cet instant, nous régressons de quelques années. Nous nous courons après pendant une vingtaine de minutes, avant de laisser tomber le souffle court. Durant tout l'après-midi, nous nous échangeons des crasses en guise de vengeance et ne manquons pas d'imagination. Anna a tout de même réussi à verser du vinaigre dans mon café, ma revanche s'est faite naturellement quand j'ai recraché le tout et qu'elle se tenait face à moi.

Nous ne sommes pas très productifs aujourd'hui, mais je suis certain d'une chose, cette fois le sourire d'Anna est sincère.

Chapitre 13

Vendredi

Voilà bientôt une semaine que la colocation avec Ewenn a démarré et nous n'avons pas encore évoqué la suite, j'ignore quelle décision il a prise. J'espère qu'il restera, je commence à m'habituer à sa présence au manoir.

J'ai réussi à repousser le repas chez mes parents, mais aujourd'hui, je ne peux plus y couper. Je vais devoir leur donner des explications, j'imagine déjà la curiosité de ma mère et me demande si elle a mis mon père au courant.

Avant de quitter le manoir, je bifurque vers la dépendance pour rejoindre Ewenn.

— Je pars. Je serai rentrée en milieu d'après-midi. Tu n'as besoin de rien ?

— Non, ça ira. J'ai assez de matériaux, je réapprovisionnerai les stocks lundi.

Je le dévisage un instant, il se tient de dos et continue d'installer les carreaux de faïence au sol. Il paraît très concentré lorsqu'il dispose les croisillons.

— Tu as réfléchi à la suite ? Tu restes ou pas ? lancé-je maladroitement.

Il relève les yeux sur moi et semble mal à l'aise.

— Je préfère qu'on en parle ce soir.

Je suis surprise, mais ne réagis pas. J'ai l'intuition que la situation se complique de son côté.

— Comme tu voudras, à tout à l'heure.

Je referme la porte de la dépendance et me dirige à ma voiture avec un sentiment d'appréhension. Pourquoi ne m'a-t-il pas répondu oui tout de suite ? Je me demande si cette première semaine lui a fait changer d'avis. Est-ce que tout ça a un rapport avec mon comportement à mon retour de Paris ? Je lâche un profond soupir et me résigne à attendre ce soir, plutôt que de monter des plans sur la comète.

***

Je rejoins mes parents au restaurant de la rue principale. Ils ont toujours aimé ce lieu et je dois bien avouer que la cuisine locale est succulente. Je pénètre dans l'établissement aux tons chaleureux et conviviaux et remarque mon père me faire signe depuis la salle.

Je les embrasse chacun leur tour et m'installe.

— Eh bien, qui aurait cru que ça serait si compliqué de partager un repas avec toi, alors que tu vis ici à présent, me taquine papa. Les vieilles habitudes ont la dent dure.

— On ne se refait pas. J'ai été plutôt occupée, je suis retournée à Paris pour solder la vente de mon appartement. Tout est enfin derrière moi.

Je garde pour moi le fait que j'ai croisé Christophe, je n'ai pas envie de relancer mes parents sur le sujet.

— Et alors, tu héberges toujours Ewenn ? m'interroge ma mère.

— Comment ça, tu loges ton employé ? Qu'est-ce que cette histoire ?

— C'est plutôt simple, en fait. Il rencontre des difficultés financières et a dû renoncer à son appartement pour préserver son entreprise. Je lui ai donc proposé de s'installer au manoir le temps des travaux.

Mon père me regarde avec stupéfaction, puis hausse les épaules et reprend sa fourchette.

— C'est tout toi, ma fille ! J'ignore pourquoi ça m'étonne encore. Mais tu as bien agi, c'est pour la bonne cause. Et puis au moins, tu n'es pas toute seule dans cette immense demeure. Dans le fond, ça me rassure un peu.

— Papa, que veux-tu qu'il m'arrive ? La solitude n'est pas un problème pour moi. C'est juste qu'Ewenn avait besoin d'aide et j'avais les moyens de lui offrir la mienne. Changeons de sujet, je vais bientôt commencer la formation de la CCI et à l'issue, je souhaiterais votre avis sur mon business plan.

Je vois les yeux de mon père s'émerveiller, il a toujours aimé ce genre d'activité. Je sais déjà qu'il a hâte d'éplucher en détail mon dossier et pointer du doigt les éventuelles failles. Quant à ma mère, ses compétences juridiques vont m'être très utiles.

— Tu peux compter sur nous et puis ça va pimenter un peu notre retraite, plaisante mon père. Tu connais les démarches administratives qui vont être nécessaires pour ouvrir ton établissement ?

— Je dois me décider sur le statut juridique entre la micro-entreprise, l'EIRL, l'EURL ou la SARL. Je souhaite obtenir un label, à voir encore lequel, mais cela me permettra d'être répertoriée, de faire ma communication et promotion. Je pourrai bénéficier d'un système pour les réservations et ils se chargent en prime de la comptabilité. Je pense que c'est une bonne idée pour débuter, j'aurai du mal à être sur tous les terrains, entre le nettoyage des chambres, la restauration, les activités à proposer et toute la paperasse.

J'ai découvert aussi que pour ouvrir une maison d'hôtes, il faut suivre certains critères précis. Dont notamment la superficie des chambres d'un minimum de neuf mètres carrés ou encore respecter un maximum de cinq chambres à louer et ne pas accueillir plus de quinze clients en même temps. Sinon, cela se transforme en établissement recevant du public comme un hôtel ! En revanche, avec Ewenn, nous avons tout de même réfléchi à un accès pour les personnes handicapées. Une partie des marches extérieures sera transformée en rampe et pour le manoir, un ascenseur à côté de l'escalier desservira le premier étage. C'est un investissement conséquent, mais je veux avoir la capacité d'accueillir tout le monde et si un jour je décide de développer mon affaire, cette norme sera déjà respectée. Nous créerons donc une chambre au premier avec des portes plus larges pour qu'un fauteuil puisse y accéder et une salle de bains/sanitaires avec les installations nécessaires. Ce sont tous ces éléments qui ont modelé les travaux à entreprendre, comme il y a douze chambres en tout, nous allons en réunir plusieurs pour créer de grands espaces. Enfin, quand tout sera étudié et préparé, je ferai la déclaration à la mairie, m'enregistrerai au registre du commerce et des sociétés… Il y a encore pas mal de détails à régler.

— Tu pourrais peut-être t'informer au sujet des aides possibles ou éventuelles subventions. J'ai entendu parler de l'initiative Cornouailles et aussi du réseau Finistère Angels qui favorisent les projets à fort potentiel de développement pour la Bretagne. Il faut que tu contactes l'Adie, cette association peut te renseigner, elle soutient le droit à l'initiative économique, ajoute ma mère.

J'ai la tête en surchauffe, je sens que cette formation va arriver à point nommé et me permettre de procéder par étapes.

***

Il est quatorze heures trente, lorsque je quitte le restaurant. Avant de nous séparer, mes parents m'informent qu'ils passeront prochainement au manoir. Cela me fait sourire, je me demande bien si c'est une simple visite de courtoisie ou un prétexte pour venir voir Ewenn.

En ouvrant la portière de ma voiture, la sonnerie de mon téléphone retentit. Je m'installe dans l'habitacle avant de décrocher.

— Bonjour, madame Le Goff, c'est le cabinet du docteur Leimann. Je vous confirme le rendez-vous de lundi à quatorze heures, une place s'est libérée.

— Très bien, merci. Bonne fin de journée.

Je laisse tomber mon portable sur le siège passager et soupire profondément avant de démarrer. Une part de moi n'a aucune envie de reprendre une thérapie, mais l'autre sait que sans cela, je risque de craquer et perdre pied. Je dois remonter la pente, enterrer mes démons et me consacrer à ma nouvelle vie ici. Ma formation débute le lundi d'après, entre les séances de psy et ça, au moins je ne vais pas m'ennuyer.

***

Plus tard dans l'après-midi, je suis rentrée et me suis occupée de quelques tâches ménagères. J'ai décidé de laisser Ewenn se débrouiller aujourd'hui sans moi. Je suis impatiente de connaître sa réponse et si j'avais travaillé à ses côtés, je l'aurais cuisiné jusqu'à ce qu'il crache le morceau.

Les heures suivantes défilent rapidement, je me suis lancée dans la réalisation d'un bœuf bourguignon. C'est Ewenn qui me rappelle l'heure en rentrant se doucher.

Après m'avoir rejointe, il s'appuie contre le plan de travail et m'observe en train de remuer le jus de la viande.

— Tu sais, à ce rythme-là, la dépendance sera terminée début de semaine prochaine. As-tu déjà réfléchi à l'ameublement ?

— Sincèrement, j'ai juste mis de côté quelques publicités. Je n'ai pas pris le temps de me décider.

— Tu devrais peut-être mélanger l'ancien et le moderne, afin de coller au cachet du manoir. Enfin, ce n'est peut-être pas très important, puisque ce logement est pour toi.

— Non, c'est une bonne idée. Tu connais un magasin en particulier ?

Il se redresse et un large sourire se dessine sur les lèvres.

— Les brocantes, rien de tel pour trouver des perles et les rénover soi-même. Sinon on peut toujours chercher une boutique d'antiquaire qui aura déjà fait le boulot.

— Non, va pour les brocantes. D'ailleurs, j'ai vu une affiche en ville cet après-midi, il y en a une ce week-end à Rosporden. Tu serais partant pour m'accompagner ? Ta camionnette serait très pratique.

— En fait, tu m'invites juste pour mon utilitaire et mes bras. Tu ne perds jamais le nord ! C'est d'accord.

Nous passons à table et rigolons devant nos verres remplis d'eau. Nous avons promis de laisser l'alcool de côté pour un certain temps. Nous discutons du manoir, de la suite des travaux après ceux de la dépendance. Puis, je ne tiens plus voyant qu'Ewenn n'aborde toujours pas le sujet.

— Bon, qu'as-tu décidé ? Tu prolonges l'expérience au manoir ou pas ?

— J'aime ton franc-parler, ça me fera constamment rire. Je dois avant te préciser une chose importante et il faut que tu sois d'accord. Clara vient trois semaines au mois d'août et si je reste ici, cela implique d'accueillir ma fille pendant les vacances.

— Ewenn, ça ne me pose aucun problème. Il y a largement la place. Tu lui as parlé de notre coloc ?

— Oui, elle est impatiente de te rencontrer et de visiter le manoir.

— Alors, affaire conclue ! Je dirais bien, on ouvre une bouteille pour fêter ça, mais ce n'est pas raisonnable.

— Non, ça ne le serait pas. En plus, on a fini de manger. Gardons cette occasion pour demain, ajoute-t-il en me faisant un clin d'œil. Et puis, ça m'évitera de te porter jusqu'à ta chambre !

— Tu es un sacré enfoiré, Ewenn Morvanec ! D'ailleurs, j'étais très bien sur mon canapé, je ne t'ai jamais demandé de jouer au chevalier servant !

Ewenn mime une attaque en plein cœur et s'écroule sur la table. J'explose de rire face à sa bêtise et nous terminons la soirée dans la bonne humeur.

Chapitre 14

Samedi

Nous roulons en direction de Rosporden, une ville à moins de trente kilomètres de Quimper. C'est là-bas qu'a lieu la brocante. Après une bonne matinée de travail dans la dépendance, nous nous sommes mis en route pour chiner.

Ewenn semble captivé par la chanson *Smells like teen spirit* de Nirvana diffusée à la radio. Ses doigts tapotent en rythme sur le volant, ses lèvres remuent timidement et ce dernier détail m'amuse.

— Tu sais, si tu veux chanter, fais-toi plaisir. Je ne suis pas aussi rabat-joie que toi.

Il interrompt ses gestes un instant et me lance un regard de défi. Il monte le son du poste au maximum et se met à s'égosiller dans la camionnette :

— *With the lights out, it's less dangerous*
Here we are now, entertain us
I feel stupid and contagious
Here we are now, entertain us
A mulatto,
An albino,
A mosquito

My libido
Yeah, hey, yay !

Les passants que nous croisons doivent s'interroger sur la stabilité mentale du conducteur. À vrai dire, même moi qui le connais, je me pose la question. Tandis qu'il poursuit son spectacle, amusée, j'en profite pour sortir mon téléphone et le filmer à son insu. Autant garder une preuve de ce grand moment ! Je détiendrai peut-être le moyen de mener un chantage avec ça un jour ! Pourtant dès que je commence à enregistrer, il me fixe, redouble d'énergie et crie en gesticulant. Je ne peux me retenir d'exploser de rire face au ridicule d'Ewenn et son air de s'en moquer royalement.

C'est dans la bonne humeur que nous arrivons à l'entrée du parking dédié aux visiteurs de la brocante. C'est étrange, cela doit faire des années que je n'ai pas assisté à un tel rassemblement et j'ai hâte de me promener dans les allées de bric et de broc.

Au fil de la découverte des stands, je me rends compte qu'Ewenn est plutôt populaire dans le coin. Depuis notre arrivée, environ une dizaine de personnes l'a salué de près ou de loin. J'ai eu droit à une brève présentation de chacun et la plupart sont des connaissances dues à sa profession. Sans en avoir conscience, Ewenn déclenche systématiquement chez son interlocuteur un sourire et un ton amical. J'ai rarement observé ce phénomène sur d'autres. Absorbée par mes pensées, sa voix me rappelle à la réalité.

— Anna, viens voir.

J'accélère le pas et le rejoins, il discute avec un monsieur approchant les quatre-vingts ans. L'homme porte un béret dans les tons gris sur la tête et un gilet à carreaux. Chaque fois qu'il prend appui sur sa canne, il baisse les yeux au sol comme pour vérifier que celle-ci ne s'échappe pas. Après m'avoir présenté Bernard, Ewenn me montre du doigt la table sur laquelle se trouve une horloge de gare dotée d'une applique murale en fer forgé. Ma concentration est immédiatement happée par l'objet en question.

— C'est tout à fait ce que je cherchais pour le coin cuisine. Combien la vendez-vous ?

— Cent euros et elle est à vous. Je l'ai ramenée d'Angleterre.

Je le toise un instant, je crois qu'il essaye de m'avoir.

— Ce n'est pas une vulgaire breloque, mais vous savez, je pourrais en trouver une neuve à ce prix-là sur Internet. Et peut-être même le modèle au-dessus.

Il regarde Ewenn d'un air désespéré.

— Quel maudit réflexe de ne voir que par l'internet ! Je l'ai payée cent trente livres sterling, il y a cinq ans. Je ne l'ai jamais utilisée, elle a été conservée dans son emballage depuis son acquisition.

— C'est une très belle horloge, mais je ne mettrai pas ce prix-là. Je vous fais une proposition, je vous en donne trente euros et l'année prochaine à l'ouverture de ma maison d'hôtes, je vous offre une nuit pour vous et votre épouse.

J'avais remarqué son alliance au fil de notre échange. Face à son silence, je redoute un instant d'avoir commis un impair et qu'il soit veuf. Les yeux du vieux monsieur s'écarquillent et laissent deviner son soudain intérêt.

— Vous en possédez une ?

— Pour le moment, l'établissement est en travaux, c'est un manoir à Quimper. Alors ?

— Elle est tenace, s'adresse-t-il à Ewenn. Ça ne doit pas être drôle tous les jours.

— Je ne vous le fais pas dire. Vous avez perdu d'avance avec Anna.

Je fusille Ewenn du regard pour l'informer de sa trahison.

— Hé, je vous signale que je suis toujours là !

— Hugutte va être ravie que je l'emmène passer une nuit à vingt minutes de la maison, ironise-t-il.

— Hugutte ? Vraiment ? Je n'ai jamais entendu ce prénom.

— C'est Huguette, mais je l'appelle comme ça depuis quarante ans. C'était un petit jeu entre nous et c'est devenu une habitude. Bon, venez, parce que si vous avez un manoir à meubler, j'ai peut-être une ou deux merveilles à vous proposer.

Curieux, nous le suivons vers son second stand à quelques mètres. Bernard est un vrai marchand de tapis, il a réussi à me vendre une commode ancienne, un buffet, deux tableaux, une bibliothèque et son horloge. Je regrette presque au moment de charger le tout dans la camionnette, je crois que mes poumons et mes muscles m'ont abandonnée dans l'effort.

Sur le trajet du retour, nous sommes plutôt calmes. Mes pensées sont légères et se perdent à travers l'horizon.

— Ça te dit un barbecue ce soir, pour profiter du beau temps ? Ils annoncent de la pluie demain toute la journée.

— Pourquoi pas, mais il faut qu'on achète de la viande et quelques produits frais. Tu peux faire un crochet par le centre commercial ?

— Tu sais comment rendre un homme heureux, le traîner dans un magasin le samedi. Magnifique perspective !

— Eh oui, on n'a rien sans rien dans la vie !

***

La lumière du barbecue colore le début de soirée et le parfum des saucisses, des cuisses de poulet et des poivrons grillés m'ouvre l'appétit. Nous sommes installés sur la terrasse de la cuisine et nous nous accordons un verre de vin en apéritif.

— On aurait peut-être dû décharger la camionnette.

— On peut toujours le faire si ça t'amuse. Mais on a encore deux trois bricoles à finir dans la dépendance, les meubles vont nous gêner et l'on devra les déplacer à plusieurs reprises.

— OK, tu as gagné, admis-je.

— Je n'y crois pas, j'ai vaincu Anna Le Goff ! Dis-moi, quel jour sommes-nous ? Que je fasse une croix dans le calendrier.

— Très drôle. Je vois que…

Nous sommes interrompus par la sonnerie du téléphone d'Ewenn, il m'adresse un signe désolé. Il se lève pour répondre et s'éloigne à l'intérieur du manoir. Au bout de quinze minutes, je retire la viande avant qu'elle ne soit carbonisée. Ewenn me rejoint, l'air troublé. Ses traits sont tirés et il semble absorbé par ses pensées.

— Tout va bien ?

Il reste silencieux et termine son verre de vin. Son regard s'attarde quelques secondes sur la bouteille, puis ses mains l'encerclent pour se resservir.

— J'aurais mieux fait de ne pas décrocher ce foutu téléphone. Rien de grave, seulement Daphné qui monte au créneau parce que j'ai viré la pension de Clara avec cinq jours de retard. Sincèrement, je ne reconnais plus la femme dont je suis tombé amoureux au début. Elle a tellement changé et moi, je me demande bien comment j'ai pu ne rien voir.

Ewenn s'interrompt. Son expression, sa gestuelle, ses mots… tout montre qu'il n'est pas passé à autre chose malgré la trahison de son ex. Comme quoi, je ne suis pas la seule divorcée pathétique dans le coin !

— Ensuite, au téléphone, j'ai eu ma fille. Elle avait une

petite voix, alors que Clara est toujours enjouée et dynamique. Mais cette fois, elle était déprimée. La séparation et la distance deviennent de plus en plus difficiles pour elle. L'entendre comme ça me rend encore plus malade. J'en veux à mon ex-femme de nous avoir infligé ça, d'avoir bousillé toute notre vie de famille.

Je décide de ne pas renchérir au sujet de Daphné et de revenir à Clara.

— J'imagine que ça doit être une situation perturbante pour une jeune fille. Même si elle est dans une phase moins positive que d'habitude, je pense que tu peux être fier, parce que jusque-là, elle tient bon malgré tout. Et puis, tu la retrouves dans un mois. Vous pourrez profiter du temps ensemble.

— Oui, je vais faire un maximum, mais je serai sur le chantier. Il faudra qu'elle s'occupe toute seule la journée. Elle a presque treize ans, ce n'est plus une petite fille. Et puis, elle a ses copines à Quimper.

— Ewenn, rien ne te force à poursuivre les travaux pendant son séjour. On n'est pas pressés à ce point. Ou si tu y tiens financièrement, tu peux peut-être lever le pied et travailler juste un à deux jours par semaine. Quand tu bosseras, je m'occuperai d'elle en lui proposant des activités et de temps en temps, on te donnera un coup de main.

— Non, Anna. Tu en fais déjà bien assez comme ça.

Sa réponse est sèche, sûrement plus qu'il ne le souhaitait, je le remarque au regard qu'il me lance. Ses mots trahissent son sentiment et sa peur de dépendre de ma gentillesse. Je commence à cerner Ewenn, il a besoin de prouver qu'il peut gérer seul sa fille et l'assumer. J'interviens au quotidien dans son champ professionnel et personnel puisque je l'héberge, il lui faut un peu de place pour le reste. Mon aide récurrente vient blesser son amour-propre. Je soupire intérieurement et achève la conversation pour ne pas aller au conflit.

— Bien, comme tu veux.

Je ne sais pas si c'est le ton employé tout à l'heure ou l'atmosphère entre nous devenue étrange, mais à présent, j'appréhende un peu le séjour de Clara, ici. Je n'oserai rien faire sans avoir peur de le braquer. Peut-être que mes parents seraient d'accord pour me loger le temps de sa venue ? Ou bien, Magalie ? Non, nous serons à un mois de son mariage, j'imagine qu'elle aura d'autres chats à fouetter que de s'occuper de son amie intrusive.

J'ai mangé rapidement et ne me suis pas éternisée aux côtés d'Ewenn. Il n'a jamais été d'une aussi piètre compagnie, les traits graves, peu enclins à la conversation et le regard mauvais.

Chapitre 15

Ewenn avait raison, c'est un dimanche pluvieux et la météo coupe toute envie de s'activer. Il est plus de neuf heures, à moitié redressée contre l'encadrement du lit, mes yeux scrutent à travers la porte-fenêtre de la chambre qui donne sur un balconnet. La pluie clapote sur les pierres du garde-corps, tandis que le ciel diffuse un panel de tons gris de plus en plus foncés. Un brouillard épais remonte du sol et s'évanouit difficilement dans l'air. Pourtant, malgré le mauvais temps, les terres du manoir m'hypnotisent, elles dégagent un certain charme, un peu comme l'ambiance d'un vieux conte aux périodes automnales. Cette pensée m'arrache un léger sourire, parce que même si nous sommes en été, cela me donne presque envie de boire un chocolat chaud et de ne pas quitter ma chambre pour dévorer un bon roman. J'aurais aimé pouvoir me balader et ainsi éviter Ewenn aujourd'hui, mais l'averse s'amplifie à chaque minute m'obligeant à renoncer. Son attitude d'hier lors du repas m'a contrariée, il ne m'a pas habituée à ce genre de comportement. Je comprends que sa situation familiale le mine, mais égoïstement, j'ai été déçue de constater qu'après l'agréable après-midi que nous avions passée ensemble, un simple appel a suffi à tout effacer. En réalité, qui suis-je pour le juger ? Parce qu'à sa décharge, lui ne l'a pas fait à mon retour de Paris. Je secoue la tête pour chasser mes élucubrations et me résigne à lui laisser de l'espace aujourd'hui en faisant profil bas.

Dépitée et emmitouflée dans ma couette, je lâche un profond soupir. Finalement, la colocation a tout de même ses limites. Il suffit de quelques conflits pour que ça devienne gênant, voire insupportable. Bon, nous sommes loin de ce stade avec Ewenn, c'est une de nos premières tensions. Pourtant, je n'arrive pas à effacer sa réponse et surtout le ton froid employé : « Non. Tu en fais déjà bien assez comme ça. » J'aimerais bien saisir le véritable sens derrière ces mots. Me suis-je un peu trop laissée entraîner par intuition ? En réfléchissant, j'ai vraiment précipité les choses. Son embauche quelques jours après l'avoir rencontré et son installation provisoire au manoir un mois plus tard. En recoupant et en analysant mes actions de cette manière, la situation m'effraie. Quelle mouche m'a piquée pour avoir transgressé tous les codes de la bienséance ?

Angoissée, je me lève et vais m'enfermer dans la salle de bains. Pas de meilleur endroit pour évacuer mes soucis le temps d'une bonne demi-heure. Je reste immobile sous le jet d'eau chaude et ne cesse de me demander intérieurement, si tout ça n'est pas une énorme erreur de ma part.

***

À ma grande surprise, la camionnette d'Ewenn n'est plus stationnée dans la cour lorsque je rejoins la cuisine. J'ignore où il a pu filer un dimanche de bon matin. Peut-être que lui aussi a besoin de prendre le large et cherche à m'éviter.

Pour tuer le temps, je me lance à la conquête de l'immense grenier, où pas mal de vieilleries doivent être stockées. Je pourrais peut-être dénicher des objets intéressants pour la décoration du manoir et de la dépendance. J'avoue que j'ignore ce qu'il peut bien contenir, il a dû servir de débarras aux différentes générations de ma famille. Après avoir englouti trois tartines au miel, deux tasses de café et deux abricots, je nettoie la table avant de m'aventurer sous les combles, excitée par la curiosité de potentielles découvertes. En toute honnêteté, je n'y ai jamais mis les pieds, mes parents m'en interdisaient l'accès, préférant que ma maladresse ne brise aucun souvenir du passé. Et puis les années se sont écoulées et j'ai perdu tout intérêt pour cet endroit.

Je m'équipe d'une lampe torche au cas où et d'un carton pour mes futures trouvailles. Après avoir monté l'escalier jusqu'au second étage, j'avance dans le couloir et m'arrête sous la corde pendue au plafond. Je l'attrape et tire avec vigueur pour descendre l'échelle escamotable. Avant de m'engouffrer complètement, je tends le cou pour détailler ce qui m'entoure. À ma grande stupéfaction, le grenier n'est pas plongé dans une totale obscurité, huit lucarnes offrent des percées de lumière en dépit du temps gris. Je progresse lentement et découvre avec surprise un interrupteur. La pièce s'illumine aussitôt, dévoilant un amoncellement de cartons entreposés sans logique, des meubles dissimulés par d'imposantes pièces de tissu et des toiles au sol empilées les unes derrière les autres. J'avance doucement, le vieux plancher craque sous mes pas et remue la poussière dans l'air, chatouillant légèrement mes narines. Mes doigts parcourent lentement les différentes surfaces et au fil des minutes je m'accommode de l'odeur surannée. Un étrange sentiment monte en moi, je ressens quelques notes de nostalgie, le souvenir d'un parfum d'antan. Je soulève un à un les tissus jaunis recouvrant d'anciennes bergères, des fauteuils d'un style Louis XV, ou d'autres de cabinet. Je n'en reviens pas que tout soit en si bon état. Pourquoi mes parents ne s'en sont-ils jamais servis ? Je retire d'autres draps et l'exploration se poursuit, il y a même une borne, un siège dont l'assise tourne autour d'un axe central. Mon enthousiasme redouble, ma maison d'hôtes sera décorée de ces merveilleux trésors. Puis mon regard s'arrête sur un meuble que je connais bien, il s'agit de la berceuse en noyer. Enfant, j'aimais venir me lover dans les bras de ma mère, elle fredonnait une comptine tout en jouant de la bascule du fauteuil.

Dans un angle de la pièce se tient un imposant coffre en bois. Je détaille l'objet familier, celui qui a meublé ma chambre durant des années et que pourtant, j'avais complètement oublié. Je m'agenouille et effleure les gravures minutieuses vers l'ouverture. J'ai besoin de mes deux mains pour réussir à soulever le couvercle et découvrir ce qui se cache à l'intérieur.

Un sourire s'inscrit sur mes lèvres en attrapant un album photo qui doit dater du collège. Je parcours les différents clichés et un sentiment de sérénité m'envahit. Tout est resté intact dans ma mémoire… j'ai chéri mon enfance, ce lieu magique, chaque reflet du soleil, la couleur des fleurs au printemps. Je reconnais Léonie et Gaël, mes deux amis de l'époque. Je me souviens de notre complicité et que nous étions prêts à tout pour tester une nouvelle bêtise. Grâce à mes deux acolytes, une fois j'avais réussi à être punie pendant les deux mois d'été. Je ris en repensant au départ de feu que nous avions failli provoquer en écrasant mal un mégot de cigarette. Ah… l'insouciance de la jeunesse ! Cette période me manque, celle où tous les rêves étaient encore possibles. Et puis, je m'arrête un instant sur les nombreux clichés avec Joanna, ma cousine, avec qui j'ai partagé une très grande partie de ma vie. La mélancolie m'étreint et me rappelle que notre amitié a complètement disparu depuis plusieurs années. La culpabilité se pointe… au fond de moi, je sais que tout est ma faute. Je l'ai volontairement éloignée.

Je parcours les photographies de mes parents durant leurs premières années de mariage, avant ma naissance. C'est impressionnant, je ressemble trait pour trait à ma mère au même âge. Si j'ai la chance de vieillir comme elle, ça sera ma fierté. Elle est encore tellement belle à soixante-six ans.

Au bout de deux bonnes heures, j'ai regroupé dans un coin tous les trésors sentimentaux ou historiques que je souhaite récupérer. Pour les meubles, je serai bien obligée de demander un coup de main à Ewenn, puis après réflexion, je comprends qu'il sera impossible de descendre les plus imposants par l'échelle. Alors comment ont-ils pu arriver là ? Il y a forcément un autre passage, je ressaisis ma lampe torche et détaille les pans de murs, puis remarque un rideau sombre. Je le tire et découvre une porte donnant sur un escalier. Piquée par la curiosité, je l'emprunte toujours munie de ma lampe. Le corridor est large, la fraîcheur me fait frissonner et d'épaisses toiles d'araignée s'accrochent à mes cheveux et vêtements à chaque pas. Je m'en moque, bien trop impatiente de comprendre où mène ce chemin ! Après avoir descendu une trentaine de marches, j'atterris devant une nouvelle porte. Je tourne la poignée et pousse le battant avec difficulté. La bibliothèque du premier étage s'ouvre devant moi et je suis abasourdie. La porte secrète est encastrée dans un rayonnage de livres, parfaitement dissimulée. D'ailleurs certains en sont tombés lorsque je l'ai ouverte brusquement. Je suis stupéfaite plusieurs minutes, me demandant si mes parents ont connaissance de ce passage. Peut-être pas, ce qui expliquerait que les meubles anciens n'aient jamais été déplacés, trop encombrants pour réussir à les sortir par l'échelle escamotable. Ou alors, ils savent, mais n'ont jamais envisagé d'utiliser le vieux mobilier et ont dû prendre soin de ne pas m'en parler enfant pour que j'évite d'aller jouer dans cette partie du manoir, où j'aurais facilement chuté dans les escaliers en pierre avec ma grande maladresse. Il faudra que je songe à leur poser la question un de ces jours. Pleine d'entrain, je referme le passage derrière moi et rejoins le grenier.

Je poursuis mon examen des étagères, un grand cadre est à moitié renfoncé dans une rangée de livres. Curieuse, je l'attrape du bout des doigts et l'en extirpe. Ma poitrine se serre immédiatement lorsque je reconnais notre portrait de mariage avec Christophe. Je m'attarde sur mon regard éteint doublé d'un faux sourire. Je déglutis de malaise en détaillant ma perruque blonde de haute qualité, qui m'offrait les longs cheveux de ma jeunesse. Soudain, je sursaute et me retiens de pousser un cri en entendant le bruit de l'échelle, suivi du craquement du plancher.

Je me retourne précipitamment oubliant le cadre dans mes mains, qui se fracasse contre le sol. Je l'observe plusieurs secondes. « Il devait finir ainsi… » ironisé-je en moi-même. Je relève les yeux en direction du trouble-fête.

— Tu m'as fait peur, Ewenn. Je te croyais sorti.

— Je suis rentré depuis un petit moment. Je t'ai interpellée à plusieurs reprises sans succès. Alors, je t'ai cherchée et suis tombé sur l'échelle.

— Tu voulais quelque chose en particulier ?

Instinctivement, il baisse la tête.

— Je venais simplement voir si tu avais besoin d'un coup de main ?

— Je traque le moindre objet à récupérer pour décorer ou meubler. J'ai fait un tas de ce que je vais pouvoir utiliser, précisé-je en le lui indiquant du doigt. Et puis, il y a tous ces meubles. D'ailleurs, j'ai découvert un passage que je ne connaissais…

Je m'interromps, Ewenn ne semble pas m'écouter et fixe le cadre fracassé au sol. Avant que je n'aie le temps de quoi que ce soit, il le ramasse et extirpe la photographie sous les morceaux de verre brisé. Il reste silencieux en examinant le cliché. Mal à l'aise, je n'arrive pas à prononcer le moindre mot.

— Tu étais belle aussi avec les cheveux longs.

Malgré moi, mon cœur se serre à sa remarque. Gênée, je lui retire brusquement la photo des mains et la déchire légèrement.

— C'était il y a longtemps.

Ewenn me dévisage, je devine qu'il a envie d'en savoir davantage, mais je ne veux pas avoir cette conversation. Je me contente de fourrer l'objet de sa curiosité dans un carton.

— Je pense que j'ai tout examiné ici. Tu m'aides à tout descendre ?

Il hoche la tête et s'exécute immédiatement. J'ai l'impression qu'il est soulagé d'avoir une tâche à accomplir et de pouvoir échapper au froid qui vient de s'installer entre nous.

Nous descendons les cartons et tout ce que nous pouvons par l'échelle, puis j'explique à Ewenn qu'il nous faudrait des lampes frontales pour utiliser le passage par l'escalier dissimulé. Chance pour nous, Ewenn en avait dans sa camionnette.

Deux bonnes heures plus tard, nous nous vautrons dans le canapé et savourons une bière après avoir tout acheminé au rez-de-chaussée. La tension entre nous semble être redescendue et j'en suis ravie. Ewenn s'empare d'un album photo qui dépasse d'un carton et ne peut s'empêcher de pouffer et se moquer de moi en regardant de vieux clichés. Je devais avoir trois ou quatre ans, en train de déambuler dans le jardin, vêtue d'une salopette short et coiffée d'un palmier sur la tête – coiffure favorite de ma mère, que j'ai toujours détestée en ayant l'impression qu'elle allait m'arracher la peau du crâne en me brossant. J'ai les joues bien rondes et les genoux esquintés malgré mes nombreuses tentatives de ne pas tomber en courant. Nous plaisantons sur nos enfances respectives, Ewenn m'apprend qu'il a un frère plus jeune de dix ans, il vit sur la presqu'île de Quiberon. Apparemment, Gérald a toujours eu l'amour des eaux – bien qu'il soit tombé un jour à la mer plus jeune – et a ouvert un magasin en plus d'une école de voile. Ce qui est étrange, c'est qu'à l'entendre m'en parler, j'ai l'impression de ressentir de la nostalgie dans sa voix. Il n'ajoute rien de plus sur le sujet et je ne l'interroge pas davantage. Nous avons tous des secrets que nous n'avons pas envie de dévoiler et je suis plutôt bien placée pour respecter ça !

— Bon, je crois qu'il faut s'arrêter là, il y a plus d'objets et de meubles que d'espace disponible. Je ne suis même pas certain que ça soit encore utile d'acheter quoi que ce soit, déclare-t-il.

— Tu as le sens de l'exagération. Une fois le tout agencé et rangé, tu n'auras plus l'impression qu'il y avait tant de choses.

— La pluie a cessé, ça te dit de prendre un peu l'air autour du domaine ?

J'ai envie de ne plus penser à cette tension de la veille entre nous, Ewenn reste Ewenn. Et moi-même, je dois composer avec mes points forts et faiblesses. J'accepte sa proposition, parce qu'au fond j'apprécie de retrouver notre complicité habituelle.

Chapitre 16

Même si le temps s'est calmé, nous enfilons des k-way, la pluie en Bretagne peut toujours vous surprendre. Le domaine conduit à l'orée d'un bois, si nous voulons pousser la promenade, ce ne sera pas un problème.

Ewenn marche à mes côtés et je suis soulagée de constater son humeur légère. Nous traversons une partie des terres laissées un peu à l'abandon, de hautes herbes et plantes nous accueillent.

— Anna, avec tout ce que tu as ici, à portée de main, tu pourrais confectionner des tisanes naturelles, rehausser tes plats et même en utiliser certaines pour te soigner. Je n'en reviens pas, depuis que nous avons quitté le manoir, j'ai pu observer de la bourrache, de l'ail sauvage, des nombrils de Vénus, de la berce commune, de la sauge et il y en a encore tant d'autres.

Le savoir d'Ewenn m'en bouche un coin, je reste silencieuse un instant face à la beauté de la végétation.

— Tu es un homme des bois ? Comment peux-tu connaître tout ça ? Même si je suis plutôt douée en cuisine, j'avoue que je me tourne en général vers les aromatiques les plus courantes.

— Gamin, mon père m'a enseigné tout ce qu'il savait

de la nature et il n'était pas avare sur le sujet. Et avec mon frère, on passait toutes nos vacances à traîner dehors, ce qui nous entourait nous a toujours passionnés. Ma mère cuisinait beaucoup à base de plantes, elle confectionnait aussi des huiles essentielles, des tisanes. Une fois que tu es élevé comme ça, tu as plutôt tendance à te tourner vers la nature que vers ces charlatans de fabricants de médicaments. Nous avons tout à portée de main, si tu t'y intéresses vraiment, tu peux être autonome sur beaucoup de points.

Ses paroles sont nobles, je suis loin d'être aussi curieuse de mon environnement. C'est captivant d'en apprendre davantage sur la vie d'Ewenn, certaines informations sur son enfance me permettent de mieux cerner sa personnalité actuelle.

— Serais-tu d'accord pour me transmettre un peu de ton savoir d'ici l'ouverture de ma maison d'hôtes ? Ça pourrait être chouette de confectionner des tisanes, d'avoir une culture d'aromatique.

— Il faudrait que je te présente ma mère, elle est bien plus experte sur le sujet que moi.

Nous continuons à travers la forêt, le chemin est plutôt glissant. Ewenn sait précisément où nous nous rendons, à force d'y avoir traîné adolescent. Il souhaite me montrer un endroit en particulier et l'ironie de la situation ne m'échappe pas ; je devrais connaître l'endroit mieux que lui. J'avoue qu'à l'époque, c'était loin d'être une de mes occupations fétiches, dès que j'ai eu l'âge de sortir, j'arpentais la ville, avide de ses activités.

Après encore quelques minutes de marche, nous arrivons au pied d'un monticule de terre et de pierre.

— Si l'on grimpe là-haut, on aura une vue dégagée sur le ciel.

— OK, je te suis.

La pente est plutôt raide, à chaque pas que je pose, les cailloux roulent sous mes pieds. À tel point que je suis presque contrainte de monter à quatre pattes tout le long. Ça a l'air d'amuser Ewenn qui, lui, ne semble pas comprendre la nature de mon problème. Je dois bien admettre que monsieur a un sacré équilibre, comme quoi on est loin d'être tous égaux dans la vie !

Il me tend la main à quelques mètres du haut et me hisse vers lui. Je m'arrête net en voyant le panorama sur le ciel nuageux et le reste du bois.

— C'est plus joli quand il fait beau, lâche-t-il d'un ton blasé.

J'éclate de rire. Après l'effort fourni pour grimper jusque-là, la vue n'a rien d'exceptionnel à nous offrir en ce temps pluvieux.

Une dizaine de minutes plus tard, nous redescendons. Ewenn a voulu que je passe en premier pour que nous avancions à mon rythme. J'ai une position ridicule, les fesses presque au sol, lorsque je glisse sur une pierre mouillée et bascule en avant pour dévaler les dix mètres restants. Je me réceptionne très mal et j'ai l'impression d'avoir senti ma cheville craquer. Je hurle de douleur.

— Anna !

Ewenn me rejoint en moins de deux et ne parvient pas à masquer sa panique.

Je suis assise dans la terre humide, incapable de me lever. Il se met à ma hauteur et relève mon menton pour que je le regarde.

— Tu vas bien ? J'ai eu la trouille de ma vie.

Ses doigts palpent mes joues et parcourent le reste de mon visage à la recherche d'une blessure quelconque.

— Ton arcade saigne. Est-ce que tu as mal à la tête ou ailleurs ?

— Non, ce n'est rien. Une branche m'a éraflée durant ma chute. En revanche, je me suis tordu la cheville et je ne peux pas poser le pied par terre.

Ewenn soulève délicatement le bas de mon pantalon pour inspecter les dégâts. Gêné par ma chaussure, il l'enlève avec douceur, je lui en suis reconnaissante.

— La vache, c'est bien gonflé. Je vais te porter.

— Pas la peine, il suffit que tu me soutiennes pour marcher, comme une béquille.

— On sera trop lents et la nuit sera tombée avant de pouvoir rentrer. On n'a aucun équipement, pas même une lampe torche et nos téléphones sont au manoir. Je t'emmènerai aux urgences en arrivant.

Mon cœur panique un instant, je ne supporte plus les hôpitaux depuis mon opération. Je ne veux pas ressentir cette odeur de désinfectant et voir la pâleur des murs. Tout ça me rappelle trop ce que j'y ai abandonné.

— OK, tu as gagné, je te laisse me porter. Mais hors de question d'aller aux urgences ! La douleur est tolérable, ce n'est pas si grave, mentis-je.

Ewenn m'adresse un sourire rassurant et se décale pour que je puisse grimper sur son dos. Il me hisse sans aucune difficulté, habitué à soulever des charges conséquentes dans son métier. Cette proximité entre nous est étrange, j'ai l'impression d'avoir treize ans et d'être perchée sur le dos d'un garçon que j'apprécie. J'entame la conversation pour arrêter de me focaliser sur le fait d'être collée à lui et que ses bras sont accrochés à mes jambes.

— Tu sais que tu vas devoir endurer ça pendant une vingtaine de minutes. On s'est plutôt éloignés, l'informé-je.

— Ne t'inquiète pas, je te ramènerai en un seul morceau au manoir. Promis, se moque-t-il.

Je ne rétorque rien cette fois et replonge en silence

dans la contemplation du paysage. Ewenn ne se plaint pas, même lorsqu'il doit gravir une pente ou arpenter un chemin sinueux. Je respire le parfum léger qui s'échappe du col de sa veste et ses notes agréables m'apaisent aussitôt et me font oublier ma douleur lancinante. Malgré moi, mes bras s'agrippent un peu plus à lui et je profite de l'instant, toujours muette. Puis à quelques mètres du manoir, il ralentit et me dépose avec douceur. Il se baisse et renifle une plante dans la semi-obscurité. Il semble satisfait et l'arrache avant de me reprendre sur son dos.

***

Je suis avachie sur le canapé du séjour, tandis qu'Ewenn est allé récupérer de la glace à la cuisine. Il revient rapidement et s'assoit sur la table basse pour me faire face. Il soulève mon pied et le pose sur son genou, il appuie doucement la poche sur ma cheville et je ne peux retenir une grimace douloureuse.

— Je suis désolé, Anna. Ce n'était pas une bonne idée d'escalader ce monticule. C'est ma faute, si tu es blessée. On devrait se rendre à l'hôpital.

— Ewenn, arrête un peu. J'ai glissé bêtement, je ne suis pas à l'article de la mort. Et puis, tu vas devoir me servir pendant les prochaines heures, je tiens ma vengeance, plaisanté-je.

— Ne change pas de sujet. Allons-y.

— Non, ça ira mieux demain. Cesse de t'inquiéter.

— OK. Bon, on doit s'occuper de ton arcade, elle saigne encore.

Il disparaît quelques minutes dans la cuisine et revient avec une mixture verdâtre.

— Qu'est-ce que c'est ?

— C'est de l'achillée millefeuilles. Les feuilles permettent de stopper les saignements. Fais-moi confiance et laisse-toi faire.

Il applique une sorte de cataplasme sur ma plaie.

— Comment as-tu réussi à obtenir cette bouillie visqueuse ? Je suis assez curieuse de le savoir.

— C'est simple, je les ai mâchées.

— Tu m'as badigeonnée de bave pleine de microbes et de feuilles ? Et tu oses m'avouer ça avec tout le naturel du monde ?

Il éclate de rire face à ma mine écœurée. Puis résignée à partager les bactéries d'Ewenn, je ne peux me retenir à mon tour.

***

Malgré la douleur, la soirée a été agréable. Ewenn s'est occupé de tout, de la préparation du repas à la vaisselle. J'ai envie de le taquiner avec des caprices d'invalide, mais je parviens à me contenir. Nous regardons plusieurs documentaires animaliers tout en mangeant et appréciant une bouteille de vin. Ewenn m'étale sa science dès qu'il en a l'occasion et ce comportement de premier de la classe m'amuse beaucoup.

Vers une heure du matin, je rêve de dormir.

— Ewenn, tu peux m'accompagner jusqu'à ma chambre ?

Il se lève et s'apprête à me soulever.

— Tu n'es pas obligé de me porter, soutiens-moi simplement.

— Non, avec le nombre de verres que tu as bu, tu vas réussir à te tordre la deuxième cheville. Allez princesse, viens là, se moque-t-il.

Je cède face à son argument intangible et me laisse

emporter dans ses bras avec un sourire discret aux coins des lèvres.

— Tu peux me déposer devant la porte. Ça ira.

— Je te conduis jusqu'à ton lit. Tu es capable de tout, je ne prends plus de risque. Je n'ai jamais vu quelqu'un d'aussi maladroit !

Je lui donne une tape sur l'épaule, tandis qu'il pénètre dans ma chambre plongée dans une semi-obscurité sous les rayons de la lune. Nous approchons du lit, Ewenn trébuche sur mes chaussons abandonnés sur le tapis et nous tombons sur le matelas. Il s'écrase sur moi, se relève aussitôt et à l'instant où nos regards se croisent, ses mouvements se figent. Hypnotisée, je ne comprends rien à ce qui se passe, ni comment ses lèvres se retrouvent sur les miennes en quelques secondes.

J'ai du mal à réaliser, mais une chose est certaine, son baiser est loin de me laisser de marbre. J'ai l'impression qu'Ewenn vient de réveiller tout mon corps d'un claquement de doigts. Après une brève frénésie, il abandonne ma bouche et me fixe d'un air indéchiffrable.

— Je ne sais pas ce qui m'a pris. Je suis désolé…

Ewenn semble terrorisé et son malaise m'envahit aussitôt. Je dois mettre un terme à cette scène sur-le-champ avant que la situation ne dérape totalement.

— Il n'y a pas mort d'homme. On a trop bu, oublions. Tu peux fermer la porte en sortant ?

J'ai l'impression qu'un robot a pris les commandes de mon être, jusqu'à me donner une voix monotone et mécanique. Je suis vraiment nulle en relation sociale pour bien réagir dans de telles situations. Ewenn se relève et quitte la chambre sans un mot, la porte claque légèrement derrière lui. Il m'a semblé percevoir une pointe de colère dans le regard qu'il m'a lancé avant de sortir.

Chamboulée, je me laisse tomber en arrière sur mon matelas et couine de douleur en oubliant de ménager ma cheville.

Je crois qu'on a franchi une limite ce soir, une que nous risquons amèrement de regretter.

Chapitre 17

Lundi

Toujours au lit, je me tourne dans tous les sens, irritée, parce que je n'ai pas réussi à fermer l'œil de la nuit entre ma cheville et le souvenir de ce baiser. Hier soir, pour sauver les apparences, j'ai agi comme si de rien n'était. Pourtant, ce qui s'est passé entre Ewenn et moi, durant ces quelques secondes, me hante et parasite mes pensées depuis.

Je me redresse pour attraper mon téléphone et dès que mon pied touche le sol, une douleur aiguë irradie dans toute ma jambe. Bordel, ça fait un mal de chien ! Réussir à me déplacer nécessite de véritables efforts, je serre les dents pour contenir la douleur. Et, bien entendu, c'est aujourd'hui que j'ai rendez-vous avec la psychologue. Génial ! Je marche en claudiquant et après une laborieuse aventure évitant de peu une nouvelle chute, je parviens enfin à la cuisine.

À l'instant où je croise le regard d'Ewenn, mon souffle se coupe. J'étais tellement obnubilée par ma cheville ces dix dernières minutes que je ne me suis pas préparée à l'affronter. Entre nous, j'espérais qu'il serait déjà en train d'œuvrer dans la dépendance. Merde !

Essayant de figurer le plus naturellement possible, je

m'installe sur la chaise face à lui et remplis ma tasse. Je sens son regard sur moi et n'ose pas relever le mien de ma boisson fumante. La couleur intense de mon café ne m'a jamais semblé aussi captivante que ce matin !

— Déjeune, ensuite je t'emmène consulter un médecin.

Son attitude est la même que tous les jours, comme s'il ne s'était rien passé de spécial entre nous. Pour le coup, il paraît plus à l'aise que moi. Je chasse l'image de ses lèvres de ma mémoire et reprends une contenance.

— Ça va aller, merci.

Mon ton est intransigeant et je le dévisage pour qu'il n'insiste pas. Pourtant ses traits se durcissent aussitôt.

— Anna, je ne plaisante pas. Tu as vu comme tu marches ? À sa naissance, Bambi se débrouillait dix fois mieux que toi. Arrête de faire l'enfant !

— Merci du compliment, je constate que tu es en forme ce matin.

À la fin de ma phrase, il baisse immédiatement les yeux sur la table. Sans le vouloir, j'ai fait référence à la veille et indirectement à ce qui s'est passé entre nous. N'ayant pas la moindre envie de m'engager sur ce terrain-là, je détourne le sujet et cède à sa requête. Je n'ai trouvé que ce moyen pour sauver les apparences et nous éviter un plus grand malaise.

— OK, je vais appeler et prendre rendez-vous. Je vais me débrouiller et réserver un taxi, tu as du travail ici.

— Pourquoi tu refuses mon aide ? Alors que toi, tu te démènes toujours pour les autres. Les travaux attendront notre retour, ajoute-t-il avec une pointe d'agacement.

Sa réponse me fige. J'ai l'impression d'avoir reçu une gifle, pointant du doigt mon syndrome du sauveur. Et sur ce point, il n'a pas tort.

Je sors mon téléphone et contacte mon médecin de famille. Nous convenons d'une consultation d'ici une heure.

***

Ewenn se gare sur une place handicapée juste devant le cabinet. Il exagère, je n'en suis tout de même pas là, je me mords les lèvres renonçant à la ramener. Au moment où il détache sa ceinture, mes yeux s'écarquillent sous la consternation et je l'interromps immédiatement.

— Attends-moi ici, je vais me débrouiller.

— Ne sois pas ridicule, il y a sûrement des escaliers.

Je le toise sans réfléchir et il comprend sur-le-champ que ce point n'est pas négociable. Je ne veux pas qu'il m'accompagne, un peu d'espace ne nous fera pas de mal.

Je sors de la camionnette sans montrer que je souffre à chaque pas et avance sans boiter jusqu'au hall d'entrée. Une fois la porte franchie et refermée derrière moi, je lâche un profond soupir de douleur, ralentis le rythme et traîne la patte. Saloperie d'amour-propre ! Le mien atteint parfois des sommets et aujourd'hui, il a certainement dépassé l'Everest.

La décoration de la salle d'attente est quasi inexistante, une unique photographie d'une nature morte trône sur le mur et une plante meuble l'angle de la pièce. J'ignore depuis combien de temps, elle se trouve là à prendre la poussière et n'a pas reçu la moindre goutte d'eau. Je crois qu'elle pourra bientôt rejoindre le thème de la photo. J'espère que le toubib s'occupe mieux de ses patients, sinon je ne donne pas cher de l'avenir de ma cheville. Je lorgne les magazines à disposition sur la table basse, mais rien ne parvient à me distraire. Les trois quarts sont de la presse à scandale, la vie intime des *people* fait couler de l'encre. Ce n'est pas mon credo, j'ai l'impression de devoir abandonner mon cerveau pour me plonger dans cette lecture idéale pour tuer le temps au petit coin.

Le docteur Fabreg me rejoint dans l'étroite pièce et m'interpelle. Je me lève avec peine et le suis dans son bureau.

Après une minutieuse auscultation, le verdict est tombé ; une bonne entorse qui mettra quelques semaines à se rétablir. Le professionnel de santé me prescrit une attelle et des béquilles pour me soulager dans mes déplacements, des antalgiques et me recommande beaucoup de repos, surtout les premiers jours.

À peine installée dans la camionnette, Ewenn m'interroge immédiatement sur ma consultation. Je lui relate les propos du médecin et au fil des secondes, la culpabilité s'inscrit sur son visage.

— Je suis désolé, Anna.

Je lui lance un regard explicite pour le faire taire.

— Arrête de t'attribuer une responsabilité qui n'est pas la tienne. Et je m'en sors plutôt bien, en sentant ma cheville craquer, je risquais une fracture. J'ai eu de la chance.

— Si je ne t'avais pas guidée sur ce foutu monticule, tu ne serais pas blessée.

— Si ta culpabilité est trop lourde à porter, rends-moi un service. J'ai un rendez-vous à quatorze heures au centre-ville, il faudrait que tu m'y conduises. Je rentrerai en taxi. Et avant cela, nous devons aller à la pharmacie chercher les béquilles et mes antidouleurs.

— À vos ordres, chef, se moque-t-il.

Je lui souris, soulagée de voir que notre relation est la même qu'avant. Nous avons commis une erreur et nous allons retenir la leçon. Pourtant, quand il pose ce regard-là sur moi, j'ai bien du mal à effacer le souvenir de ses lèvres sur les miennes.

***

Tremblante sur mes béquilles, je salue ma nouvelle psychologue et la détaille rapidement. Sous son large gilet, la quadragénaire porte une robe bariolée près du corps. Si je fais le compte, je crois que madame Leimann dispose d'au moins six couleurs différentes sur elle. Mauvais goût ou audace ? J'hésite sans trouver la réponse. Ses cheveux frisés sont retenus par une énorme pince en forme de coquillage, accrochée à l'arrière de sa tête. J'ai l'impression qu'elle revient d'un voyage exotique.

— Entrez, madame Le Goff, je suis le docteur Sophie Leimann.

La salle de consultation est chaleureuse et une atmosphère cocooning s'en dégage. Un imposant canapé paraissant confortable, agrémenté de coussins de différentes formes, trône au milieu de la pièce. Quatre plantes vertes ravivent les lieux – celles-ci sont bien vivantes – ainsi que trois représentations de peintures de Gustave Klimt. Une douce odeur de thé et d'encens chatouille mes narines et a le don de m'apaiser immédiatement. Ce cabinet n'a rien à voir avec ceux dans lesquels je me suis aventurée jusqu'à présent. Un sentiment de calme et d'introspection émane de cette pièce, tout a été minutieusement calculé pour mettre à l'aise sa patientèle.

Je pose mes béquilles contre la table et m'assois sur le canapé que le docteur Leimann me désigne de la main. Je prends sur moi pour ne pas soupirer, je déteste ces premières minutes où il est nécessaire d'en venir au but de ma visite.

— Tout d'abord, bonjour Anna. Comme c'est notre première séance, elle va être un peu différente des autres, l'objectif est surtout de faire connaissance.

— Bien, que voulez-vous savoir ?

— Vous semblez d'une nature directe. Dites-moi ce que vous avez envie de me partager.

J'aimerais lui répondre en toute honnêteté que si je parvenais à gérer mes troubles émotionnels seule, je ne lui confierais rien. Mais comme je n'en suis pas à ce stade, je la boucle et me plie à sa volonté.

— Je m'appelle Anna Le Goff. Trente-cinq ans, divorcée et installée depuis quelque temps à Quimper. Pour faire court, j'ai tout plaqué à Paris pour démarrer un projet de vie ici. Reprendre le manoir familial et le transformer en maison d'hôtes.

— Oh, c'est plutôt audacieux et courageux. Je ne peux que vous féliciter par rapport à la prise de risque. Je me trompe ou ce n'est pas votre première thérapie ?

Je lui lance un regard surpris. Qu'est-ce qui a bien pu lui faire penser ça ?

— Non, en effet, ce n'est pas la première. Pourquoi ?

— Votre comportement depuis votre arrivée. Vous agissez par étapes, vous maîtrisez les usages, les informations à donner. Mais il y a une chose qui me chiffonne, vous avez l'air de subir votre présence ici. Alors, éclaircissons un point tout de suite. Anna, engager cette thérapie relève bien de votre volonté ?

Botter en touche. Comment lui expliquer que je préférerais ne pas être là, mais que j'ai conscience d'en avoir besoin ?

— C'est mon choix. Seulement, je n'apprécie jamais les premières séances. Elles me mettent toujours mal à l'aise. Je ne sais pas pourquoi. C'est un peu comme porter de nouvelles chaussures, au début elles font mal aux pieds.

— Dois-je en conclure que vous avez entamé plusieurs thérapies ?

— J'ai cherché à obtenir le meilleur, cela a nécessité plusieurs essais et abandons. Pour ne mener à rien, en fait.

— D'accord. Alors, dites-moi clairement les objectifs que vous souhaitez atteindre à travers notre collaboration ?

C'est bien, elle me fait gagner du temps en allant droit au but.

— Je veux reprendre le contrôle de certaines de mes émotions. Exterminer un désir qui ne pourra jamais être assouvi et qui me pourrit la vie.

Sophie Leimann cesse de rédiger ses notes et lève les yeux de son carnet pour me jauger. Pourquoi les psys se sentent-ils toujours obligés d'avoir ce regard ? Celui qui vous fait comprendre qu'ils ne sont pas dupes et que face à eux vous devenez transparents.

— Bien, j'ai l'impression que c'est encore plus précis dans votre esprit ?

— En effet.

Au cours de la demi-heure suivante, je reviens sur les grandes lignes sans zone d'ombre de mon enfance, de mon adolescence et de mes études. Puis j'attaque ma rencontre avec Christophe et les phrases sont plus difficiles à prononcer.

— Après un peu plus d'un an de relation de couple, nous souhaitions avoir un enfant et fonder une famille. Même si cela signifiait pour moi mettre ma carrière de côté. Seulement, après des mois de tentatives, je ne tombais pas enceinte. J'ai consulté deux spécialistes, puis en procédant à des examens plus poussés, ils m'ont découvert un cancer des ovaires. Il s'était déjà propagé jusqu'au péritoine… Les médecins n'avaient aucune alternative, indirectement ils m'ont demandé de choisir entre ma santé et mes désirs de maternité. Il m'a fallu une quinzaine de jours pour me décider et accepter l'opération. Je pense que sans Christophe à mes côtés, je n'y serais jamais parvenue. Il m'a mis martel en tête ; la priorité, c'était moi, ma santé… Il refusait que le cancer progresse davantage. Je l'ai écouté, puisque je ne pouvais pas trancher. L'opération et la chimiothérapie ont été un succès, depuis un peu plus de dix ans, je me porte bien. À l'exception d'être dans l'incapacité de concevoir des enfants.

Le docteur Leimann relève immédiatement les yeux sur moi et semble perplexe.

— Est-ce la raison de vos tourments ? Ce qui justifie votre présence ici, aujourd'hui ?

J'acquiesce d'un mouvement de tête et mes larmes tentent une percée, que je parviens finalement à contenir.

— Je pensais avoir dépassé ça, mais j'en souffre à nouveau. Docteur Leimann, je voudrais simplement être capable de maîtriser ma tristesse et d'écouter les autres parler de leurs enfants sans avoir envie de me pendre.

— Est-ce sincèrement ce que vous souhaitez ?

Les yeux de la psychologue me sondent sur la profondeur de mes propos. Puis elle reprend :

— Ne vaudrait-il mieux pas espérer s'épanouir sans avoir d'enfant ? Parce qu'en désirant réussir à vous canaliser face au regard des autres, ce n'est pas vous que vous allez sauver. Seulement les apparences. Saisissez-vous la différence ?

Je reste silencieuse, ne trouvant pas les mots ni la véritable réponse à cette question.

— Je vous invite sérieusement à réfléchir à ce point pour notre prochain rendez-vous. Je vous conseille de vous munir d'un petit cahier pour consigner vos pensées entre nos séances.

— Bien.

Je me lève maladroitement en tentant de préserver ma cheville, puis j'attrape mes béquilles, prête à rejoindre la secrétaire pour régler cette heure.

— Une seconde, Anna, nous allons programmer la fréquence de nos consultations.

Prise en faute sur mon envie de fuir, je me rassois.

— Pouvons-nous dans un premier temps, nous fixer un rendez-vous hebdomadaire, le lundi à cette heure ?

— Je ne suis pas disponible la semaine prochaine, j'ai une formation de cinq jours. À moins que nous puissions nous voir après dix-sept heures ?

Elle passe un appel à sa secrétaire pour vérifier son agenda.

— Dix-sept heures trente, c'est OK ?

Je lui confirme d'un mouvement de tête. Elle raccroche, me souhaite une bonne semaine et je quitte enfin son bureau.

Chapitre 18

Jeudi
Ewenn

Comme la rénovation de la dépendance est terminée, j'ai passé les trois derniers jours à abattre des cloisons au deuxième étage du manoir. Anna a préféré commencer les travaux à ce niveau, puisque nous occupons le premier pour le moment. Je lui ai proposé de réintégrer le dépôt pour ne pas gêner le chantier, mais elle a refusé en bloc. Pour l'ouverture de son établissement, nous aurons réduit le nombre total de douze chambres à sept pour créer des espaces plus grands. Dans l'aile droite du premier étage, il y aura celle réservée aux personnes à mobilité réduite dont nous respecterons les normes exigées. Dans l'aile opposée, deux chambres de trente-cinq mètres carrés chacune pourront accueillir parents et enfants, avec salle d'eau et WC privatifs. Concernant celles du deuxième, Anna a opté pour quatre chambres de vingt mètres carrés avec création d'installations sanitaires, puisqu'à la base, cet étage n'en dispose pas. Le second niveau sera destiné à des couples uniquement. Bien qu'elle ne puisse pas louer plus de cinq chambres, la future entrepreneuse a préféré avoir une marge de manœuvre pour faciliter la rotation des réservations et garder la capacité de recevoir des amis ou de la famille.

Je termine d'évacuer les derniers gravats et en revenant de la déchetterie, la voiture d'Anna n'est plus là. Je jette un œil au tableau de bord, il n'est pas encore midi. Depuis notre malencontreux baiser, elle se tient à distance et j'ai refusé qu'elle me donne un coup de main avec son entorse. Alors mardi, elle a demandé à son père de venir pour qu'on puisse déplacer le mobilier des chambres en travaux. J'étais gêné d'accepter son aide, mais il semblait très heureux de se rendre utile et de participer à la « renaissance du manoir ». Il a même été surpris de voir des meubles du grenier, en ajoutant que sa fille avait enfin découvert le passage par elle-même. Apparemment, il le lui avait caché volontairement durant son enfance, pour qu'elle n'y aille pas et les années suivantes, il avait oublié de lui en parler. J'avoue que la présence d'une tierce personne a allégé les tensions entre mon hôte et moi. Notre entente sonne un peu faux depuis le dérapage de l'autre soir. Quelque part, je m'en veux, parce que c'est moi qui ai cédé. L'espace de quelques secondes, j'ai lâché prise et arrêté d'étouffer mon envie de l'embrasser. Pourtant avant ce moment, je n'en avais pas conscience, ça m'a assailli sans prévenir. Seulement, le problème aujourd'hui, c'est que je ne cesse d'y penser alors que ça ne se reproduira plus. Et malgré cela, j'aspire à recommencer. Pourtant, la réaction d'Anna m'a fait l'effet d'une douche froide, son indifférence était blessante, comme si ce baiser passionné était sans conséquence. Je ne peux pas en dire autant de mon côté. Ce soir-là, j'ai même espéré qu'elle insiste un peu, me convainque de nous laisser aller. Au contraire, elle a sauté sur l'occasion pour m'éjecter *illico*, après lui avoir tendu la perche.

Mon téléphone sonne dans ma poche lorsque je dépose des outils dans la première chambre du deuxième étage. Je décroche rapidement sans regarder l'écran.

— Ewenn, c'est Max. Tu vas bien ? Je suis à Quimper pour quelques jours, il faut qu'on se voie et qu'on arrose ça !

Max, mon meilleur ami depuis le CM2, qui depuis deux ans a décidé de vivre et travailler à l'autre bout du monde, à Hong Kong. Mon ancien acolyte est une pointure dans le secteur de la finance et sa famille l'a suivi à l'étranger. Nos soirées de beuverie me manquent, un confident serait le bienvenu depuis le temps que j'enchaîne les tuiles. Mais il ignore tout de ce qui m'est arrivé ces derniers mois, la distance a rongé notre amitié. Et puis, je n'avais pas le cœur à m'épancher sur mes malheurs. Qu'aurait-il pu faire depuis l'autre bout du globe ? Hormis me partager sa condescendance, comme tous les proches qui m'entourent ?

— Oh, Max ! Je suis content de t'entendre ! On ne s'est pas vus depuis quoi, un peu plus d'un an ?

— Cesse de faire le rabat-joie. Je suis en vacances chez mes parents pour une semaine. Alors je ne compte pas perdre mon temps. Prépare ta soirée, préviens Daphné.

Premier crochet de la conversation. Comment lui avouer ? Il va m'insulter et je peux le comprendre.

— Euh, il y a eu pas mal de changement. J'ai divorcé, Max. Ça va faire huit mois. Daphné vit désormais à New York avec ma fille et son nouveau mec. Voilà dans quel bordel je suis.

— Oh merde, Ewenn. Je suis désolé. Pourquoi tu n'as rien dit ?

— Je n'ai pas d'excuse. Je n'y arrivais pas, ça m'a permis de maintenir un peu l'illusion de mon mariage.

— J'ai bien l'impression qu'on a du temps à rattraper. On se retrouve au pub du centre ce soir, à dix-neuf heures.

Rien de tel qu'une bonne bière pour se raconter les misères de l'existence.

— OK, Max. À tout'.

Je raccroche, encore choqué par le retour soudain de mon meilleur ami. Je vais enfin pouvoir me confier à quelqu'un. Même si, par fierté mal placée, je l'ai tenu à l'écart des derniers événements de ma vie, je sais que son amitié peut m'aider. J'ai été con sur toute la ligne, malgré ses défauts, Max a toujours été là pour moi. Comment ai-je pu l'oublier ?

***

Il est dix-huit heures quinze quand je termine de me préparer. Je n'ai pas vu Anna de la journée. Enfin pour être honnête, je ne l'ai presque pas aperçue de la semaine. J'ai l'impression qu'elle m'évite et multiplie les ruses pour ne pas me croiser. Pourtant avec son entorse, elle devrait rester allongée et marcher le moins possible. Mais madame brave tous les interdits et conduit malgré l'avis du médecin. En fait, je ne sais pas ce qui m'énerve le plus entre son comportement enfantin ou la véritable signification derrière cette attitude. Pourtant, même si nous pouvions revenir en arrière, je ne changerais rien. Ça aurait été tellement plus simple entre nous, si je n'avais pas franchi cette foutue limite. Mais je n'y peux rien, elle est la première femme depuis Daphné, pour qui je ressens du désir et de l'intérêt. Peut-être justement parce qu'elle ne m'en manifeste aucun.

Trente minutes plus tard, je descends l'escalier pour rejoindre l'entrée. Au moment où j'ouvre la porte, Anna rentre en même temps.

— Oh, bonsoir, Ewenn.

— Salut. Comment se porte ta cheville ?

— Bien, merci. Ça se remet gentiment. Je vais pouvoir suivre ma formation sans problème la semaine prochaine.

— Tu gagnerais du temps, si tu te reposais. Et bon Dieu, où sont tes béquilles ? Tu n'écoutes absolument pas les recommandations du docteur. À n'en faire qu'à ta tête, ça va prendre des mois à guérir.

— Arrête un peu, je n'ai pas cinq ans. Je fais attention, ne t'inquiète pas, se défend-elle agacée.

— Bien, fais en sorte d'être prudente ce soir, je sors.

Le visage d'Anna se fige un instant. Je ressens sa curiosité et son envie de me questionner, mais elle est trop orgueilleuse pour les écouter. Elle ne se rabaissera jamais à ça.

— Je te souhaite une bonne soirée dans ce cas.

Tout aussi calme que son ton, elle se décale sur la droite pour passer. Je me retrouve seul, comme un abruti sur les marches extérieures. Je peste silencieusement contre Anna et sa fierté à la noix !

***

Il est minuit, lorsque Max commande une nouvelle tournée de bières. Je suis rond comme une queue de pelle et j'ignore comment je vais être capable de conduire jusqu'au manoir. J'aurais dû prévoir le coup et réserver un taxi.

— En tout cas, ça m'a fait super-plaisir de passer une soirée avec mon pote d'enfance, déclare Max. En revanche, tu n'y vois pas d'inconvénient, mais c'est moi qui vais te ramener. On s'arrangera demain pour que tu récupères ta caisse. J'ai beaucoup moins bu que toi.

— Non, ça va aller. Si tu me ramènes, on va réveiller Anna.

Max tique immédiatement et me dévisage.

— C'est qui cette fille ? Une nouvelle relation ?

— Seulement une amie qui m'héberge et m'emploie pour rénover son manoir.

J'ignore pourquoi j'ai présenté la chose dans ce sens, c'est plutôt l'inverse, ma patronne devenue mon amie. Max ne répond rien, mais je vois bien qu'il se pose des questions au sujet d'Anna. Je préfère m'arrêter là parce que, le connaissant, il risque de faire d'elle la prochaine cible de son tableau de chasse. D'un physique agréable, il n'a jamais eu de problème pour draguer et parvenir à ses fins. Bien qu'il soit marié, mon pote n'a jamais été d'une grande fidélité et, aussi horrible que cela puisse paraître, sa femme semble s'en accommoder. Elle l'aime au point de fermer les yeux sur ses écarts de conduite.

***

Durant le trajet du retour, je lutte contre le sommeil et la quantité d'alcool dans mon sang. Ma vision est trouble et chaque voiture que nous croisons m'éblouit brutalement. Max me parle, mais sa voix se déforme dans l'habitacle. Je sens la sueur perler sur mon front, j'ai l'impression qu'il fait quarante degrés à l'intérieur. Mon ami se gare et descend pour pousser le portail. Je marmonne que je peux marcher jusqu'au manoir, mais il ne veut rien entendre. Je n'insiste pas, je n'en ai pas la force.

Quelques minutes plus tard, ma portière s'ouvre et Max s'introduit dans mon espace pour me détacher et m'extirper de la voiture. Les marches menant à l'entrée deviennent troubles et se multiplient. Il passe mon bras autour de son épaule et me soutient. Le temps se dilate, j'ai l'impression d'être dans un monde parallèle.

Soudain, Anna apparaît sur le seuil. Pourquoi ne dort-elle pas ? Elle porte uniquement un long tee-shirt qui lui arrive au-dessus des genoux et mes yeux ne parviennent plus à quitter la peau de ses cuisses. Max me tire légèrement en arrière pour me redonner une contenance à peu près correcte et s'approche d'elle.

— Enchanté, je suis Max, un vieil ami d'Ewenn. Nous nous sommes retrouvés ce soir et nous avons un peu trop profité. Acceptez-vous que je le conduise jusqu'à sa chambre avant de partir ?

Anna nous dévisage chacun notre tour, puis elle pousse la porte d'entrée.

— Allez-y, j'ai une entorse à la cheville, alors c'est gentil de l'escorter. C'est à l'étage, mais je pense qu'Ewenn est encore assez conscient pour vous indiquer le chemin.

Je fusille Anna du regard et ça a l'air de l'amuser. Je tourne un instant la tête et remarque les yeux de Max sur elle, sur sa peau, sur son corps. Son sourire carnassier n'est pas loin de s'afficher et ses intentions sont tellement visibles que ça ne peut pas échapper à la principale concernée.

Max avance en direction des marches et nous nous éloignons. Lorsque nous sommes seuls dans le couloir, il ne peut s'empêcher d'ajouter :

— Putain, Ewenn, tu vis avec cette nana et il n'y a rien entre vous ?

— Eh ben non, mon pote. Rien. *Nada.*

Max me cale contre la porte le temps qu'il l'ouvre.

— Tu peux m'affirmer que tu n'as pas le moindre béguin pour elle ?

— Sans problème, rétorqué-je.

— Alors, tu ne verras aucun inconvénient à ce que je l'invite à dîner.

Je fulmine intérieurement, mais tente de masquer mon trouble. Si je clame « ne l'approche pas », il fera l'inverse.

— Fais ce que tu veux, à mon avis, tu n'as pas la moindre chance.

— Oh, parce que tu as déjà vu des femmes me résister ?

J'ai envie de l'insulter en me rappelant qu'il a raison. Elles ont toujours toutes cédé. Ma colère se pointe et j'ai du mal à me contenir.

— Tu pourrais peut-être penser à la tienne de temps en temps ! Le respect et la fidélité, est-ce que tu sais au moins ce que ça veut dire ?

Ses yeux s'illuminent d'agressivité, j'ai touché un point sensible. Et puis merde, pour qui il se prend ? Il a une épouse géniale et cet abruti la trompe à tout-va.

— Rappelle-moi ce que ça t'a apporté ? Ta femme s'est barrée avec un autre. La mienne est toujours chez moi.

— Max, t'es mon pote, mais parfois, t'es un gros con. Tu sais très bien que si demain, elle te quittait, tu t'en mordrais les doigts. Aucune de tes conquêtes ne t'a donné envie d'aller plus loin, alors que pour elle, tu es devenu père.

Il encaisse ma remarque, j'ai l'impression qu'elle a eu son petit effet. Mais sa fierté l'empêche de l'admettre.

— Dors, la nuit te fera du bien.

Sur ces mots, il fait demi-tour et me laisse seul. Je l'imagine déjà en train de saluer Anna et de tenter une quelconque approche. Je lâche un profond soupir et me résigne. Anna est grande, elle est capable de voir venir un tel énergumène. Et puis, même si ça m'énerve, ça ne me regarde pas.

Chapitre 19

Vendredi

Tout en conduisant jusqu'au cabinet du médecin, qui a tenu à réexaminer ma cheville, je songe à la veille. L'ami d'Ewenn, Max, a l'air d'être un sacré phénomène. J'ai vite compris son jeu de séduction, tandis que je le raccompagnais à la porte. Ce crétin n'a même pas pris la peine de retirer son alliance. Je l'ai sèchement remis à sa place et la douche a été si froide, qu'il n'a pas osé réitérer son invitation à dîner.

À la fin de la consultation, le médecin me réprimande et se sent obligé de m'expliquer la signification du terme repos. Seulement, la vérité est que toute excuse était bonne pour fuir et rester à distance d'Ewenn. Je n'ai jamais eu autant à cœur de chercher des occupations loin du manoir ; au moins la semaine prochaine je serai en formation. Même si nous nous entendons toujours bien, quelque chose a changé depuis ce fameux soir. Aucun de nous n'ose vraiment regarder l'autre droit dans les yeux, nos conversations s'en tiennent aux choses superficielles et aux aspects pratiques de notre vie commune. Pourtant, je suis certaine d'avoir lu de la jalousie sur le visage d'Ewenn, lorsque son ami m'a dévisagée de la tête aux pieds. C'est stupide, mais je n'ai pas pu retenir un léger sourire.

***

Sur le trajet du retour, je songe à ma prochaine consultation avec le docteur Leimann, je n'ai toujours pas réfléchi à sa foutue question. J'ai beau essayer d'envisager une manière de m'épanouir véritablement, je n'y parviens pas. Rien ne se profile. Le manoir me procure un objectif dont je suis fière, mais je sais qu'il me manquera éternellement quelque chose ; je n'aurai personne avec qui partager ça. Pourtant, il m'est impossible d'imaginer une nouvelle relation amoureuse. À terme, le résultat sera le même qu'avec Christophe. Un an après mon opération, nous nous sommes mariés, persuadés que notre couple serait plus fort que la triste réalité. Enfin, c'était un mensonge, j'ai toujours su que c'était complètement faux. Après cinq années, Christophe ne parvenait plus à dissimuler son besoin de fonder une famille. J'ai abordé plusieurs fois la possibilité d'adopter, mais il y était opposé. Il n'a jamais eu le courage de me l'avouer, mais il trouvait systématiquement des arguments contre. Au fond de lui, je sais qu'il n'était pas capable d'aimer un enfant qui n'était pas le sien et puis les délais d'attente lui semblaient insurmontables. Notre relation se dégradait et les disputes sur n'importe quel sujet se multipliaient. Finalement, j'ai admis qu'il ne serait jamais heureux avec moi et que je n'avais pas le droit de le garder égoïstement. Par loyauté, Christophe refusait d'entendre parler du divorce, puis l'idée s'est frayé un chemin dans son esprit et il a accepté, nous ne partagions plus rien. Durant de nombreux mois, j'ai caché à tout le monde ma tristesse et ma douleur, je l'aimais tellement. Ma fierté m'a permis de sauver les apparences et de faire croire à tous que c'était ma volonté, même si mes parents et Magalie n'étaient pas dupes. À la suite de notre séparation, je me suis effondrée dans mon coin, focalisant toute mon énergie à la recherche d'un emploi et d'un nouveau logement. J'ai très brièvement songé à me lancer dans l'adoption seule, puis j'ai abandonné aussi vite. Une femme célibataire, fraîchement divorcée et sans emploi, n'était pas signe de grande stabilité. Je n'aurais pas été capable d'encaisser un nouvel échec ou des années d'attente, j'étais trop brisée pour apporter quoi que ce soit de bon à un enfant. Et même si cela avait fonctionné – ce dont je doute encore fortement aujourd'hui – je n'avais pas le droit de priver un enfant d'une vraie famille d'accueil. Alors pour oublier tout ça, je me suis consacré à deux cents pourcents à mon poste de chef cuisinière. Ma vie professionnelle bien rythmée m'empêchait de ressasser les sujets douloureux et ma technique de l'autruche me convenait parfaitement. Pourtant depuis que je suis revenue à Quimper, mes démons ont ressurgi. Sûrement, parce que j'ai davantage de temps pour y penser qu'à Paris.

En me garant dans la cour du manoir, je soupire en observant la camionnette d'Ewenn. Dans l'absolu, j'aimerais me confier à quelqu'un au sujet de ma situation avec lui. Je songe un instant à Mag, puis abandonne aussitôt. Je dois arrêter de me monter la tête, ce qui s'est passé l'autre soir n'aurait jamais dû se produire. Ma plus grande crainte est de m'amouracher à nouveau de quelqu'un et je dois tout faire pour ne pas tomber dans ce piège. Cela n'a rien à voir avec Ewenn, c'est un homme bien, mais je ne veux même pas l'envisager. Et c'est sur ce dernier point que je semble être en conflit avec moi-même, puisque je n'arrive pas à effacer ce foutu baiser de mon esprit. Soudain, je réalise que j'ai oublié de rejoindre mes parents au restaurant comme convenu, trop absorbée dans mes pensées. Quelle nouille !

Je sors mon téléphone et envoie un message à ma mère pour la prévenir de mon retard. Je fulmine contre moi-même et opère un demi-tour.

Après un bon quart d'heure, je les retrouve à l'intérieur de l'établissement. Quand mardi, j'ai appelé mon père pour qu'il vienne aider Ewenn à déplacer des meubles, pour simplifier la situation, j'ai seulement expliqué m'être tordu la cheville en me baladant. Je n'ai pas parlé de mon partenaire de marche ni du monticule d'où j'ai dégringolé. Juste après l'apéritif, ma mère ne peut retenir sa curiosité.

— Et comment va Ewenn ?

— Il se porte bien. La rénovation avance bien. J'ai préféré qu'on commence par le dernier étage, puisque pour le moment nous occupons le premier. Ewenn pense pouvoir terminer les deux niveaux courant octobre, on pourra ensuite attaquer le rez-de-chaussée. Finalement, je projette d'ouvrir pour les vacances de Noël.

— En effet, ça serait une bonne période pour démarrer ton activité. Tu as un sacré boulot devant toi pour coordonner les travaux, l'administratif et faire ta promotion.

— Ça ne me fait pas peur, assuré-je pleinement convaincue.

Ma mère semble distante et songeuse. Je remarque qu'elle se mord les lèvres avant d'intervenir.

— Anna, hier soir, j'ai eu ma sœur au téléphone. Elle m'a appris que ta cousine sera de visite à Quimper dans une semaine.

Je suis surprise par l'arrivée imminente de Jo. Nous ne nous sommes pas revues depuis que j'ai épousé Christophe, pourtant elle est mannequin et vit à Paris depuis des années. Son métier l'accapare complètement, elle est toujours en train de voyager aux quatre coins du monde, son mariage n'y a pas survécu.

— Elle reste combien de temps ? Elle va séjourner chez tata ?

— Justement, c'est pour ça qu'on t'en parle. Tu sais bien comme les relations sont compliquées entre elles. Joanna fait un premier pas en revenant ici, mais entre nous, si elle passe une semaine chez sa mère, leur récente réconciliation risque d'être mise à mal. Est-ce que tu pourrais l'accueillir au manoir ?

Au fond de moi, j'ignore si c'est une bonne idée, mais d'après le regard que me lancent mes parents, je me sens contrainte d'accepter. Ce n'est pas que je n'aie pas envie de l'héberger ni de la revoir, mais durant ces dernières années nous n'avions plus grand-chose en commun, hormis peut-être le fait d'être divorcées et de ne pas avoir d'enfant, mais dans le cas de Joanna c'est un choix pour sa carrière.

— OK, mais je ne pourrai l'accueillir qu'à partir du week-end prochain, j'ai ma formation toute la semaine.

— Parfait, elle arrive le lundi d'après.

***

De retour au manoir vers dix-sept heures, je me mets à la recherche de mon colocataire. Je monte lentement les escaliers en prenant garde à ne pas trop appuyer sur ma cheville. Je regrette un instant de ne pas avoir mes béquilles sous la main. Parvenue devant la chambre en chantier, j'aperçois Ewenn qui me tourne le dos à quelques mètres. Il a des écouteurs dans les oreilles et ne semble pas m'avoir entendue. Il termine d'enduire des trous et lisse les défauts d'un mur. Malgré moi, mes yeux scrutent les lignes de ses omoplates sous son tee-shirt, puis descendent jusqu'à son jean. Je dois bien avouer qu'Ewenn est très attirant. Il me dépasse d'une bonne tête, ses muscles ne sont pas proéminents, juste fermes et bien dessinés. Ses mains calleuses mettent en avant de longs doigts, je les imagine un instant sur moi et rougis bêtement. Il se retourne d'un coup pour récupérer un outil et surpris de me voir en lâche son matériel.

— J'ai bien failli avoir une attaque ! Je ne t'ai pas entendue avec la musique.

— Je voulais tester ta résistance cardiaque, rassure-toi, tu as encore de beaux jours devant toi.

— C'est rare que tu me rejoignes ici, ces derniers temps.

Sa remarque n'est pas méchante, elle souligne simplement ce détail. Son regard m'interroge silencieusement sur le motif de ma venue.

— Mes parents m'ont un peu prise de court tout à l'heure. Apparemment, ma cousine débarque dans une semaine et ils m'ont demandé de l'accueillir. Du coup, j'ai pensé que ça serait l'occasion pour toi de t'installer dans la dépendance. J'y ai réfléchi tout l'après-midi, ça te permettrait d'avoir ton intimité, mais aussi de recevoir ta fille en toute autonomie et sans forcément m'avoir dans les pattes. Je trouve que c'est plutôt une bonne idée.

— Anna, si tu as besoin d'être seule quelques jours avec ta cousine, je peux retourner au dépôt. Ça ne me pose pas de problème.

— Hors de question !

— Pourquoi ?

— Parce que tu vis ici et tu n'as pas à partir. T'installer dans la dépendance, c'est juste une proposition. Tu décideras de ce qui te convient le mieux. Si tu préfères rester au manoir, c'est Joanna qui l'occupera. J'ai pensé que ça serait bien pour toi d'avoir ton propre espace.

— Ça me gêne, c'est censé être ton prochain logement.

— Ce n'est pas un argument recevable. Si tu n'as pas d'autres objections, le problème est réglé.

— Tu es vraiment dure en affaires, se moque-t-il. Et sinon, à part venir me faire peur et me dire de décamper, tu voulais autre chose ?

Il me toise amicalement et nous rions tout à coup. Comme si en une seule phrase, notre complicité était remontée à la surface.

— Comme tu es là, autant que tu me passes quelques outils, ça m'évitera les allées et venues et ta présence sera utile.

Je lui donne un coup de coude dans le flanc.

— Tu es une femme dangereuse, ma parole ! Tu aurais pu me le préciser quand tu m'as proposé de vivre avec toi !

C'est dans cette bonne humeur que j'ai tenu compagnie à Ewenn jusqu'à la fin de sa journée de travail.

Chapitre 20

Dimanche

Le soleil d'été perce à travers le feuillage des arbres du domaine, l'air loin d'être étouffant donne la température idéale. Après avoir fait un peu de ménage au manoir – à mon rythme avec ma patte folle – je rejoins Ewenn à la dépendance. Il a passé une partie de la journée à installer ses affaires, il est même allé en récupérer au dépôt puisque ce nouvel appartement lui offre plus d'espace que la chambre du premier. Je crois qu'au fond de lui, il veut que tout soit parfait pour accueillir sa fille dans moins d'un mois.

En traversant la cour, je songe un instant à Joanna qui débarquera la semaine suivante ; en toute honnêteté, j'appréhende un peu son séjour ici. J'espère que l'entente générale sera bonne, ma cousine a son petit caractère et il ne faut parfois pas grand-chose pour mettre le feu aux poudres.

Une heure plus tard, je pose la dernière touche dans la pièce à vivre de la dépendance et admire le résultat. L'endroit est méconnaissable, la cheminée moderne apporte une chaleur au lieu, le plan de travail en bois se marie parfaitement avec le parquet du séjour. L'espace cuisine est recouvert d'un carrelage italien et cela facilitera l'entretien. L'îlot se poursuit en table à manger agrémentée de hauts tabourets et plus loin, trônent un large canapé et un grand écran. Nous avons recouvert la partie basse des pans de murs de boiserie pour ne pas dénoter avec le manoir et l'autre d'un beige assez neutre. Je me dirige vers le couloir et inspecte la salle de bains. Elle est dans un style mi-moderne, mi-ancien. La baignoire est un modèle de la renaissance, une trouvaille que nous avons faite dans le grenier du manoir. D'ailleurs Ewenn a fait appel à une connaissance – dont j'ignore le nom – pour l'aider à la transporter. Je n'ai pas eu l'occasion de voir cette personne et de la remercier. Son ami Max, peut-être ? Je lance un dernier coup d'œil et la joie m'envahit. Sincèrement, le résultat est sublime et parfait. Ewenn va se sentir bien ici et j'espère que sa fille aussi lorsqu'elle viendra. La chambre que nous lui avons préparée est magnifique, un lit double tout neuf avec une couette bien moelleuse dissimulée dans une housse parme. J'ai meublé la petite bibliothèque de quelques livres que j'aimais beaucoup enfant, notamment toute la collection des œuvres de Roal Dahl. Mon préféré reste *Matilda*, mais peut-être que Clara est trop âgée pour ce genre de lecture. Peu importe, l'ensemble ajoute une touche colorée. Nous avons fixé un écran sur le mur en face du lit, dans le coin à droite se trouve un bureau ancien.

Je rejoins Ewenn à la cuisine, tandis qu'il décapsule deux bières.

— C'est tout de même étrange de m'installer ici, d'y vivre quelque temps avant toi.

— Ewenn, on en a déjà parlé. C'est ridicule. Cet appartement sera très pratique pour que tu sois tranquille avec Clara. Un espace à vous deux, enfin tu vois ce que je veux dire. Et puis, même pour nous, c'est plus simple, chacun retrouve un peu de liberté et d'intimité.

Une fois ma phrase prononcée, je me rends compte

qu'elle était maladroite. Heureusement, Ewenn ne semble pas mal le prendre. Au contraire, il sourit avant de me répondre :

— En gros, tu te débarrasses de moi au nom de la liberté.

— Voilà, tu as tout compris !

Un air songeur marque son visage tandis qu'il me fixe plusieurs secondes. Aussitôt mal à l'aise, je me redresse sur le tabouret et avale une gorgée de bière pour me donner une contenance.

— Je suis content que notre relation n'ait pas changé depuis… tu sais, lâche-t-il de but en blanc.

En une seconde, tout mon corps se crispe et je n'ose même plus respirer. J'ai manqué recracher ma boisson, puis m'étouffer avec. Je rêve ou Ewenn fait allusion à cette soirée où nous avons bafoué les limites. Mon Dieu ! Pourquoi remet-il ça sur le tapis, alors qu'on était passés outre ?

Il se lève et s'avance dans ma direction. Je sens qu'il me sonde et je pivote sur mon tabouret pour lui faire face. Dès que nos regards se croisent, il se rapproche d'un pas plus affirmé et pose ses mains sur mes épaules. Son contact me paralyse et la teinte de mes joues doit me trahir. Pourquoi mon rythme cardiaque est-il en train de faire une embardée ?

— Anna, depuis ce fameux soir… Tu ne t'es pas dit une seule fois : et si ce n'était pas une erreur ?

Je crois que ma mâchoire va se décrocher sous la stupéfaction. Si j'étais un *cartoon*, mes yeux seraient déjà sortis de leur orbite. Pourquoi est-il obligé de tout remettre en question ? Ça me convenait bien de continuer à faire semblant. La panique s'insinue en moi. Comment vais-je réussir à me dépêtrer de cette situation ? À cet instant, j'aimerais vraiment disparaître, parce que je n'ai pas de réponse à lui donner. J'ai tout mis en œuvre pour ne justement pas m'interroger à ce sujet. Je ne suis pas comme lui, à assumer facilement mes émotions.

— Ça ne quitte pas mon esprit, murmure-t-il.

Il s'interrompt et réduit dangereusement la distance entre nous. Mon corps se met à trembler légèrement, ses lèvres sont en train de m'hypnotiser et je commence à perdre ma belle détermination. Cette fois, mon cœur est à la limite de l'apoplexie, lorsqu'un coup de klaxon retentit me faisant sursauter.

Ewenn n'ajoute pas un mot, il semble contrarié par mon silence et cette visite impromptue. Je ne demande pas mon reste, bondis sur l'occasion et sur mon pied valide pour fuir dans la cour.

L'obscurité de la soirée ne me permet pas d'identifier l'individu qui descend de sa voiture. J'avance dans sa direction et me retrouve face à Max. Il est bel et bien toujours à Quimper, Ewenn m'a vaguement parlé de sa situation professionnelle. Je n'ai plus de doute, ça ne peut être que lui qui l'a aidé à transiter la baignoire.

— Bonsoir Anna, comme je repars demain, je suis venu saluer Ewenn et profiter d'un dernier moment de complicité.

Je lui explique qu'Ewenn loge désormais dans la dépendance, il semble déjà au courant. Lorsque l'intéressé nous rejoint, il invite son ami à entrer. Avant de refermer derrière eux, il me lance un regard mauvais et malgré cette belle journée, un vent glacial tourbillonne entre nous. Jamais Ewenn ne m'a paru aussi froid et tendu. J'ai dû commettre un impair. Non, soyons honnêtes, je me suis défilée sur ce coup.

***

Lundi
17 h 15

Après ma première journée de formation, je craque et m'allume une cigarette subtilisée à Ewenn, face à la devanture du cabinet du docteur Leimann. Après quatre ans à être parvenue à me passer du tabac, voilà que j'ai cédé bêtement. À ma décharge, aujourd'hui, je suis à fleur de peau, disons même irritable et je n'ai pas trouvé d'autre solution pour éviter d'étrangler quelqu'un. J'ai eu du mal à rester concentrée, alors que les interventions des conseillers étaient très intéressantes. D'ici la fin de semaine, je devrais être capable de maîtriser les étapes et les principaux facteurs clés de succès d'une création d'entreprise. Le programme est bien taillé, rien ne sera laissé au hasard : projet, contexte, marché, fonctionnement juridique, fiscalité, logistique et développement, marketing et business model, gestion économique et plan de financement… Le dernier jour, nous aurons une évaluation, une sorte de test des connaissances apprises et si chacun réussit, il se verra certifier. Le point positif, c'est que je vais passer mes soirées à travailler sur mon projet et cela me permettra d'éviter Ewenn.

Ma tête tourne légèrement et il me faut quelques secondes pour tolérer le goût infâme qui n'a plus rien à voir avec mes souvenirs. Je savoure à présent les dernières bouffées avant de l'écraser nerveusement. Je redoute cette consultation. Tout m'angoisse ; la psy, cette formation, la gêne qui ne cesse de s'amplifier entre Ewenn et moi, l'arrivée de Jo lundi prochain.

Sophie Leimann m'accueille chaleureusement, puis elle s'installe dans son fauteuil et m'observe en silence. Je sais qu'elle attend que j'amorce moi-même le sujet, pourtant je n'ai plus tellement envie d'en parler. Puis, sa voix m'interrompt dans mes élucubrations.

— Alors, qu'ont donné vos réflexions sur le fait de parvenir à vous épanouir ?

En tout cas, on peut dire qu'elle ne perd pas de temps. Contrairement aux autres professionnels que j'ai consultés, elle va droit au but. Je préfère ceci, à les voir tourner autour du pot et tenter d'induire mes propos.

— Je ne vais pas vous mentir, je n'ai pas réussi à me concentrer sur ce point. Je crois que je ne peux pas supporter l'éventuelle réponse qui se cache derrière.

— C'est intéressant. Nous pouvons donc souligner que d'une manière ou d'une autre, vous ignorez comment être heureuse.

Elle s'interrompt plusieurs secondes avant de planter à nouveau son regard dans le mien.

— Est-ce que d'une manière générale, vous vous contentez de ce que la vie vous soumet, parce que ça ne sert à rien d'en espérer davantage ?

Ses mots me compriment la poitrine, elle se rapproche dangereusement de la barrière qui me protège des autres. J'ai bien l'impression qu'elle va l'arracher à mains nues, si je ne me défends pas.

— Non, je ne suis pas d'accord. J'ai un projet professionnel dont je m'occupe actuellement, j'ai tout plaqué il y a quelques mois pour y parvenir. J'y investis toute mon énergie et mes économies, je m'endette même pour les années à venir. Alors, d'après ces faits, je doute que je me contente de ce qu'on m'offre ! Et vous pouvez me croire, je sais aussi perdre et abandonner. J'ai bien conscience de pouvoir être la seule à interagir sur ma vie. C'est d'ailleurs pour cette raison, que je suis venue vous voir. Un sujet en particulier m'affecte et je veux avancer malgré cela, terminé-je agacée.

— Bien. À présent, je vous laisse me confier ce dont vous avez envie.

C'est de cette manière que j'ai introduit l'existence d'Ewenn. Ma rencontre avec ce type ivre en plein centre-ville, le fait qu'il soit le professionnel dont j'avais besoin pour mon projet immobilier. Elle a eu du mal à masquer le bruit de sa déglutition, lorsque je lui ai annoncé l'héberger et le dérapage de l'autre soir. Elle ne prononce toujours aucun mot, pourtant j'ai l'impression d'avoir enfreint toutes les règles.

— Anna, est-ce que vous avez conscience que vous mélangez toutes les sphères de votre vie avec cet homme ? C'est difficile d'être à la fois l'employeuse, la logeuse, l'amie et bientôt peut-être l'amante. À désirer être sur tous les fronts, vous ne serez jamais vraiment nulle part. Et puis, quelle place lui laissez-vous ? Vous semblez vouloir tout maîtriser.

Je la regarde, surprise. Je ne m'attendais pas à ça. Sophie se touche le menton, comme pour exprimer la déduction qu'elle vient de comprendre.

— Est-ce que vos troubles sont revenus depuis votre rencontre avec Ewenn ?

Sa question me percute en pleine face, tel un missile de vérité. Déstabilisée, je hoche simplement la tête. Elle me sourit, puis met un terme à la séance. Avant de partir, ma psychologue me demande de réfléchir à la place de chacun et à l'équilibre de notre relation. Mais surtout à ce que peut symboliser le retour de mes angoisses. Nous prévoyons de nous revoir dans quinze jours, après le départ de ma cousine.

C'est dans un état psychique second que je règle la consultation et salue la secrétaire avant de quitter le cabinet.

***

Lundi suivant

La semaine s'est écoulée très vite, la formation s'est avérée prenante. Toutes mes soirées, je les ai passées à rédiger, creuser le moindre détail de mon projet, évaluer le moindre coût, recenser les différentes aides à solliciter et cela s'est avéré très bénéfique. Le vendredi soir, en plus d'avoir obtenu ma certification, mon business plan était ficelé et le statut juridique de ma maison d'hôtes acté. Les intervenants m'ont même félicitée pour le travail que j'ai fourni en parallèle de la formation. J'ai donc opté pour une entreprise individuelle à responsabilité limitée. Ce matin, j'ai déposé la déclaration d'affectation du patrimoine au centre des finances des entreprises avec les pièces justificatives et réglé les frais d'immatriculation au registre. C'est étrange, mais il m'aura fallu ces cinq jours et toutes ces démarches pour prendre véritablement conscience de ce que je suis en train de réaliser. Je dois admettre que je ressens un peu de fierté et que j'ignore depuis combien de temps je n'en avais pas éprouvé. J'ai même bientôt terminé de remplir le Cerfa pour la déclaration de ma maison d'hôtes à la mairie.

Il est presque seize heures, je roule jusqu'à la gare de Quimper et cherche un stationnement à proximité de l'entrée. Joanna, malgré son physique parfait, est loin d'être la reine de l'effort. Si elle doit marcher plus de cinquante mètres sur ses talons haut perchés, je vais avoir droit à un scandale.

Je patiente sur le quai, puis à l'ouverture des portes du train, les gens sortent en masse. Un brouhaha immédiat se forme, donnant l'impression d'une fourmilière qui s'active. Je plisse les yeux pour mieux voir. Deux hommes d'une quarantaine d'années descendent avec les bras chargés de plusieurs valises. Je souris malgré moi lorsque je reconnais la chevelure brune de ma cousine derrière ses deux sbires. Sûrement de simples voyageurs dont elle est parvenue à s'attirer les faveurs. Puis sa voix aiguë résonne :

— Anna !

Immédiatement, mon sourire se fige et je prie intérieurement pour survivre à cette semaine avec elle et Ewenn. D'ailleurs, je vais devoir lui annoncer l'existence de mon colocataire et il me reste le trajet jusqu'au manoir pour m'y résoudre.

Chapitre 21

Même jour
Ewenn

Je termine de peindre un pan de mur, lorsque je reçois un SMS de Max, prenant de mes nouvelles. Il est rentré chez lui depuis une semaine à présent et j'ai droit à un message tous les deux jours. Même si la veille de son départ, je l'ai maudit pour son arrivée au pire moment, je suis content d'avoir pu partager une dernière soirée avec lui, j'ai vraiment retrouvé mon ami. De toute façon, s'il n'avait pas débarqué, Anna se serait défilée d'une manière ou d'une autre. Je ne suis pas dupe, j'ai senti sa gêne au cours des semaines passées. Elle est loin de son comportement détaché, quand elle a déclaré qu'il n'y avait pas mort d'homme et que c'était une erreur d'ivresse. La vérité est qu'Anna ne se permettra jamais une nouvelle histoire. Elle semble vouloir se protéger et porter un profond secret en elle. Une chose assez importante pour sacrifier ses futures relations. J'ai profité de la présence de mon meilleur ami pour soulager ma conscience et lui faire part de la situation, de ce baiser qui me hante. Après m'avoir bien charrié, il a ajouté qu'il en était sûr, je ne pouvais pas partager le même toit avec elle sans rien ressentir. En tout cas, je me retrouve dans une impasse. Mes sentiments pour mon ex-femme sont devenus brouillons, Anna a chamboulé mes croyances et mes certitudes. Le fil de cette discussion avec Max se retrace dans mon esprit.

— Entre nous, Ewenn, je suis heureux pour toi que tu t'autorises une nouvelle relation. Mais tu as choisi quelque chose de compliqué et dans le fond, tu sais déjà que ça ne rimera à rien.

— Je ne te suis pas.

— Eh bien, pour ce que j'ai pu cerner d'Anna d'après tes explications, elle n'a pas fait le deuil de son divorce. Tout comme toi, mais le problème, c'est que dans son cas, ça dure depuis plus de cinq ans. Fie-toi à mon intuition, cette femme a tiré un trait sur l'amour et si tu t'obstines, tu vas en souffrir. Et puis, cette nana représente ton gagne-pain, tu ferais mieux de ne pas tout mélanger. Tu as l'occasion de sauver ton entreprise, alors tu devrais peut-être te concentrer uniquement sur cet objectif.

— Tu as certainement raison… Peut-être que je me suis servi de ce baiser pour berner mon esprit et croire que j'ai enfin oublié Daphné. Quand je pense à elle, à sa vie avec l'autre et ma fille, je suis en colère. Une relation avec Anna est une erreur.

— J'ai toujours été parole d'évangile, se marre-t-il. Mais il y a un point qui me chagrine dans ton histoire. N'as-tu pas une alternative plutôt que de vivre ici ? Le dépôt, OK, ce n'est pas terrible. Mais tu ne pourrais pas retourner chez ta mère juste pour quelques mois ?

Cette suggestion me comprime la poitrine, si je n'entretenais pas une si mauvaise relation avec mon beau-père, je l'aurais fait. Mais avec notre entente actuelle, ce n'est pas envisageable. Je ne sais pas vraiment si c'est ma fierté ou la réalité qui m'en empêche. Je n'en fais pas part à Max, mais j'apprécie de vivre au manoir. Anna a redonné un peu de saveur à ma vie taciturne de célibataire.

Je reviens à l'instant présent et pianote un SMS à mon ami et termine par lui conseiller de profiter davantage de sa femme. De s'interroger sur sa véritable place dans son cœur et si toutes ses relations extraconjugales en valent la peine.

Il me répond rapidement qu'il y songe depuis son retour. Nos entrevues semblent l'avoir questionné sur le bonheur familial et ce qu'il risquait de perdre à chaque instant.

Je regarde l'heure à l'écran, dix-sept heures, Anna et sa cousine ne devraient pas tarder à arriver, je dois me dépêcher. Je lui ai proposé de conduire pour récupérer Joanna, mais elle a refusé, prétextant un rendez-vous à l'office du tourisme juste avant. Je me demande si c'est vrai ou si elle tente de me tenir à distance. Depuis mes aveux dans la dépendance, je n'ai pas eu un seul moment avec elle entre sa formation et son travail acharné le soir. Et samedi matin, elle m'a laissé un mot pour me prévenir qu'elle ne serait pas beaucoup là. Elle comptait parcourir Quimper et ses environs pour étudier les différentes maisons d'hôte du coin, essayer de trouver un détail qui la démarquerait. Pourtant, avec sa table d'hôtes, matin, midi et soir, elle proposera déjà un service que peu d'établissements de ce genre dispensent. Généralement, ça s'en tient au petit-déjeuner et un ou deux repas sur l'ensemble du séjour. Dans le fond, je crois que ça l'arrange bien toutes ses occupations et ne pas avoir à répondre à la question que je lui ai posée.

Je nettoie mes outils et les range, lorsque le bruit d'un moteur dans la cour me parvient aux oreilles. Je jette un œil par la fenêtre et aperçois Anna au volant. Merde, moi qui voulais me calfeutrer dans la dépendance avant leur retour. Je ne vais pas avoir d'autre choix que de me présenter à sa cousine et d'affronter mon hôte.

Avant de les rejoindre à la cuisine, j'entends l'invitée s'extasier sur le fait qu'Anna vive enfin ici. Au moment où je franchis la porte, sa cousine se tait et me détaille de la tête aux pieds. Immédiatement, son regard insistant me gêne. Elle est physiquement très différente d'Anna ; brune, cheveux longs, grande, voire très élancée, avec des yeux de biche. La quantité de maquillage sur son visage m'empêche de déterminer si c'est une beauté naturelle ou artificielle. Son style vestimentaire est digne d'un magazine de mode et je me demande comment elle parvient à marcher sur ses talons de douze centimètres. Ses courbes sont plutôt bien proportionnées, avec en prime une poitrine avantageuse pour sa taille menue. Elle s'approche de moi et me prend la main.

— Enchanté Ewenn, je suis Jo, la cousine. Je suis contente de faire la connaissance de l'homme qui partage la vie d'Anna.

La concernée manque s'étouffer et interrompt immédiatement la conversation.

— Ne fais pas attention à ce qu'elle dit, Ewenn. Jo est très taquine. Elle sait très bien que tu t'occupes des travaux du manoir.

Ma fierté est aussitôt piétinée. Alors c'est donc ça, je ne suis qu'un employé ! Je garde cette pensée pour moi et prétexte devoir me doucher. Anna me retient un instant.

— Nous avons prévu un barbecue tout à l'heure, j'espère que tu te joindras à nous.

Comment peut-elle m'inviter, alors qu'il y a une seconde j'étais au rang de simple ouvrier ? Et que cela fait plus d'une semaine que nous ne partageons aucun repas.

— Désolé, je suis pris ce soir.

— Oh, c'est vraiment dommage. J'ai hâte d'apprendre à vous connaître, ajoute Joanna d'un ton séducteur.

Le visage de sa cousine se fige et je vois bien qu'elle tente de garder bonne figure. Ce qui provoque chez moi l'envie d'une petite vengeance.

— Ce n'est que partie remise. Il y aura bien d'autres occasions, lui répliqué-je sans pouvoir m'empêcher de lancer un regard noir à sa voisine.

Je prends la fuite en direction de la sortie et je sens les yeux d'Anna dans mon dos. Elle est restée silencieuse, mais je sais qu'elle est contrariée. Ça ne me ressemble pas de mentir, j'ai eu le besoin de m'éloigner et de les laisser seules ce soir. J'en profiterai pour me rendre au dépôt et me consacrer à la paperasse que j'accumule et repousse depuis plusieurs semaines. Autant que les prochaines heures soient productives !

Chapitre 22

Au départ d'Ewenn, Jo ne perd pas une seconde et je ne peux m'empêcher de lever les yeux au ciel en devinant les mots qu'elle va prononcer.

— Pourquoi quand tu m'as parlé de lui dans la voiture, tu n'as jamais mentionné qu'il était aussi canon ?

Mes joues se réchauffent sous le regard aiguisé de ma cousine. Je tente de masquer mon trouble et réponds :

— Ewenn ? On doit avoir des goûts différents.

— Anna, tu comptes me prendre longtemps pour une andouille ? Je dois te rappeler que nous avons eu les mêmes petits copains au collège. Et puis, tu es toute rouge.

Ma cousine et sa perspicacité m'agacent, je ne vais pas réussir à m'en sortir comme ça.

— Bon d'accord, il est plutôt pas mal, mais je ne vois pas ce que ça change.

— Tout ! Comment peux-tu partager ta vie avec lui sans qu'il ne se passe rien ?

— Simplement parce que nous n'avons pas ce genre d'attirance. À la base, c'est mon employé et nous sommes devenus amis au fil du temps. Ça s'arrête là et c'est très bien ainsi.

— Je vois que Christophe parvient toujours à sévir, même des années après.

Je meurs d'envie de lui rétorquer : « Qu'est-ce que tu en sais ? Tu n'es plus dans ma vie depuis bien avant mon divorce ! » mais je la ferme. Si j'entre sur ce terrain-là, le reste de la semaine risque d'être chaotique. Et dans le fond, je détiens une grande part de responsabilité à cette distance entre nous, mais j'ai du mal à l'admettre.

— N'importe quoi. Cesse de te monter des films et activons-nous plutôt à cuisiner, si tu espères manger quelque chose d'ici ce soir.

— OK, tu as gagné. Je me ferai ma petite idée sur vous durant mon séjour ici, ajoute-t-elle avec un air moqueur.

Je peste intérieurement et tente une diversion pour ne pas m'emporter.

— Et sinon, quand est-ce que tu rends visite à ta mère ?

Son visage change de couleur. C'est un coup bas, je l'admets. Au moins, elle va me laisser tranquille à présent.

— Demain, si j'arrive à prendre sur moi et faire ce pas vers elle. C'est le but de ma venue ici, mais ce n'est pas si simple. Je veux bien mettre ma fierté de côté, mais tu sais, ma mère restera toujours fidèle à elle-même, à me reprocher mes choix.

Hélène, ma tante, n'a jamais approuvé que sa fille se serve de son corps pour gagner sa vie et Jo, quant à elle, n'a jamais écouté sa mère. Très jeune, ma cousine a vécu la séparation de ses parents et bien qu'elle refuse de se l'avouer, c'est l'abandon de son père qui a déclenché sa quête de reconnaissance et d'appréciation des autres. Depuis ce jour, elle s'est évertuée à embellir son apparence, persuadée que c'était la seule façon d'être aimée. Je ne peux pas lui jeter la pierre, moi qui ai connu l'équilibre familial et le soutien indéfectible des miens.

Ma tante ne parvient pas à digérer que sa fille aurait pu avoir un métier à responsabilité avec ses capacités intellectuelles. Pour Hélène, elle a gâché son existence et a choisi la facilité. Poser en petite tenue pour gagner de l'argent revient en quelque sorte à l'abandon de son intégrité. Je n'ai jamais pu prendre parti, parce que je peux entendre les arguments de chacune. Seulement, tata aurait dû se résigner au fil des années, mais les tensions se sont accentuées depuis que Jo a raté son mariage avec Éric. Elle l'a trompé à la première occasion et ne s'en est pas cachée. Leur vie commune à distance aura duré en tout et pour tout, une année.

***

La soirée s'est plutôt bien passée et j'avoue me sentir heureuse. Malgré l'éloignement qu'ont pris nos existences, nous avons réussi à retrouver notre complicité au fil du repas. Durant une bonne partie, nous avons retracé nos souvenirs de jeunesse, ravivant la nostalgie de ces années insouciantes.

Après dîner, le temps s'est bien radouci et nous rentrons nous installer dans le séjour. Il est quasiment minuit et Ewenn n'est toujours pas revenu. J'aimerais ne pas m'en inquiéter, mais je n'y parviens pas. J'espère qu'il n'est pas en train de cuver dans un coin. Je reconnais tout de suite ma mauvaise foi, je suis simplement contrariée qu'il nous ait fait faux bond. Pourtant, si nous en sommes là, encore une fois, j'ai ma part de responsabilité. Depuis qu'il m'a confié que pour lui, notre baiser n'était pas une erreur, je ne sais plus comment me comporter. Pourquoi a-t-il fallu que nous en arrivions là ? Dans ces conditions, notre colocation et notre collaboration professionnelle vont en subir les conséquences. J'en suis certaine.

À deux heures du matin, je regagne mon lit et défais mon attelle. J'ai hâte que cette maudite cheville se remette.

Mais là encore, c'est ma faute, si c'est plus douloureux que prévu. Je suis incapable de tenir en place et chaque fois que je pose les yeux dessus, je songe à la suite de l'incident. Peut-être que ma psy a raison sur un point, Ewenn n'est peut-être pas étranger au retour de mes angoisses. Tout d'abord, en ayant une fille, il me rappelle ce que je ne peux pas avoir. Mais aussi, peut-être parce que l'attirance que je ressens pour lui malmène mes bonnes résolutions concernant ma vie amoureuse. Il me renvoie également à ce que je tente d'enterrer depuis des années, que je ne me suis jamais vraiment réconciliée avec ma féminité. Même si depuis le temps, mes cheveux ont retrouvé leur superbe et que ma peau n'est plus agressée par les réactions cutanées dues à la chimiothérapie, je n'arrive pas à oublier le champ de bataille sur mon corps… Mes cicatrices resteront gravées à vie, à me rappeler ce qu'on m'a enlevé et ce qu'on m'a injecté par une chambre implantable dans le thorax. Et pour être honnête, la sexualité m'inquiète, ce n'est pas le rapport en lui-même, mais comment pourrais-je encore être désirable ? Après mon intervention chirurgicale, j'ai eu durant une période un THS[1] en prévention. Quand on subit une ablation des ovaires et de l'utérus, à l'âge que j'avais, cela déclenche une ménopause artificielle avec la possibilité de tous ses inconvénients : bouffées de chaleur, troubles du sommeil et de l'humeur. Il y a une baisse naturelle d'œstrogènes puisque les ovaires ne sont plus là pour en produire et cela peut générer une réduction de la libido, une sécheresse vaginale qui peut compliquer et rendre douloureux les rapports sexuels. J'ignore pourquoi, mais dans mon cas, j'ai été épargnée de ces derniers désagréments, peut-être que le traitement de prévention a été utile et puis au cas où, j'ai

1. Traitement hormonal substitutif.

toujours utilisé un gel intime hydratant au quotidien et du lubrifiant durant nos rapports intimes avec Christophe. Ce n'est pas ma baisse d'œstrogènes la responsable de ma perte de désir, juste l'image de moi-même. Cela a été la croix et la bannière pour que mon conjoint puisse me toucher, il a dû attendre presque neuf mois. Entre mon crâne dégarni, ma peau laiteuse criblée de rougeurs, ma balafre d'une dizaine de centimètres à l'orée de mon intimité et celle sur mon thorax, mon corps me révulsait. Que quelqu'un puisse y toucher m'était insupportable et intolérable. Christophe a été patient, cela ne l'a pas empêché de continuer à m'aimer et vouloir m'épouser. Il est parvenu à relancer notre vie sexuelle en douceur. Pourtant, je n'ai jamais réussi à être à l'aise comme avant, je ne peux plus me regarder nue ou ce genre de chose, j'évite de poser les yeux sur mon corps. Deux ans après mon divorce, lors d'une soirée très arrosée en boîte de nuit avec Mag, j'ai voulu me laisser aller dans les bras d'un inconnu. C'était une erreur, à peine a-t-il commencé à me déshabiller que je l'ai repoussé et suis sortie de chez lui en courant. Il m'a traitée d'allumeuse et il avait raison. Depuis, j'ai refusé toutes les avances masculines que j'ai pu recevoir. Je ne veux plus jamais que quelqu'un pose les mains sur moi, même si parfois, je sens que mon désir n'est pas complètement mort. Peut-être que le problème est là avec Ewenn, à travers son regard, il me rappelle que je suis une femme et pas une personne que la maladie a rongée. Je soupire longuement et lorsque j'éteins ma lampe de chevet, j'entends un véhicule se garer dans la cour. Sans allumer, je me relève discrètement et guette à la fenêtre. Il s'agit bien d'Ewenn, sa démarche est normale et il ne semble pas alcoolisé du tout. Rassurée, je me recouche et tente de museler mes pensées.

***

Mardi

Tout en silence, j'accompagne ma cousine chez sa mère à une dizaine de kilomètres. Elle a insisté pour conduire comme je boitais un peu plus que la veille. J'appréhende ces retrouvailles mère fille, mais peut-être que ma présence va apaiser les tensions.

Nous sommes à peine arrivées devant la maison de ma tante, qu'elle sort nous accueillir. Comme je suis la plus proche, elle me prend dans ses bras et se réjouit de me voir. Depuis mon retour à Quimper, je ne suis pas venue lui rendre visite. Oui, j'ai repoussé volontairement le moment. Je n'avais pas la moindre envie d'en entendre de toutes les couleurs au sujet de ma cousine. Joanna s'approche timidement, puis je respecte son audace lorsqu'elle embrasse sa mère avant de l'enlacer. Jo a toujours été courageuse et encore aujourd'hui, elle me le prouve. À sa place, j'aurais eu plus de difficultés à encaisser ces effusions après tant d'années de reproches. Son père ne lui a plus vraiment donné signe de vie après sa fuite et peut-être que son attachement à sa mère est d'autant plus fort que dans un rapport normal. Et que malgré tout le mal qu'elle ait pu lui faire, elle a besoin d'elle dans son quotidien, comme le dernier repère qu'il lui reste.

Au bout de trente minutes, autour d'un café dans le salon, la nature de ma tante repointe vite le bout de son nez et cela m'arrache une grimace d'agacement.

— Alors, Joanna, où en es-tu professionnellement ?

Les mains de ma cousine se resserrent entre elles, tentant de garder son calme pour affronter cette première pique. Pourquoi Hélène est aussi bornée, alors que sa fille fait un pas vers elle ?

— Je suis toujours mannequin et tant que je ne serai pas trop vieille, ça sera le cas.

— Je te donne encore cinq ans. J'ai lu dans un article que peu de modèles parviennent à maintenir les apparences, une fois la trentaine bien entamée. Et donc pour la suite, tu as songé à ce que tu vas faire ? Il faudra bien trouver un moyen de subvenir à tes besoins.

Je sens que Jo va bientôt atteindre le point de non-retour et je n'ose pas intervenir. J'imagine un instant étouffer ma tante avec le coussin du canapé. Mais peut-être que dans le fond, elles doivent avoir cette ultime engueulade pour crever l'abcès une bonne fois pour toutes.

— Je projette d'épouser un vieillard richissime. Tu vois, tu n'as pas de souci à te faire. J'aurai un mec pour m'entretenir, tu sais, comme toi avec papa ! D'ailleurs, c'est peut-être pour ça qu'il s'est barré pour une autre plus jeune, qui soit dit en passant avait une situation professionnelle.

Le visage de ma tante vire au rouge colère et ses mains agrippent ses genoux nerveusement. Jo n'aurait pas pu être plus blessante, mais Hélène l'a cherchée.

— Je ne te permets pas !

— Eh bien, moi non plus, je ne tolère plus que tu juges ma vie, regarde un peu la tienne ! Tu vis sur la pension que tu as obtenue du divorce et la moitié des biens de papa. Tu n'as jamais rien fait par toi-même ! Alors que moi, même si je vends « mon cul » comme tu aimes me le rabâcher, je ne dois rien à personne. Et ça t'agace ! Que je puisse y arriver mieux que toi !

J'aurais préféré ne pas assister à ça, je n'ai vraiment pas ma place entre elles.

— Tu n'as jamais rien compris ! C'est justement pour que tu n'aies pas la même vie que la mienne que j'ai toujours encouragé tes études ! Que tu obtiennes un bon métier et ton indépendance !

— Mais ça veut dire quoi au juste, avoir un bon métier ? Je gagne davantage qu'un médecin ou un avocat. Tu devrais être heureuse pour moi. Il te faut quoi de plus ? Ça n'ira jamais !

— Tu avais les capacités d'entreprendre de grandes choses plutôt que de t'exhiber dans ces magazines. C'est ça qui me rend malade ! En arriver là pour gagner sa vie… c'est tellement triste ! Tu imagines ce que ça fait, quand les maris de tes voisines reluquent les photos de ta fille avec un sourire pervers ?

— Ce n'est pas mon *putain* de problème, si ces mecs n'ont pas de vie sexuelle ! hurle-t-elle.

Ma cousine passe ses mains sur son visage pour essuyer ses larmes. Elle expire plusieurs secondes pour tenter de recouvrer son calme.

— Écoute, ça m'a coûté de revenir ici aujourd'hui. Je refuse de me déchirer avec toi pendant les quinze prochaines années. Alors, je vais être claire une bonne fois pour toutes. Soit tu acceptes ma vie telle quelle est, soit j'agis comme papa et te laisse définitivement seule, sans retour en arrière possible ! Tu es toxique avec moi depuis mon adolescence ! Tu combles tes troubles émotionnels depuis son départ en te vengeant pour me faire du mal, je ne peux plus le tolérer. Dieu sait que je t'aime, mais je refuse que tu persistes à me briser !

Je tente de m'éclipser, mais Jo me retient brutalement par le bras pour m'en empêcher.

— Anna, reste là ! Tu seras le témoin de sa décision. Alors ? relance-t-elle en direction d'Hélène.

Je n'ai pas le temps de m'opposer que ma tante quitte sa léthargie et semble prendre conscience de l'ampleur de la situation et de l'ultimatum qui risque de lui exploser à la figure.

— Je ne… Je ne veux pas te perdre aussi, chuchote-t-elle.

Sa façade se rompt, elle fond en larmes.

— Je suis vraiment désolée… J'ai toujours souhaité ton bien… Je me suis leurrée toutes ces années. Pardonne-moi, s'il te plaît…

À cette interruption, je profite du fait que Jo ait desserré sa prise sur mon bras pour quitter la pièce. Je ne veux pas assister à la suite, cela ne regarde qu'elles. Je sors sur la terrasse et m'installe sur les marches donnant sur le jardin. La nature me plonge dans une réflexion interne. La vie est tellement complexe. Pourquoi rien ne peut-il jamais être simple ? Nos fêlures prennent bien souvent le dessus sur nos existences, sur nos sentiments et nos comportements. Si j'observe autour de moi, chacun se débat sans cesse pour survivre malgré ses traumatismes. Et certains s'en sortent mieux que d'autres. Honnêtement, j'ignore où me situer sur l'échelle. Une image de moi me parvient ; la tête sous l'eau, tentant de remonter à la surface pour reprendre de l'oxygène. C'est peut-être un point que je devrais évoquer avec le docteur Leimann.

Une bonne heure plus tard, Jo me rejoint dans le jardin et s'assoit à mes côtés. Elle s'essuie les yeux durant plusieurs secondes.

— Tu peux venir me rechercher demain ? Je vais lui laisser une chance ce soir. Nous n'avons jamais mis de mots sur l'abandon de mon père, je crois que son fantôme a plané sur notre relation. Ma mère est vraiment loin d'être parfaite, mais je n'ai plus qu'elle, alors…

— Jo, ne te justifie pas. Tu ne dois de comptes qu'à ton cœur, pas à moi.

Elle m'adresse un sourire sincère, un de ceux que je n'avais pas vus depuis très longtemps. Elle passe son bras sur mes épaules et m'attire contre elle.

Chapitre 23

C'est le milieu d'après-midi quand je rentre au manoir. Je traverse l'entrée et entends du bruit, Ewenn est en train de travailler et doit terminer la première chambre du second. Enfin je suppose, car j'admets que depuis notre conversation restée en suspens, je ne me suis pas vraiment intéressée à l'avancée des travaux. Je culpabilise un peu et puis cette situation entre nous commence à m'irriter. Je n'ai aucune envie que nos relations se détériorent et notre complicité me manque terriblement.

Je grimpe les marches lentement pour m'éviter de forcer sur ma cheville. À peine ai-je franchi le seuil de la porte que je m'arrête. Ewenn me tourne le dos, absorbé dans sa tâche. Les écouteurs dans les oreilles, il s'agite en rythme sur la musique qu'il est le seul à entendre et cela m'arrache un sourire. Je repense un instant au jour où nous sommes allés à la brocante et qu'il s'égosillait sur Nirvana. Malgré moi, je l'observe en silence quelques secondes, une brève chaleur irradie mes joues et l'intérieur de mon corps. Je détourne le regard. Depuis notre baiser, l'attirance que j'éprouve pour lui s'exprime davantage et je m'en veux d'être aussi vulnérable. Au moment où Ewenn se retourne pour reprendre de la peinture, il rouspète en me remarquant.

— Bon Dieu, Anna ! C'est une véritable manie chez toi de surgir comme ça.

— Tu progresses, tu n'en as pas perdu ton outil cette fois.

Il m'adresse un léger sourire et détourne rapidement le regard. Je sens bien qu'il n'est pas vraiment d'humeur à rire.

— Tu as besoin de quelque chose ?

— Non. Ma présence te dérange ? rétorqué-je un peu sur la défensive.

— Ne dis pas n'importe quoi, tu es chez toi.

La tournure de la conversation m'énerve et je soupire en levant les yeux au ciel. Je fais trois pas dans sa direction.

— Écoute, la situation est tendue entre nous et ça m'ennuie. Notre bonne entente me manque. J'ai l'impression que tu as mal pris quelque chose quand je t'ai présenté à Jo. Il serait peut-être temps de crever l'abcès ?

Il ne devait pas s'attendre à ça, ses yeux s'écarquillent de stupéfaction. Sa main serre nerveusement son pinceau et il hésite encore un instant sur la réponse à me donner.

— Anna, le problème ne date pas vraiment d'hier. Oui, ça m'a vexé que tu me présentes juste comme ton employé, alors que nous sommes amis. Mais, toi et moi savons très bien que le froid entre nous est plus ancien et d'une tout autre nature.

Je regrette presque de m'être engagée sur ce terrain-là, je comprends très bien où il veut en venir. Pourtant, c'est lui qui a raison, il est moins lâche que moi.

— Ce n'est peut-être pas le meilleur moment pour avoir cette conversation, tu es en train de travailler. Jo ne sera pas là ce soir, elle passe la nuit chez sa mère. Ça te dit de sortir manger ?

Muet et étonné, Ewenn me dévisage plusieurs secondes.

— D'accord, je te laisse choisir l'endroit.

— OK, sois prêt pour dix-neuf heures.

***

Ewenn conduit ma voiture, nous ne prononçons pas un mot durant tout le trajet. Nous nous garons à quelques mètres du restaurant et le silence pèse encore entre nous. La soirée s'engage plutôt mal, je ne suis pas certaine d'avoir eu une bonne idée.

Une fois à l'intérieur, le serveur nous place et nous recommande leur spécialité, des galettes bretonnes. Nous sommes tous les deux concentrés sur la lecture de la carte et profitons de cet instant pour nous dérober un peu plus.

L'employé revient nous apporter un apéritif et dès qu'il s'éloigne, je ne supporte plus cette tension ni ce silence.

— Tu ne trouves pas que la situation devient ridicule ? On n'ose même plus se parler.

Il semble décontenancé par ma franchise, puis il plonge son intense regard gris-vert dans le mien.

— Oui, en effet, ça l'est. Si tu veux que je sois vraiment honnête, j'ai du mal à accepter que tu n'aies pas été foutue de répondre à ma question avant l'arrivée de Max, l'autre soir. Anna, je peux tout entendre et nous ne sommes plus des gamins, mais j'ai besoin de savoir ce que tu penses.

Je bois d'une traite mon verre pour me donner du courage, il a raison. Je dois arrêter de me comporter comme une enfant.

— En toute franchise, je considère que c'était une erreur. La preuve, la situation s'est dégradée entre nous depuis. Je ne vais pas te mentir, Ewenn, tu es un bel homme et ce baiser ne m'a pas laissée indifférente. Mais regardons les choses en face, deux minutes. Tu as divorcé récemment et tu sembles encore très attaché à ton ex. Et de mon côté, je t'ai dit clairement que je ne souhaitais plus de relation. Donc à part nous pourrir la vie, ce qui s'est passé l'autre soir ne mènera à rien d'autre.

— Pourtant, tu ne m'as pas repoussé, tu as même répondu. Comment tu le justifies ? Et puis, tu n'es pas dans ma tête pour Daphné, ne tire pas de conclusion toute seule.

— OK, j'avoue que j'en avais envie aussi sur le moment. Mais je ne peux pas, Ewenn. Mon divorce m'a bousillée, je ne veux plus de relation. Est-ce que tu peux respecter ça ?

Je suis une menteuse, ce n'est pas mon divorce qui m'a bousillée, c'est ma maladie. Mais ça, je ne peux pas le lui révéler.

Il se recule dans son siège et pèse le poids de mes propos.

— Entendu, sujet définitivement enterré. Je vais réintégrer le dépôt. Ça sera plus simple pour la suite de notre collaboration professionnelle et pour notre amitié.

— Hors de question ! clamé-je avec un peu trop d'empressement.

Je me ressaisis et ajoute d'un ton plus calme pour ne pas me trahir :

— Comme tu l'as dit, nous sommes adultes. Je ne désire pas que tu t'en ailles, Ewenn. Vu que c'est la soirée des quatre vérités, je dois admettre que tu égayes mon quotidien. On a passé de bons moments ensemble et je n'ai pas envie que ça s'arrête pour des broutilles.

— Des broutilles ?

— Oh, ne te vexe pas, tu m'as comprise. Si, tu te sens capable de rester au manoir, ne pars pas… s'il te plaît.

Dès l'instant où j'ai terminé ma phrase, je me rends compte à quel point je suis devenue pathétique. Ewenn déglutit, ma franchise le sidère.

— Anna, tu es bien consciente que je ne vais pas vivre définitivement chez toi ?

Je garde pour moi ma première réponse. Évidemment

que j'ai ce détail bien en tête, pourtant je n'ai pas hâte qu'il s'en aille. Habiter au manoir sans Ewenn, c'est être complètement replongée dans ma solitude.

— Oui, mais il y a une différence à partir précipitamment pour un léger différend plutôt que parce que ta situation s'est stabilisée.

— En parlant de ça, hier j'ai passé la soirée à faire mes comptes. Je vais pouvoir relouer un appartement d'ici septembre. J'ai reçu le dernier paiement de mon chantier précédent et avec le travail au manoir, je commence à remonter la pente. Un peu moins de deux mois à me supporter et tu retrouveras bientôt ton intimité et ta liberté.

Sa réponse tombe comme un couperet. Je ne m'y attendais pas, à vrai dire. Je tente de sauver les apparences et ne pas lui montrer à quel point elle m'affecte.

— C'est une bonne nouvelle ! Je suis contente pour toi.

Durant le reste du repas, j'ai mis cette vérité de côté dans un coin de ma tête, puis tout s'est déroulé dans une humeur agréable et légère. Je suis soulagée de retrouver notre complicité du début, même si j'ai conscience de renoncer à quelque chose… que j'aurais pu apprécier.

***

Ewenn

Au retour du restaurant, je souhaite bonne nuit à Anna et rejoins la dépendance. J'erre dans la cuisine telle une âme en peine, la conversation au début du repas était irréelle. J'ouvre le frigo et en sors une bière. J'avale la première gorgée comme pour essayer de digérer le rejet d'Anna. Mais pourquoi est-elle autant bornée ? Je ne la comprends pas, je vois bien qu'elle n'est plus aussi indifférente face à moi. Qu'est-ce qui a bien pu se passer dans sa vie pour qu'elle campe aussi fermement sur ses positions ? Qu'a pu bien lui faire son ex-mari ? Parce que franchement, tout ça me dépasse ! Je songe un instant à sa cousine, je pourrais peut-être lui tirer les vers du nez au cours de la semaine. N'importe quoi ! Je n'ai jamais eu recours à de telles de bassesses pour parvenir à mes fins. Mais putain, je ne comprends pas ! Elle a même admis qu'elle avait eu envie de ce baiser aussi, alors où est le véritable problème. Et puis, pourquoi a-t-elle ressorti Daphné sur le tapis ? Lui ai-je vraiment donné l'impression d'aimer encore mon ex après ce qu'elle m'a fait ? Je repense un instant aux différentes conversations que nous avons pu avoir sur le sujet, mais je ne trouve rien. Non, aujourd'hui j'en suis certain, je n'ai plus aucun sentiment pour elle. La seule chose que j'ai eu du mal à abandonner, ce sont les souvenirs de notre vie de famille. Si je suis honnête envers moi-même, cela faisait plusieurs années que notre couple battait de l'aile et son rapprochement avec Tom était inévitable. Nous étions complètement absorbés par nos activités respectives et la vie de notre fille. Le reste était clairement de la poudre aux yeux et j'ai refusé de l'admettre. J'ai pensé qu'il était normal qu'avec les années, notre relation perde de l'énergie et de l'intensité. Pourtant, une relation qui s'effiloche et qui n'est pas entretenue n'a aucun avenir et tout le monde le sait. Mais à la place, on préfère se mentir, fermer les yeux, se dire que c'est la routine. Seulement cette dernière s'installe tout simplement parce qu'on lui ouvre la porte et qu'on lui donne à bouffer. Je n'ai rien fait pour sauver notre mariage, j'ai tourné la tête et elle aussi.

Je termine ma bière en songeant que mes sentiments n'ont jamais été si clairs. C'est Anna qui me hante du matin au soir et sur ce coup, j'aurais mieux fait de ne pas la rencontrer. Parce que je suis bien conscient, qu'elle ne me cédera rien et que je n'arriverai pas à passer à autre chose. Je soupire, c'est encore un putain de mensonge, je ne regrette absolument rien, elle a redonné consistance et saveur à ma sombre existence. Mais comment réussir à la persuader de lâcher prise ? Je pose la bouteille vide sur l'évier et vais me coucher pour arrêter de ruminer des questions pour lesquelles je n'ai pas de réponse.

Chapitre 24

Samedi

Depuis la mise au point entre Ewenn et moi, nos tensions se sont évanouies. La présence de Jo n'y est pas pour rien, elle nous a apporté une véritable bouffée d'oxygène. Elle se donne du mal pour incarner la joie de vivre, allant d'un réveil ponctué de musique à fond, à des dîners festifs entre nous trois. Ma cousine a su s'attirer les faveurs d'Ewenn, en l'aidant chaque fois que les travaux le nécessitaient. Je dois dire que c'était plutôt drôle de la voir vêtue d'un bleu et chaussée d'une paire de vieilles baskets. Loin de ses habits de luxe et des artifices du maquillage, Jo semble redevenir la complice de mon adolescence, peut-être que cela n'est pas étranger à son rapprochement avec Hélène. Sa nature joviale a repris le dessus, éloignant la superficialité et le besoin de consommation. Je ne pourrais pas le parier, puisque je ne suis pas dans sa tête, mais elle paraît plus heureuse qu'à son arrivée. Et ce changement chez ma cousine me ravit.

Nous sommes toutes les deux dans la cuisine et sa voix me ramène sur terre.

— Anna, je pense que tu as assez fouetté cette vinaigrette. Tu vas réussir à la transformer en mousse à ce train-là.

Je baisse les yeux sur ma mixture et constate que la sauce n'a pas eu le temps de respirer.

— J'étais dans la lune.

— C'est ton bel employé qui accapare ton esprit à ce point ? Je peux comprendre, Ewenn semble un homme bien en plus d'être séduisant.

Je repose le fouet dans l'évier et tente de canaliser ma réaction. Si je laisse brûler mon envie de me défendre, elle va l'interpréter comme un signe d'intérêt.

— Il n'y a rien entre lui et moi. Nous sommes seulement amis. Tu sais très bien que j'ai tiré un trait depuis longtemps sur les histoires d'amour.

— Mouais, à mon avis, chère cousine, c'est juste la théorie, ça. Admets que la pratique n'est pas la même paire de manches. Comment peux-tu vivre au quotidien avec lui et rester de marbre ? Dès le premier après-midi à bosser ensemble, j'étais sous le charme. Ne viens pas me dire le contraire.

— Ne gâche pas ta dernière soirée ici à perdre ta salive et ton temps. Tu sais très bien que je ne changerai pas d'avis, nous en avons déjà parlé de nombreuses fois au téléphone.

— Si ma mémoire est bonne, c'était juste après ton divorce. On ne s'est plus vraiment appelées après ça.

Je décèle dans son regard un élan de nostalgie.

— Eh bien, je n'ai pas changé d'avis depuis cinq ans. Le sujet est clos.

— En tout cas, tu as aussi toujours le même caractère de cochon, me lance-t-elle avec une moue taquine.

***

Jo s'installe en face de moi, nous avons l'air d'un vieux couple. Ewenn est absent, il a accepté l'invitation à dîner de sa mère. J'appréhende un peu le départ de ma cousine, c'était bon de la retrouver et de partager cette semaine avec elle.

Au fil de nos conversations, les heures se sont écoulées rapidement et après avoir mangé et bu plus que de raison, nos moments de jeunesse reprennent vie.

— Tu te rappelles, quand mamie nous a attrapées en train de fumer derrière la grange ? Nous étions restées dehors jusqu'à la tombée de la nuit, tellement nous avions la trouille d'affronter ses foudres. Et puis, au milieu de la soirée, elle a eu pitié de nous dans le froid et nous a sommées de rentrer. Je me souviens de nos têtes rivées au sol, nous n'en menions pas large, ajoute-t-elle en riant.

Je souris en songeant à notre grand-mère défunte, nous lui en avons fait voir de toutes les couleurs. Elle était redoutable, elle parvenait à nous pincer à chaque nouvelle bêtise accomplie. Avec Jo, nous en avons passé des heures à écosser les petits pois et haricots du jardin en guise de peine. Un jour, alors que nous étions sorties en douce dans son village, durant nos vacances chez elle, elle nous avait vite débusquées. Nous avions dû courir derrière son vélo pour rentrer *illico presto*. Nos copains nous ont vannées avec ça tout le reste de notre séjour. Pourtant, nous étions heureuses, même durant les punitions, nous étions insouciantes et libres. La vie d'adulte est bien loin de coller au rêve qu'on nous vend enfant. Mais peut-être que si nous connaissions la vérité, nous n'aurions pas le courage de continuer. Pourquoi devons-nous renoncer à ce que nous sommes dès le plus jeune âge en contrepartie d'une éducation dictée par je ne sais qui et la pression sociale ?

Nous quittons la terrasse et nous vautrons dans le canapé du séjour pour terminer la soirée et éventuellement la bouteille de crémant. Nous sommes les deux clairement éméchées et je me lance dans une conversation plus sérieuse.

— Depuis quand a-t-on vraiment perdu contact, toi et moi ? lui demandé-je, incapable de me rappeler précisément.

Puis finalement, tout me revient avant même qu'elle me réponde.

— C'est arrivé durant les mois qui ont suivi ton opération. Nous avions changé bien avant ça, mais nous parvenions toujours à retrouver notre complicité dès l'instant où nous nous parlions. Mais à ton retour de l'hôpital, tu t'es renfermée sur toi-même et je crois que tu as fait volontairement le vide autour de toi. Tu ne voulais pas que nous puissions assister à ta douleur. Tu n'as plus répondu à mes appels ni à mes textos, tu as refusé de me voir quand tu étais à Quimper et j'ai baissé les bras. Je m'en veux, tu sais. Je n'aurais pas dû abandonner si vite. Et puis, tu m'as recontactée presque un an plus tard pour m'inviter à ton mariage. Mais Anna, je te jure, je n'oublierai jamais le regard que tu avais par moments durant la cérémonie. Tu m'as donné l'impression de vivre l'instant le plus triste de ton existence. Et j'ai presque failli m'opposer à votre union, puis je me suis convaincue de respecter ton choix et de garder le silence.

— Sur ce point, tu te trompes, c'était un an plus tôt, le pire jour de ma vie, plaisanté-je pour feindre la peine que je ressens.

Puis je soupire, j'ai envie de confier enfin la vérité à quelqu'un.

— Pour être honnête, tu as raison. À l'échange de nos vœux, je savais déjà que Christophe ne pourrait pas respecter ses engagements. Quand j'ai prononcé « oui, je le veux » en fixant mon mari, j'ai eu la vision de notre divorce… Mais bon, notre union a tout de même résisté cinq ans, c'était plus que je ne l'espérais. C'est moi qui suis à l'origine des démarches, je ne supportais plus qu'il reste avec moi par pitié et se comporte avec condescendance. Je n'avais pas le droit de le rendre malheureux, pour la simple raison que je le serais jusqu'à la fin de ma vie. Alors, j'ai capitulé, à jamais.

Jo, peinée par ma confidence, se redresse et me dévisage.

— Anna, ne dis pas de telles choses.

Sur le moment, je souhaiterais qu'elle comprenne que justement c'est ainsi. J'ai beau sauver les apparences au quotidien, à l'intérieur, j'ai le cœur brisé d'avoir perdu mes rêves et l'homme que j'aimais, mais aussi d'avoir dû renoncer à celle que j'étais avant tout ça. L'existence peut être tellement sinistre et pathétique !

Soudain, je sursaute, un bruit de clés provient du couloir. Jo me lance un regard surpris. Ewenn passe la tête à travers la porte et nous salue, expliquant avoir oublié le trousseau de la dépendance dans le hall.

Je crois que mes joues ont viré au cramoisi. Est-ce qu'il a entendu notre conversation ?

***

Un peu plus tôt
Ewenn

Il est plus de minuit et demi, quand je me gare dans l'allée du manoir. Je récupère sur le siège passager les tupperwares préparés par ma mère. Chaque fois, elle m'invite à dîner et je repars avec pratiquement une semaine de nourriture. Je crois qu'il y a des choses qui sont immuables. Cette soirée était légère et agréable, il faut dire que l'absence de son conjoint n'a rien gâché. Il avait un repas à l'extérieur et cela ne pouvait pas mieux tomber.

Une fois devant la porte d'entrée de la dépendance, je fouille mes poches et ne trouve pas les clés. Je pousse tout de même la poignée pour être certain, c'est bien fermé. Un flash me revient, je me revois dans le hall du manoir les poser machinalement dans le pot sur le buffet, juste avant de partir et souhaiter une bonne soirée aux filles. Avec un peu de chance, elles ne sont peut-être pas encore couchées.

Je gravis les marches et suis soulagé lorsque la porte s'ouvre. J'aperçois de la lumière dans le séjour, je vais aller les saluer pour qu'elles ne s'inquiètent pas d'entendre du bruit. Je m'approche de quelques pas et sans le vouloir leur conversation me parvient aux oreilles. Même si ce n'est pas dans mes habitudes, c'est plus fort que moi, je reste immobile.

Les mots d'Anna résonnent dans ma tête. Je me sens honteux d'avoir écouté une discussion aussi privée. Je manifeste mon arrivée en faisant du bruit pour qu'elles n'aillent pas plus loin. Je récupère le trousseau de clés et l'agite avant de franchir le séjour.

J'essaye de paraître normal, comme si de rien n'était. Ce n'est pas évident à mettre en pratique. J'ai du mal à la regarder dans les yeux et j'avoue que leur échange me laisse perplexe. J'ignore ce qui lui est arrivé, mais elle semble avoir traversé une épreuve difficile, quelque chose qui a ruiné son couple, sa vie. Mais quoi ? Oh et puis merde, quel connard je suis à essayer d'éluder son secret ! C'est sa vie privée et si elle ne m'en a jamais parlé, je dois respecter sa volonté.

Je leur explique que j'étais juste venu récupérer mes clés. J'en profite pour souhaiter un bon retour à Joanna, puisqu'elle passe la journée de demain avec sa mère avant de rentrer à Paris. Mes yeux s'attardent un instant sur le visage d'Anna, elle rougit et je décèle immédiatement son inquiétude. Cette fois, j'en suis certain, elle ne veut pas que je sois au courant.

Enfin dans la dépendance, je me laisse tomber sur le canapé et j'ai bien du mal à m'arrêter de cogiter. Malgré moi, des liens se font entre eux. Si elle est convaincue d'être malheureuse toute sa vie, est-ce la raison pour laquelle elle me rejette ? Je crois qu'elle s'interdit d'être heureuse. À vrai dire, la première fois qu'elle m'a confié avoir tiré un trait sur l'amour, j'ai pensé que c'étaient des paroles en l'air. Après une rupture difficile, on a vite tendance à proclamer ce genre d'idées, pour quand même renouer des relations plus tard. Mais dans sa bouche, c'était bien un serment envers elle-même. Par conséquent, je n'ai aucune chance et je crois que la véritable raison n'est pas son ex-mari. Et puis, si j'en avais eu une infime, elle l'aurait pulvérisée à la première seconde. Anna ne me laissera jamais l'approcher, alors je dois oublier ce qui s'est passé entre nous. Finalement, vivre ensemble était une idée foireuse. Clara sera là d'ici une quinzaine de jours, il est temps de reprendre une relation normale avec mon hôte et ma patronne. Je garderai mes distances jusqu'à mon départ en septembre.

Chapitre 25

Lundi

Tandis que je m'installe dans le fauteuil du docteur Leimann, celle-ci déplace son large siège en cuir jusqu'à moi pour me faire face. Sur le moment, cela me paraît étrange, presque intrusif. Les fois précédentes, elle se tenait beaucoup plus en retrait. Pourquoi se rapprocher ainsi ?

— Quelque chose vous chiffonne ? m'interroge-t-elle en me fixant.

Cette soudaine confrontation me perturbe, je décide de me montrer sincère.

— Oui. Pourquoi avoir changé de place ?

— Est-ce important pour vous de le savoir ? Vous aussi vous avez choisi le fauteuil au lieu du canapé aujourd'hui.

Je la toise deux secondes et elle me sourit en guise de réponse.

— C'est pour que nous puissions avoir une véritable conversation. Vous avez besoin d'apprendre à me faire confiance. Et c'est plus facile, de cette manière. Si je suis en retrait et vous sur ce divan, vous ne pourrez jamais lire mes réactions sur mon visage ni mes intentions. Et puis, en optant pour le fauteuil, vous avez fait un pas vers moi, alors c'est à mon tour.

— Vous êtes plutôt originale, je dois bien le reconnaître.

— Merci, c'est un joli compliment. Bien, je vais vous poser quelques questions et j'ai besoin que vous répondiez avec franchise. Avant de vous proposer un axe de travail, nous devons affiner encore un peu la situation avec les éléments dont vous me ferez part.

— Je vous écoute, m'avoué-je vaincue.

— Lorsque vous avez été opérée, avez-vous bénéficié d'un suivi psychologique régulier ?

— C'était un suivi psychiatrique, mais j'ai laissé tomber au bout de trois séances. Je n'arrivais pas à confier ma détresse à un homme, seuls ses cachets m'intéressaient. Il n'y pouvait rien, j'avais besoin de parler à quelqu'un qui pourrait mieux me comprendre et peut-être que j'aurais dû choisir une femme, mais je n'en étais pas capable à cette époque. Elle représentait ce que j'estimais ne plus être. J'ai abandonné la thérapie et deux ans plus tard, j'ai repris les consultations avec une psychologue. Cette fois, j'ai tenu huit mois avant de mettre un terme à nos séances. J'avais l'impression de tourner en rond, j'étais toujours aussi mal et ça me coûtait un bras.

— Durant ces consultations, avez-vous abordé votre ressenti, vos émotions liées à l'intervention et à la période postopératoire ? Votre rapport à votre corps, votre féminité ?

— Non, à vrai dire. Je ne pouvais pas. Ils ont essayé maintes et maintes fois, je n'ai jamais pu en parler. C'était un peu comme si je devais garder tout ça uniquement pour moi. Mon corps refusait de le partager, jusqu'à être dans l'incapacité de prononcer la moindre phrase sur tous ces sujets. Alors nous évoquions d'autres choses et cela ne servait à rien.

— OK. Nous allons agir différemment. Mais cela va

tout de même vous coûter. Êtes-vous prête à écouter ma proposition ?

Je hoche la tête pour qu'elle poursuive.

— Comme en parler oralement semble très difficile, vous allez l'écrire. Prenez des feuilles de brouillon ou votre cahier, vous pouvez rédiger quelque chose de structuré ou bien même des mots, des idées ou pensées. Mais j'ai besoin que vous vous livriez sur ce que vous avez ressenti concernant l'opération et au retour de l'hôpital. Je vous demande de confier au papier, ce que vous n'avez jamais avoué à personne.

Sa requête me laisse sans voix pendant de longues secondes. Je souhaite avancer et tenter de m'en sortir, alors si c'est le seul moyen d'y parvenir, je n'ai pas vraiment d'autre option. Peut-être qu'elle a raison et que j'ai besoin d'exprimer ce qui m'habite depuis des années. Son timbre me tire de mes élucubrations.

— En revanche, je vous prodigue un conseil. Choisissez le bon moment pour vous y consacrer. Vous devez être certaine d'être prête, de ne pas vous précipiter pour être vite débarrassée, d'être consciente que cela va vous demander un peu de temps et quelques larmes. Privilégiez un endroit où vous serez tranquille, si vous voulez mener à bien cet exercice.

— J'essayerai, mais je ne vous promets rien.

— Vous ne me devez rien, Anna, seulement à vous-même.

Je soupire discrètement, rien ne lui échappe.

— Comment s'est passée cette semaine avec votre cousine et Ewenn ?

— Mieux que je l'espérais. J'ai eu une explication avec Joanna sur la distance qui s'est insinuée entre nous ces dernières années. Nous avons pu avoir un échange sincère et je crois que cela a resserré nos liens.

— Et concernant votre relation avec Ewenn ?

— Elle est revenue à la normale. Nous avons crevé l'abcès sur ce qui s'était passé entre nous et avons décidé d'oublier. La seule chose qui me dérange, c'est que je pense qu'il a entendu une partie d'une conversation avec ma cousine… où je me livrais sur mon passé.

— Qu'est-ce qui vous gêne exactement ?

— Je ne désire pas qu'il découvre mon secret. Je n'ai pas envie que son regard change sur moi, je ne veux pas y lire de la pitié ou de la condescendance.

— Croyez-vous sincèrement que les autres soient uniquement capables de cela envers vous ?

— J'aimerais penser le contraire, mais ces dernières années m'ont prouvé que j'avais raison. Quand vous ne pouvez pas avoir d'enfant, vous n'êtes plus une véritable femme aux yeux des gens. Ils vous regardent comme si vous étiez un objet cassé, un oiseau aux ailes atrophiées. Vous n'avez plus la même valeur, vous ne leur ressemblez plus. Vous devenez une petite chose qu'on prend en pitié, mais qu'il est plus simple d'éviter.

— Êtes-vous certaine que ce soit ce qu'ils ressentent en vous voyant ? Ne serait-ce pas plutôt ce que vous pensez de vous-même ou ce que vous renvoyez de vous-même aux autres ? N'est-il pas plus facile de donner consistance à ces croyances ? Ainsi, cela vous permet de garder vos distances et d'éviter de renouer de véritables liens avec les autres.

Cette foutue psy a le don de poser le doigt là où ça fait mal. Je jette un œil à ma montre et constate que la séance est terminée. Je ne réponds pas à ses dernières questions et elle ne semble pas attendre que je le fasse. Je me lève et la salue d'un signe de tête avant de passer la lanière de mon sac sur mon épaule et de quitter son bureau.

Chapitre 26

14 juillet

Depuis une heure, je fixe la page blanche devant moi et roule mon stylo entre mes doigts dans un geste mécanique, appris durant mes années de collège. Même si c'est un jour férié, Ewenn bosse en haut tandis que je suis dans ma chambre, allongée sur le lit, le nez relevé sur un cahier vierge. Quand je me suis installée là, je voulais sincèrement me plier à l'exercice de ma psy. Pourtant, je n'y parviens pas, il n'y a pas l'ombre d'un seul mot face à moi.

J'attrape mon téléphone et mes écouteurs pour me créer une bulle dans laquelle je pourrai peut-être me laisser aller. Je lance une playlist de musique douce et instrumentale, ferme les yeux quelques secondes, le temps d'inspirer et d'expirer trois fois de suite.

Des souvenirs ressurgissent du passé, je me revois dans le cabinet du spécialiste quelques années plus tôt, face à lui.

« Je suis désolé, mademoiselle Le Goff, la biopsie a révélé un cancer des ovaires de stade IIIA. Les métastases ont aussi atteint le péritoine. Il ne reste guère d'alternative. Si nous ne vous opérons pas, elles progresseront davantage jusqu'à d'autres organes. Par rapport à son évolution actuelle, l'unique option est l'intervention chirurgicale. Seulement, je dois vous expliquer qu'une fois opérée, vous ne pourrez plus avoir d'enfant. C'est un acte irréversible. Nous devons avoir votre accord, je vous demande d'y réfléchir. »

Je me souviens d'avoir été incapable de lui répondre quoi que ce soit. Mon souffle était court et le vertige me gagnait. J'ai juste fait un très léger signe de tête, avant de me lever pour quitter le cabinet.

Les heures suivantes, j'ai marché dans les rues de Paris. Me faufiler entre les piétons pressés avait presque quelque chose de rassurant, la solitude était moins difficile à porter que seule chez moi à attendre la fin de service de Christophe. Lorsqu'il m'a retrouvée en fin de soirée, ma résistance m'avait abandonnée, comme si l'annonce du spécialiste m'avait assené l'uppercut final. Dès qu'il a posé les yeux sur moi, j'ai senti mes larmes se ruer vers la sortie, mais je ne voulais pas qu'elles s'expriment. Les accepter, c'était admettre ce qui m'arrivait et je désirais tout sauf cela. Tant bien que mal, je suis parvenue à me contenir et d'une voix presque robotique, j'ai relaté à mon compagnon, l'entretien avec le médecin. Sa première réaction a été d'ouvrir la bouche sans prononcer le moindre mot, puis j'ai vu à travers ses pupilles cet horrible trio ; tristesse, pitié et absence de perspective. C'est à ce moment précis que j'ai su que l'opération finirait par ruiner notre couple. Durant la nuit, Christophe a insisté pour ma prise en charge médicale et m'a promis une centaine de fois que nous dépasserions cette épreuve, qu'il ne voulait pas me perdre. Il préférait que nous renoncions à nos rêves de famille. Et puis, comme je ne parvenais pas à me décider, il m'a mise au pied du mur avec une phrase qui m'a coupé le souffle.

« Anna, je partage ton désir de devenir parent, mais dis-toi bien que si tu ne te fais pas opérer, tu priveras très rapidement ton enfant de sa mère. Et l'on ignore ce que pourrait donner une grossesse avec ta maladie et les traitements que tu devras certainement continuer pour ne pas souffrir et rien n'indique que tu pourrais la mener à terme. Tu dois le faire, c'est la meilleure solution pour toi et moi. »

Voilà comment quelques jours plus tard, ses arguments m'ont permis d'accepter – bien que ce terme ne soit pas le plus adéquat, « se résigner à la fatalité » s'en rapprocherait plus. Le jour de l'opération, avant l'anesthésie, je me souviens avoir prié de toutes mes forces pour mourir. Parce que tuer cette possibilité d'être mère, c'était me tuer moi-même en quelque sorte.

Ce jour-là, j'ai perdu le mot « possibilité ».

Je sursaute soudainement en sentant une main sur mon épaule. Je referme mon cahier aussitôt et retire un écouteur pour entendre Ewenn qui semble me parler depuis un petit moment.

— Tout va bien ? Tu n'es pas prête ?

Je me relève du lit pour éviter de scruter Ewenn et je jette un œil au réveil : dix-huit heures quarante-cinq. Nous avions prévu d'aller dîner au restaurant avant de nous rendre au centre nautique de Creac'h Gwen pour assister aux feux d'artifice.

— Désolée, je n'ai pas fait attention à l'heure. Je prends une douche rapide, je serai prête dans trente minutes.

— OK, je t'attends à la cuisine. Tu es certaine que ça va ?

Je hoche la tête et prends la fuite en direction de la salle de bains.

***

Ewenn et moi nous installons à la terrasse d'une brasserie. La soirée est chaude, je porte uniquement une robe longue et ample, à col rond et aux motifs fleuris. J'ai tout de même pris un gilet dans la voiture, mais la chaleur de la journée est encore bien présente.

Quand je détaille les personnes autour de nous, je remarque que les trois quarts sont en couple. Puis je me mets à penser que vu de l'extérieur, Ewenn et moi pourrions donner aussi cette impression.

— Alors, hâte d'assister aux feux ou tu en as la trouille et n'as pas osé me le dire ? m'interroge mon voisin de table.

— J'ai toujours aimé ça. Ce sentiment indescriptible que tu ressens face à un tel spectacle de lumière. Pendant quelques minutes, plus rien n'existe. Il n'y a que le ciel et ces magnifiques jets incandescents, à ce moment-là pour moi, plus rien n'a d'importance.

— C'est très poétique, tu devrais l'écrire, me taquine Ewenn. En tout cas, tu es certaine de passer une bonne soirée quoiqu'il arrive, bien que ça doive être loin de rivaliser avec les feux parisiens.

J'aimerais lui avouer qu'aujourd'hui je suis dépourvue de ces sentiments d'antan. Même si c'est toujours chouette à voir, la douleur terrée au fond de moi me parasite et m'empêche de ressentir les belles émotions comme un filtre. Non, je ne veux pas lui gâcher le plaisir de la fête, alors je tais la vérité.

— Et toi, aimes-tu les feux ?

— Ça me fout les jetons, figure-toi ! J'espérais que toi aussi et ne me trouverais pas ridicule. C'est ce bruit de détonation, j'ai l'impression d'être au milieu d'un champ de bataille. Et le premier instinct qui me vient en tête, c'est la fuite. Entre nous, c'est beau, mais ce n'est pas un spectacle naturel, juste de la chimie. Alors pour moi, ça retire toute la magie.

— Quel rabat-joie ! Et puis, je te signale que cette soirée est ton idée !

J'apprécie la compagnie d'Ewenn, il arrive toujours à m'apaiser, à me détourner de mes sombres pensées et me faire rire. J'ai de la chance de l'avoir rencontré, j'en suis consciente. Rien ne le force à passer du temps avec moi, pourtant je l'ai entendu décliner plusieurs invitations de ses connaissances. Pourquoi s'obstine-t-il ?

***

Il est presque vingt-trois heures, lorsque nous nous frayons un chemin à travers la foule répandue sur la plage du centre nautique. Ewenn me prend la main, je crois que je n'avance pas assez vite à son goût. Il me montre du doigt un coin plus loin, mais depuis ma hauteur, je ne vois rien en dehors du monde qui nous entoure. Après m'avoir fait presque courir au milieu des gens, nous grimpons un petit monticule en retrait. Ewenn me tient toujours fermement.

— Promis, pas d'entorse ce soir. Je veillerai sur toi.

Je le dévisage et suis touchée par sa bienveillance. Au début, j'ai cru que c'était une blague, mais ce que j'ai lu dans ses yeux à cet instant me persuade de sa sincérité.

— Merci, chuchoté-je en serrant davantage sa main.

Les feux d'artifice montent à toute vitesse dans le ciel et se dispersent en mille nuances de couleurs. Des courbes, des fleurs, des étoiles explosent et ruissellent vers la terre. À chaque détonation, je sens les soubresauts du corps d'Ewenn. Je crois qu'elles lui font encore peur, malgré son âge. Puis je l'imagine, perdu au milieu d'un champ de bataille, à fuir plus vite que son ombre à chaque éclat et mon cœur se serre. J'observe le spectacle tandis que ma main se détache de la sienne, pour mieux attraper ses doigts et les entrelacer aux miens. Il tourne le visage dans ma direction et son regard intense me perturbe. Une détonation retentit, mais cette fois Ewenn ne tremble pas. Il continue de me fixer, jusqu'à ce que je panique et le relâche. La musique se termine et les derniers éclats de lumière dégringolent juste avant de s'éteindre.

— On va attendre un peu que la foule se disperse, ce n'est pas le moment de te faire bousculer avec ta cheville.

Je le remercie intérieurement d'être revenu à la normale. Son regard n'a plus rien à voir avec les minutes précédentes. C'est étrange, je n'ai pas ressenti la beauté du spectacle, pourtant mon cœur est bouleversé.

Chapitre 27

Lundi

Je marche désespérément dans les rues de Quimper en attendant l'heure de ma consultation avec le docteur Leimann. Je me suis pliée à son exercice et sincèrement, je redoute de ce qu'elle va faire des quelques pages que j'ai écrites. Après avoir tergiversé et râlé un nombre incalculable de fois, je suis parvenue à revenir sur le passé, le transformer en mots ne s'est pas avéré aussi difficile que je le pensais. Le plus éprouvant était d'accepter d'ouvrir ma mémoire volontairement enfouie et de l'examiner au peigne fin.

L'air est chaud et la sueur perle sur mon front, mais je crois qu'elle est surtout liée à mon appréhension. Je consulte l'écran de mon téléphone, il me reste cinq minutes pour être à l'heure à mon rendez-vous.

Je pousse la porte du cabinet et salue la secrétaire qui m'adresse un sourire sincère. Une espèce de rituel s'est installé, elle n'a plus besoin de me dire de m'asseoir en attendant l'arrivée de la psychologue.

Sophie Leimann a pris un peu de retard dans son planning et ma jambe droite ne cesse de s'agiter sous mon trouble.

Dix minutes plus tard, elle m'accueille dans son bureau.

— Bonjour, Anna. Alors, avez-vous réalisé l'exercice ?

Je hoche la tête timidement et elle m'indique le canapé d'un geste de la main.

— Pas de conversation en face en face aujourd'hui ?

— Vous allez lire ce que vous avez écrit, donc c'est vous qui voyez.

Je tique immédiatement, moi qui croyais que j'allais me contenter de lui donner ma rédaction. Je soupire quelques secondes et vais m'allonger sur le divan avec mon carnet dans la main.

— Bien, prenez votre temps. Vous démarrez quand vous vous sentez prête.

J'ai envie de lui répondre que je ne le serai jamais, mais j'ai bien conscience que cette réplique ne servira à rien. Et que malgré tout, je dois le faire.

Mon regard se fixe sur les lignes que j'ai rédigées et l'angoisse commence à me serrer le cœur. Pourquoi me suis-je obstinée à reprendre un suivi psychologique ? Ah oui, parce que je suis incapable de m'en sortir seule. Je ferme les yeux plusieurs secondes et réalise que plus vite je me lancerai, plus vite je serai débarrassée.

« C'est une magnifique journée de juin et pourtant, c'est le jour le plus triste de ma vie. Une blouse d'hôpital recouvre ma nudité et jamais je n'ai ressenti autant de vulnérabilité. Comme si ce simple vêtement de papier retirait notre personnalité, notre statut, notre condition humaine. J'ai le sentiment d'être une petite chose abandonnée entre les mains des savants chirurgiens. Christophe tient la mienne jusqu'à ce que les deux infirmiers pénètrent dans ma chambre pour m'emmener au bloc. La présence de celui que j'aime devrait me rassurer, pourtant elle m'est surtout douloureuse. Quand je reviendrai à ses côtés, je ne serai jamais plus la même.

Allongée dans mon lit, les deux hommes me promènent dans un dédale de couloirs froids et glaçants. Ils garent mon brancard dans un coin, je dois patienter le temps que l'anesthésiste puisse me rejoindre. On me colle des électrodes sur la poitrine et j'ai le sentiment de ne plus posséder la moindre dignité. Les professionnels agissent dans une routine bien rodée et semblent peu s'inquiéter de mon angoisse.

Je reste seule de longues minutes, un moment indéfinissable où j'ai envie de m'enfuir en courant, de tout abandonner derrière moi. Je me redresse dans mon lit et inspecte les alentours, mais je n'ai pas le temps de mettre mon plan à exécution que l'anesthésiste me rejoint. Je retrouve la raison et me résigne à mon destin. Il s'adresse à moi tout en s'affairant, j'ai un masque à oxygène sur la figure et je sens un liquide me brûler les veines. Je l'entends me parler, mais je ne l'écoute plus.

Je prie du plus profond de mon âme pour ne jamais me réveiller. »

Je m'interromps un instant, des larmes me brouillent la vue. Sophie Leimann reste silencieuse et patiente sagement que je veuille bien reprendre. Je décide de laisser couler mes sentiments et d'une voix tremblante, je poursuis.

« Quelques heures plus tard, mes yeux s'ouvrent et détaillent les quelques lits à mes côtés. Je suis en salle de réveil et nous sommes plusieurs à avoir subi une intervention. Quatre infirmières pour dix personnes, je les observe sans les voir. Mon esprit est encore confus, puis la réalité me revient de plein fouet. J'ai survécu à l'opération, je ne peux plus avoir d'enfant. Je referme les paupières et j'ai envie de disparaître, de me retrouver seule plutôt que dans cette salle sans aucune intimité où je ne peux pas exprimer ma tristesse. Après un temps indéfinissable, on me ramène dans ma chambre. Dès que le lit passe le seuil de la porte,

Christophe, les yeux rougis, se lève de son siège et se rapproche de moi. L'infirmier m'adresse quelques phrases que mon cerveau refuse d'écouter avant de nous laisser seuls. Mon compagnon me demande comment je me sens. Je me mords les lèvres pour ne pas l'insulter et lui répondre comment il se sentirait lui, si on lui avait enlevé la possibilité de procréer. Je ravale ma haine et mes sanglots, il n'est pas responsable de ma maladie. Je prétexte être épuisée et lui conseille de rentrer à la maison pour me laisser me reposer. Aujourd'hui, je n'ai pas la force d'être altruiste ou bienveillante. J'ai juste envie d'être égoïste, de ne pas faire semblant d'aller bien, d'être seule. J'aimerais hurler ma rage et ma frustration, j'aimerais mourir parce que nous n'avons plus aucun avenir ensemble. Et me concernant, je n'en ai plus du tout. »

Mes larmes redoublent et le docteur Leimann me demande si je souhaite poursuivre maintenant ou à la prochaine séance.

— Je veux aller jusqu'au bout et ne plus jamais relire ces lignes.

— Bien, c'est vous qui décidez, Anna.

Mes mains resserrent leur emprise autour du cahier et je prends une grande inspiration.

« Quatre semaines sont passées, j'ai retrouvé un semblant de forme physique, pourtant mon cœur est resté sur la table du bloc opératoire. Christophe est aux petits soins, mais sa pitié m'insupporte et m'étouffe. Je préférerais qu'il soit sincère et partage mon deuil. Mais non, en tant qu'homme bienveillant, il ne montre pas sa peine, sa douleur de ne pouvoir réaliser notre rêve d'être parents. Grâce à un ami médecin, j'ai réussi à me procurer des antidépresseurs et quelques médicaments qui me permettent de sombrer dans un sommeil profond. Faire face au monde extérieur me semble impossible. Les autres, leurs rires, leurs visages heureux, me font suffoquer. Mon égoïsme me coupe de la réalité et je suis en boucle sur ma souffrance. Christophe est désemparé et ne sait plus comment me venir en aide. Un soir, alors qu'il est en plein service à l'hôtel, je cède à ma tristesse et, à l'aide d'un couteau, je décide d'en terminer. De ne plus être un poids pour les autres, pour mon conjoint et pour moi-même, parce que plus jamais je ne pourrai être heureuse. Complètement alcoolisée et sous cachets, je m'entaille profondément la veine du poignet. Malgré mon état second, je n'oublierai jamais le sourire qui s'est gravé sur mes lèvres en regardant mon sang couler et réaliser que tout était fini. J'ai perdu connaissance, puis quelques heures plus tard, je me suis réveillée à l'hôpital. Christophe avait terminé plus tôt ce soir-là, il est rentré peu après ma tentative et m'a retrouvée inconsciente dans la salle de bains. C'est après ça que j'ai consulté le fameux psychiatre avant d'abandonner aussi vite. Alors, égoïstement, je décide de quitter Paris et de poursuivre mes séances de chimiothérapie à Quimper, je veux m'exiler au manoir, loin de Christophe et de tout ce qu'il me rappelle. Mes parents, je les tiens éloignés le plus possible et les autres, je refuse de les voir. Je ne supporte plus d'entendre « ma pauvre », « tu te relèveras de cette épreuve », « nous comprenons votre douleur ». Non, ce ne sont que des conneries, personne ne peut comprendre et surtout pas ceux qui ont ou peuvent avoir des enfants ! Cinq mois plus tard, Christophe ne m'a pas laissée tomber, à la fin de mon traitement, il m'a envoyé une seconde lettre chez mes parents, il me suppliait de revenir à ses côtés et de l'épouser. Puis, étrangement, j'ai réussi à aller mieux en réalisant que tant que je ne serais pas six pieds sous terre, les autres ne me foutraient jamais la paix. Alors au début, j'ai fait semblant puis le temps a fait son œuvre. Je me suis focalisée sur l'organisation de nos noces et sur la reprise de mon travail. J'ai enfilé une perruque que je n'ai pas quittée durant plus d'une année, j'avais trop honte de celle que j'étais devenue et sincèrement, je n'ai jamais compris comment mon conjoint pouvait encore m'aimer. J'ai enfoui mon traumatisme au plus profond de mon âme pour que plus personne ne puisse le voir. Je me suis promis de continuer à faire illusion jusqu'à la fin de mon existence. »

Un long silence s'installe, puis je me redresse du divan et ose un regard en direction de Sophie. Ses yeux sont écarquillés, je crois que j'ai réussi à la surprendre.

— Merci Anna, de m'avoir confié votre passé. Vous pouvez être fière de vous, d'avoir livré avec tant de sincérité ce qu'il est si difficile de partager. Nous avons encore une petite chose à réaliser et je vous libère.

Elle s'éloigne dans une pièce adjacente et revient avec un saladier en inox et un briquet. Sous mes yeux incrédules, elle s'adresse à moi.

— Il est temps pour vous de vous débarrasser de toute cette souffrance passée. Arrachez-les pages de votre carnet et brûlez-les.

Je déglutis face à sa demande, à laquelle je ne m'attendais pas du tout. Puis sans réfléchir, je m'exécute sans tarder.

En déchirant les feuilles, je ressens une première libération intérieure. Quand je saisis le briquet et enflamme mes propres mots, mes horribles souvenirs et que je les observe partir en fumée dans le saladier, je ne peux retenir un large sourire.

— Merci, murmuré-je du bout des lèvres à Sophie.

Chapitre 28

Aéroport de Quimper
5 août
Ewenn

Impatient, je tourne en rond à quelques mètres des portes automatiques de l'aéroport. Je m'en suis éloigné, mon va-et-vient ne cessait de les faire s'ouvrir. Avec Daphné, nous avons convenu de se rejoindre ici et comme un bon père désespéré de retrouver sa fille, je suis arrivé avec plus d'une heure d'avance. L'angoisse me tenaille, je crains de revoir Clara et de la trouver changée, d'avoir la preuve que la distance m'empêche d'assister à chaque signe de sa croissance. Et puis, si nos vacances ensemble se passent mal ? Si elle se rend compte que j'ai beaucoup moins à lui offrir que sa mère et l'autre ? Je visualise un instant ma propre image de père ; un homme au bord du gouffre et qui ne peut toujours pas accueillir dignement son enfant sans l'aide d'une tierce personne. Mon Dieu, je suis tombé tellement bas !

— Papa !

La voix enjouée de Clara m'interpelle, je me retourne dans sa direction et je n'ai pas le temps de m'exclamer qu'elle me saute au cou. Durant notre étreinte, je peux enfin respirer, abandonner ce sentiment de mal-être qui me ronge depuis son départ. Le vide en moi se comble à nouveau, réanimant mon cœur au passage. Heureux et ému, je l'embrasse à plusieurs reprises et ne lui laisse aucun répit. Elle m'a tellement manqué !

Un bruit de déglutition agacé interrompt nos retrouvailles et je lève les yeux sur Daphné qui se tient droite, les bras croisés. Vêtue d'un tailleur hors de prix, chaussée d'escarpins qu'elle n'a jamais portés durant notre vie commune, j'ai du mal à la reconnaître. Ses dents mordillent nerveusement la branche luxueuse de ses lunettes de soleil, comme si le spectacle de sa fille dans les bras de son père lui était devenu insupportable. Tom arrive à sa hauteur, la saisit par la taille avant de me saluer d'un signe de tête – dédaigner serait peut-être plus juste pour décrire le mépris que je lui inspire. Il me dévisage de la tête aux pieds, se demandant certainement ce que Daphné a pu me trouver. Lui et moi sommes tellement différents que sur ce point, je ne peux qu'être d'accord avec lui.

Irrité par leur présence, j'abrège ce moment en attrapant la main de Clara, prêt à partir.

— Rendez-vous ici dans trois semaines, bonnes vacances, lâché-je sans retenir mon amertume.

Nous nous retournons en direction du parking et mon ex ne peut s'empêcher d'ajouter :

— Ewenn, fais attention à notre fille !

Cette recommandation a le don de m'énerver au plus haut point. Pour qui se prend-elle ? Comme si je n'étais pas capable de m'en occuper dignement. Mon ex-femme est devenue une sacrée garce !

La conversation de Clara m'éloigne vite de mes pensées négatives durant le trajet.

***

Nous nous garons devant l'entrée du manoir, Clara est stupéfaite. Lorsque nous avons traversé l'allée, elle n'a pu cacher sa surprise. Elle descend de la voiture arborant un visage émerveillé et un large sourire, elle effectue un tour complet sur elle-même pour ne rien manquer des lieux.

— Viens, ma puce. Nous allons déposer tes affaires avant de visiter le manoir.

Elle ne se fait pas prier et court presque jusqu'à la dépendance.

Lorsque nous pénétrons dans l'annexe, Clara me dépasse et s'agite aux quatre coins de l'appartement. Son regard détaille l'ensemble avec une concentration particulière, un nouveau sourire s'inscrit sur ses lèvres.

— C'est vraiment chouette ! C'est donc à ça que ressemble ton travail ? C'est génial !

À cet instant, je prends conscience que jamais je ne lui avais montré en quoi consistait mon métier. L'intérêt de ma fille rehausse de quelques crans ma fierté perdue.

— Je te montrerai les photos des travaux, c'était une écurie avant. Tu es loin d'imaginer dans quel état c'était !

Clara n'en revient pas et admire la décoration. J'ai même du mal à comprendre son enthousiasme, alors qu'elle loge dans un appartement haut standing à New York. Je prends sa valise et son sac pour les déposer dans sa chambre. Elle me suit timidement et ne peut retenir un petit cri de joie en découvrant son espace. La pièce est grande, dans l'angle près de la fenêtre se trouve un dressing avec miroir, un peu plus loin un bureau encadré d'étagères et enfin le lit deux places avec un écran fixé au mur d'en face.

Ravi par sa présence, c'est avec plaisir que je lui fais visiter le manoir. C'est étrange, nous n'avons pas croisé

Anna depuis notre arrivée. Clara ponctue presque chacune de ses phrases de « c'est génial ! ». J'ai l'impression qu'elle a retrouvé ses huit ans et son air encore innocent. Toute mon appréhension redescend en quelques minutes, j'ai vraiment été ridicule de m'inquiéter. Ma fille reste ma fille, peu importe ma situation.

Nous sortons par la terrasse de la cuisine et longeons le jardin. Clara me dépasse d'un pas rapide, pressée de s'approcher de la rivière. Je l'observe au loin quelques secondes en silence, notant les changements de ces derniers mois. Elle a pris quelques centimètres et ses petites rondeurs enfantines ont disparu. Clara tourne la tête dans ma direction, nos regards s'accrochent et je ressens toute l'intensité de sa joie.

— C'est elle ? chuchote ma fille en me désignant Anna du doigt.

— Oui. Allons lui dire bonjour.

Anna se tient à quelques mètres devant nous, debout face à la rivière. Son bras s'agite sur une toile et depuis ma position, je devine une aquarelle. J'ignorais qu'elle peignait de temps en temps. Derrière elle, une couverture trône sur l'herbe, avec un livre de poche et ses chaussures. Je prends la main de Clara et avance en direction d'Anna. Ses cheveux dorés dansent sous le vent, ils ont légèrement poussé depuis notre rencontre et atteignent le milieu de sa nuque. Le tissu fin de sa robe fleurie ondule sous le souffle de l'air et menace de s'envoler. Mes yeux glissent sur ses jambes et pieds nus, sa peau blanche a laissé place à une teinte légèrement hâlée. Je détourne vite le regard pour couper court à la suite de mes pensées.

Anna n'a toujours pas remarqué notre présence dans son dos. J'approche ma main et la pose sur son épaule. Son corps se crispe une fraction de seconde avant de sursauter.

— Ewenn, j'ai failli avoir une attaque !

— Je testais ta résistance cardiaque, la nargué-je.

Un sourire se fraye un chemin sur ses lèvres, elle se détend. Je me retourne légèrement tendant la main vers ma fille.

— Je te présente Clara !

Mon hôte s'approche joyeusement d'elle et l'embrasse.

— Enchantée, moi c'est Anna. Je suis très heureuse de t'accueillir ici. Est-ce que tu as déjà fait le tour du manoir ?

— Oui, on vient de finir. Cet endroit est vraiment génial !

— Je suis ravie que ça te plaise. Et puis tu verras, quand ton père aura terminé les travaux, tout sera encore mieux.

Je les interromps un instant pour signaler que je vais nous chercher de quoi grignoter avant le dîner.

Muni d'un panier rempli de victuailles, je traverse le jardin pour les rejoindre. Je les discerne à quelques mètres et cette image d'Anna et Clara en train de discuter devant la toile provoque un sentiment indescriptible. C'est étrange de les voir ensemble, un peu comme si chacune était compartimentée dans un espace différent de ma vie.

Sans m'immiscer dans leur conversation, je m'installe sur la couette et me lance dans la préparation de mini-sandwichs briochés. Anna propose à Clara de peindre la rivière à son tour, elle détache sa peinture et la range dans une grande pochette. Après avoir installé une feuille vierge, elle montre à ma fille la palette d'aquarelles ainsi que les différents pinceaux. J'en ignore la raison, mais cette scène entre elles me donne un sourire que je ne parviens pas à effacer.

***

À la tombée de la nuit, nous prenons conscience de l'heure et rentrons. Clara ne cesse de répéter combien elle est fière de sa peinture. Il est vrai que pour une fois, son dessin ressemble à quelque chose. Les conseils d'Anna ont dû être avisés, parce qu'on ne va pas se mentir, ma fille n'a jamais été très douée en art. Depuis ses six ans, j'ai arrêté d'essayer de comprendre ce qu'elle souhaitait reproduire et tentais de ne pas m'offusquer quand elle m'annonçait gaiement que c'était moi, la grosse boule informe avec quatre piques en guise de membres. Lorsque nous arrivons à la hauteur du manoir, j'hésite un instant à proposer à Anna de dîner avec nous. Clara me tire par la main pour me signaler qu'elle aimerait rentrer et je crois qu'elle préfère qu'on passe la soirée seuls. Nous saluons donc notre hôte et regagnons la dépendance.

Une fois le plat de lasagnes maison terminé et la table débarrassée, ma fille se colle vers moi sur le canapé. Nous lançons un film et malgré son silence, je la sens agitée.

— Tu veux me parler de quelque chose ? Tu as l'air préoccupée.

— Non, je me disais juste qu'Anna a de la chance de pouvoir passer du temps avec toi tous les jours.

Son aveu me surprend et je reste muet plusieurs secondes. J'aimerais lui répondre que ce n'est pas ma faute, que je n'ai jamais cessé de vouloir être avec elle. Je tais la colère contre mon ex et recouvre mon calme.

— Ce n'est pas de la chance, ma puce. La vie s'est déroulée ainsi. Maman et moi, on a divorcé et elle a eu une opportunité professionnelle rêvée à des milliers de kilomètres.

— Je sais que tu n'y es pour rien, mais je suis juste triste qu'on soit séparés. Et pour être honnête, je suis en colère contre maman. Sans elle, on n'en serait pas là !

— Je te rappelle, que sans elle, tu ne serais pas née ! Clara, tu ne dois pas être en colère. L'amour entre deux adultes n'a rien à voir avec celui qu'ils portent à leurs enfants. Ta mère t'a toujours aimée et protégée, elle a juste pris des décisions pour être heureuse. Alors, même si aujourd'hui, à cause de cela, tu as dû abandonner des choses, tu en reconstruiras d'autres. Et pour ton avenir, vivre à l'étranger peut t'ouvrir des portes. Cesse de penser à tout ça pour le moment, nous avons plusieurs semaines devant nous. Profitons-en un maximum.

Ma fille acquiesce de la tête, puis s'endort en deux minutes. Le voyage et les retrouvailles l'ont épuisée.

Après l'avoir portée et bordée dans sa chambre, je me sens soudainement seul. Mes yeux ne peuvent s'empêcher de fixer à travers la fenêtre, la lumière provenant du séjour au manoir. Anna ne dort pas non plus. L'espace de quelques secondes, je songe à la rejoindre, échanger quelques paroles et revenir ici. J'abandonne bien vite cette idée, dans un mois environ, je quitterai cet endroit et seul le travail me reliera encore à elle. Et dans le fond, je crois que c'est la meilleure issue possible pour nous deux.

Chapitre 29

Il doit être dix heures environ lorsque je termine de récurer les pièces du rez-de-chaussée. Je range le tout dans un placard mural de la buanderie. En revenant à la cuisine, mon regard s'arrête sur Clara. Je peux l'observer de l'autre côté de la porte-fenêtre, elle me tourne le dos et ne semble pas m'avoir remarquée. La jeune fille est accroupie dans le jardin, affairée à détailler les pétales d'une fleur. Je scrute les alentours à la recherche d'Ewenn, puis j'entends du bruit à l'étage. Aux sons qui me proviennent, je devine qu'il est en train de travailler. Mon attention revient sur Clara et je ne peux m'empêcher d'avoir un peu de peine pour elle. Aussitôt arrivée, son père reprend déjà les travaux. J'ouvre la porte-fenêtre et la rejoins d'un pas décidé.

— Salut Clara, ça a été cette première nuit ? demandé-je en m'asseyant dans l'herbe à ses côtés.

— Oui, la chambre est géniale, mais papa s'est mis à ronfler et même s'il était dans la mezzanine, je l'entendais. Au bout d'une bonne heure, il s'est arrêté et j'ai pu me rendormir. Je plains sa prochaine copine, ajoute-t-elle en riant.

Malgré moi, mon corps se fige un instant, je ne m'attendais pas à cette réponse. Comment cette gamine peut-elle dire une chose pareille quelques mois après la séparation de ses parents ? Elle a piqué ma curiosité.

— Tu envisages que ton père reconstruise sa vie ?

Clara effleure de chaque doigt les brins d'herbe face à elle. Puis, elle interrompt son mouvement pour relever les yeux sur moi.

— Maman a Tom, elle n'est pas toute seule. Alors, ça serait bien pour papa…

Touchée par sa bienveillance, je lui réponds :

— Tu sais, on peut très bien ne pas être en couple et ne pas se sentir seul. Si tu es entouré de bons amis, de tes proches, au fond, tu n'es jamais vraiment seul.

— C'est ton cas ?

Les enfants ont le don de vous renvoyer vos propres paradoxes en pleine figure. J'acquiesce pour ne pas m'épancher sur le sujet.

Clara semble apprécier ma réponse et me sourit. Je suis loin d'imaginer la tournure que va prendre cette conversation.

— Papa et toi, vous êtes vraiment que des amis ?

Je crois que mes joues ont viré dans les tons cramoisis.

— Tu es sacrément directe ! Tu sais, normalement ce genre de question ne se pose pas vraiment, ris-je. Oui, nous sommes amis. Ne va pas t'imaginer autre chose entre ton père et moi.

— D'accord, chuchote-t-elle.

J'ai l'impression que j'aurais mieux fait de me taire. Je décide de revenir au sujet de ma venue.

— Je vais passer quelques heures en ville. Tu veux te joindre à moi ou tu préfères rester ici à compter les brins d'herbe ?

Un regain d'éclat apparaît immédiatement dans ses yeux, elle acquiesce de la tête avec enthousiasme.

— OK, super. Monte prévenir ton père, dis-lui que nous partons et qu'il devra se débrouiller tout seul pour le repas de midi. Il y a des restes dans le frigo.

Clara détale aussitôt dans l'escalier, sa joie est communicative et me réchauffe le cœur. Je crois que mes séances avec le docteur Leimann me permettent d'évoluer. La présence de Clara est loin de m'être insupportable et ne me renvoie pas dans la comparaison de ce que je n'aurai jamais.

***

Nous passons la première heure dans un magasin multimédia, nous écoutons de nombreux morceaux de musique. Clara s'obstine à me faire découvrir des chansons qu'elle affectionne, espérant que je les connaisse. En vain ! À mon tour, je lui mets des tubes des années quatre-vingt pour l'embêter, mais contre toute attente, elle est incollable et me donne le titre de chacun. J'ignore lequel de ses parents l'a initiée à ce genre musical. Clara est une ado agréable, au corps élancé et mince, aux cheveux bruns mi-longs et au visage d'ange. Elle a les mêmes yeux gris-vert qu'Ewenn, c'en est parfois déroutant.

Nous parcourons plusieurs boutiques dans la ruelle et essayons certains vêtements. Le haut qu'elle me montre lui va tellement bien que je craque et lui offre avant de lui proposer d'aller manger.

Nous marchons un peu et entrons dans un restaurant que j'aimais enfant. À vrai dire, je suis heureuse qu'il existe toujours, à chaque fois que j'y pénètre, j'ai le sentiment de revenir bien des années en arrière, une sorte de voyage temporel. Cet établissement est réputé pour ses fruits de mer, crustacés et poissons, tout est frais et vient du coin. Je conduis Clara à travers l'entrée de la salle. Au moment où mes yeux rencontrent le même décor d'antan, mon cœur palpite et s'anime. Au sol, un large plancher occupe l'espace, rappelant celui d'un navire. Qui, d'ailleurs, est le concept du restaurant. Tout le bar est une immense sculpture en bois d'un bateau, dont chaque détail est incroyable.

Après une demi-heure, nous avons entamé notre repas. C'est toujours aussi délicieux, cet endroit n'a jamais baissé en qualité. Ma voisine de table semble bien silencieuse, comme si quelque chose la préoccupait.

— Il y a quelque chose qui ne va pas ? Tu n'aimes pas ton plat ?

— Non, c'est très bon. Ça doit être le décalage horaire.

— Si tu veux te reposer, on peut rentrer après avoir mangé. On pourra continuer les boutiques un autre jour.

— D'accord, je crois que j'ai besoin de dormir.

Le repas se déroule dans le calme et la bonne humeur. Puis des paroles qu'Ewenn a adressées au téléphone me reviennent en tête.

— Au fait, j'ai entendu que c'est bientôt ton anniversaire. C'est quand exactement ?

— Samedi prochain. Je vais avoir treize ans, répond-elle d'un ton laconique.

— Je me trompe ou tu n'es pas très emballée ?

— Je pense qu'on ne le fêtera pas cette année. Et puis, de toute façon même si…

Clara s'interrompt et fixe son assiette, je sens une vague de tristesse l'envahir. Je crois déceler de l'humidité dans ses yeux.

— Tu veux m'en parler ?

Elle essuie ses larmes du revers de la main.

— C'est juste que je n'ai pas envie de fêter mon anniversaire si papa et maman n'y assistent pas tous les deux. Je n'espère pas qu'ils se remettent ensemble, mais c'est impossible pour moi de le fêter sans l'un d'eux. J'aimerais qu'ils soient présents et qu'on puisse encore partager ça. En plus, maman et Tom restent en Bretagne durant mes vacances ici. Ils profitent de passer du temps chez mamie et papi.

— Les séparations sont toujours difficiles, elles blessent beaucoup de monde. Je n'ai pas la bonne réponse à te donner, mais tu devrais peut-être en parler avec ton père. Il n'acceptera pas forcément, mais il doit savoir que tu éprouves encore certains besoins. Et toi, ça te ferait du bien de te libérer de tes pensées.

— J'ai peur qu'il le prenne mal. Et je peux le comprendre, maman l'a trahi.

Elle me dévisage et ajoute :

— Je suis une gamine, mais je ne suis pas aveugle. Je le savais depuis un moment pour Tom, avant papa même. Je les ai surpris plusieurs fois, mais eux ne m'ont jamais vue. J'ai voulu en parler à papa, mais je n'ai jamais réussi à le faire. Je ne pouvais pas lui faire mal au cœur.

Émue, j'attrape sa main.

— Ne te reproche rien, ce n'était pas ton rôle. En général, à ton âge, il ne vaut mieux pas intervenir dans les histoires d'adultes. Laisse-les se débrouiller entre eux. Toi, tu as d'autres choses à faire, comme profiter de ta vie, de tes copines et bientôt des garçons.

— Merci du conseil, sourit Clara.

***

À notre retour au manoir, Clara va directement se coucher dans la dépendance. Je décide de rejoindre Ewenn à l'étage. Lorsque je franchis le seuil de la pièce, il se tourne dans ma direction.

— Vous êtes déjà rentrées ?

— Oui, Clara était fatiguée, le contrecoup du décalage horaire. Elle est allée se reposer.

— Ah. Et comment se sont passées ces quelques heures ensemble ?

Je réfléchis une seconde à la réponse à lui donner, puis j'opte pour la sincérité.

— Ewenn, je crois que tu devrais mettre de côté les travaux le temps de son séjour.

— Anna, nous avons déjà eu cette conversation. Tu sais que j'ai besoin de poursuivre mes efforts, si je veux déménager le mois prochain.

— Au prix du temps passé avec ta fille ? Tu n'auras pas souvent l'occasion de partager trois semaines avec elle. Est-ce que tu ne devrais pas y réfléchir ? Est-ce si grave de prolonger un peu ton séjour ici ?

Le regard d'Ewenn devient sévère, je sens qu'il a envie de me rétorquer de me mêler de mes affaires. J'ignore pourquoi, mais finalement, il garde ses pensées pour lui. Tant que nous sommes dans les explications, je préfère aller jusqu'au bout.

— Clara m'a parlé de son anniversaire samedi…

— Oh… Elle s'est enfin décidée à le fêter ?

— Ce n'est pas si simple que ça. Elle aimerait quelque chose qui semble surréaliste. Je lui ai conseillé de t'en toucher un mot, de ne pas garder ça pour elle.

— Tu comptes partager le mystère ou juste me faire mariner ?

J'hésite, puis cède.

— Il vaut mieux que je te le dise, ça t'évitera peut-être une réaction à vif. Ta fille souhaiterait organiser une fête samedi pour son anniversaire avec ses deux parents réunis.

Ewenn me toise soudainement comme pour vérifier si je ne suis pas en train de me moquer de lui.

— Tu n'es pas sérieuse ?

— Si, elle aimerait pouvoir partager ce moment avec vous deux. Je te rassure, je ne lui ai pas dit que tu accepterais, mais qu'il était important qu'elle ne garde pas ça pour elle. Bon, j'y vais. Je dois rencontrer un antiquaire pour quelques objets de décoration.

Je m'apprête à sortir quand Ewenn s'adresse à moi :

— J'apprécie ce que tu fais pour moi et Clara. Mais s'il te plaît, laisse-moi gérer ma relation avec ma fille.

Ses mots me pincent la poitrine, moi qui pensais bien faire. Je reste silencieuse et m'éloigne dans le couloir, bien décidée à ne plus intervenir.

Chapitre 30

Nous sommes déjà jeudi et Clara est arrivée depuis quatre jours maintenant. Depuis ma mise au point avec Ewenn mardi, j'ai profité de chaque occasion pour m'éloigner et les laisser ensemble. Il semble tout de même avoir pris en compte mes propos, car il a stoppé les travaux et occupe son temps avec sa fille.

Dans le séjour, je m'attelle sur mon ordinateur portable à me renseigner sur les différents labels possibles et détaille la liste de chaque critère exigé. Après une bonne heure et demie, je m'accorde une pause et m'apprête à rejoindre la cuisine.

Clara pousse la porte d'entrée au même moment et je suis surprise de la voir pleine de joie, presque à sautiller sur place.

— Anna, c'est génial ! Papa et maman ont accepté pour ma fête d'anniversaire ! Je suis trop contente !

Je suis étonnée de cette annonce, loin de penser qu'Ewenn plierait.

— Je suis heureuse pour toi. Alors, tu comptes inviter qui ?

— Mes anciennes copines de classe, papa, maman, Tom, mes grands-parents et toi.

— C'est gentil, merci. Et tu sais, où elle va avoir lieu ?

— J'aurais vraiment aimé qu'on puisse la faire ici, mais j'ai senti que ça embêtait papa. Tu imagines, fêter mon anniversaire dans un manoir, même mes amies n'ont jamais rien fait d'aussi cool.

— Écoute, je vais en parler avec lui. On va tenter de trouver un terrain d'entente. D'ici là, réfléchis à ce que tu souhaiterais pour le menu, parce que tu sais, je pourrai m'occuper du repas et des gâteaux.

Je regrette immédiatement mes propos, je suis en train d'intervenir encore une fois et je doute que cela plaise à Ewenn.

Clara repart aussi vite en direction de la dépendance, tandis que je regagne la cuisine pour me préparer un café. Je sursaute en entendant la voix d'Ewenn me saluer. Il s'approche de moi et nos corps se frôlent presque lorsqu'il attrape une tasse dans le placard. Je décide de couper court à mes émotions.

— Clara m'a annoncé la nouvelle pour son anniversaire. Elle semble vraiment heureuse.

— Ouais, bon, ça n'a pas été une partie de plaisir d'en discuter avec Daphné. Mais finalement, pour le bien de notre fille, nous avons réussi à nous entendre. Il ne reste plus qu'à dénicher un lieu.

— Tu peux m'expliquer pourquoi ça t'embête d'organiser cette fête ici ?

— Je vois que Clara ne t'a rien épargné. C'est juste que ça me gêne de m'imposer encore une fois chez toi… surtout après ce que je t'ai dit l'autre jour. Je suis désolé, c'était maladroit.

Je souris malgré moi, son malaise le rend encore plus attirant. Je me rapproche et lui attrape la main pour qu'il relève enfin les yeux face à moi.

— Nous sommes amis et colocs, Ewenn, cesse de te prendre la tête comme ça. Sache que ça me ferait très plaisir de faire ça ici, samedi. En plus, je pourrai m'occuper du repas. Ça fait un bail que je n'ai pas cuisiné pour plusieurs personnes, j'en ai vraiment envie. S'il te plaît, dis-moi oui !

Un sourire se dessine sur ses lèvres, creusant une fossette au coin de sa joue.

— OK, tu as gagné. Je me chargerai de la décoration extérieure. Et si nous allions tous les trois en courses cet après-midi pour débuter les préparatifs ? Je dois appeler Daphné pour l'informer de ne pas chercher une salle. De toute manière, il y avait peu de chance d'en trouver une de libre dans le temps imparti.

La joie s'empare de moi et dans un geste non réfléchi, je passe mes bras autour de son cou et l'embrasse sur la joue. Au même moment, Ewenn agrippe ses mains à ma taille et tourne la tête jusqu'à effleurer mes lèvres. Je suis incapable de réagir, paralysée entre le désir et la stupéfaction. Puis, il m'embrasse avec ardeur et toutes mes barrières s'effondrent les unes après les autres. Ewenn libère ma bouche et chuchote à mon oreille :

— Tu m'as cherché… Prépare-toi pour les courses.

Juste après ça, il quitte la cuisine et m'abandonne pantelante et complètement paumée. Mon Dieu, que s'est-il passé ? Et pourquoi, je ne regrette pas qu'il ait encore franchi cette foutue limite ?

***

Après trente bonnes minutes au centre commercial, Clara nous a laissés seuls pour se charger des différents ingrédients à rapatrier. J'ai l'impression d'assister au spectacle d'une fusée qui remue d'un bout à l'autre du magasin et apparaît quelques secondes pour délester le contenu de ses bras dans le caddie. Ewenn et moi nous amusons de la situation, mais hormis cela, nous restons silencieux. Je ne sais pas quoi lui dire après l'épisode de tout à l'heure. Était-ce une simple provocation de sa part ?

Toute la nourriture nécessaire et les éléments de décoration trônent sur le tapis de la caisse. Ewenn règle le tout et je n'ose surtout pas lui proposer de participer. Je crois qu'il serait capable de m'étrangler au milieu des clients.

— Bon, princesse et si nous allions te trouver une robe pour samedi ?

Clara explose de joie et se précipite à la voiture.

Je rigole de bon cœur et Ewenn me lance :

— Je vais avoir besoin de toi pour les essayages. Je suis nul pour prodiguer un conseil avisé en matière de mode.

— OK. D'ailleurs, ce n'est pas un problème si tu préfères qu'on te dépose et que je fasse cette partie avec Clara.

— Non, on est bien tous les trois. Allons-y.

Ewenn me passe devant pour rejoindre le côté conducteur. J'avoue que cette phrase se répète en boucle dans ma tête et m'arrache un sourire.

Nous assistons depuis une bonne heure aux essayages de Clara. Je crois qu'elle prend ça vraiment comme un jeu et nous propose un défilé. Lorsqu'elle revient avec une nouvelle robe, elle s'approche de moi et me tend un vêtement.

— Je suis certaine que tu seras très belle dedans. Ça serait cool que tu la portes pour mon anniversaire.

Troublée, je ne sais pas quoi répondre et mon regard scrute l'étoffe dans ma main. Je tente de masquer mon angoisse et suis vite rassurée en découvrant que la robe n'a pas de décolleté, au contraire, le tissu remonte jusqu'à la clavicule. Je suis ridicule et devrais accepter de montrer la marque qu'a laissée la chambre implantable, mais je ne veux pas éveiller les soupçons.

— Je crois que la princesse t'a confié une mission, s'amuse Ewenn.

— D'accord, d'accord. Je vais l'essayer.

À l'intérieur de la cabine, je maudis un peu Clara. La robe bleu marine s'arrête au-dessus des genoux et toute la partie du dos est largement ouverte, découvrant mes omoplates jusqu'au bas de mes reins. Mal à l'aise dans ce genre de vêtement seyant que je ne porte jamais, je n'ose pas sortir.

La voix d'Ewenn de l'autre côté du rideau me rappelle à l'ordre.

— Tu en mets du temps ! Allez viens, montre-nous.

Je soupire et m'exécute, ils ne pourraient pas comprendre pourquoi j'ai tellement honte. J'avance sans les regarder, puis me tourne dans leur direction. Face à moi, j'assiste à deux réactions complètement différentes. Clara acquiesce et me lance un « j'adore ! » et Ewenn est plongé dans un mutisme profond. Ses yeux ne cessent de se balader sur mon corps et ma gêne redouble.

— Il y en a encore une dernière que je voudrais essayer, ajoute Clara.

Elle repart dans les rayons à l'autre bout du magasin en quête de l'ultime robe avant de faire un choix. La tension entre Ewenn et moi s'intensifie.

— Je vais me changer.

Au moment, où je tire le rideau pour pénétrer dans la cabine, Ewenn se rapproche de moi. Le contact de ses doigts sur la peau de mon dos m'électrise. Cela fait tellement longtemps qu'on ne m'a pas touchée ainsi. Il reste derrière moi et chuchote à mon oreille.

— Tu es magnifique.

Je croise son regard à travers le miroir et j'y découvre

son désir et sa sincérité. Une boule d'angoisse remonte dans ma gorge… ce n'est pas possible. Je me fais des idées. Je ne comprends plus, tout se mélange dans ma tête. Puis je tente d'obtenir une explication avant que Clara ne revienne et me retourne dans sa direction.

— Ewenn, à quoi tu joues depuis ce matin ?

Il me pousse complètement à l'intérieur de la cabine et tire le rideau derrière nous. Il me fait reculer jusqu'à la paroi. Ses yeux me scrutent et je sens une nouvelle détermination en lui.

— J'ai décidé que ces prochains jours, j'allais te montrer à quoi tu renonces vraiment.

— Et nos conversations précédentes sur le sujet ? Tu ne comptes pas te soucier de ce que j'en pense ?

— Non ! Ta tête et ton corps ne sont jamais d'accord.

Il sourit, pose ses mains sur ma taille pour m'attirer contre lui et me vole un léger baiser.

— Tu n'as qu'à me repousser.

J'ai l'impression que mon cœur va se briser en éclats. Fier de sa répartie, il quitte la cabine et je n'ai pas de mots pour décrire tout le cirque qui se trame dans mon esprit.

Chapitre 31

Ewenn

C'est le début de soirée, je surveille la cuisson des steaks pour réaliser des hamburgers maison, tandis que Clara téléphone à sa mère. Malgré moi, mon regard se perd chaque fois à travers la fenêtre en direction du manoir. Mes taquineries envers Anna me reviennent en tête et je suis mitigé. Une part de moi est heureuse de pouvoir me rapprocher d'elle, mais je n'arrive pas à oublier que je piétine volontairement mes belles résolutions. J'en ai marre de me mentir, Anna m'attire et je ne parviens pas à passer à autre chose. Le plus étonnant dans toute cette histoire est qu'elle se soit laissée faire à deux reprises aujourd'hui. Avec un peu de chance, mes tentatives la feront changer d'avis. Peut-être que sa décision n'est pas si définitive que ça. Je dois sourire comme un abruti lorsque Clara s'approche de moi, car elle me demande :

— Qu'est-ce qui te rend de bonne humeur ?

— Rien de spécial, on a passé une belle journée.

— Oui, c'était vraiment cool. Maman n'en revenait pas pour les essayages de ma robe.

À la décharge de mon ex-femme, durant ces dernières

années, je n'ai jamais effectué la moindre course alimentaire et encore moins accompagné ma fille pour se vêtir. Avec le recul, je constate combien c'était absurde.

— D'ailleurs, elle m'a dit qu'elle avait hâte de rencontrer Anna ! Je suis sûre qu'elles vont bien s'entendre.

Je serre les dents malgré moi, j'ai du mal à imaginer Anna et Daphné dans le même tableau, elles sont tellement différentes. J'espère que tout se passera bien samedi.

***

Vendredi

Nous sommes les trois dans la cuisine du manoir, je crois qu'Anna prend un malin plaisir à nous diriger, Clara et moi comme ses commis. Les ordres qu'elle donne à ma fille n'ont pas le même ton que ceux que je reçois, il y a clairement du favoritisme.

Occupés à couper les légumes pour les différentes salades et à élaborer des brochettes de viandes marinées, nous nous appliquons sans moufter. Anna ne laisse rien passer et nous devons recommencer lorsque le résultat ne la satisfait pas. Un côté de sa personnalité m'apparaît, que je ne connaissais pas jusqu'alors. Anna est une vraie perfectionniste, le moindre détail a son importance. Je ne parviens pas à comprendre comment on peut se prendre autant la tête pour des choses si futiles. Je l'imagine un instant à son ancien poste à Paris, elle devait être une vraie tortionnaire.

— Ewenn, est-ce que tu peux aller à la cave, j'ai besoin de ces trois bouteilles ? m'indique-t-elle en me donnant une note avec le nom et l'année des différents vins. La cave est immense, tu les trouveras dans la troisième aile sur ta droite.

Même pour ça, elle semble prendre les choses si sérieusement. Je décide de me moquer un peu.

— Si je ne suis pas revenu d'ici dix minutes, appelez les secours.

Je marche en direction du sous-sol et appuie sur l'interrupteur. Différentes lumières fixées au mur et au plafond s'illuminent et offrent un cadre tamisé. J'attrape la lampe torche posée sur le meuble à l'entrée et avance dans le dédale d'allées. Anna a raison, c'est impressionnant comme les lieux sont grands, ils doivent s'étendre sur toute la surface du manoir. Je n'aurais pas dû me moquer, je ne sais même plus dans quelle allée je me situe et j'ai oublié ses indications.

Je lorgne un long moment les différentes étiquettes, mais je ne trouve pas les crus notés. Soudain, je sursaute en sentant une main sur mon épaule.

— Alors, perdu ? Rassure-toi, j'ai appelé les secours. Ils viendront te sortir de là d'ici quelques minutes, me taquine Anna.

— Si tu ne connaissais pas les lieux, tu ne ferais pas autant la maligne !

— Suis-moi, les bouteilles ne sont pas là.

Elle me prend la lampe des mains et passe devant. Après quelques mètres, nous arrivons face à plusieurs rayonnages. J'aperçois l'étiquette d'un des vins recherchés, au moment où je tends le bras pour le saisir, elle en fait de même et nos doigts se heurtent. Ce contact involontaire nous paralyse un moment, je tente un regard dans sa direction, elle tourne la tête. Dépité, je lui laisse le grand cru et m'éloigne en quête du reste. Il faut que j'arrête mes conneries. Je n'ai pas le droit de me conduire ainsi, elle ne veut pas de moi. Même si elle s'est laissée surprendre hier, en aucun cas elle n'entreprend un rapprochement entre nous. Et ce simple constat devrait me faire recouvrer la raison ainsi que ma dignité. Je serre nerveusement le poing et repousse mon désir aussi loin que possible.

***

Pour le reste de la journée, je me suis retiré et les ai laissées ensemble pour la confection du gâteau et d'autres desserts. Je me suis occupé l'esprit à aménager différents espaces sur la terrasse qui jouxte la salle de réception. J'ai même peint quelques banderoles, redoutant l'oisiveté et les pensées qui me traversent durant ces moments.

En milieu de soirée, Clara et moi partageons un film, mais bien trop excitée par son anniversaire, elle ne cesse de parler.

— Papa, ça va être génial ! Anna a réussi à faire un immense gâteau à plusieurs étages. Il est magnifique ! C'est le plus beau que j'ai vu de ma vie ! Maman va être impressionnée.

— Tu devrais peut-être te coucher, on va se lever tôt pour terminer les préparatifs.

Une heure plus tard, j'entends frapper doucement à la porte. Clara dort depuis un petit moment, j'avance sans bruit jusqu'à l'entrée.

— Salut, me lance Anna.

Je sors et lui propose de nous éloigner pour ne pas réveiller ma fille.

— Quelque chose ne va pas ?

— C'est au sujet du cadeau d'anniversaire de Clara. J'ai bien une idée, mais je ne sais pas du tout comment tu vas le prendre avec ton caractère de cochon.

— Merci, c'est gentil, ironisé-je. Laisse tomber, tu l'as déjà assez gâtée avec cette fête. De mon côté, je ne me suis pas cassé la tête, ça sera de l'argent.

— Écoute-moi sans m'interrompre, s'il te plaît. Ma famille possède un appartement à Londres. En dehors de nos vacances, on le loue et il se trouve qu'il est libre en ce moment. Ça pourrait être sympa de passer quelques jours là-bas et visiter un peu Londres. Nous n'aurions qu'à financer le vol depuis Quimper et quelques activités. Qu'en penses-tu ?

Je suis abasourdi, j'étais loin d'envisager une telle proposition. Mon imagination se perd quelques secondes et déambule dans le centre londonien avec Anna et Clara. Je redescends sur terre et recouvre la raison.

— C'est très attentionné de ta part, mais je ne peux pas accepter. Ton cadeau serait mieux que le mien.

— En fait, c'est égoïste. J'ai envie de revoir Londres, je n'y suis pas allée depuis des années et toute seule, c'est un peu triste. Donc j'étais gagnante dans l'histoire.

J'hésite plusieurs secondes.

— Pourquoi pas, mais on va procéder autrement. Je range mon enveloppe pour ses treize ans et je paye les billets d'avion.

— Non ! Pour nous trois, aller-retour, il y en a pour plus de six cents euros. Je prends les billets et tu te charges de financer les activités.

— Hors de question ! Ce n'est pas équitable du tout.

— Ce que tu peux être chiant ! Bon, alors on fait cinquante-cinquante sur tout.

— Non, il n'y a pas de raison que tu dépenses autant pour ma fille. Je te fais une dernière proposition et si ça ne te convient pas, on abandonne cette idée. Tu payes ton billet et on se partage les activités.

— OK, vendu ! Il faudrait les réserver, il y a encore des places pour le vol de lundi. Je m'en charge, j'ai une imprimante. Tu me rembourseras plus tard.

— D'accord, mais avant, j'oubliais ma dernière condition, à notre retour, tu me laisses reprendre les travaux du manoir. Sinon, tout ne sera jamais terminé pour ton ouverture.

Anna acquiesce et me sourit avant de chuchoter :

— J'ai hâte, ça va être super !

Cette simple phrase me touche par la sincérité qui s'en dégage et par cet air enfantin qu'Anna n'arbore quasiment jamais.

— Je vais me coucher. Bonne nuit.

Au moment où elle me dépasse, ma main retient son bras. Elle interrompt ses pas et étrangement, relève les yeux et soutient mon regard.

— Anna, je…

Elle m'indique de me taire en posant son index contre ma bouche.

— Ne gâche pas tout.

Elle retire son doigt et contre toute attente, colle ses lèvres aux miennes. J'ai l'impression d'être en dehors de la réalité, que je vais me réveiller d'un instant à l'autre. Pourtant, je sens bien son souffle se mêler au mien, je décèle son désir silencieux. Je m'abandonne à son contact et puis, aussi soudainement que c'est arrivé, Anna me quitte sans prononcer le moindre mot.

Chapitre 32

Samedi

Il est dix heures passées, Clara s'agite à mes côtés pour terminer les dernières préparations culinaires. Nous comptons proposer différentes grillades, au porc, au bœuf, à la volaille et aux légumes pour les végétariens. Nous avons réalisé des salades pour une vingtaine de personnes, mais aussi trois sortes de plats chauds. Mais la véritable plus-value du repas repose sur le dessert. J'ai réussi avec l'aide de Clara à créer ma plus imposante pièce montée. Un gâteau digne d'une princesse ! Pour être honnête, je suis assez fière du résultat.

J'en ignore vraiment la raison, mais j'appréhende un peu de rencontrer Daphné. Est-ce que c'est parce que malgré moi, ma relation avec Ewenn a changé ces derniers jours ? J'ai l'impression qu'il gagne du terrain et que j'ai de plus en plus de mal à le tenir à distance. Et pour être sincère, je n'en ai plus tellement envie, d'où mon lâcher-prise d'hier soir. Seul mon récurrent réflexe de défense me fait douter. En fait, je ne veux pas y réfléchir. Il y a quelque chose en moi qui me pousse à agir sans me questionner. Je suis d'une nature à tout analyser, au point de projeter mes propres peurs et de tirer le scénario vers le pire. Cet aspect de moi me fatigue davantage de jour en jour, j'avoue avoir envie de penser et vivre différemment.

Le temps s'écoule trop vite à mon goût. Lorsque les premiers convives arrivent, je viens de terminer et ne me suis pas encore changée. Je file sous la douche et me dépêche. Dans ma chambre, les cheveux et le corps emprisonnés dans une serviette, je toise la robe posée sur mon lit. Celle que j'ai achetée avec Clara et Ewenn. Je ne peux pas reculer, j'ai promis de la porter pour son anniversaire. Je peste contre moi-même et mon goût prononcé pour me fourrer dans des situations que je regrette ensuite. J'opte pour une paire de ballerines en cuir, ce n'est pas le moment de chausser des talons et de me tordre à nouveau la cheville. Elle s'est enfin remise.

Je descends les escaliers et rejoins les autres dehors. Je n'ai pas le temps d'observer qui est arrivé, que Clara me saute dessus. Elle me prend par la main et m'annonce pleine de gaieté que sa mère et quelques-unes de ses copines sont déjà là.

Une belle rousse aux yeux verts se retourne face à moi, elle est accompagnée d'un quadragénaire en costume, plutôt séduisant. Daphné est vêtue d'une robe digne d'une cérémonie officielle, tout respire le luxe et la sophistication, même le bout des escarpins que j'aperçois doit coûter plusieurs centaines d'euros. Un constat me saisit, la différence notable entre elle et Ewenn.

— Bonjour, je suppose que vous êtes Anna. Clara m'a beaucoup parlé de vous ces derniers jours. Je suis Daphné, enchantée.

Je réponds à son geste et la salue à mon tour.

— Vous avez une très belle demeure. N'est-ce pas, Tom ?

L'homme relève le nez de son verre de champagne et observe un instant la façade.

— Oui, un bien merveilleux. D'ailleurs, si vous songez un jour à le vendre, contactez-moi, je pourrais bien vous faire une offre.

Mon sang se glace immédiatement face à ses paroles et je meurs d'envie de l'envoyer valser dans les rosiers. Je n'ai pas le temps de réagir qu'Ewenn nous rejoint. Il a passé un jean sombre et une chemise bleu ciel à manches courtes. Même si sa tenue est simple, il est très séduisant.

Je suis étonnée de sentir sa main se poser sur le creux de ma taille, lorsqu'il salue Tom et son ex-femme. Le regard dédaigneux de Daphné ne m'échappe pas. Elle fixe la main d'Ewenn sur moi et d'après sa tête, elle ne semble pas vraiment apprécier. La discussion s'oriente sur des sujets quelconques et je prétexte devoir retourner en cuisine. Mais c'est sans compter sur Clara qui veut, avant cela, me présenter à toutes ses copines. Ce qui a tout de même l'avantage de m'offrir la fuite que j'escomptais.

***

Au cours de l'après-midi, je suis charmée par l'atmosphère ambiante. D'un côté, les ados explosent de rire à la moindre occasion, de l'autre les adultes conversent généreusement. La musique résonne autour et l'on peut légèrement sentir l'ivresse du repas. Sur l'idée d'Ewenn, mes parents ont été conviés à la fête. Ils semblent bien s'entendre avec les grands-parents maternels de Clara et la mère d'Ewenn et son compagnon, Samuel. D'ailleurs, j'ai évité Ewenn au maximum, enfin surtout de me retrouver seule face à lui. Sincèrement, je ne sais pas comment réagir par rapport à son geste tout à l'heure. Une part de moi ne peut s'empêcher de croire qu'il a voulu rendre son ex jalouse et plus je ressasse cette idée, plus je suis énervée.

Je prépare le gâteau à la cuisine pour le dresser sur une table à roulettes, lorsque j'entends la porte se refermer.

— Clara ne tient plus en place pour ouvrir ses cadeaux. Tu as besoin d'un coup de main ? me propose Ewenn.

— Ça va aller, merci. J'arrive dans une minute.

— Ne sois pas ridicule, la pièce montée doit peser une tonne, il serait mieux qu'on la dépose à deux sur le chariot.

Je soupire et obtempère. Chacun attrape une extrémité du plateau pour soulever le gâteau tout en douceur.

— C'est une impression ou tu m'évites ?

J'ai bien failli manquer lâcher le plat, je peste intérieurement. Pourquoi Ewenn ne lâche-t-il jamais rien ? Comme je reste silencieuse, il poursuit :

— C'est parce que je t'ai prise par la taille en public ? C'est ça, le problème ?

Je sens qu'il cherche à m'agacer pour obtenir une réaction de ma part et sa technique fonctionne plutôt bien.

— Non, ce n'est pas le geste en lui-même, mais plutôt tes motivations. C'était quoi le but, narguer ton ex ?

Ewenn écarquille les yeux et se rapproche de moi, mais la voix de Clara nous interpelle depuis le couloir.

— J'ai bientôt terminé. Rejoins-les, j'arrive.

— Ce n'est pas…

— Ewenn, laisse tomber, d'accord.

À mon grand soulagement, il s'exécute et notre conversation s'arrête là. Je n'avais pas la moindre envie d'entendre la réponse qui m'aurait certainement donné raison.

***

Ewenn tend l'enveloppe que nous avons personnalisée à sa fille. À l'intérieur se trouve un petit mot avec son billet d'avion imprimé.

« Prépare-toi ton sac, lundi, Anna, toi et moi, on part à Londres. Joyeux anniversaire, ma puce. »

Le cri de joie de Clara nous perce les tympans. Daphné, piquée par la curiosité, se lève et lit le mot dans la main de sa fille. Sans aucune retenue, elle nous lance à Ewenn et moi un regard accusateur. J'avoue que je ne comprends pas sa réaction. C'est elle qui l'a quitté pour un autre, alors pourquoi tant d'animosité à notre égard ? À moins que cela relève plus d'un problème d'ego ; ne pas supporter qu'une personne qui a partagé sa vie puisse en construire une nouvelle après ? Je songe à Christophe un instant et m'aperçois que je suis tout aussi pathétique. Finalement, on se ressemble peut-être plus que je ne le voudrais.

Daphné reprend une contenance mielleuse et félicite sa fille avant de lui remettre son cadeau.

— Je crois que ça va très bien aller avec celui de ton père.

Elle a bien pris soin d'appuyer sur « celui de ton père » pour ne surtout pas me mentionner et de me défier du regard. Clara l'ouvre avec empressement et découvre un appareil photo haut de gamme.

— En effet, cela ne pouvait pas mieux tomber ! ne puis-je me retenir de commenter.

Mes yeux croisent ceux d'Ewenn, ils me transmettent l'angoisse de notre dernière conversation. À cet instant, je sais que s'il le pouvait, il traverserait l'espace qui nous sépare. Cette attraction est de plus en plus forte entre nous, à tel point que je me replie une fois encore pour y échapper.

***

Quelques heures plus tard, les convives sont partis, ma mère me rejoint dans la cuisine, les mains chargées de vaisselle. Elle se déleste du tout sur le plan de travail, puis s'y appuie et m'observe en silence.

— Clara est touchante...

Elle se tait quelques secondes et je sens que l'inquisition va commencer.

— Alors, comment vis-tu cette colocation familiale ?

J'arrête de frotter le plat dans l'évier et la fixe, déjà agacée par la conversation qui va suivre.

— Cesse de tourner autour du pot, pose-moi directement ta question, on gagnera du temps.

Ma mère semble soudainement mal à l'aise, puis ose enfin :

— J'ai pensé que ça pourrait être douloureux pour toi.

— Tout va bien, maman. Et si j'en souffrais, je n'aurais pas proposé ce voyage.

— Je suis rassurée et tu as bien fait pour Londres. D'ailleurs... je trouve que vous formez un beau tableau tous les trois.

— S'il te plaît, arrête ! m'emporté-je sans le vouloir.

Ma mère lève les mains en signe de reddition et ajoute qu'il est temps pour elle et mon père de rentrer.

Ses mots résonnent dans ma tête. À vrai dire, je n'ai pas réfléchi une seconde à ce que les autres penseraient de ce voyage. Mais je dois bien admettre que cela puisse sembler étrange comme trio.

Pourquoi tout est-il toujours aussi compliqué ? Il est souvent difficile de réaliser des choses sans déclencher des réactions extérieures. Pourquoi les gens se sentent-ils obligés de juger les moindres faits et gestes d'autrui ? Qui sommes-nous pour s'en donner le droit ? Au nom de quoi, de la morale et des valeurs ? Foutaises, nos vies sont si ennuyeuses qu'on ne peut s'empêcher de regarder celles des autres. Mes pensées m'amènent à songer au docteur Leimann, il va falloir que je reporte notre rendez-vous de lundi.

Chapitre 33

Lundi
Londres
Ewenn

La matinée touche à sa fin lorsque le chauffeur de taxi pénètre dans le quartier de Notting Hill. Clara et moi ne sommes jamais venus à Londres et nous sommes émerveillés par ces maisons victoriennes colorées dans des tons pastel ou plus criards. La majorité des demeures est collée les unes aux autres, d'un point de vue architectural, c'est sympa, mais encore faut-il aimer vivre proche de ses voisins.

La propriété des Le Goff n'échappe pas à cette règle, elle est en mitoyenneté des deux côtés et sa façade arbore une teinte bleu ciel. Avant d'accéder à la porte d'entrée, nous grimpons cinq marches entourées de barrières en fer forgé. La bâtisse n'est pas très large et possède trois niveaux en comptant le rez-de-chaussée. Anna nous invite à l'intérieur et nous présente les lieux. Une légère odeur de renfermé est présente, rehaussant celle du vieux bois, cela doit faire plusieurs mois que le logement n'a pas été loué. La décoration des pièces est fidèle au style ancien de l'habitat, ce qui la rend atypique et conviviale. Un long tapis beige recouvre la montée d'escaliers, le hall reste un passage étroit desservant un séjour salle à manger, une cuisine et un sanitaire. Au premier, nous découvrons une salle de bains et deux chambres et au dernier étage, une troisième chambre et un débarras. Il n'y a pas d'espace perdu ou inutile, tout a été optimisé pour rendre la maison pratique, par exemple ces étagères débordant de livres intégrées aux pans de murs.

Après une bonne demi-heure à ranger nos affaires dans nos chambres respectives, Clara et moi au premier étage et Anna au dernier, nous nous rejoignons en bas et constatons sans surprise que le frigo est débranché et les placards complètement vides. Affamés par notre voyage, nous décidons de partir en quête d'un restaurant, nous verrons tout à l'heure pour les courses.

L'heure suivante, nous sommes attablés et servis, aucun d'entre nous ne se fait prier pour manger son plat. Entre deux bouchées, Anna inspecte un plan de la ville, munie d'un feutre noir et entoure plusieurs lieux.

— Il y a beaucoup d'endroits à visiter à Londres. Si l'on veut en faire un maximum possible, on devrait peut-être procéder par quartier. Et pourquoi ne pas commencer tout à l'heure par Westminster ? Rien que dans cette zone, il y a un vaste choix ; le palais de Westminster, l'abbaye, Big Ben, Buckingham palace, Hyde Park... Ça vous tente ?

— J'aimerais voir Buckingham palace en premier ! clame Clara pleine d'entrain.

— J'espère juste qu'il reste des places pour la visite guidée des appartements officiels. Comme ces visites n'ont lieu que l'été, elles sont assez prisées. Bien, terminons et allons-y, conclut Anna.

***

Lorsque nous approchons des environs du palais, de nombreux touristes sont agglutinés vers l'entrée. Une voix familière s'élève derrière nous.

— Anna ? C'est bien toi ?

Nous tournons la tête, tandis que Joanna traverse la rue en courant pour nous rejoindre.

— C'est dingue ! Qu'est-ce que vous faites là tous les… D'ailleurs qui est cette belle jeune fille ?

— Joanna, je te présente Clara, ma fille. Clara, c'est la cousine d'Anna.

J'ignore pourquoi, mais Jo porte immédiatement un regard inquisiteur à Anna, puis revient à la conversation.

— Enchantée, ma jolie. Alors qu'est-ce qui vous amène à Londres ?

— On passe quelques jours ici pour l'anniversaire de Clara. Et toi, tu travailles ?

— Oui, j'avais un shooting ces deux derniers jours et j'ai un vol tout à l'heure pour l'Italie. J'ai juste le temps de rentrer à l'hôtel récupérer mes affaires.

Elle s'interrompt pour farfouiller dans son énorme sac à main. Elle en sort différents coupons et les tend à Anna.

— L'avantage d'être mannequin, c'est qu'on te donne pas mal de passe-droits. Ce sont des billets pour les différents lieux du coin. Je ne vais pas en profiter, alors amusez-vous bien ! D'ailleurs, il y a des entrées pour la visite guidée de Buckingham, ça va être bientôt l'heure, vous devriez vous dépêcher si ça vous intéresse.

Anna les tend à Clara qui sautille de joie. Ma fille les prend avec délicatesse et les admire comme si elle détenait une carte au trésor. Le timing ne pouvait pas mieux tomber. C'est tout de même dingue, toutes ces coïncidences de l'existence ! Déjà de réussir à croiser Jo au milieu de cette foule et qu'en plus, elle nous offre les places que nous convoitions.

Nous remercions Jo et avant de nous séparer, je l'entends chuchoter à Anna de l'appeler pour lui expliquer certaines choses. La principale concernée a les joues rosies et lui envoie un regard du genre « pour le moment, n'insiste pas ». Sa cousine ne s'en formalise pas et s'éloigne rapidement, sourire aux lèvres.

Au cours de l'après-midi, j'ai l'impression qu'Anna et Clara ont le même âge. Elles sont émerveillées par les appartements de la reine, excitées et complices. Elles ne tiennent pas en place, il n'y en a pas une pour rattraper l'autre. Je dois bien admettre que ces lieux sont grandioses et donnent le sentiment d'être dans une autre époque.

Nous terminons par les jardins, mes deux acolytes ne m'épargnent rien et me traînent dans les moindres recoins. Je crois que Clara serait capable de photographier chaque feuille, plante ou brin d'herbe pourvu qu'il se trouve dans le domaine du palais.

***

Anna

La fin de journée s'annonce et nous sommes lessivés lorsque nous entrons dans l'agence de location de voitures. Après la rencontre de Jo, nous n'avons pas chômé. Nous avons visité le palais, assisté à la relève de la garde, découvert Big Ben et Hyde Park. Nous n'avons pas eu le temps de tester la roue London Eye, mais Clara a longuement négocié pour que nous y retournions demain. Les entrées de Jo sont une véritable aubaine, elles nous ont permis d'économiser pas mal d'argent rien qu'aujourd'hui. Cela me rassure, je craignais d'accentuer les difficultés d'Ewenn, même s'il était partant pour ce voyage. Et je compte bien lui faire oublier le remboursement des billets d'avion. Je traînerai en longueur pour lui fournir mes coordonnées bancaires ou négocierai pour décompter une petite somme des revenus que je lui verse tous les quinze jours pour les travaux du manoir – et bien entendu, je ne le ferai pas.

Je remplis les documents administratifs et lorsque nous arrivons vers la voiture, j'avance vers le côté conducteur avant de m'adresser à Ewenn :

— Tu veux essayer le volant à droite ou tu me laisses conduire ? C'est loin d'être ma première fois, si ça peut te rassurer.

— OK, vas-y, mais je tiens à préciser que je souhaite garder ma fille en vie jusqu'à la fin des vacances.

Une demi-heure plus tard, nous nous arrêtons au centre commercial et parvenons à faire les courses rapidement. Complètement exténués par cette journée intense, nous rentrons à Notting Hill.

***

Clara et moi préparons le dîner dans la cuisine, tandis qu'Ewenn est au séjour devant un journal télévisé. Mes parents ont pris un abonnement avec des chaînes françaises et j'admets que c'était plutôt une bonne idée. Il tente de nous rejoindre à plusieurs reprises pour connaître le menu de ce soir, mais Clara le renvoie *illico presto* et ferme la porte pour que nous soyons tranquilles.

Les pommes de terre terminent de griller au four, tandis que je suis en train d'assaisonner une sauce au poivre et que ma camarade surveille la cuisson des steaks frais.

— Je peux te poser une question un peu indiscrète ? m'interroge Clara.

— Vas-y, mais je ne suis pas obligée d'y répondre. D'accord ?

Elle m'adresse un signe de tête.

— Pourquoi tu n'as pas de mari, ni d'enfant ? Tu es belle et gentille, alors pourquoi tu vis seule ?

Mon corps se raidit instinctivement, je ne m'attendais pas vraiment à ça. Nerveusement, je passe une main dans mes cheveux en me répétant que je n'ai pas envie de lui mentir. Je ne suis pas certaine non plus que cela soit judicieux de révéler ce genre de chose à une gamine de treize ans. Puis, je décide de tenter un entre-deux en restant brève.

— Si je te confie un secret, est-ce que tu peux le garder pour toi ?

— Tu as ma parole, je ne dirai rien à personne.

— Très bien. Il y a quelques années, j'étais mariée et ça n'a pas fonctionné. On a fini par divorcer, comme tes parents.

— Oh… il t'a trahie aussi ?

— Non, ma puce, ça n'a rien à voir. Je vais répondre à la seconde partie de ta question, maintenant. Je n'ai pas d'enfant, tout simplement parce que je ne peux pas en avoir.

Clara pose les yeux sur moi et me sonde silencieusement.

— Ça te rend triste ?

C'est dingue comme les enfants n'ont aucun filtre et demandent sans détour ce qu'un adulte ne s'autoriserait pas.

— Je l'ai été par le passé. Mais tu sais, à présent, je suis bien entourée, alors aujourd'hui ça va.

Je m'accorde ce petit mensonge, parce que je n'ai pas envie qu'elle ait de la peine pour moi. Je veux au moins lui épargner ça. Étrangement, c'est la première fois que j'évoque ce sujet à quelqu'un sans en souffrir. Mes mots ne m'ont pas transpercé le cœur cette fois, certainement parce que je ne lis pas l'expression des autres dans les yeux de Clara.

— C'est vraiment dommage, tu aurais été une super-maman. Tu sais, avec la mienne, on ne fait pas ce genre de choses, précise-t-elle en désignant la casserole. C'est madame Collins qui s'occupe des repas et de l'appartement. Maman est toujours occupée par son travail, il n'y a que ça qui compte. Elle croit que m'inscrire à plein d'activités ou tout m'acheter va la remplacer. Moi, je m'en moque de son argent, je préférerais qu'elle soit plus souvent à la maison.

Cette conclusion me pince le cœur et je pose une main affectueuse sur sa tête.

— C'est vraiment difficile d'être adulte et j'imagine que ça l'est encore plus d'être parent. Ta maman a un travail très prenant et c'est sûrement pour toi qu'elle fournit tous ces efforts. Pour t'offrir une vie confortable et un bel avenir. Je suis certaine que si tu lui en parlais, elle trouverait un peu de temps pour partager des choses avec toi. Mon grand-père me disait toujours : « Quand on a la tête dans le guidon, on ne peut pas voir l'horizon. C'est quand on tombe qu'on le remarque pour la première fois. » Ta maman ne se rend pas compte que ça te blesse, tu devrais lui avouer.

— J'essayerai peut-être à mon retour.

Je souris à Clara, puis la rassure en lui expliquant de ne pas avoir peur.

Chapitre 34

Nous patientons devant la célèbre roue de London Eye. Clara est excitée et s'agite comme une puce. Ewenn lui répète à plusieurs reprises que ce n'est pas un manège à sensation, il faut environ trente minutes pour faire un tour complet. Malgré ces précisions, Clara sautille tout de même dans la file d'attente.

Nous nous installons dans la cabine qui vient de se libérer. Je tente de garder un sourire sur les lèvres, mais j'ai du mal à profiter du moment présent. Heureusement, la curiosité et la légèreté de Clara parviennent à m'apaiser. Elle s'extasie sur la vue imprenable de la ville et capture de nombreux clichés avec son nouvel appareil. Ewenn et moi n'y échappons pas, alors nous nous prêtons au jeu en adoptant des poses comiques. À l'aide d'une perche à selfies, elle réussit à nous immortaliser tous les trois.

Je ne leur ai pas encore avoué que mon vol de retour est prévu demain en fin de journée. En réservant mon billet la semaine dernière, j'ai opté pour rentrer avant eux. Deux raisons m'y ont poussée, tout d'abord je souhaitais prendre un peu de recul, je commence clairement à m'attacher à ces deux-là. Et enfin, pour qu'Ewenn puisse avoir quelques jours seul avec sa fille. J'ignore pourquoi, mais je retarde volontairement le moment de leur annoncer mon départ.

La réalité me tire de mes réflexions lorsque je sens les doigts d'Ewenn frôler les miens. Je lui lance un regard rapide et constate que Clara ne fait pas attention à nous, trop occupée à détailler la vue. Ewenn me sonde silencieusement, un léger sourire s'affiche au coin de ses lèvres tandis que sa prise se resserre autour de ma main. Je ne vais pas mentir, ce geste me réchauffe le cœur, je ne le repousse pas et lui souris à mon tour.

***

Le temps a défilé à un rythme effréné. Après la roue, nous avons visité le musée National Gallery, puis nous avons mangé sur le pouce et flâné dans les rues commerçantes d'Oxford Street. C'était le seul endroit pour faire du shopping à un prix abordable. Je crois qu'au cours de l'après-midi, Ewenn a eu envie de nous abandonner plus d'une fois dans les rayons des différentes boutiques. Le sourire de Clara reste gravé sur son visage, heureuse d'avoir pu dépenser l'argent de son anniversaire pour ramener des souvenirs à sa mère et ses grands-parents. Ewenn a eu beau essayer de la convaincre de garder ses économies, elle n'a rien voulu entendre.

Nous rentrons nous reposer vers dix-sept heures trente, ce soir nous nous rendrons à Piccadilly Circus. C'est un carrefour incontournable, où la plupart des immenses bâtiments victoriens arborent d'impressionnants panneaux publicitaires lumineux, ce qui offre un incroyable spectacle nocturne. Afin de ne pas trop alourdir les dépenses, Ewenn et moi avons convenu de prendre un maximum de repas à la maison. De toute manière, lui et Clara ne sont pas très friands de la gastronomie londonienne.

À la fin du dîner, juste avant de quitter la table, j'inspire profondément pour me donner du courage.

— Je ne vous en ai pas parlé, mais je rentre à Quimper demain.

Clara en lâche ses couverts.

— Non, c'est trop bête ! Pourquoi tu ne restes pas avec nous jusqu'à samedi matin ?

Sa bouille déçue me touche, je jette un œil à Ewenn. Il demeure silencieux, le regard rivé sur son assiette.

— J'ai un rendez-vous que je ne peux pas manquer jeudi. Et puis, ça vous permettra de passer du temps rien que tous les deux. D'ailleurs, demain pour ma dernière journée, ça pourrait être sympa d'aller à Regent Park. On peut se promener en barque ou à pédalo sur le lac. Qu'est-ce que vous en dites ? Mon vol est en fin d'après-midi.

Ils acquiescent, enfin surtout Clara, Ewenn n'a toujours pas prononcé un mot. J'avoue avoir un peu déformé la vérité, parce que j'ai volontairement reporté mon rendez-vous avec le docteur Leimann à jeudi.

Un silence de mort s'installe et l'ambiance s'alourdit. Je fais diversion en leur proposant de partir pour notre virée nocturne.

Le reste de la soirée se passe sans encombre, nous marchons dans les larges rues scintillantes. Clara ne cesse de nous interpeller pour nous montrer chaque panneau et Ewenn a retrouvé l'usage de la parole. Après deux bonnes heures à déambuler, nous nous arrêtons boire un soda avant de rentrer à la maison.

***

Au retour, Clara file directement dans sa chambre. Je rejoins Ewenn au séjour, il nous a servi un verre de scotch. Je m'installe à côté de lui dans le canapé.

— Tu as vraiment un rendez-vous ou tu nous fuis ?

Touchée, coulée. Je m'enfonce contre le dossier et tente de reprendre une contenance.

— J'ai vraiment un rendez-vous, Ewenn.

Il se tait quelques secondes, puis me regarde droit dans les yeux.

— Annule-le, reste avec nous.

Je sens mes joues rougir immédiatement. Son ton directif n'a rien de mal intentionné, c'est plus une supplique déguisée.

— Non, c'est important. Et puis, ça te permettra de passer quelques jours en tête-à-tête avec ta fille. Je suis certaine que Clara en sera ravie et toi aussi, d'ailleurs.

— OK, je n'insiste pas, soupire-t-il. Rends-moi un service, ramène la voiture de location, je préfère utiliser les transports en commun.

La tension en moi se relâche et je ris. Ewenn n'est pas à l'aise à l'idée de conduire à droite.

Une heure plus tard, nous sommes toujours dans le canapé en train de déguster notre scotch. Sans prévenir, Ewenn passe un bras autour de mon épaule. Durant les premières secondes, je me raidis et j'ai envie de protester, puis lâche prise. Je ferme un instant les paupières et glisse ma tête contre lui. Malgré moi, j'aime cette sensation, sentir son contact et l'odeur de son parfum. Ewenn baisse d'un ton et cela me tire de ma rêverie.

— Tu sais, je suis heureux de t'avoir rencontrée. Tu es une belle personne, Anna. Touchante et pleine de bienveillance. Sans toi, j'ignore comment je me serais sorti de cette galère. Et puis, même avec ma fille, tu es géniale. Merci d'être toi, vraiment.

Je garde les paupières fermées pour ne pas montrer à quel point je suis émue, ses mots me procurent un bien fou. L'ambiance est tout de même devenue plus sérieuse et je tente de l'alléger.

— Je vais te dire comment ça se serait fini sans moi. Tu te serais transformé en crêpe bretonne sous les roues du camion.

Je rouvre les yeux et quand nos regards se croisent, nous rions de bon cœur en repensant à notre rencontre.

— C'est le destin qui t'a mise sur mon chemin, ce jour-là.

Mon rire s'éteint, la sincérité d'Ewenn me touche profondément. Je garde ma réflexion pour moi, mais c'est plutôt le mien de destin, qui m'a mise sur sa route.

— Bien, alors écoute ta bonne étoile et allons nous coucher. Il est trois heures du matin et je te rappelle que tout à l'heure nous allons ramer ou pédaler.

— Allons nous coucher ? Je ne savais pas que tu dormais avec moi, se moque-t-il.

Je lui claque la cuisse pour me défendre avant de me relever. J'entends le rire d'Ewenn jusqu'à l'entrée de sa chambre.

***

Jeudi

J'ai regagné le manoir hier soir et je crois que mon esprit et mon cœur sont restés à Londres. Ce matin, j'ai rendez-vous dans quelques minutes et j'appréhende un peu la consultation. Oserai-je lui parler de tout ce qui s'est passé ? À cet instant, je suis incapable d'y répondre.

Je reviens à la réalité quand ma psychologue me salue et

me demande d'entrer. Sans rien dire, nous nous installons dans les fauteuils qui se font face.

— Notre dernière séance remonte au jour où la fille d'Ewenn est arrivée chez vous. Vous pouvez me parler un peu de son séjour ?

Je hoche la tête et m'interdis de baisser les yeux.

— Disons que beaucoup de choses se sont produites depuis.

Pendant les quarante minutes suivantes, je lui raconte la personnalité de Clara, la relation ambiguë entre Ewenn et moi, puis le voyage à Londres. Nous revenons un peu plus en détail sur la confidence que j'ai faite à Clara.

— Anna, c'est un grand pas que vous avez franchi. Pouvez-vous me décrire ce que vous avez ressenti, comment vous l'avez vécu ?

— Sincèrement, relativement bien avec Clara. Je ne me suis pas sentie jugée une seule seconde et je n'ai pas eu envie de pleurer. C'est la première fois que je ne regrette pas d'en parler à quelqu'un. Enfin la deuxième… vous êtes la première, mais mettons ce détail de côté.

J'aperçois une micro-réaction de surprise sur le visage de Sophie Leimann, mais elle ne relève pas.

— Ne redoutez-vous pas qu'elle en parle à son père ?

— Non, je peux lui faire confiance. Et puis, même si cela devait arriver, tant pis. Un jour ou l'autre, Ewenn le saura. Je dois me résigner, cela fait partie de moi. Je crois que ça ne sert à rien d'essayer de l'enterrer, ça ne change pas la réalité.

— Vous avez progressé, il y a encore quelques semaines, ce n'était pas envisageable qu'il connaisse la vérité. Et cette nouvelle relation entre vous, qu'en pensez-vous ?

— Sincèrement, je l'ignore. En avons-nous vraiment une ? Je ne vais pas mentir, je ne suis pas insensible à Ewenn. Il a pris une place dans ma vie en l'espace de quelques mois et j'ai du mal à imaginer son absence. Mais d'un autre côté, je ne désire pas de relation engagée et je ne veux pas le blesser… Une chose est certaine, je suis complètement perdue quand il s'agit de lui.

— Bien, merci. La séance s'achève, alors pour les prochains jours, je vous demande de réfléchir à vos véritables désirs. J'aimerais que vous vous prêtiez à une expérience un peu particulière. Écoutez vos futures envies en les réalisant. Et j'insiste sur un point, même si cela implique un comportement aux antipodes de vos habitudes.

La confusion s'empare de moi, ne voyant pas où elle veut en venir. Elle ne semble pas prête à m'en livrer davantage. Je la remercie et la salue avant de quitter le cabinet.

Chapitre 35

Ma mère m'accueille seule, mon père est à son club d'échecs. Je l'aide à finir de préparer le repas, ce moment ensemble me rappelle mon enfance et combien je lui dois ma vocation aujourd'hui. Je repense aux paroles de Clara et me rends compte que j'ai vraiment eu de la chance. Parce que malgré les postes à responsabilités de mes parents, ils ont toujours trouvé du temps pour notre famille.

Nous commençons à manger quand ma mère revient sur mon séjour à Londres.

— Alors, la petite était contente de son cadeau ?

— Plus que nous l'espérions, Clara a apprécié chaque visite, chaque lieu. C'est vraiment une gamine adorable.

Je lui montre quelques photos sur mon téléphone et j'en ai une d'un passant qui nous a pris tous les trois au pied du London Eye.

— Que vous êtes beaux, on dirait un portrait de famille.

— Maman, s'il te plaît…

— Non, écoute-moi pour une fois. Ewenn est un homme attentionné, séduisant et célibataire. En plus, il a déjà une fille. Ne crois-tu pas que c'est la situation qu'il te fallait ? Et puis, peut-être qu'il n'espère pas d'autre enfant, il a tout de même la quarantaine. Et toi, tu t'entends plutôt bien avec Clara. Ça serait un beau compromis.

— L'amour n'est pas un compromis. En plus, outre le fait que je ne ressente rien pour lui, à t'écouter, j'ai l'impression d'être une arriviste qui va profiter de lui et de sa fille.

— Anna, l'amour n'est que compromis. Je suis attristée que tu n'aies pas compris ça.

— Il m'a mené au divorce, alors non, je ne peux pas penser comme ça, m'agacé-je.

— Ce n'est pas aussi simple. Même si tu ne t'es jamais expliquée sur ce sujet, j'ai toujours su pourquoi tu avais demandé le divorce. Mais ce n'était pas la seule solution, par amour Christophe aurait pu envisager l'adoption. C'est lui qui n'a pas su faire de concession et ne t'a pas permis d'autre choix que celui de te résigner.

— Est-ce qu'on peut cesser cette conversation, s'il te plaît ?

— C'est bien ton problème, tu ne t'épanches jamais sur tes sentiments. Tu fuis toujours dès l'instant où ça te concerne directement et intimement. Chaque fois, tu réagis de la même manière, tu te mures dans ton silence. Un jour, tu t'effondreras si tu n'ouvres la porte à personne. Je m'inquiète profondément pour toi.

L'aveu de ma mère me secoue littéralement, elle a raison, c'est en effet ma technique de repli. Bien entendu, je ne lui en montre rien. La vérité reste toujours bloquée à l'intérieur de mon âme et refuse d'en sortir, je la retiens malgré moi, parce que si elle s'échappe, c'est à cet instant que je vais m'écrouler. J'inspire discrètement pour retrouver une contenance et tenter de la rassurer.

— C'est inutile, vraiment. J'ai débuté un suivi avec une psychologue depuis plusieurs semaines. Je progresse. Je vais bien, maman.

Je prends sa main dans la mienne, un geste affectueux que nous avions l'habitude d'avoir entre nous. C'est une façon indirecte de la remercier d'être là pour moi, de m'aimer et de se soucier de moi au-delà des apparences. Je crois que je n'ai jamais réussi à la duper, elle a toujours su la moindre vérité à mon sujet sans que je la lui confie.

— C'est une bonne nouvelle, ça me rassure un peu. Tu lui parles d'Ewenn à ta psy ?

Gênée, je hoche la tête.

— Bien, alors peut-être qu'elle arrivera à te faire comprendre ce que j'essaye depuis des années.

Je reste silencieuse à sa remarque, décidée à ne pas aller plus loin dans cette conversation. Mais ma mère est parvenue à ses fins, elle a semé le trouble dans mon esprit et dans mon cœur, au nom de la bonne cause. Me laissant me débrouiller seule avec la petite graine qu'elle a plantée.

***

À travers la fenêtre, la nuit est noire, je suis assise dans le canapé au salon et une faible lumière éclaire la pièce. C'est une pratique étrange, mais j'aime bien être plongée dans l'obscurité lorsque mes pensées le sont.

Sur la table basse trône l'invitation au mariage de Magalie. Je n'ai aucune envie d'affronter cet évènement seule, rien de pire pour une célibataire. Puis, mon esprit dérive et revient sur le souvenir du mien avec Christophe. Et de fil en aiguille, je me retrouve avec un verre de vin à la main.

Le manoir paraît vide et sans âme en l'absence d'Ewenn et Clara. Aucun bruit, aucun de signe d'existence. Je suis en train d'avoir un aperçu de la vie que j'aurai d'ici septembre. Ce qui est étonnant, c'est qu'avant de vivre à Quimper, ma solitude ne me pesait pas du tout. À ma décharge, j'avais un travail qui occupait une grande partie de mon temps, alors qu'aujourd'hui hormis les menus travaux où j'aide Ewenn et les démarches pour mon futur établissement, je ne fais pas grand-chose. Je prie intérieurement pour que la rénovation soit terminée pour les vacances d'hiver, je pourrai ensuite combler ce vide avec ma maison d'hôtes.

Mon téléphone vibre à côté de moi et m'indique la réception d'un SMS.

Je découvre un cliché d'Ewenn et Clara à Camden Town, le royaume du street art et un message s'affiche : « On pense à toi, à samedi. On t'embrasse. »

Cette simple attention me pulvérise le cœur et mes larmes se libèrent face à l'amer constat ; ils me manquent. Les mots de ma psy et de ma mère viennent m'achever à leur tour, je me ressers un verre et tente de m'endormir pour ne plus y songer.

***

Samedi

Nous rentrons de l'aéroport et Clara parle presque sans respirer pour me raconter avec précision leurs dernières visites. Ewenn m'adresse un regard complice et je lui souris timidement. Je suis heureuse de les retrouver, cette petite chaleur est revenue à l'intérieur de mon être.

Durant l'après-midi, Ewenn et Clara sont partis voir Daphné et son compagnon. L'adolescente trépignait d'envie de leur offrir leur cadeau, son père n'a pas réussi à le lui refuser. Je suis à nouveau seule au manoir, mais ma solitude n'a pas le même goût qu'hier, parce que je sais qu'ils sont là quand même.

À leur retour, Clara me propose de manger ensemble à la dépendance. J'accepte sans me faire prier, bien trop contente de pouvoir passer une soirée avec eux. Elle m'indique également que son père s'occupe du repas et que je n'ai rien à faire. Ce qui a le mérite de m'arracher un large sourire.

***

Je suis tout de même parvenue à m'attribuer une place derrière les feux de cuisson. Clara et Ewenn découpent les légumes en dés pour préparer des *ramen* au poulet et leur application à la tâche m'amuse.

Tout en mangeant, tous deux me racontent plus en détail la fin de leur séjour. C'est avec un petit pincement de nostalgie que je remarque que j'aurais pu partager tout ça avec eux. Puis, je prends vraiment conscience de ma pensée et de l'importance de garder mes distances. Dans quelques semaines, je vivrai seule ici. Ils ne sont pas ma famille.

Vers vingt et une heures, Clara nous propose de regarder un film. Je m'imagine un instant la scène, m'apprête à refuser quand Ewenn me pousse vers le canapé avant de s'éloigner et d'annoncer qu'il prépare du pop-corn. Prise au piège, je m'enfonce contre mon coussin.

Ewenn et moi avons eu droit à une comédie romantique de jeune fille. Peu avant la fin du film, Clara s'est endormie contre moi. Ewenn m'indique qu'il revient, il la soulève pour la conduire dans sa chambre. Comprenant que je n'ai plus vraiment de raison de m'attarder, je replie la couverture et me lève à mon tour. Il me rejoint et semble étonné.

— Qu'est-ce que tu fais ? Tu ne regardes pas la fin de ce chef-d'œuvre ?

— Tu me raconteras.

Ses yeux trahissent son hésitation, entre insister pour que je reste ou me laisser rentrer. Le mariage de Magalie me revient en tête et j'ose lui demander :

— Ewenn, ma meilleure amie se marie dans une quinzaine de jours. Elle a organisé une grande réception durant tout un week-end au château de Montvillargenne vers Chantilly. Je n'ai pas le cœur d'y aller seule… Accepterais-tu de m'accompagner ?

D'abord il paraît surpris par ma requête, puis il me sourit.

— Aucun problème et même avec plaisir.

Je reste silencieuse, le remerciant du regard. J'avance vers la sortie, il me suit jusqu'à la porte. Il me passe devant pour l'ouvrir et encore sur le seuil, il se retourne dans ma direction. Ses yeux gris-vert me troublent immédiatement et je crois que mes jambes en tremblent légèrement. Mes idées se bousculent dans mon esprit, je songe à ma psy et à cette foutue expérience où je dois m'écouter sincèrement.

— Anna…

À cette seconde, mon cœur réagit et je sais. Ewenn a lu dans mon regard, car il attire mon visage contre le sien. J'ai l'impression de fondre sous mon propre désir et ne parviens plus à lutter contre. Je tire la main d'Ewenn et l'entraîne jusqu'au manoir.

À l'intérieur, nous nous hâtons en direction des escaliers, il ne cesse d'interrompre notre course pour m'embrasser sur la bouche, dans la nuque et glisser ses mains sous mes vêtements. Dans la chambre, l'angoisse remonte dans ma gorge en songeant à mes cicatrices. Et s'il me pose des questions ? S'il les voit, suffiront-elles à ce qu'il comprenne ? Certainement pas… avant de traverser tout ça, j'ignorais quels étaient les stigmates d'un tel cancer. La pièce est plongée dans l'obscurité, lorsqu'il s'approche de la lampe de chevet, je prends sa main pour l'en dissuader. Il n'insiste pas. Ewenn m'attrape par la taille, tente de croiser mon regard dans la pénombre, puis sans attendre pose ses lèvres sur les miennes et déboutonne mon chemisier. Mon cœur palpite de plus en plus vite, il ne va pas tarder à traverser ma cage thoracique. La peur m'effraye et paradoxalement redouble mon plaisir. Ses mains sur mon corps semblent une sensation nouvelle, tant elle s'est effacée de ma mémoire. Sa manière de me toucher et de m'embrasser me rassure sur ma féminité et mon potentiel séduction. Tout en lui me crie de lui faire confiance. Alors, je tais mes pensées et lâche prise.

***

Une heure du matin
Ewenn

Je suis allongé avec Anna à mes côtés. La sueur perle sur nos corps, nos souffles tentent de reprendre leur rythme normal. Nous restons silencieux, je lui tiens la main et ne peux m'empêcher de resserrer mon étreinte autour de ses doigts. Néanmoins, je me canalise et n'ose pas la couvrir de la tendresse que je ressens pour elle. Anna me paraît déjà beaucoup plus distante qu'il y a quelques minutes et pourtant, j'en meurs d'envie. Étrangement, elle a souhaité que nous fassions l'amour dans le noir absolu, j'aurais aimé graver dans ma mémoire le moindre souvenir visuel de cette nuit. À la fin, elle n'a pas perdu une seconde pour repasser un grand tee-shirt. Elle semble mal à l'aise avec son corps, cela dit, moi, je le trouve parfait. Peut-être que ce sont ses deux cicatrices qui la complexent, je ne les ai pas vues, mais senties au toucher. Si elle pouvait savoir à quel point je m'en fiche. Que j'aime tout chez elle. J'ignore la raison de ses blessures et retiens mes interrogations pour ne pas gâcher ce moment entre nous. Malgré ses craintes silencieuses, nous avons passé un instant merveilleux. Mais à présent, une peur grandit en moi, celle que cela ne se reproduise jamais.

Convaincu qu'Anna me jettera à la première occasion. Si ça se trouve, elle le regrette déjà.

— Je ne peux pas laisser Clara seule toute la nuit. Tu viens dormir à la dépendance ?

Anna se tourne sur le côté pour me faire face. Je discerne son regard indescriptible, elle me sonde, mais aucune émotion ne transparaît sur son visage.

— Préservons Clara de ce qui se passe entre nous et je n'ai pas envie de me lever à l'aube pour partir discrètement. Je reste ici.

Ma dignité m'empêche d'insister pitoyablement. Je me redresse et enfile rapidement mes vêtements dispersés aux quatre coins de la pièce. Les trouver un à un provoque dans mon esprit le flash-back de nos ébats. Je suis déçu de ne pas retrouver la Anna sincère et libérée de tout à l'heure. Peut-être que je regretterai cette nuit, pour toutes les prochaines où je vais en souffrir.

Chapitre 36

Dimanche matin

Je n'ai pas réussi à me rendormir après le départ d'Ewenn, notre nuit n'a cessé de me hanter jusqu'au lever du jour. Je ne pensais pas un jour être capable d'éprouver une telle niaiserie reléguant ce genre de phrase aux romans à l'eau de rose et pourtant… C'était juste incroyable et pour être totalement sincère, je n'ai jamais ressenti tant d'émotions, comme si nos corps et nos âmes s'étaient cherchés jusqu'à ce jour. Même avant mon opération, je n'ai pas senti une telle connexion avec Christophe. Ewenn est parvenu à me faire oublier tout ce qui me dégoûtait chez moi. Je crois que je l'… Non, ce n'est pas possible ! Je ne suis plus capable de tomber amoureuse ! Un sentiment de malaise m'étreint la poitrine avec ardeur depuis quelques heures. Cette gêne augmente davantage en repensant au visage déçu d'Ewenn, lorsque je lui ai annoncé rester dormir au manoir. Mais à ma décharge, Clara n'aurait pas compris. Enfin, arrêtons de mentir, elle aurait pu, mais pas mon indécision vis-à-vis de son père. Le docteur Leimann s'invite aussi dans mes pensées. Est-ce qu'elle songeait à ce genre de chose avec son expérience un peu particulière ? Oui, j'ai écouté mes véritables désirs, mais à quel prix ? C'était purement égoïste, je ne me suis pas souciée des conséquences ni de la peine que je pouvais infliger à Ewenn. J'ai envie de hurler, je me déteste ! Ma vie était bien plus simple à Paris… et bien plus triste aussi.

Il est à peine huit heures quand je termine d'avaler mon café. Ewenn et Clara doivent sûrement encore dormir, je vais en profiter pour prendre la tangente.

Trente minutes plus tard, je me gare à l'orée d'un bois où j'avais l'habitude de traîner plus jeune avec une bande de copains pour boire des bières et fumer en cachette. Je marche sur plusieurs centaines de mètres avant de m'asseoir sur une roche. Mon cerveau bouillonne, il tourne en boucle, bien incapable de trouver une issue à la situation dans laquelle je me suis mise. J'ai besoin d'en parler à quelqu'un.

J'attrape mon téléphone dans ma poche de veste et prie intérieurement pour qu'elle soit réveillée. Je m'apprête à capituler après un certain nombre de sonneries, lorsqu'elle décroche enfin.

— Salut, me répond Jo d'une voix encore endormie. Tout va bien ?

— Salut, désolée de t'appeler si tôt. Mais j'ai besoin de tes conseils, je suis complètement paumée.

— À propos d'Ewenn ?

J'acquiesce, avant de me décider à lui révéler la vérité.

— J'ai craqué, on a couché ensemble cette nuit. Et je ne sais plus quoi faire…

— Oh, mon Dieu ! C'est génial ! Attends, je ne comprends pas… Comment ça, tu ne sais plus quoi faire ? Et pourquoi t'es en train de m'appeler au lieu de roucouler au lit à ses côtés ?

— C'était une erreur, Jo. Je vais le faire souffrir, je ne suis pas prête à entamer une vraie relation. Et puis… il ignore toujours la vérité me concernant.

Ma cousine soupire fortement à travers le combiné.

— Anna, cette fois, tu vas te taire et m'écouter sérieusement. La seule erreur que tu feras, c'est de le laisser t'échapper. Tu as clairement des sentiments pour lui et concernant Ewenn, ça crève les yeux qu'il est dingue de toi. Tu ne captes même pas de quelle manière il te regarde. Je te jure, si je fréquentais un homme comme lui, je n'hésiterais pas une seconde. Tu as le droit d'être heureuse, cesse de te prendre la tête, écoute ton cœur. Tu sais, cet organe qui te permet de respirer et d'aimer et que tu as mis au placard depuis des années !

— Je ne peux pas…

— Si tu peux et tu vas le faire ! Avoue-lui que tu ne peux pas avoir d'enfant et tu comprendras enfin que ça ne changera rien. Tu sais, c'est ça, aimer quelqu'un. L'amour a ce pouvoir, celui d'accueillir les bonnes choses et de dépasser les difficultés ou les impossibilités. Accorde-lui cette chance de te le montrer. Et puis, si tu m'appelles, c'est que tu as besoin que je te mette au pied du mur. Donc c'est fait, tu n'as plus qu'à l'escalader !

Ses mots me touchent plus que je n'aurais pu le croire. Ma cousine est une véritable force de la nature et je suis heureuse de l'avoir à nouveau dans ma vie.

— Merci ! Tu as raison.

— Comme si tu pouvais en douter, rit-elle. Allez, je te laisse, j'aimerais bien dormir encore un peu.

Je m'apprête à raccrocher avec un sourire aux lèvres, tandis que je l'entends hésiter une seconde.

— Dis, Anna, tu crois que tu aurais un travail pour moi au manoir ? Tu sais, je pourrais divertir tes clients, organiser des évènements… enfin…

Je suis surprise par sa demande et le ton fébrile qu'a pris sa voix.

— Tu as des problèmes, Jo ?

— Non, je suis juste fatiguée de cette vie. Je voyage aux quatre coins du monde, je suis traitée comme une princesse, c'est clair que dit comme ça, cela paraît génial. Mais je ne vis pas, je ne construis rien et j'en ai assez d'être constamment seule, d'être un objet qu'on doit mettre en valeur. Je crois que ma mère a raison, j'ai choisi la facilité et ça ne me rend pas heureuse.

Je déglutis, scotchée par cette confession.

— Tu seras toujours la bienvenue et quand tu le souhaites. De toute manière, je vais avoir besoin de personnel, que ça fonctionne bien ou non. Je commence à en prendre conscience, je ne pourrai pas tout gérer seule. Peut-être les premiers mois, mais je ne tiendrai jamais le rythme.

J'entends son sourire à travers l'appareil.

— Je suis heureuse de t'avoir retrouvée, Nana.

Des larmes d'émotion me montent aux yeux, elle ne m'avait pas appelée de cette manière depuis le collège. Comme nos prénoms se ressemblaient, nous nous distinguions ainsi auprès des autres, elle était Jo et moi Nana.

Nous raccrochons, je repense au début de notre conversation et elle a entièrement raison. Je dois être honnête avec Ewenn et surtout avec moi-même.

***

Ewenn

Ce matin, c'est la douche froide. À peine levée, Clara est allée rendre visite à Anna, mais cette dernière semble avoir pris la poudre d'escampette. Sa voiture n'est plus garée dans la cour. Je garde une contenance devant ma fille pour ne pas lui partager mon trouble ni ma déception. Nous sommes interrompus dans nos plans pour la journée par la sonnerie de mon téléphone.

— Salut, Ewenn, tu vas bien ?

— Hey Max, oui et toi ?

— Tout roule, pas mal de boulot comme d'habitude. D'ailleurs, c'est à ce sujet que je t'appelle. Un de mes collègues doit venir nous rejoindre pour une longue période. Jean habite à Saint-Évarzec et comme il est célibataire, il se retrouve avec sa maison sur les bras. Du coup, je me suis permis de lui parler de ta situation et si tu es toujours à la recherche d'un logement, il est prêt à te louer sa baraque au prix d'un appartement. Il est pris par le temps, alors cette solution l'arrange. Qu'en dis-tu ?

Cette information me coupe le souffle, avec l'arrivée de Clara, j'avais mis de côté ma recherche, pourtant le mois de septembre sera là dans un peu plus d'une semaine. Je songe un instant à Anna. Peut-être que cette annonce tombe à pic, je pourrai lui rendre sa liberté et la jouissance exclusive de sa propriété.

— En effet, c'est plutôt une bonne nouvelle. Ton collègue est encore en France ?

— Oui, il est chez lui justement, il a un vol demain à la première heure pour la Chine. Alors, il serait vraiment bien que tu l'appelles et ailles visiter la maison aujourd'hui.

Je n'ai pas le temps de réaliser que Max me donne les coordonnées de Jean. La conversation s'achève et je me retourne vers Clara qui m'observe d'un air interrogatif. Je lui expliquerai juste après, je tente déjà de joindre mon potentiel bailleur. Il répond tout de suite et en quelques secondes, cet homme me paraît très sympathique. Nous convenons de nous retrouver trente minutes plus tard.

***

Saint-Évarzec se situe à seulement quinze minutes en voiture de Quimper. La propriété est assez reculée du centre et dès les premières secondes, je suis conquis. C'est une ancienne ferme rénovée, la façade est en pierre apparente et la végétation grimpe généreusement sur un pan de mur. Clara est surprise également et ne se fait pas prier pour descendre de la camionnette.

Durant une demi-heure, nous visitons les lieux et Jean partage avec émotion l'histoire de sa maison. Il a lui-même entrepris la rénovation et nous sommes intarissables sur le sujet. Je décide de l'interrompre pour revenir au prix du loyer que nous n'avons pas encore abordé.

— Votre demeure répond plus qu'à mes attentes. Cela dit, à la base, je recherchais plutôt un appartement par rapport à mes moyens. Quel loyer mensuel demandez-vous ?

— J'ai bien conscience que cette maison pourrait se louer autour des mille euros. Seulement, je pars en catastrophe et j'aurai besoin qu'on me la restitue dès mon retour. La date est encore incertaine, déjà six mois et bien entendu, je vous en tiendrai informé. Alors par rapport à cette réalité, je n'exige pas un loyer excessif. De plus, vous êtes le meilleur ami de Max et si vous la prenez, vous m'enlevez une sacrée épine du pied. Si vous êtes OK, pour cinq cents euros par mois charges comprises et un bail où vous vous engagez à quitter les lieux dès mon retour, cette maison est à vous.

Je fais un rapide calcul, un appartement avec les charges m'auraient coûté bien plus. Alors je décide de ne pas tergiverser et accepte son offre. Clara explore tranquillement le jardin, pendant que nous rédigeons le contrat et nous mettons d'accord sur les formalités. Jean me demande à partir de quelle date je souhaite emménager, sachant que la propriété sera libre à partir de demain. J'hésite en songeant à Anna. Dois-je le prendre maintenant ou attendre le départ de Clara ce week-end ? Un tourbillon de doutes m'étreint.

— Mettez le bail au 1er septembre, ça évitera le prorata d'un loyer pour une semaine et ça me laissera le temps de souscrire une assurance, faire les déclarations…

— Comme vous voulez. Partons sur cette date, mais sachez que si vous le souhaitez, vous pourrez emménager avant et je ne compterai rien de plus.

Durant le trajet du retour, je trouve que ma fille est bien silencieuse et ça ne lui ressemble pas vraiment.

— Qu'est-ce qu'il y a ? La maison ne te plaît pas ?

— Si, elle est vraiment chouette. C'est juste, que…

La voyant chercher ses mots, je me gare sur le côté pour poursuivre cette conversation.

— C'est juste que quoi ?

Elle me regarde timidement, puis elle tourne la tête du côté de la vitre pour me répondre.

— Je voudrais vivre avec toi. Je ne veux pas rentrer avec maman.

— Ma puce, j'aimerais tellement t'avoir avec moi, mais ta garde a été accordée à ta mère.

— S'il te plaît, papa…

— Franchement, ta mère ne sera jamais d'accord.

Clara tourne la tête dans ma direction, ses yeux sont humides tandis que ses lèvres m'offrent un large sourire et mon cœur se serre. Comment vais-je réussir à convaincre Daphné de renoncer à la garde de notre fille ?

Chapitre 37

Après le coup de fil à Jo, j'ai continué ma route jusqu'au marché. C'est toujours un plaisir d'errer entre les stands, de laisser mes narines s'imprégner des effluves de produits frais, de poulets en train de rôtir. Je réalise quelques emplettes et au fil des étals, mes pensées dérivent sur la nuit dernière, bien consciente que je dois me livrer à Ewenn sur mon passé. Je ne peux pas continuer cette relation avec lui sans être sincère sur ce sujet. Seulement, j'ignore quel sera le bon moment pour le faire. Attendre que Clara parte à la fin de la semaine ou profiter d'une heure tardive un soir pour me laisser aller aux confidences ?

C'est sans avoir trouvé la réponse que je rentre au manoir. Lorsque je coupe le moteur, mon regard se tourne vers la dépendance. La camionnette n'est plus garée devant. Ils ont dû sortir.

Au moment où je termine de ranger les courses dans le frigo, j'entends la porte d'entrée s'ouvrir. La voix de Clara m'interpelle depuis le hall, au lieu de hurler pour lui répondre, je quitte la cuisine. Dès l'instant où elle m'aperçoit, elle sautille de joie, les yeux remplis d'excitation.

— Tu ne devineras jamais où nous étions !

Je dévisage Clara, curieuse qu'elle en vienne aux faits, lorsque Ewenn fait son entrée.

— On a visité une maison ! Papa a signé pour un nouveau logement ! L'endroit est génial, Anna. Il faut que tu voies ça !

Malgré moi, mon corps se fige l'espace de quelques secondes. J'ai l'impression d'avoir reçu une gigantesque gifle. Mes lèvres tentent de maintenir un sourire de circonstance et mon regard se dirige vers Ewenn.

— Oh, ça y est, tu as trouvé. Félicitations ! Tu dois être content.

Il me sonde silencieusement, l'air de réfléchir à la réponse à me donner.

— Oui, franchement, c'est un sacré coup de chance. C'est grâce à Max, un de ses collègues quitte la France pour plusieurs mois et il cherchait quelqu'un pour occuper sa maison durant ce laps de temps. Une véritable aubaine, j'ai obtenu une superbe habitation avec terrain pour un prix plus abordable qu'un appartement au centre de Quimper. Je n'aurais pas pu espérer mieux et c'est à seulement quinze minutes d'ici.

— C'est génial, tu emménages quand ?

— Officiellement à partir du 1er septembre, mais la maison est libre à compter de demain. Le propriétaire m'a autorisé à m'y installer avant si je le souhaitais. Alors, je ne sais pas trop encore, tout s'est enchaîné et je n'ai pas eu le temps de vraiment y réfléchir.

— Oh, papa, s'il te plaît, allons-y cette semaine ! J'aimerais passer quelques jours avec toi là-bas.

La supplique de Clara a le don de m'achever, réalisant que je vais retrouver ma vie solitaire plus rapidement que prévu. Ewenn hésite devant la moue de sa fille, il me lance une œillade tandis que je reste de marbre pour ne pas l'influencer.

— OK, ma puce. On ira dès demain.

Mes jambes manquent de s'écrouler et heureusement pour moi, elles tiennent le coup malgré tout. Un élan de tristesse obstrue ma gorge, j'ai besoin d'air. Je prétexte une visite à mes parents, attrape mes clés dans le pot à ma droite et me presse vers ma voiture.

Je me focalise sur mes pas pour ne pas m'effondrer immédiatement. Il me semble qu'Ewenn m'interpelle, mais je suis incapable de lui faire face. Je feins de ne rien entendre et m'installe au volant les larmes aux yeux.

***

Je roule sans savoir où aller, aucune destination en tête. Je n'en reviens toujours pas… Demain, Clara et Ewenn auront quitté le manoir. Est-ce un signe du destin pour me prouver que ma relation avec Ewenn était une erreur ? Qu'il est préférable pour moi de garder mon secret et de tourner la page ? Ou est-ce que l'empressement d'Ewenn à partir démontre ses remords pour la nuit passée ensemble ? À nouveau, les larmes me montent aux yeux et je crois qu'à cet instant, je n'ai jamais autant regretté d'avoir suivi cet inconnu dans les rues de Quimper.

***

Finalement, après avoir ruminé et tourné autour de la ville sans avoir la notion du temps, le début d'après-midi est bien entamé. Dépitée, je me gare et me laisse attirer par la devanture d'un bar. J'ai besoin d'un truc fort.

Le serveur me dévisage, lorsque je descends mon second verre de whisky. Je me doute bien de l'image pathétique que je suis en train de renvoyer, mais clairement, je m'en contrefous. La sonnerie de mon portable me tire de mes ruminations nerveuses. Je m'apprête à décrocher et constate que je ne connais pas le numéro.

— Allô ?

— Bonjour, Anna. C'est Christophe.

Deuxième gifle invisible. Quelle journée de merde !

— Salut, comment as-tu eu mon numéro ?

— J'ai bien conscience que cela doit te paraître étrange que je t'appelle. C'est Magalie qui me l'a donné.

Uppercut en pleine face, cette fois ; trahison ultime de ma meilleure amie. Je crois que je vais mourir avant ce soir !

— Qu'est-ce que tu as à me dire ?

Je perds patience.

— Eh bien, tout d'abord n'en veux pas à Mag, j'ai vraiment insisté pour avoir tes coordonnées. Écoute, je ne vais pas t'ennuyer longtemps, mais je dois te parler d'une chose que ton amie n'arrive pas à faire.

Afin de m'armer psychologiquement, je termine mon verre en une gorgée et lui intime de poursuivre.

— Depuis plus d'un an, je fréquente David. Nous jouons au foot ensemble et il m'a invité à leur mariage. Magalie n'est pas à l'aise avec cette idée par rapport à toi. Alors, je voulais t'en parler directement. Si ça te pose un problème que ma famille et moi soyons présents, dis-le-moi et nous ne viendrons pas.

Mes mains s'agrippent de toutes leurs forces à la table du bar. J'ai l'impression d'avoir subi une rixe et d'avoir été laissée KO sur le trottoir. Tout défile en un instant dans ma tête, l'image de Christophe à la gare avec sa femme et ses enfants, Magalie… Mon poing se serre et je déglutis pour ne pas exploser au téléphone.

— Il n'y a aucun problème, Christophe. Tu as le droit

d'assister au mariage de ton ami. L'eau a coulé sous les ponts depuis.

— Oh, je suis tellement soulagé, Anna ! J'étais certain que tu comprendrais. Tu as toujours été si gentille…

Je ne peux pas poursuivre cette conversation, au risque de balancer mon portable à travers la salle du bar.

— Je dois te laisser.

Je raccroche immédiatement, mes doigts tremblent et mon cœur est en train de percer ma cage thoracique. J'ai besoin d'air et vite !

***

J'erre comme une âme en peine dans les rues de Quimper. L'alcool et la colère pulsent dans mes veines. J'ignore ce qui me fait le plus mal, paraître aussi pathétique pour que mon ex-mari m'appelle et me demande l'autorisation de venir ou la trahison de mon amie ? Pourquoi ne m'en a-t-elle pas franchement parlé lorsque nous nous sommes vues à Paris ? Puis, je me souviens qu'elle n'a pas non plus osé m'avouer sa grossesse. La pluie s'invite et dégouline sur mon visage. Un léger sourire s'ancre au coin de mes lèvres, au moins mes larmes passeront inaperçues. Je m'arrête pour m'asseoir sur un banc et sors mon téléphone de ma poche. Je bous de l'intérieur… Je songe aux paroles de ma psy et ni une ni deux, j'appuie sur la touche d'appel.

— Oh, salut Anna. Ça fait un bail. Tu vas bien ?

— De quel droit as-tu donné mon numéro à Christophe ?

— Anna…

— Mag, c'est toi qui tu vas m'écouter. Tu es mon amie, oui ou non ? Parce que tes derniers agissements m'en font réellement douter ? Pourquoi tu ne m'as pas dit toi-même que Christophe était invité ? C'était à toi de me l'annoncer, pas à lui.

— Je suis vraiment désolée, j'avais peur de te blesser. Je ne savais pas comment m'y prendre.

— Est-ce que tu te rends compte des conneries que tu me sors ? Je ne suis pas un monstre à qui l'on ne peut pas parler, bordel ! Déjà, ta grossesse et ça, maintenant ? Sérieusement, c'est ça, ton amitié ?

— S'il te plaît, écoute…

Mon sang traverse tout mon être à une vitesse fulgurante et réveille ma rage.

— Je n'en ai rien à foutre qu'il vienne à ton mariage ! C'est ton comportement qui me blesse ! Comment as-tu pu me faire ça ? Mais j'y pense, si David le fréquente depuis un an, tu savais qu'il avait fondé une famille ! Même ça, tu l'as gardé pour toi…

— Je comprends ta colère, mais je n'ai agi que pour te préserver !

— Eh bien, tu t'es complètement plantée ! Parce que si tu me l'avais confié, je n'aurais pas été dévastée de le croiser avec sa femme et ses enfants à la gare lors de ma dernière visite à Paris. Je ne te reconnais plus, Mag.

— Toi aussi, tu as changé…

— Bien… Je ne te promets pas d'être présente à ton mariage.

Je raccroche immédiatement, car si je poursuis cette conversation dans mon état nerveux actuel, je risque de proférer des paroles que je vais vraiment regretter. Mon portable sonne de plus belle, mon amie tente de renouer le dialogue. Je balance l'objet au fond de mon sac. J'ai besoin d'air !

Chapitre 38

Après avoir ressassé et marché des heures durant, je reprends la route du manoir, complètement trempée. Les paysages de mon enfance défilent sous mes yeux et mes pensées se perdent encore. Est-ce une si mauvaise chose que Christophe soit présent au mariage de Magalie ? Si cela m'énerve autant, est-ce parce que je n'ai toujours pas réussi à enterrer le passé ou que la trahison et les non-dits de mon amie m'ont blessée ? Pourtant, depuis qu'Ewenn est entré dans ma vie, songer au passé n'est plus aussi douloureux qu'auparavant. Et si j'arrêtais de me mentir une bonne fois pour toutes ? C'est ma fierté qui a été touchée aujourd'hui, Magalie n'a pas osé me parler et cela me donne l'impression d'être une personne à laquelle on ne peut pas se confier.

Quelques minutes avant d'arriver, les souvenirs de la nuit dernière ressurgissent dans mon esprit. Je revois le visage d'Ewenn avant qu'on ne se sépare et là encore, j'ai mal réagi. Il ne mérite pas d'être malmené au gré de mes humeurs et de mes craintes. Ewenn est un homme bien et il m'a accordé sa confiance. Désormais, deux options s'offrent à moi, soit j'assume pleinement ce que je ressens pour lui et nous donne une chance, soit je limite la casse et cesse immédiatement notre relation. À cette dernière idée, mon cœur se serre. Je n'ai aucune envie que tout s'arrête, bien au contraire. Je dois être sincère avec lui.

Je coupe le contact, une fois garée dans la cour et lâche un profond soupir pour me donner du courage. J'aperçois Ewenn et Clara à travers la fenêtre de la dépendance. Il est temps d'assumer les choses et de franchir le premier pas. Déterminée, je descends de la voiture, me dirige vers leur entrée et frappe.

Ewenn vient m'ouvrir et semble étonné.

— Il y a un problème ? Tu es trempée.

Je rougis, ayant oublié ce détail avant de foncer le voir.

— Euh non, j'ai marché un peu et me suis fait surprendre par la météo. Je vais aller me changer, mais avant ça, je voulais te proposer qu'on sorte tous les trois ce soir. On pourrait dîner en ville et aller au cinéma ?

Ewenn n'a pas le temps de me répondre qu'il est interpellé par Clara à quelques mètres.

— Papa, tu vas laisser Anna sous la pluie ?

Je souris, amusée par sa perspicacité.

— Tu entres ? demande-t-il gêné.

— Non, c'est gentil. Je vais aller prendre une douche. Alors, pour ce soir ? insisté-je timidement.

Il me dévisage intensément, puis accepte. Je n'attends pas une seconde de plus et me presse à l'entrée du manoir.

***

Avant de partir, j'ai réservé une table dans un très bon restaurant de Quimper. Comme mes parents sont des habitués, je n'ai pas eu de mal à obtenir une place.

Nous commandons de la friture pour Ewenn et moi, Clara a opté pour un hamburger classique. J'appréhende un peu, mais c'est sans compter sur Clara qui anime notre conversation.

— Anna, tu viendras avec nous demain voir la maison ?

Je lance une œillade à Ewenn, il semble attendre ma réponse.

— Avec plaisir. Et puis, je pourrai vous donner un coup de main pour vous installer.

— Vendu, conclut-il. La déco, ça n'a jamais été mon truc.

Son intervention me rassure et m'arrache un sourire, nos regards se croisent et je lis de la tendresse dans le sien.

— Super ! clame Clara. J'ai trop hâte et qui sait, peut-être que ça sera bientôt ma maison aussi ?

Mes yeux s'écarquillent, je cherche une explication silencieuse auprès d'Ewenn. Celui-ci se tourne légèrement vers sa fille pour lui répondre.

— Ma puce, rien n'est certain. Je dois déjà avoir une conversation avec ta mère et c'est loin d'être gagné.

Elle se renfrogne aussitôt. J'ai l'impression d'avoir raté une étape et Clara devine mon incompréhension.

— Je veux rester vivre ici. Mais apparemment, les histoires d'adultes sont toujours compliquées.

Je ne pense pas avoir ma place dans ce débat et n'ose pas intervenir. Je change de sujet en demandant la carte des desserts.

***

D'un commun accord, nous avons laissé Clara choisir le film. Une comédie américaine, dont je n'ai pas retenu le nom. Avant de pénétrer dans la salle, je leur indique que je les rejoins et vais patienter pour commander du pop-corn.

La salle est déjà plongée dans une semi-obscurité lorsque j'y entre à mon tour. Les bras chargés, mes yeux balaient les environs pour les trouver. Heureusement pour moi, je les entends m'interpeller. Ils se sont installés tout au fond, au milieu de la rangée.

Tant bien que mal, je parviens à m'asseoir sans rien renverser. Je me retrouve à côté d'Ewenn, Clara à l'opposé. J'ai à peine le temps d'enlever ma veste que les bandes-annonces commencent.

Mon esprit n'arrive pas à se concentrer sur l'écran, obnubilé par la présence à ma droite. Son parfum me rassure et me donne envie de me rapprocher de lui. Je jette un œil discret en direction de Clara, elle est absorbée par le film. J'hésite, mes doigts s'agitent sur ma cuisse. Le docteur Leimann s'invite dans mes pensées ainsi que son défi. Je réunis un peu de courage et glisse ma main sur celle d'Ewenn. Mon contact le perturbe immédiatement, car il tourne la tête dans ma direction. Malgré l'obscurité, je remarque son air surpris et je lui adresse un sourire silencieux. Ses doigts attrapent aussitôt les miens, alors je pose discrètement ma tête contre son épaule. Je ne saurais dire combien de temps dure cet instant, mais la seule chose dont je suis certaine, c'est cette chaleur que je retrouve à l'intérieur de mon âme. J'aimerais que nous restions ainsi, dans cette bulle où plus rien n'a d'importance.

***

Lors du trajet de retour, Clara s'est endormie après avoir vivement commenté le film pendant plusieurs minutes. Ni Ewenn ni moi ne l'avons interrompue, bien incapables de rebondir à ses remarques, le scénario nous a complètement échappé. Avant de sortir de ma voiture, Ewenn me chuchote qu'il va coucher sa fille et me rejoint ensuite, apparemment il souhaite que nous ayons une conversation.

J'abandonne mes chaussures dans l'entrée, puis me dirige pieds nus dans la cuisine à la recherche d'une bouteille et de deux verres. Ewenn se trouve déjà dans le salon, lorsque je dépose le tout sur la table basse.

Nous restons silencieux le temps que je serve le vin blanc. C'est lui qui a demandé à avoir une conversation, pourtant j'ai conscience que c'est à moi de franchir ce pas. Parce qu'Ewenn a toujours été clair sur ses intentions, contrairement à moi. Je bois une première gorgée, histoire de réveiller un peu mon courage.

— Je suis désolée pour cette nuit. J'ai mal réagi. Ce qui s'est passé entre nous m'a fait paniquer.

— Disons que j'étais prévenu. Depuis le début, tu n'as pas caché que tu ne voulais plus de relation sérieuse. J'ai joué avec le feu, je me suis brûlé. Alors, si tu ne sais pas comment me dire que ça n'ira pas plus loin, je peux l'entendre. Même si ce n'est pas ce que je souhaite.

Ses mots me rassurent et me redonnent la force d'accepter mes sentiments.

— Je ne voulais plus de relation amoureuse, pourtant… tout a changé à tes côtés. J'aimerais qu'on essaye, mais avant, j'ai besoin de t'avouer quelque chose… Une chose qui a provoqué mon divorce et qui pourrait très bien te convaincre d'abandonner avec moi. Et si je ne te la confie pas, j'aurai l'impression de débuter notre histoire sur un mensonge. Alors…

Mon souffle se raréfie et ma gorge se resserre. La moiteur s'installe au creux de mes mains et une goutte de sueur glisse le long de ma nuque. Il est temps de partager le secret qui a ruiné ma vie. La tension d'Ewenn est palpable, ses doigts agrippent son jean et il n'ose pas m'interrompre.

— Je ne pourrai jamais avoir d'enfant.

J'ai lâché ma bombe et mes propres mots résonnent

encore dans ma tête. Ewenn est littéralement scotché au canapé, livide. Il semble reprendre conscience et d'un coup, il se redresse pour attraper mon visage.

— Anna, je…

Sa voix se suspend lorsque nous entendons Clara depuis l'entrée qui appelle son père.

— Va la rejoindre, elle doit s'inquiéter de ne pas t'avoir trouvé à la dépendance. On en reparlera plus tard.

Ewenn plisse les yeux, je ressens son trouble et son hésitation. Avant de partir, il pose ses lèvres sur les miennes et murmure :

— Ça ne change absolument rien pour moi, Anna.

Les larmes brouillent ma vue lorsque je l'observe s'éloigner et mon corps se met à trembler. Ma respiration se débloque, je n'en reviens pas de lui avoir dit. C'était vraiment aussi simple que ça ?

Je m'affaisse dans le canapé et un rire nerveux s'échappe de ma bouche.

Chapitre 39

Lundi
Ewenn

Il est à peine sept heures, Clara est encore au lit. Je suis assis face à mon café fumant, complètement absorbé par mes pensées. J'ai très peu dormi cette nuit, la révélation d'Anna m'a obsédé. Maintenant que je connais la vérité, je comprends mieux tout un tas des réactions qu'elle a pu avoir. Pourquoi, elle était au bord des larmes lorsque j'ai abordé le sujet des enfants au cours de nos premières soirées ensemble. Ainsi que cette bribe de conversation entre elle et Joanna, parvenue à mes oreilles. Sa cousine avait mentionné une opération après laquelle Anna s'est complètement renfermée sur elle-même, pour que personne ne puisse être témoin de sa souffrance. J'ignore la véritable explication au fait qu'elle ne puisse être mère, bien que ses cicatrices me laissent entrevoir une piste. J'espère seulement que sa santé n'est pas en danger. J'ai l'impression d'être à des lieues de vraiment imaginer, tout ce par quoi Anna est passée. Et pour ainsi dire, cette version ne me serait jamais venue à l'idée. Parce qu'elle fait tellement semblant d'aller bien au quotidien qu'on ne peut pas envisager ça. Aujourd'hui, j'ai conscience de la façade qu'elle a érigée ces dernières années. Nous devons reprendre notre conversation d'hier soir, je lui ai répondu que cela ne changeait rien, mais j'ai besoin de mesurer à quel point elle a été brisée et de savoir si nous avons un avenir possible. À vrai dire, je n'ai pas songé un seul instant à la perspective d'un autre enfant ou non pour les quelques années à venir. Tout simplement, parce que ma situation actuelle ne m'a pas mené jusque-là. Et puis, par le passé, Daphné m'avait fait clairement comprendre qu'elle se satisferait de Clara, alors je ne m'étais plus interrogé sur cette question et l'amour que je porte à ma fille m'a éloigné de ces tergiversations. Je ne vais pas mentir, peut-être que si notre relation s'installait avec Anna, j'aurais ressenti ce désir, celui de vouloir partager cette expérience avec elle. Pourtant, en sachant qu'aujourd'hui, ça ne sera pas possible, cela ne détruit pas mes envies d'être à ses côtés. Malgré ça, parviendrai-je un jour à ce qu'elle puisse s'épanouir véritablement avec moi ? Serai-je à la hauteur ?

Je soupire face à mes préoccupations, je crois que je me prends trop la tête, notre relation débute à peine. Lorsque je porte ma tasse à mes lèvres, je grimace, mon café est froid. Puis, l'apparition de Clara dans la cuisine me ramène à une autre réalité. Il va falloir que j'aie une conversation avec Daphné au sujet de notre fille.

***

C'est le début d'après-midi, lorsque nous arrivons devant ma nouvelle résidence. Comme la maison est meublée et que j'avais peu d'affaires au manoir, nous n'aurons qu'un trajet à effectuer. Je récupérerai au fil des prochaines semaines mon mobilier entreposé au dépôt.

Je suis surpris de voir que toutes les pièces ont été

nettoyées, l'amas d'objets personnels parsemant chaque endroit a été consigné au fond du garage à l'intérieur de caisses et de cartons. Nous n'avions pas abordé ce sujet avec le propriétaire, mais j'apprécie, cela me donnera le sentiment de me sentir un peu plus chez moi que chez lui.

Anna accompagne Clara à l'étage, dans une chambre d'amis. Elle m'a murmuré qu'elle voulait l'aider à personnaliser un peu cette pièce. Je profite de ce bref instant de solitude pour appeler Daphné.

— Ewenn, qu'y a-t-il ? Clara va bien ?

Quel accueil enjoué, ironisé-je intérieurement, même pas un bonjour.

— Es-tu libre ce soir ? J'ai besoin de te parler de notre fille.

— Ça tombe plutôt mal, nous devions sortir avec Tom. Que veux-tu ?

— Ce n'est pas une conversation que je tiens à avoir par téléphone. Annule, s'il te plaît, c'est important.

Je l'entends souffler d'agacement.

— OK. Mais qui s'occupera de Clara ? Parce que si tu veux que nous parlions d'elle, j'imagine que tu n'as pas prévu de l'emmener ?

— Je vais demander à Anna, elle ne verra sûrement pas d'inconvénient à la surveiller une heure ou deux.

— Le contraire m'aurait étonné.

— Je me passerai de tes sarcasmes. On se retrouve où ?

— Chez mes parents, nous t'attendrons.

— Daphné, tu n'as pas compris. Je ne vais pas discuter de ma fille avec Tom. Pour le moment, cette conversation ne concerne que toi et moi.

— Tu commences à m'agacer, Ewenn. Tu me fais annuler ma soirée et maintenant Tom ne doit pas être présent.

J'espère que ce n'est pas un plan pourri pour tenter quelque chose ?

— Est-ce que tu peux, ne serait-ce qu'un instant, arrêter de croire que le monde tourne autour de ton nombril ? Si je veux te voir, c'est uniquement pour Clara. Je peux t'assurer que je n'ai même plus envie de poser les yeux sur toi. On se retrouve à dix-neuf heures, au dépôt.

Je ne lui laisse pas le temps de la ramener et raccroche aussitôt. Je peste contre elle quelques secondes. Comment ai-je pu pleurer et regretter une telle personne ? Heureusement pour moi, elle n'a pas toujours été aussi égoïste et superficielle par le passé.

***

Lorsque j'ai expliqué la raison de mon entrevue avec Daphné à Anna, elle s'est proposée d'elle-même pour rester ici avec Clara en attendant mon retour. Nous avons convenu de prétexter auprès de ma fille, une visite sur un chantier que je n'ai pas pu reporter à un autre moment. Il est hors de question que Clara soit au courant de ma conversation avec sa mère, sinon je risque de nourrir ses espoirs. Tant que je ne connaîtrai pas la position de Daphné sur le sujet, je préfère la préserver.

J'embrasse Clara avant de partir.

— Fais vite, papa. Parce qu'Anna et moi, on va préparer un super-repas et je meurs de faim. Je ne veux pas t'attendre des heures.

— Si c'est insoutenable, commencez sans moi.

— On patientera… concède-t-elle.

— Promis, je me dépêche.

En m'éloignant vers l'entrée, je croise le regard d'Anna et lui adresse discrètement un merci.

Je démarre la camionnette et m'engouffre sur la route. Durant les quelques kilomètres qui me séparent du dépôt, j'essaye d'imaginer la tournure de la conversation à venir. Puis comprenant que cela ne rime à rien, je mets un terme aux différents scénarios dans mon esprit. Nous verrons bien, après tout, Daphné est ce qu'elle est, mais elle aime sa fille. Nous parviendrons peut-être à un terrain d'entente.

En arrivant sur place, je remarque mon ex-femme immobile devant la porte d'entrée. Du haut de ses talons, elle effectue une série de pas nerveux. J'inspire profondément avant de la rejoindre à l'extérieur.

J'ouvre et l'invite à entrer, autant nous servir un café et tenter d'avoir une discussion civilisée. Daphné ne cache pas son empressement, mais finit par céder et me suivre.

Dès que je pose la seconde tasse sur la table de fortune, elle me lance :

— Peux-tu être direct, Ewenn ?

— OK, comme tu voudras. Clara souhaite rester vivre ici, avec moi. Alors, j'aimerais qu'on en parle sérieusement.

Si Daphné n'était pas assise, je crois qu'elle aurait vacillé. Sa bouche s'est entrouverte et son visage empourpré en quelques secondes.

— Tu te fous de moi ?

— Non, je suis sérieux. Clara m'a demandé si elle pouvait rester vivre avec moi. Elle pleurait, Daphné. Alors peux-tu ranger ta fierté une seconde et y réfléchir pour le bien de notre fille ?

— Depuis quand les enfants dictent leur loi ? Ewenn, c'est une gamine, elle ne sait pas ce qu'elle veut. Cesse d'aller dans son sens, elle s'y fera.

— Comment peux-tu dire ça, alors que chaque fois que je l'ai appelée ces dernières semaines, elle semblait déprimée ?

— C'est normal, tu lui manques et elle a besoin de temps pour s'habituer à sa nouvelle vie.

Je la foudroie du regard et tente de garder mon calme.

— Passe un peu de temps avec elle, parle-lui et tu comprendras par toi-même.

— Je refuse d'en écouter davantage, c'est n'importe quoi. Et c'est hors de question ! Tu m'entends ?

Mes dents contiennent mes lèvres pour les empêcher de profaner des injures. Daphné se lève et je la retiens par le poignet.

— Peux-tu arrêter une seconde d'être égoïste ? Je comprends que cette annonce te bouleverse, mais tu es responsable de cette situation. Entends la souffrance de ta fille, pour une fois.

— Espèce de…

— Cesse de te victimiser, il n'est pas question de toi ou de moi, mais de Clara. Et puis, reconnais-le, quand passes-tu du temps avec elle ? Clara ne me parle que de ta gouvernante et des activités où tu l'as inscrite. Je ne l'entends jamais dire « tiens, aujourd'hui, j'ai fait ça avec maman ». Il n'y en a que pour ton travail et ça, ce n'est pas nouveau. Réveille-toi, maintenant ! Notre fille est malheureuse et tu détiens ta part de responsabilité.

Cette fois, je relâche mon emprise et Daphné quitte la pièce sans rien ajouter. Il m'a semblé apercevoir des larmes, juste avant qu'elle ne baisse les yeux. Mais le pire, c'est que malgré cette vérité, je sais qu'elle ne cédera rien.

Je souffle en prenant ma tête dans mes mains. Elle ne changera jamais d'avis, c'est peine perdue.

Chapitre 40

Ewenn ne s'est pas absenté très longtemps, une heure à peine. En revanche, lorsqu'il est rentré, j'ai tout de suite remarqué son air résigné. Il a tenté tant bien que mal de garder le sourire en présence de sa fille, mais son attention semblait retenue par des pensées négatives. J'imagine que la conversation avec Daphné ne s'est pas très bien passée.

Pour détendre l'atmosphère, je propose des jeux de société aperçus plus tôt dans l'armoire de la chambre d'amis. Clara est immédiatement emballée, Ewenn m'envoie un regard reconnaissant, mais en le dévisageant, je découvre l'ampleur de son malaise intérieur. Nous optons pour une partie du *jeu de l'oie* et je ne regrette pas d'avoir eu cette idée. Après quelques minutes seulement, nous ne pouvons pas nous empêcher de rire des maladresses que nous enchaînons. Cet instant de répit est une pépite sur un plateau, une roche de bonheur brut dont les éclats nous réchauffent de l'intérieur. Après une bonne demi-heure, la sonnerie du portable de Clara suspend ce moment, le fige, puis l'expédie dans la case « moment agréable terminé ».

Le visage de l'adolescente se transforme au fil des secondes, la surprise a laissé place aux doutes. Clara s'éloigne rapidement de nous pour s'isoler dans sa chambre en prenant soin de fermer la porte.

Dès l'instant où nous nous retrouvons seuls, Ewenn lâche le profond soupir qu'il retenait jusqu'à présent.

— Daphné n'a pas voulu en entendre parler, elle est montée tout de suite sur ses grands cheveux. Pour elle, il est hors de question de laisser notre fille revenir à mes côtés. Je la connais, elle ne changera jamais d'avis. Elle est plus têtue qu'une mule. Clara va être anéantie.

— Accorde-lui un peu de temps. Ça ne doit pas être facile d'encaisser une telle nouvelle. Surtout si Clara ne lui en a jamais parlé.

Ewenn exerce un geste de la main pour mettre fin à notre conversation, il ne semble pas d'humeur. Je n'ai pas le temps de tenter quoi que ce soit, que Clara revient vers nous en annonçant simplement que demain, elle passera l'après-midi avec Daphné. Sa mère ne lui a peut-être pas donné davantage d'explications. Puis, elle se retourne vers Ewenn et le fixe, je comprends alors qu'il est préférable que je m'éclipse. Je me lève de ma chaise et quitte la pièce en leur souhaitant une bonne soirée. À peine me suis-je éloignée que j'entends la voix affirmée d'une adolescente qui veut s'entretenir sérieusement avec son père.

Je pars avec un léger sourire au coin des lèvres, soulagée de les laisser s'ouvrir l'un à l'autre.

***

Daphné a récupéré Clara vers onze heures trente. Depuis, trois heures se sont écoulées et Ewenn ne parvient pas à cacher ses préoccupations. Bien qu'il ne prononce pas un mot depuis tout à l'heure, son visage sombre traduit clairement son humeur.

Bien décidée à le stimuler un peu et lui remonter le moral, je lui propose de nous octroyer une pause en plein milieu des travaux. À ma grande surprise, Ewenn cède en quelques secondes à mon offre de prendre un peu l'air autour du domaine. Je me relève et pose ma truelle dans une bassine d'eau. Je m'approche pour lui tendre la main. Ses yeux m'envoient un regard désespéré. Mes doigts s'agrippent aux siens et les tirent pour qu'il me rejoigne. Ewenn, une fois debout face à moi, s'immobilise un instant avant de me prendre dans ses bras.

Toute sa détresse me transperce, pourtant je me sens bien là, contre lui.

***

Clara

Depuis tout à l'heure, je suis maman dans le marathon qu'elle nous a concocté. Elle m'a emmenée manger dans un super-restaurant, puis elle m'a dit que nous allions passer un après-midi shopping. À cet instant, j'aurais aimé lui répondre qu'il me suffisait de quelques heures à ses côtés, à ne rien faire d'autre que parler. Pourtant, je sais que maman ne va pas tarder à perdre patience et vouloir obtenir des explications. Malgré son sourire de façade, j'ai bien vu qu'elle ne se comporte pas comme d'habitude. C'est en plein milieu du centre-ville qu'elle ralentit sa marche pour enfin lâcher :

— Ton père m'a dit que tu souhaites rester ici, avec lui. C'est la vérité ?

Immédiatement, mes mots se bloquent dans ma gorge et je parviens seulement à hocher la tête. Je songe à la fois où Anna m'a conseillé d'être sincère avec maman, je crois qu'elle a raison.

— Je me sens chez moi, ici. Ce n'est pas pour te faire de la peine, maman. J'aimerais vraiment revenir vivre avec papa. J'ai trop mal au cœur à New York.

— Clara, tu as besoin de temps pour t'acclimater à cette nouvelle vie.

Elle s'interrompt un long moment, semblant mettre en forme ses pensées. Puis, elle reprend :

— J'aimerais te faire une proposition.

Soudain, elle se retourne vivement face à moi et ses mains viennent agripper mes bras.

— Je te demande d'essayer de t'adapter à New York pendant l'année scolaire à venir. Si au bout de ces quelques mois, tu n'as pas changé d'avis, alors j'accepterai que tu reviennes vivre ici. Mais avant d'en arriver là, j'ai besoin que tu essayes sincèrement.

Mes réactions ont disparu, plus rien ne vient. Je n'arrive pas à définir si je suis en colère de devoir attendre un an ou si je suis soulagée qu'elle envisage que je puisse partir. Son regard se rive au mien, elle attend une réponse de ma part. Plus elle me fixe, plus ma gorge se serre. Je n'aime pas lui faire mal au cœur.

— D'accord… Et si je veux toujours vivre avec papa, tu diras oui ? Tu me le promets ?

Maman acquiesce, puis elle change de sujet en proposant de nous arrêter manger une glace.

En fin d'après-midi, lorsqu'elle se gare devant la nouvelle maison de papa, j'ai l'impression que son regard a changé sur les lieux. Elle semble s'y intéresser davantage. Mon cœur est plus léger que tout à l'heure. En acceptant d'essayer, j'ai compris que la séparation sera moins brutale pour elle et que si je peux vraiment revenir ici, ce n'est pas très grave de devoir attendre un peu.

Avant que je ne sorte de la voiture, maman pose sa main

sur ma joue. Je ne sais plus depuis combien de temps, elle n'a pas fait ça. Ses lèvres embrassent le haut de mon crâne, murmurant :

— Merci de vouloir essayer… Je t'aime, ma puce.

Je lui réponds à mon tour avant de la quitter.

Papa est assis dans la cuisine, je sais qu'il m'attend avec impatience. Je peux deviner à sa jambe qui s'agite sous la table qu'il ne sait pas comment aborder le sujet.

Calmement, je m'assois face à lui.

— Maman me demande d'essayer encore cette année scolaire. Et si je ne change pas d'avis d'ici là, je reviendrai ici.

Son souffle semble enfin se débloquer, son soulagement m'envahit aussi. Ses yeux cherchent les miens avant de me demander :

— Et qu'as-tu décidé ? Enfin, si tu l'as déjà fait.

— J'ai accepté, mais je sais que c'est ici que je me sens bien. Je reviens aux prochaines grandes vacances, papa. Je suis certaine de ne pas changer d'avis. C'est juste que comme ça, maman a le temps de s'y habituer.

Sa main vient ébouriffer mes cheveux, puis il dépose un baiser sur ma joue.

— Nous verrons bien, ma chérie. On fera ce dont tu as envie.

Papa est tellement différent, même s'il est triste de ne pas m'avoir, il ne pense qu'à moi.

***

Ewenn

Clara est endormie depuis plusieurs heures et Anna vient de partir. J'ai insisté pour qu'elle reste, mais après la conversation de ce soir, elle m'a pris au mot immédiatement. Je lui ai expliqué que je serai moins disponible les prochains jours, pour profiter de ma fille avant son départ. Anna l'a très bien compris et elle a insisté pour rentrer chez elle. Elle ne m'a pas écouté quand je lui ai répété qu'on pouvait appliquer ma demande à partir du lendemain. Mais elle n'a rien cédé.

Mon téléphone m'annonce l'arrivée d'un message. Je suis surpris de voir que c'est Daphné.

« J'ai reculé l'échéance. Je te promets de tout faire durant les mois à venir pour convaincre Clara de rester avec moi. J'y parviendrai, sois-en certain. »

Je peste intérieurement, mais ne suis pas vraiment étonné. J'ai bien conscience qu'elle ne se laissera pas enlever sa fille sans rien tenter pour m'en empêcher. Je songe un instant à appliquer sa propre méthode, mais non. Je n'ai pas à convaincre Clara, c'est à elle de savoir où elle veut vivre. Je respecterai son choix, quel qu'il soit.

Chapitre 41

— Vous pouvez être fière de vous, Anna, d'avoir accepté cette relation et de vous être véritablement ouverte aux autres, me félicite Sophie Leimann.

— Je dois admettre que c'est rassurant de pouvoir compter sur quelqu'un. Enfin, pour être vraiment sincère aussi, ces quelques jours sans eux sont un peu longs et mornes.

— Longs et mornes ?

— Ewenn et Clara apportent de la vie au manoir. Alors, m'y retrouver seule, c'est très différent. Pourtant, je vis ainsi depuis des années, mais depuis leur rencontre, de nombreuses choses ont changé.

— Vous devriez peut-être tirer profit de ce temps pour régler d'autres questions de votre existence que vous avez mises un peu de côté.

— Lesquelles, précisément ?

— Une en particulier et vous le savez très bien. Vous n'ignorez pas l'échéance qui se rapproche.

Ma psy me lance un regard appuyé.

— C'est vrai, j'évite volontairement de réfléchir à ma dispute avec Magalie. Son mariage a lieu très prochainement et j'ignore encore si je dois y aller ou non.

— Peut-être devriez-vous en parler sincèrement avec elle.

— Le problème, c'est que je ne suis pas certaine que l'on parvienne à se comprendre par téléphone.

— Est-ce si compliqué de lui rendre visite pour échanger en face-à-face ?

— Non, il suffirait que j'aille à Paris. Mais je ne crois pas que ça soit une bonne idée. J'ignore si je lui ai pardonné…

— Anna, ne parlez plus, fermez les yeux et écoutez-vous sincèrement.

Je m'exécute et le fil de ces dernières années aux côtés de mon amie se retrace dans ma mémoire. Puis la voix de Sophie Leimann me tire de mes souvenirs.

— Votre décision a toujours été prise et si vous êtes honnête avec vous-même, vous le savez très bien. Nous allons nous arrêter là, je vous invite à y réfléchir durant les prochaines heures et choisir ou non de vous rendre à Paris.

Je meurs d'envie de rappeler au docteur Leimann que tout n'est pas si simple dans ma tête. Pourtant, lorsque je marche pour regagner le parking et ma voiture, je sais qu'elle a raison. J'ai décidé de ne pas en vouloir à Magalie, que cela ne valait pas la peine de sacrifier notre amitié. Et puis, elle n'a rien fait de mal dans le fond, c'est juste moi qui me suis sentie blessée, parce que tout ça m'a renvoyé quelques aspects de ma personnalité dont j'aurais lâchement préféré ne pas avoir conscience.

À peine rentrée au manoir, je file dans ma chambre et attrape la valise dans l'angle de mon armoire.

***

À proximité de Paris
Saint-Germain-en-Laye

Le taxi me dépose devant chez Magalie, dans l'écoquartier de la Lisière Pereire. Mon regard scrute un instant les imposants bâtiments à l'architecture très moderne – impersonnelle pour ma part – où quelques arbres bien feuillus sont parsemés. Les tourtereaux se sont installés là depuis quelques mois et je souris en songeant que cet endroit leur correspond bien. J'approche du hall d'entrée d'un immeuble et vérifie sur la façade que je suis au bon numéro, ce qui s'avère le cas. Au même moment, une maman avec une poussette me suit, je la laisse passer, elle déverrouille l'accès avec un badge. Je lui propose de lui tenir la porte, elle accepte en me remerciant. Ni un ni deux, je me faufile au deuxième étage, en quête de leur appartement. Avant de sonner, j'hésite quelques secondes. J'aurais dû l'appeler au lieu de débarquer comme ça chez elle, un jour de semaine à dix-huit heures trente.

L'originalité de la mélodie de la sonnette me décrispe et éloigne un instant mes pensées craintives. Par chance, c'est mon amie qui m'ouvre et l'effet de surprise sur son visage ne m'échappe pas. Elle a la bouche entrouverte, les bras ballants et tout son corps semble figé. Je remarque que son ventre s'est bien arrondi depuis notre dernière entrevue.

— Désolée, je suis venue ici sur un coup de tête. J'aurais dû te prévenir…

Elle semble émue, puis réagit vivement en s'écartant de la porte.

— Ne reste pas dans le couloir, entre.

J'accepte d'un signe de la tête et la suis à l'intérieur. Nous passons à quelques mètres du salon et je salue de loin son futur mari en train de lire son journal, installé devant la télévision. Il est surpris de m'apercevoir, mais n'émet aucune réflexion, je remarque juste le léger sourire au coin de ses lèvres. Magalie me conduit à la cuisine pour que nous ayons plus d'intimité. Elle ouvre la porte-fenêtre donnant sur un étroit balcon décoré d'une petite table en métal, de deux chaises et de bacs d'aromatiques. Nous gardons le silence, le temps qu'elle nous serve un thé.

Je prends une profonde inspiration et entame la conversation que j'ai ressassée une bonne vingtaine de fois dans le train.

— Mag, j'ai besoin de te parler sans être interrompue, cela sera plus facile. Après ça, je t'écouterai à mon tour.

Mon amie hoche la tête, toujours silencieuse.

— Mon coup de gueule au téléphone était disproportionné, mais avoir reçu l'appel de Christophe sans y être préparée m'a désarmée… Et puis pour être honnête, ce n'est pas vraiment tombé au meilleur moment ! J'étais déjà bien irritée ce jour-là. Sincèrement, ça ne me dérange pas qu'il soit là, mais j'ai eu l'impression d'être trahie par ma meilleure amie. Puis, j'ai compris que ce n'était pas vraiment ça, le problème… J'ai redouté ne plus être une amie assez importante pour toi. J'étais la dernière personne au courant pour ta grossesse et cette nouvelle de la présence de Christophe m'a achevée.

Magalie s'apprête à intervenir, mais je lève une main pour l'en empêcher, j'ai besoin d'aller jusqu'au bout.

— Je sais que tu n'as agi que par crainte de me blesser et dans le fond, c'est un témoignage d'amitié. Mais je crois que derrière notre engueulade et cette peur de te perdre, j'ai compris que tout est ma faute aussi. J'ai laissé la distance s'installer entre nous depuis mon départ, je n'ai jamais été foutue d'entretenir des liens à distance. Depuis mon opération, j'ai changé à l'intérieur de mon âme, je me suis assombrie. La vie m'a dérobé le plus grand bonheur que je pouvais avoir, alors j'ai fini par croire, que c'est parce que je ne méritais pas d'être heureuse. Et inconsciemment, j'ai tout fait pour tenir à distance les autres et mes sentiments. Mon départ en Bretagne a accentué ce besoin, je ne voulais pas souffrir de notre éloignement, j'ai préféré que nos échanges soient plus rares, pour être moins affectée. Si nous avions gardé notre complicité, nos contacts quotidiens, je crois que tu m'aurais confié ta grossesse et que David avait sympathisé avec Christophe. Je suis un peu devenue une étrangère à tes yeux et c'est entièrement ma faute, j'ai voulu oublier notre amitié pour ne pas en souffrir. Je suis une putain d'égoïste ! Pardonne-moi d'être cette amie maladroite, qui ne sait pas comment aimer et accepter d'être aimée. J'ai besoin de toi dans ma vie, Mag. Je n'aurais jamais dû te crier dessus et te menacer de ne pas venir au mariage… J'espère que tu souhaiteras encore ma présence.

Elle ne retient plus ses larmes et s'approche de moi pour me prendre dans ses bras.

— Ce que tu peux être bête parfois, Anna Le Goff ! Tu seras toujours ma meilleure amie et ce ne sont pas quelques éclats de voix qui vont y changer quoi que ce soit. Et pour être sincère aussi, tu avais le droit d'être en rogne. J'aurais dû t'en parler, j'aurais dû t'avouer aussi que j'étais triste que tu ne me répondes presque plus au téléphone, que notre relation s'effiloche. Mais dans le fond, ça m'arrangeait bien, parce que je pouvais repousser le moment de t'annoncer cette grossesse. On s'est rencontrées bien avant cette foutue opération et j'ai vu comment tu as sombré après. J'avais peur, Anna, que tu te forces à être heureuse pour moi et te faire du mal malgré ma volonté.

— Je suis vraiment heureuse pour toi et David, je te le

promets. Cela ne me fait aucun mal et j'espère bien pouvoir être une sorte de tata pour cet enfant qui arrive.

Le sourire de mon amie est radieux, elle essuie ses larmes d'une main.

— Foutues hormones ! rit-elle. J'aimerais que tu sois plus qu'une tata, Anna. Je voudrais que tu acceptes d'être sa marraine.

Ma bouche s'entrouvre sous le choc de cette annonce, puis la joie me submerge.

— Sérieusement ? Et ta sœur ? Elle va être déçue.

— Elle est déjà témoin à mon mariage et elle sera tata également. Elle ne peut tout de même pas tout rafler, plaisante Mag. J'aimerais vraiment que ce soit toi.

— Avec plaisir ! Je te promets d'être une super-marraine ! Je vais tellement gâter cet enfant que vous allez me détester !

Nous éclatons de rire et David nous rejoint à ce moment-là pour nous apporter des gâteaux apéritifs et à boire. Nous trinquons à nos retrouvailles et à nos projets d'avenir, bien entendu Mag a le droit au jus d'orange et David et moi ne cessons de la taquiner.

***

La fin de journée a semblé m'échapper tant ma conversation avec Magalie m'a coupée de la réalité. C'est donc avec un grand soulagement que je rejoins la chambre d'amis. Dès que mon dos rencontre la souplesse du matelas, mon cœur se libère ainsi que tout mon corps. Je suis heureuse de cette réconciliation et puis nous avons passé le reste de la soirée à parler d'Ewenn, de notre histoire, de ma thérapie et de ma vie au manoir. Elle a ensuite insisté à plusieurs reprises pour qu'il m'accompagne au mariage. Je n'ai pas réussi à refuser et j'espère qu'Ewenn a toujours l'intention de venir. Nous n'en avons pas reparlé et la situation actuelle avec Clara ne facilite pas les choses. Au moment où je coupe court à mes élucubrations, mon téléphone s'éclaire et un message apparaît.

J'étire le bras au maximum et parviens à saisir du bout des doigts l'appareil posé sur la table de chevet. Mon cœur réagit immédiatement en découvrant l'interlocuteur.

« Nous sommes passés te voir au manoir, tu n'étais pas là. J'espère que tout va bien. Bonne nuit. »

Je grimace malgré moi, j'aurais dû le prévenir de mon départ à Paris. Mes yeux fixent l'écran et mon esprit hésite durant de longues secondes avant de pianoter.

« Je suis à Paris, j'ai rendu visite à Magalie. Je rentre demain en fin de journée. Tout va bien. Je vous embrasse. »

Sa réponse ne se fait pas attendre.

« Content de le savoir. »

Je réalise que j'agis encore comme une célibataire égoïste. Bien qu'Ewenn ne soit pas disponible en ce moment, ce n'était pas une raison de ne pas l'informer.

« Excuse-moi, je suis partie sur un coup de tête. Je devais avoir une explication avec mon amie. J'aurais dû te prévenir. Passe une bonne nuit. »

« Pas de problème. Dors bien. On se voit à ton retour. Je t'embrasse. »

***

Avec difficultés et quelques injures, j'extirpe mon sac de voyage du compartiment en hauteur avant de quitter le train. J'avance sur le quai tout en cherchant dans ma poche les clés de ma voiture restée sur le parking. Je parviens enfin à mettre la main sur le trousseau et quand je relève les yeux, Ewenn et Clara me font face. Mes pas s'interrompent sous la stupéfaction. C'est bête, mais je suis émue.

Je tente de masquer mon trouble et m'empresse dans leur direction avec un grand sourire. Dès que je les rejoins, Ewenn m'embrasse. Je suis très étonnée qu'il le fasse devant sa fille et Clara le remarque aussitôt.

— Papa m'a expliqué pour vous deux. C'est cool ! Bon, j'ai faim. Est-ce qu'on peut manger une énorme pizza ce soir ?

Ewenn et moi rions face à l'adolescente qui ne perd pas le nord.

Chapitre 42

Dimanche
Aéroport

Nous arrivons à proximité de l'aéroport. Un silence écrasant se diffuse dans l'habitacle depuis notre départ de chez Ewenn. Clara s'est enfermée dans un mutisme profond. Dès que mes yeux se posent sur elle, j'ai le sentiment qu'elle se retient de pleurer. Quant à son père, il conduit ma voiture, très concentré sur la route et en profite pour se taire également. Nos cœurs sont lourds et aucun mot ne parviendrait à les apaiser, alors nous gardons le silence.

Hier après-midi, Clara m'a appelée pour m'inviter à dîner et m'a ensuite demandé si je pouvais rester dormir chez son père pour les accompagner. Je crois qu'elle redoutait qu'Ewenn soit seul au retour. Cette gamine est vraiment attachante et pleine de bienveillance. Elle possède la même âme pure que lui.

Discrètement, je pose ma main sur celle d'Ewenn qui tient le pommeau de vitesse. À mon contact, il tourne le regard dans ma direction et la peine que j'y découvre me foudroie. Mes lèvres tentent un léger sourire, qui a pour mission de lui intimer « je suis là, si tu as besoin de moi ». Bien consciente que ma présence n'amoindrira pas le manque de Clara.

Nous marchons mécaniquement jusqu'à l'entrée de l'aéroport. Ewenn, toujours muet, tire les bagages de sa fille et reste concentré sur sa tâche. Clara avance de deux pas et me prend par la main. Instinctivement, mes doigts se resserrent autour des siens et mes yeux la sondent. Je fonds face à sa bouille décomposée et sa détermination pour ne pas craquer devant nous. Je relâche sa main, l'attrape par l'épaule pour la serrer contre moi et l'embrasser sur le front.

— Ça va aller, murmuré-je. Si tu en as l'envie, tu pourras me téléphoner quand tu veux. Et n'oublie pas, tu as plein de photos à montrer à tes copines. Tu me raconteras ce qu'elles diront de ta fête d'anniversaire et du voyage à Londres.

Un sourire timide se dessine sur ses lèvres, ses larmes s'arrêtent au bord de ses yeux.

— Promis. En attendant mon retour, tu prendras soin de papa ? chuchote-t-elle à son tour.

Je reste silencieuse, mais mon regard ne la trompe pas. Elle sait que j'ai accepté tacitement sa requête et je crois que mon compagnon a fait semblant de ne pas entendre notre échange.

Nous apercevons Daphné et Tom à quelques mètres. Ewenn se raidit malgré lui et son visage s'obscurcit. Je vois bien qu'il tente de se contrôler pour ne pas provoquer un scandale en plein milieu du hall. Les salutations sont glaciales, Clara reste immobile et muette entre nous, la tension est palpable. Ewenn réagit enfin, il avance vers elle et pose sa main sur son épaule. Puis il s'approche de son oreille, de façon que seulement elle puisse l'entendre. Mon cœur se libère lorsque les traits de Clara redeviennent plus légers. Happée par la scène, je n'ai pas remarqué Daphné se poster à mes côtés. C'est quand je l'entends déglutir que mon regard se dirige sur elle. Profitant d'un dernier échange père fille, elle s'adresse à moi :

— Je mettrai ma main à couper que vous n'êtes pas étrangère à la demande surprenante de Clara. Cela ne peut venir que de vous, puisque jusqu'à présent, elle n'a jamais mentionné vouloir rester vivre ici. Je ne sais pas ce que vous lui avez mis dans la tête, mais vous ne parviendrez pas à vos fins. Et merci à l'avenir de ne pas vous immiscer entre ma fille et moi !

En un instant, la colère tiraille l'ensemble de mes membres et je me canalise pour ne pas la laisser jaillir. D'une voix basse et calme, je lui rétorque :

— Je ne vois aucun rapport avec moi, Clara veut seulement vivre avec son père. Cela ne m'implique en rien, mais je vous l'accorde, il est plus aisé de blâmer les autres plutôt que d'accepter ses propres responsabilités. Peut-être que si vous écoutiez sincèrement votre fille, vous le comprendriez.

Ses sourcils menacent de se rencontrer tant son visage s'est froncé d'un coup. Elle s'apprête à me lancer sa diatribe, mais se retient lorsque Clara se rapproche de nous. D'un regard, nous consentons à mettre un terme à cette conversation. Je l'enlace une dernière fois et lui souhaite bon voyage. Ewenn me rejoint, il embrasse sa fille et la serre si fort dans ses bras que son désespoir est manifeste. Je me contiens pour ne pas pleurer. Les effusions cessent lorsque Daphné vient prendre sa main pour l'emmener et enregistrer leurs bagages. Je ne peux m'empêcher d'observer Clara, avec cet air résigné et la mort dans l'âme. Elle reste muette tout en s'éloignant, pourtant je ne peux qu'entendre son cri intérieur.

Daphné, Tom et Clara disparaissent au fil des secondes, néanmoins Ewenn et moi fixons toujours droit devant nous, happés par le vide qui se profile. Nous demeurons ainsi, sans parler, pendant plusieurs minutes. Puis il se tourne vers moi.

— Rentrons.

J'acquiesce d'un mouvement de tête avant de le suivre à l'extérieur.

Sur la route, je lui propose de nous arrêter manger en terrasse et contre toute attente, il accepte.

Trente minutes plus tard, nous sommes attablés face à un plateau de fruits de mer. Le serveur nous serre un vin blanc en accompagnement, une fois reparti, Ewenn brise le silence.

— Je reprends les travaux du manoir, dès demain matin.

Malgré moi, mes yeux s'écarquillent, je ne m'attendais pas vraiment à ça.

— Comme tu veux, ça n'a pas d'importance.

— Si tu prévois d'ouvrir pour les vacances d'hiver, ça l'est. Il nous reste moins de quatre mois. Je ne sais pas si tu réalises tout ce qu'il y a encore à entreprendre. D'ailleurs, où en sont tes démarches ?

Je suis stupéfaite, je ne m'attendais pas à cette conversation.

— Est-ce que c'est vraiment le moment pour parler de ça, alors que ta fille vient tout juste de partir ?

Mes propres mots m'ont tranché la gorge au moment où ils sont sortis sans aucune préméditation.

— Tu veux entendre quoi, Anna ? Que je suis dévasté et triste de m'être séparé d'elle ! Que c'est horrible de la voir partir, surtout en sachant qu'elle souhaite rester vivre avec moi ! Alors oui, je suis en colère et je n'ai pas envie d'en parler. Reprendre les travaux et échanger sur l'ouverture de ta maison d'hôtes m'éviteront de trop cogiter.

Par sa réponse, je réalise à quel point j'ai été stupide encore une fois.

— Je comprends, je suis désolée.

— Tu ne peux pas…

Ewenn interrompt ses mots. Sa phrase ne me blesse pas, elle n'est pas méchante, mais témoigne simplement de sa tristesse.

— Non, tu as raison. Je ne peux pas comprendre ce que tu ressens, mais je suis là si tu as besoin de moi. J'ai une dernière question à te poser qui me turlupine depuis plusieurs jours et ensuite on ne revient plus sur le sujet. Clara a treize ans, si tu demandais sa garde, le juge prendrait en compte sa volonté. Alors pourquoi tu ne lances pas de procédure et te plies au caprice de Daphné ?

Il soupire profondément en se pinçant l'arête du nez.

— J'y ai pensé plus d'une fois et si ça ne tenait qu'à moi, je n'hésiterais pas. Mais je refuse que Clara se retrouve au milieu d'un conflit entre sa mère et moi. Elle a déjà encaissé le divorce, la vente de sa maison d'enfance et un départ à l'étranger, je n'ai pas envie d'en rajouter. Elle semble avoir accepté facilement de patienter jusqu'à l'année prochaine, elle ne veut pas blesser sa mère. Ce compromis permet de faire les choses en douceur. Et même si Daphné est parvenue à la manipuler, si Clara s'obstine, elle respectera son choix. Alors c'est la solution la plus simple et la plus pacifique.

Je reste silencieuse, j'admire la bienveillance d'Ewenn à l'égard de sa fille. Sa capacité à mettre ce qu'il ressent de côté pour son bien. Clara lui ressemble tellement.

Il relève les yeux sur moi, la tension est complètement redescendue. Il m'adresse un léger sourire et attrape ma main pour la serrer.

— On dort où ce soir ? Chez moi ou chez toi ? Si tu t'imaginais que j'allais te laisser tranquille, c'est raté.

Je souris, soulagée d'entendre son timbre taquin.

— Au manoir, il me semble qu'on a du pain sur la planche dès demain matin.

Chapitre 43

Samedi

Un merveilleux soleil nous accueille lorsque nous arrivons au château hôtel de Montvillargenne aux alentours de treize heures. Magalie et David devraient nous rejoindre d'ici une heure. Par commodité, ils ont choisi de célébrer le mariage civil à la mairie de Saint-Germain-en-Laye uniquement avec leurs témoins et parents respectifs. La commune se trouve à plus d'une cinquantaine de kilomètres de cet hôtel, il n'était pas évident de déplacer la centaine d'invités d'un lieu à l'autre. C'est pourquoi tout le monde a été convié directement ici, pour assister à la cérémonie laïque et à la suite des festivités jusqu'à demain soir.

Le taxi s'engouffre dans une allée sans fin, séparée de grandes haies. Quelques secondes plus tard, nous arrivons devant l'entrée, le chauffeur contourne le rond-point fleuri pour stationner le véhicule, le temps de récupérer nos bagages. Le cadre est bucolique et l'architecture inouïe et atypique. J'ai lu sur leur site que c'est un bâtiment anglo-normand dont la construction a été initiée en 1900 par la baronne Jeanne de Rothschild. Un lieu extraordinaire qui va offrir aux deux tourtereaux un mariage digne d'un prince et d'une princesse.

Ewenn me prend la main et nous avançons jusqu'à l'entrée principale. J'observe la façade recouverte de feuilles de vigne sur les parties supérieures, révélant subtilement un revêtement à colombages. Les portes d'entrée en verre orné de fers forgés se terminent en une voûte. Un employé de l'hôtel nous aborde et nous débarrasse de nos bagages. Il nous montre l'accueil du doigt et nous avançons vers ses deux collègues derrière la grande banque. Mon compagnon et moi restons silencieux le temps d'attendre notre tour, puisque d'autres sont arrivés peu avant nous. Chacun se tait et nos regards se perdent sur la décoration. La pièce est haute de plafond, le sol recouvert de dalles de marbre supporte un immense escalier dans le même matériau. J'ai hâte de découvrir notre chambre et les différentes salles. Je pense un instant au manoir, ces lieux n'ont absolument rien en commun. Pourtant, ma préférence va sans hésiter à la chaleur de mon lieu d'enfance.

Notre tour arrive et l'employé pianote sur un logiciel puis vérifie notre identité. Nous y passons une dizaine de minutes pour écouter les diverses informations du fonctionnement de l'établissement, du déroulement de la journée et activités possibles comme la piscine, sauna et hammam. Je préfère ne pas songer au budget investi dans ce mariage, certes tous les invités ne sont pas logés, seulement ceux qui habitent loin ou la famille très proche, mais tout de même. David, issu d'une famille fortunée, a certainement reçu une aide de sa part. J'ignore pourquoi je m'attarde sur ces réflexions qui ne me regardent pas.

Une femme d'une trentaine d'années nous rejoint pour nous guider à notre chambre au deuxième étage. Lorsque mes pas franchissent le seuil de la porte, mes yeux en prennent plein la vue. La décoration est à mi-chemin entre le style d'époque et des touches plus modernes. L'association de ces genres donne une véritable impression d'harmonie, de luxe et de calme. Des endroits auxquels je devrais être habituée, puisque durant mes études, j'ai cuisiné dans des établissements luxueux, mais je n'y parviendrai jamais. Pour le manoir, c'est différent, parce qu'il a quelque chose de simple et de chaleureux. Alors que cette opulence sous mes yeux déclenche en moi un léger sentiment de malaise, en songeant que ces endroits ne sont toujours réservés qu'à des privilégiés et c'est aussi pour cela, que je souhaite que les tarifs de ma maison d'hôtes soient accessibles. L'employée nous informe que la cérémonie aura lieu à quatorze heures trente au jardin, de l'autre côté du château que nous avons aperçu par la fenêtre de la chambre. Apparemment, un second mariage se déroulera en même temps dans une autre partie du domaine.

Ewenn et moi en profitons pour nous doucher. Comme nous avions quelques heures de train, puis la route en taxi depuis Paris, nous avons opté pour nous préparer sur place.

Avant de quitter la chambre, mon regard s'accroche quelques secondes à mon reflet. C'est à cet instant, que je m'aperçois que mes cheveux ont repoussé depuis ma dernière coupe. À présent, ils arrivent un peu au-dessus du creux de mes épaules. La coiffeuse quimpéroise me les a laissés détachés et a noué quelques tresses pour s'en servir de serre-tête naturel. Elle a même ajouté quelques fleurs dans mes nattes. J'ai vraiment dû faire attention sous le jet d'eau de ne pas ruiner son travail et ses efforts. Mes yeux détaillent ma longue robe en soie couleur d'or, le bustier me dispense de bretelles, la taille est bien marquée pour ensuite s'évaser et épouser les courbes de mes hanches et descendre jusqu'à mes chevilles. C'est la première fois que je porte une telle tenue depuis mon opération, j'observe la fine cicatrice laissée par le passage de la chambre implantable entre ma clavicule droite et la naissance de ma poitrine. En réalité, elle n'est plus si visible à l'œil, je crois que c'est juste dans mon esprit qu'elle est horrible. J'ai gardé mon vieux bracelet au poignet, celui dont je ne me sépare jamais et qui est assez large pour cacher le stigmate de ce fameux soir. Depuis ce jour, je ne l'ai jamais retiré de peur d'éveiller les soupçons. Christophe et moi avions tenu secret ce sombre passage de mon existence et j'ai tout fait pour rendre invisible aux yeux des autres la marque boursouflée sur ma peau. À présent, malgré les épreuves, je suis reconnaissante envers mon ex-mari d'être arrivé à temps. Même si notre relation m'a fait souffrir, j'ai pris conscience récemment qu'il m'a sauvé la vie et ce constat a atténué ma rancœur vis-à-vis de lui et des derniers évènements.

Mes pieds tremblent légèrement sur mes talons hauts d'une dizaine de centimètres. Je n'ai pas porté de telles chaussures depuis une éternité et j'aurais peut-être dû m'entraîner avant ce jour. Je vais essayer d'éviter de m'étaler devant tout le monde. Ewenn apparaît derrière moi, impressionnant et charismatique dans son costume bleu marine. Sa barbe est rasée de frais, ses cheveux ont été coupés la veille. Je prends conscience à quel point c'est un très bel homme et combien j'ai de la chance. Ses mains se posent immédiatement sur ma taille, son nez effleure ma nuque, puis ses lèvres me chuchotent à l'oreille :

— Tu es magnifique… et si l'on restait ici ?

Sa remarque m'arrache un sourire sincère et me redonne la force d'avancer. Je lui vole un baiser avant de saisir sa main et de l'attirer dans le couloir du château.

***

Durant le long discours de l'officiant, mon attention se dissout malgré moi et se focalise sur l'environnement. Dans le jardin a été dressée pour la cérémonie une scène grandiose agrémentée d'une arche fleurie aux multiples couleurs, face à l'estrade se tiennent les rangs de sièges recouverts de tissu blanc. Le tout offre une belle harmonie, sobre et pétillante. Mon regard revient sur Magalie, éblouissante dans sa robe de mariée, le modèle met en valeur son ventre proéminent, ses longs cheveux bouclés sont remontés dans un chignon élaboré et quelques mèches redescendent le long de sa nuque.

Les minutes suivantes, ma meilleure amie, profondément émue, prononce ses vœux. Immédiatement, mes larmes se forment, revoyant un flash-back de nos folles années. Puis involontairement des images de mon propre mariage s'immiscent brutalement dans mon esprit. Je ne possédais pas cette aura de bonheur, je n'arborais pas ce sourire sincère, excitée par l'avenir. Non, je me suis mariée la mort dans l'âme, sans la possibilité de permettre à celui que j'aimais de fonder une famille. J'ai été complètement idiote de persister, alors que je savais très bien ce qui allait se passer. Puis, une question s'installe très brièvement dans ma tête. Et si mon comportement pessimiste m'avait conduite volontairement à détruire notre couple ? Mon regard s'attarde dans la direction opposée, observant discrètement Christophe et sa famille. Mon souffle se relâche et mon cœur s'allège en comprenant que je ne ressens plus de frustration, ni de colère ou de tristesse. Aujourd'hui, je ne lui en veux plus d'avoir pu reconstruire sa vie et, sincèrement, j'en suis heureuse pour lui. Parce que malgré toute la haine que j'ai pu lui vouer, il a encaissé beaucoup de choses douloureuses à mes côtés et jamais, il ne s'est plaint. Il est loin d'être un mauvais homme, bien au contraire.

Je fixe un instant Ewenn à la dérobée et mon rythme cardiaque s'emballe en quelques secondes. À présent, j'en suis certaine et ne possède plus aucun doute, je suis amoureuse de lui. Si je ne m'étais pas autant voilé la face, j'aurais compris bien avant qu'il était l'auteur de ces sentiments puissants dans mon cœur, de ceux que je n'avais jamais éprouvés. Mon partenaire semble avoir entendu mes pensées et se tourne vers moi, il reste silencieux, mais le message dans ses yeux est très clair. Je ne peux m'empêcher de lui sourire.

Chapitre 44

Après la cérémonie, la foule s'est dirigée sur la terrasse pour le vin d'honneur. Magalie nous rejoint d'un pas pressé, à peine à notre hauteur, elle prend immédiatement les mains de mon partenaire dans les siennes avec un large sourire.

— Je suis très contente de te rencontrer, Ewenn.

Il semble manifestement surpris par son enthousiasme et lui renvoie un sourire chaleureux.

— Le plaisir est partagé, Magalie. Toutes mes félicitations pour votre union et l'heureux événement qui vous attend d'ici peu. Tous mes vœux de bonheur.

Son époux nous rejoint et la conversation reprend de plus belle. Malgré moi, je reste silencieuse et les observe, je suis enchantée de voir réunies les personnes importantes de ma vie. Il ne manque que Jo, mes parents et Clara pour que le tableau soit au grand complet.

***

Vers dix-sept heures, Ewenn et moi décidons de nous balader autour du domaine pour tenter de digérer la quantité incroyable de nourriture bistronomique que nous avons ingurgitée et avoir un peu de place pour le dîner de ce soir.

Avant de nous éloigner, je demande à Ewenn de m'attendre une seconde et interpelle discrètement Magalie. Je lui murmure ma requête à l'oreille, elle me sourit d'un air complice et me donne les indications pour obtenir ce que je recherche.

Je reviens cinq minutes plus tard vers Ewenn, il lorgne le sac en toile dans ma main, mais ne pose aucune question.

Nous marchons une quinzaine de minutes pour nous éloigner du château et nous nous enfonçons davantage dans la partie boisée. Au fil des pas, je me rends compte que j'aurais dû changer de tenue avant. Mes pieds commencent à souffrir engoncés dans leurs talons ! Ni une ni deux, je les retire sous le regard effaré d'Ewenn.

Il m'attire vers un endroit plus dégagé entre les arbres, défait sa veste pour que nous nous asseyions au sol, puis il lâche la question qui doit le hanter depuis tout à l'heure.

— Bon, tu comptes garder le secret encore longtemps ? Qu'est-ce qu'il y a dans ce sac ?

Je souris, fière d'avoir été prévenante. Je le laisse mariner quelques secondes avant d'en extraire deux coupes et une bouteille d'un bourgogne mâcon-lugny de 2015, en somme un très bon vin blanc.

— Je vois que madame ne se refuse rien.

— En effet, avec en prime la complicité de la mariée.

Je ris en débouchant le cru et bien évidemment, j'en renverse quelques gouttes sur ma robe. Le plus drôle est que je m'en contrefiche carrément.

Nous passons un agréable moment, où nous nous racontons des anecdotes sur notre enfance tout en descendant la bouteille. L'ivresse nous étreint, les rayons du soleil percent à travers le feuillage des arbres et viennent irradier nos corps. Je ris fort, incapable de me retenir lorsque Ewenn me détaille comment il s'est retrouvé complètement nu dans une église à l'âge de douze ans. Ses copains lui avaient lancé un pari, il devait pénétrer dans le lieu saint en pleine messe du dimanche et courir jusqu'au curé avant de ressortir aussi vite.

— Je te jure, je vois encore le regard horrifié de ma mère et des autres fidèles, alors que mon père riait de bon cœur. Il a tout de même dû me punir pendant un mois pour contenir les foudres de sa femme.

— Et en échange de cet incroyable défi, tu as gagné quoi ? Qu'est-ce qui méritait de mettre ta pudeur à mal ?

— Un sac de billes. Elles étaient magnifiques et il y avait un énorme boulet que je convoitais depuis des semaines !

J'éclate de rire devant l'absurdité du pari.

— Le pire dans l'histoire, c'est que ma mère me les a confisquées et balancées dans l'Odet, j'ai fait tout ça pour rien ! Et depuis ce jour, le curé ne m'a plus jamais apprécié. Je me rends compte aujourd'hui de son étroitesse d'esprit. Finalement, la nudité n'est autre que l'apparat que Dieu nous a offert.

Nous pouffons encore une fois. Cette douce parenthèse me pousse à terminer mon verre et écouter mes envies. Je me rapproche de lui, soulève ma robe pour passer mes jambes autour de sa taille. Je tire en suite sur la fermeture latérale de mon bustier tandis qu'Ewenn manque de s'étouffer en se demandant ce que je suis en train de faire.

— Anna, tu ne comptes tout de même pas…

Il n'a pas le temps de terminer sa phrase que je dévore ses lèvres avec ardeur pour lui montrer où je veux en venir. Après quelques secondes, Ewenn me repousse gentiment pour pouvoir parler.

— Et maintenant ?

— Avez-vous déjà fait l'amour dans le domaine d'un château, monsieur Morvanec ?

Il semble stupéfait par mon audace, un large sourire carnassier s'inscrit sur ses lèvres.

— Je vois que madame Le Goff apprécie toutes les subtilités de ce bon vin. Rappelle-moi de nous en acheter à notre retour. Trêve de plaisanterie, si on nous surprenait ?

— Tu as la frousse ? Ce n'est pas toi qui me disais plus tôt que Dieu nous a offert la nudité ? Est-ce pire que de traverser une église à poil en pleine messe ?

Son regard s'intensifie sous ma provocation et cette fois, je comprends qu'il compte bien relever mon défi. Un sentiment de légèreté et de bonheur m'envahit aussitôt. À cet instant, je réalise ce que signifie le mot « liberté », je l'avais oublié.

***

Un peu avant dix-neuf heures, nous regagnons le château, nous avons une heure devant nous avant le début du dîner. Les invités nous dévisagent un à un, se demandant certainement d'où nous sortons, ma robe est salie de vin, de terre et taches d'herbe, tandis qu'Ewenn a encore des épines de sapin dans les cheveux. Magalie sourit et m'adresse un clin d'œil. Ewenn resserre ma main, m'offre un regard taquin du style « tu es contente, tout le monde nous regarde », puis nous rions d'un ton léger. Jamais je n'ai agi de la sorte, sur un coup de tête, en omettant complètement le jugement des autres. C'est même grisant, cette sensation d'être un peu enviée quelque part. Car je suis bien consciente que certains nous épient d'un air envieux, alors qu'eux sont coincés dans les codes de la bienséance. Mon partenaire renforce sa prise autour de mes doigts et m'entraîne à l'intérieur pour rejoindre notre chambre, nos rires ne peuvent plus se retenir et ferment la marche.

Chapitre 45

Ewenn

Anna est encore en train de se changer et se maquiller, nous avons convenu de nous rejoindre dans la salle de réception. Je m'apprête à descendre l'escalier, mais un bruit familier retient mon attention. Je me retourne et remarque une enfant adossée contre le mur du couloir. Je m'avance vers elle et m'agenouille pour me mettre à sa hauteur. La petite brunette relève son visage face à moi, ses deux billes noisette se noient sous le flot des larmes.

— Pourquoi pleures-tu ? Tu es toute seule ?

— Je suis perdue.

J'approche ma main pour essuyer ses sanglots.

— Ne t'inquiète pas, on va retrouver ton papa et ta maman. Tu t'appelles comment ?

— Émilie.

— Moi, c'est Ewenn. Viens, on va les chercher, ils doivent être au rez-de-chaussée.

Elle renifle et me sourit, j'attrape sa main et l'aide à se relever. Elle doit avoir entre trois et quatre ans à peine. Sa petite bouille d'ange me rappelle Clara à son âge.

Je la soulève pour la porter et nous empruntons l'escalier

jusqu'à la grande salle où se tiennent tous les convives. Au moment, où nous franchissons les premiers mètres, une voix masculine s'élève.

— Émilie ! Bon Dieu, je te cherche partout depuis vingt minutes.

Je me retourne face à l'homme qui nous interpelle, la petite puce s'anime et gigote dans mes bras.

— Papa !

Je la repose au sol et elle court maladroitement vers lui. L'inquiétude sur le visage du père s'efface en quelques secondes, il embrasse sa fille pour la rassurer, puis lui indique une femme à quelques mètres avec un bébé dans les bras, dont je suppose être sa mère. Ni une ni deux, la petite princesse se rue vers elle. L'homme soupire de soulagement et se rapproche de moi.

— Merci, je suis désolé. Une minute d'inattention et je l'ai perdue de vue.

— Ce n'est rien, j'ai une fille aussi. Elle a treize ans à présent, mais cette situation m'est déjà arrivée plusieurs fois. Quelques instants suffisent pour que notre esprit élabore les pires scénarios.

— En tout cas, je vous remercie. Et si l'on buvait un verre ?

Je réfléchis puis accepte, en songeant qu'Anna en a certainement pour un moment avant de me rejoindre. Nous avançons vers le buffet où des serveurs nous offrent une coupe de champagne. L'homme se redresse d'un coup, mi-gêné, mi-amusé.

— J'en oublie les bonnes manières, je m'appelle Christophe. Mais j'imagine que vous le savez déjà. Je vous ai aperçu aux côtés d'Anna, je suis son ex-mari.

La nouvelle me percute de plein fouet et je tente malgré tout de masquer ma surprise. Anna m'a prévenu qu'il serait présent, mais cette information est tout bonnement sortie de ma tête et je n'ai pas cherché à savoir qui il était.

— Enchanté, je suis Ewenn.

Il boit une gorgée avant d'ajouter :

— Anna semble plus heureuse et si c'est de votre fait, je ne peux que vous en être reconnaissant.

Il s'interrompt, un instant, comme s'il mesurait les mots qu'il allait prononcer.

— Je pense que vous êtes au courant de la situation, elle a beaucoup souffert par le passé. Et je craignais que ça soit un crève-cœur pour elle, de me voir ici, aujourd'hui avec mes enfants.

J'ignore pourquoi il me raconte cela, ce n'est sûrement pas le genre de conversation que nous devrions avoir ensemble. Je trouve ça un peu étrange même, rien ne lui indique que je sais quoi que ce soit. Je n'ai pas le temps de l'interrompre qu'il reprend de plus belle.

— Je vous ai aperçus, comme la plupart des invités, revenir de votre escapade cet après-midi. Et j'avoue que je n'avais jamais vu cette légèreté dans son regard ni le grand sourire qu'elle arborait. Prenez soin d'elle, Ewenn, je n'ai pas été capable de le faire… D'ailleurs, elle a bien failli en mourir…

La nouvelle me coupe le souffle. Il se tait, conscient d'être allé trop loin et de devoir à présent poursuivre.

— Je vais vous le confier… pour que vous soyez vigilant, si toutefois la situation venait à se…

— Eh bien, Christophe, tu t'es senti obligé de faire un brin de causette ? Tu peux rejoindre ta compagne et tes enfants, merci.

La voix d'Anna derrière nous nous surprend, son ex-mari baisse les yeux et se rend compte de sa maladresse. Anna a tout entendu de notre échange et j'en suis certain à la lueur de fureur qui brille dans ses pupilles. Il ne cherche pas à se défendre, me salue et se dirige à sa table.

Elle me prend par le bras et m'entraîne sur la terrasse, nous marchons jusqu'à nous isoler. Je suis rassuré de voir qu'elle ne semble pas fâchée contre moi.

— Anna, je suis désolé. Je ne lui ai rien demandé…

Elle pose son index sur mes lèvres pour me faire taire.

— Je le sais, Ewenn. J'ai un peu surréagi, car dans le fond, Christophe ne l'a pas fait dans une mauvaise intention. Mais je veux que ça soit moi qui te parle de ça, pas lui.

Elle s'interrompt quelques instants pour dénouer son bracelet. Puis, comme une petite fille timide, elle me montre la cicatrice sous son poignet.

— Je ne veux plus avoir de secret pour toi, Ewenn. Alors il est temps d'avoir la conversation que nous n'avons pas encore eue.

Elle m'entraîne jusqu'aux marches menant aux jardins, Anna s'assoit et je l'imite. Je ne prononce pas un mot pour ne pas la brusquer.

— J'ai rencontré Christophe à vingt et un ans. Notre relation se passait très bien, nous étions très amoureux. Au fil des mois, nous nous sommes installés ensemble et puis nous avons eu vite envie de fonder une famille. Pourtant, après des mois à essayer, nous n'y parvenions pas. J'ai commencé à consulter plusieurs spécialistes et peu après, le verdict est tombé. J'avais un cancer des ovaires à un stade IIIA, ce qui veut dire que mes ovaires n'étaient pas seulement touchés, des métastases sont apparues aussi sur la membrane qui entoure l'abdomen. La situation était sans appel. Si je ne subissais pas une intervention chirurgicale, le cancer se propagerait sur d'autres organes. Les professionnels de santé m'ont mis face à cette réalité ; ne jamais devenir mère pour survivre. J'étais incapable d'accepter l'opération, je rêvais de donner naissance à un enfant, de vivre le bonheur de fonder une famille. Christophe est parvenu à me convaincre, il ne voulait pas me perdre et m'a persuadée que nous dépasserions cette épreuve. Mais c'était un mensonge, aujourd'hui je l'ai compris et je ne lui en veux plus. À sa place, je n'aurais certainement pas mieux agi. J'ai donc accepté, mais en sortant du bloc, je n'avais pas qu'abandonné mes espoirs de maternité, j'étais morte de l'intérieur. Les semaines qui ont suivi, ont été un véritable enfer… je voulais mourir… pour arrêter de souffrir et que Christophe puisse reconstruire sa vie. Alors un soir, j'ai profité de son absence, j'ai abusé d'alcool, de cachets et je me suis ouvert les veines. Je me suis réveillée le lendemain à l'hôpital, il était rentré plus tôt ce soir-là. Peu de temps après, je suis allée terminer mes séances de chimiothérapie à Quimper pendant plusieurs mois. Peu avant mon retour, il a demandé ma main. Et je crois que j'ai sauté sur ce projet pour occuper mon esprit et cacher mon mal-être à tous. Mais j'étais dévastée, je ne possédais plus aucun avenir et mon corps ne ressemblait plus à rien. Je me suis leurrée dans une résilience de façade et j'ai embarqué égoïstement Christophe. Au fil des mois, j'espérais le convaincre d'adopter, il m'a fallu longtemps pour accepter cette idée, mais dès qu'elle s'est installée, je ne parvenais plus à l'oublier. Mais il n'a jamais voulu en entendre parler, j'ai dû enterrer ce nouveau désir. Des années se sont écoulées, ponctuées de haut et de bas, surtout de bas, en réalité. Puis, j'ai compris que Christophe ne pouvait pas taire son envie de fonder sa propre famille. Alors, je me suis résignée, consciente que je serais malheureuse toute mon existence, que je n'avais rien à lui offrir et j'ai demandé le divorce. Il a refusé les premières semaines, puis a cédé. Après notre séparation, j'ai déménagé et cherché un autre emploi, nous bossions dans le même hôtel et je voulais l'effacer de ma vie. Durant les cinq années suivantes, je me suis noyée dans mon travail pour oublier que j'étais malheureuse et sans avenir. Puis, mes parents m'ont proposé de dépoussiérer un rêve de petite fille en prenant possession du manoir. Sur un coup de tête, j'ai accepté. Voilà… la suite, tu la connais.

Le silence nous étreint quelques secondes, Anna a les yeux fixés sur le ciel étoilé. Je saisis sa main et porte sa cicatrice à mes lèvres. D'un souffle, je lui murmure :

— Je t'aime… Je n'ai pas de grandes choses à t'offrir, mais je souhaiterais partager ma vie avec toi. Crois-tu que je puisse te rendre heureuse ?

Anna détourne la tête pour me regarder. Ses yeux me sondent sérieusement et je crains d'avoir été maladroit.

— Si tu m'avais posé cette question, il y a six mois, je t'aurais répondu : *impossible*. Mais tu as tout changé. Aujourd'hui, j'ai envie de croire à nouveau en la vie. Alors, oui, je pense que tu pourras y parvenir. Il faut juste que j'arrive à te laisser faire, conclut-elle d'un sourire. Et tu sais, moi aussi je t'aime, Ewenn Morvanec.

Je sens des larmes me monter aux yeux, je n'ai pas d'explication rationnelle, je suis ému… Ému d'avoir Anna à mes côtés, qu'elle accepte enfin ses sentiments et les miens… Ému pour les beaux jours à venir.

Chapitre 46

Quinze jours plus tard

Depuis notre retour du mariage, nous avons repris sérieusement les travaux du manoir. J'ai même insisté auprès de mon partenaire pour recourir à l'aide de quatre intérimaires. C'est donc ainsi que Victor, Sébastien, Gregory et Gaëtan nous ont rejoints depuis une dizaine de jours. Ils sont tous expérimentés et cela nous a permis de gagner du temps. Le deuxième étage est désormais achevé et ils ont bien entamé les opérations au premier. Dans un peu plus d'une semaine, l'entreprise qui se charge de l'installation de l'ascenseur débutera son chantier. Nous pourrons d'ici mi-octobre engager la rénovation du rez-de-chaussée. La cuisine a été intégralement repensée pour qu'elle soit plus fonctionnelle et professionnelle. Concernant le hall d'entrée, le salon séjour et la salle de réception, il s'agira simplement d'un rafraîchissement. Nous ne toucherons pas à la buanderie ni au débarras. J'ai pris rendez-vous avec un ébéniste pour construire une banque d'accueil sur mesure et une grande table à manger pouvant réunir vingt personnes.

Depuis le début de la semaine, je cours partout pour acheter ou commander le mobilier manquant, le linge de maison, ainsi que des accessoires de décoration. J'ai également prévu de rencontrer une société de communication qui se chargera de la création d'un site internet, de mes publicités et cartes de visite, du panneau pour la devanture et ceux pour afficher les prix de la nuitée et des repas et enfin de quelques *goodies* comme des stylos, marque-pages, *tote bag*. J'envisage d'offrir des petits cadeaux à mes clients, mais aussi de m'en servir pour démarcher à l'extérieur. Début décembre, un conseiller local du label *Gîtes de France* viendra au manoir afin de déterminer si ma maison d'hôtes est bien conforme à tous leurs critères. Ewenn et moi avons normalement pensé à tout. Ce label est un gage de qualité pour les touristes, l'établissement sera référencé sur Internet et dans des guides, il augmentera ma visibilité et me facilitera la tâche pour gérer mes réservations et effectuer ma comptabilité. Hier, j'ai reçu une réponse favorable à une demande de subvention qui absorbera le coût de toutes les dépenses de lancement.

Ce matin, j'ai prévu de me rendre chez deux antiquaires pour dénicher de bonnes affaires et des perles rares. Malgré ma fatigue nerveuse et mentale, mon sourire reste gravé sur mon visage pendant que je conduis. Mon téléphone vibre sur le siège passager, je jette un œil tout en gardant l'autre sur la route. La photo de ma mère clignote sur mon écran, tandis que je me reconcentre entièrement sur mon itinéraire. Au fil du trajet, je réalise qu'elle a essayé de me joindre à deux reprises cette semaine et chaque fois, j'ai repoussé le moment de la rappeler. Est-ce qu'inconsciemment, c'est parce que je ne lui ai pas encore parlé de ma relation avec Ewenn ? C'est certainement un peu tôt pour prévenir notre entourage. Je soupire en me rétorquant mentalement que je n'ai pas de raison de le cacher non plus. Mes parents resteront discrets, ils n'ont jamais interféré dans mes relations amoureuses. Toujours à distance pour me laisser respirer, mais présents tout de même en cas de besoin. Et puis, j'imagine déjà ma mère se réjouir en affirmant qu'elle ne se trompe jamais et qu'elle savait depuis le début que je craquerais pour Ewenn. Bien qu'en réalité, j'en suis même au stade supérieur ! Chaque jour, je me sens un peu plus vivante. Une chaleur apaisante s'est réveillée en moi ; cet étrange sentiment de compter sincèrement pour quelqu'un. Ce rayon de soleil qui perce à travers l'âme, cette lame invisible qui me rend l'oxygène dont j'étais privée.

Le moteur vient de s'éteindre, j'inspire profondément, bien enfoncée dans mon siège. Puis, en attrapant mon téléphone, la stupidité de la situation me saute aux yeux. Ma mère veut simplement prendre de mes nouvelles, glaner quelques infos sur l'avancée des travaux. Je n'ai pas à me stresser de cet échange, c'est ridicule. Aussitôt, je lance la communication.

— Bonjour ma puce, comment vas-tu ? Toujours autant occupée ?

— Oui, depuis le retour du mariage, nous avons mis les bouchées doubles et j'ai eu très peu de temps pour moi. Là, je m'apprête à inspecter plusieurs boutiques pour dénicher le mobilier que j'ai imaginé pour le manoir.

— Ton père et moi aimerions te rendre visite prochainement. Je dois avouer qu'il meurt d'envie de découvrir l'avancée des travaux. J'ai l'impression qu'il retombe en enfance chaque fois que nous évoquons le sujet. Et puis, peut-être que nous pourrions vous apporter notre aide si vous en avez besoin.

Prise au piège, je ne peux pas leur refuser de venir. Je peux comprendre l'agitation de mon père. Le manoir a une place particulière dans son cœur, c'est l'histoire de sa famille depuis des générations, ses souvenirs d'enfant, de mari et de père. Un lieu qui a réuni toutes les dimensions de son existence et qui s'apprête à accueillir les miennes à présent.

— Venez prendre l'apéro demain en fin de journée.

— On pourrait ensuite manger tous les trois dans un restaurant ? Ça te dit ?

— Euh… Peut-être qu'on sera quatre…

Ma mère déglutit, comme si son cerveau n'avait pas pu traiter l'information et aurait court-circuité. Si elle était en face de moi, je sais déjà qu'elle me lancerait un regard silencieux et inquisiteur, partagée entre l'envie de sourire et la crainte d'avoir mal interprété ma phrase.

— Il y a un petit changement dans ma vie, confessé-je.

Et là, j'imagine très bien le coin de ses lèvres s'étirer sur son visage. Elle ne prononce pas un mot, sûrement en train de fournir un effort pour ne pas me brusquer. Je décide d'abréger son supplice.

— Je suis avec Ewenn depuis quelques semaines… Tu avais raison, la taquiné-je, comme toujours.

— Oh, ma chérie, je suis très heureuse pour toi ! Et je ne suis pas fière d'avoir eu raison, c'était d'une telle évidence. Il suffisait de vous observer à l'anniversaire de Clara. Il y avait une si belle lueur dans le regard d'Ewenn dès qu'il posait les yeux sur toi… Tu sais, il n'y a de rencontre qui ne peut s'éviter. Tout est écrit, ma puce.

Ah tiens, cela faisait longtemps que ma mère m'avait épargné ses pensées sur les plans de l'univers, le destin de chacun et l'objectif de notre existence. Pour elle, tout est déjà tracé et rien ne pourra le modifier. Je dois avouer que je n'ai jamais été d'accord avec ses conneries. De mon point de vue, nous sommes les acteurs de notre vie et des actions que nous subissons. Nous pouvons déclencher le meilleur comme le pire en fonction de nos intentions. Nous avons le pouvoir de briller ou de basculer dans l'obscurité. Ses élucubrations me replongent quelques instants dans mon passé… Je n'ai jamais eu la possibilité de changer quoi que ce soit. Mon corps était malade, toutes mes tentatives de pensées positives n'ont rien amélioré. J'ai voulu mettre fin à mes jours et même ça, je n'ai pas réussi à y parvenir. Tout cela ne peut pas être le résultat de mes actions, je n'ai jamais rien fait de répréhensible pour le payer aussi sévèrement. Peut-être que ma mère a raison et qu'il était écrit que depuis ma naissance, je développerai cette saloperie et ne pourrai jamais donner la vie ni être appelée maman. Si j'avais eu conscience de cette vérité depuis mon jeune âge, je ne suis pas certaine que j'aurais eu le courage de continuer. Il y a peut-être des choses qu'il ne vaut mieux pas découvrir avant et les analyser seulement quand on est au pied du mur. Aujourd'hui, je n'ai d'autre choix que d'accepter pour avancer. Cela paraît tellement simple évoqué ainsi, pourtant, sans acceptation, le chemin sous nos pas disparaît. Et accepter n'est pas toujours possible, alors dans ce cas, on chute dans un vide vertigineux, jusqu'à la fin des temps.

— Maman, je dois te laisser si je veux trouver mon bonheur et être prête pour l'ouverture. Dis, tu pourrais en toucher un mot à papa, histoire qu'il ne fasse pas une syncope à table durant le repas ? Parce que lui, il n'a rien vu venir.

— Oh, rassure-toi, ma chérie. Ton père est d'accord avec moi, c'est même lui qui en a parlé le premier durant le trajet du retour après l'anniversaire de Clara. Ne te soucie pas de nous, nous sommes très heureux pour toi. Profite de cette nouvelle relation, tu as le droit de vivre maintenant, Anna. Il est vraiment temps que tu te pardonnes une fois pour toutes. Tu n'es pas responsable de ton cancer. Rien n'est ta faute. C'est douloureux, étouffant, mais tu peux retrouver une salve d'air pur. Ewenn a sûrement de très belles choses à t'apporter et je crois que c'est le mieux qu'il pouvait t'arriver.

Je suis émue par les paroles douces et sincères de ma mère. Cela faisait une éternité que nous n'avions pas échangé avec autant d'honnêteté, enfin surtout de mon côté. J'ai l'impression d'avoir abattu une cloison épaisse, un mur érigé pour me protéger. Je réalise à présent qu'il ne servait à rien. Hormis, me priver de l'amour des autres et de leur bienveillance. C'est moi qui me suis obstinée à vivre dans l'obscurité durant ces années, j'ai volontairement arrêté de vouloir briller. Personne ne m'a forcée à rien. C'est l'unique choix que j'ai fait pour moi. Vivre durement pour survivre. Il est parfois plus rassurant d'être malheureux, parce que l'on ne craint plus de perdre, on ne possède déjà plus rien et la douleur est la seule constante dans notre quotidien. Mais ce que j'ignorais sciemment jusqu'à présent, c'est qu'il n'y avait pas besoin de me résigner à survivre de cette manière, puisque l'existence tout simplement trépignait d'amour et de partage autour de moi. C'est moi qui ai fermé les yeux pour ne rien voir. J'ai enfin la certitude aujourd'hui d'avoir franchi une étape. Ce fameux déclic, tellement fort qu'il empêche de revenir en arrière. On sait à ce moment-là que plus rien ne pourra s'immiscer dans notre existence. Peu importe l'élément perturbateur qui se présentera, je l'expulserai sans difficulté d'une simple pensée.

Chapitre 47

Lundi

— Et donc comment s'est déroulée la soirée avec vos parents ?

— Oh, très bien, même si je redoutais qu'ils ne soient pas très naturels. Mais finalement, ce n'était que la projection de mes angoisses et non la réalité. Mon père et ma mère étaient au contraire fidèles à eux-mêmes, comme si ma confidence n'avait rien changé. Et puis, ils apprécient vraiment Ewenn. Tous les quatre, nous avons partagé un bon moment.

Le docteur Leimann me sourit avant d'ajouter :

— En effet, ils sont très heureux pour vous, mais cela ne vient pas influencer le rapport qu'ils entretiennent avec vous. Vous restez leur fille et vos parents semblent vous aimer sincèrement. Il n'y avait aucune raison que ça se passe mal.

— Ils paraissent tout de même plus sereins, comme si l'arrivée d'Ewenn avait balayé l'inquiétude qu'ils éprouvaient pour moi.

Je m'interromps un instant, ma psy me laisse poursuivre ma réflexion sans intervenir. C'est ce que j'apprécie aussi dans son attitude professionnelle, les blancs ne la gênent pas, elle ne les rend pas insupportables, ils ont l'air de glisser sur elle, telles des gouttes de pluie sur un k-way. Ainsi, mon malaise ne grandit pas et petit à petit la pression redescend, poussant à me livrer plus facilement aux confidences. Elle possède cette patience incarnée et j'ai vraiment le sentiment qu'elle ne juge pas mes interventions. Sa neutralité déclenche et encourage ma sincérité.

— Et maintenant, Anna, je vous propose un petit exercice. Allongez-vous sur le canapé, fermez les yeux, je vais quitter le bureau et revenir d'ici une quinzaine de minutes. Durant ce temps, interrogez-vous profondément sur la vision de votre vie à six mois, puis à un an.

Je lui lance un regard interloqué, stupéfaite par sa demande. J'étais loin de m'imaginer un tel scénario pour le reste de la consultation. Après une longue objection interne, mes bonnes résolutions ébranlent ma morale et j'accepte de me prêter au jeu.

Une fois mon accord donné, ni une ni deux, elle se lève et quitte la pièce. De bonne foi, je m'allonge et ferme les yeux. Je tente d'activer ma pleine conscience pour m'enivrer de tous les effets de cet instant et pouvoir ensuite descendre jusqu'aux profondeurs de mon âme. J'essaye de tout ressentir autour de moi. Le soulagement sous mon dos au contact des coussins moelleux, la chaleur de la matière en velours qui effleure mon corps. Le chant des oiseaux à peine audible à travers la fenêtre et plus je souhaite l'entendre, plus sa mélodie s'amplifie dans ma tête. Puis les secondes suivantes, un relâchement s'opère à l'intérieur de mes entrailles. Comme si le monstre qui s'y logeait et s'y déchaînait tous les jours avait disparu. Le cadre apaisant autour de moi et les effluves d'huiles essentielles dans mes narines m'amènent petit à petit aux portes de mon être profond. Ma conscience semble mise en veille, prête à bondir en cas d'alerte, mais tant qu'aucun danger ne se manifeste, elle s'efface.

Des images se succèdent, celles d'un jour radieux, où nous sommes dans le domaine du manoir. Ewenn m'entraîne par la main sur le petit sentier. Je ne me vois pas, mais je ressens l'immense sourire qu'arborent mes lèvres.

La voix de ma psy s'invite dans mon esprit et réitère sa question. Quelle sera ma vie dans six mois ?

Le visage d'Ewenn s'imprime à nouveau devant mes yeux. Autour d'une coupe de champagne, nous célébrons la réussite de la maison d'hôtes. Puis, les appels s'enchaînent et Ewenn signe de nouveaux contrats grâce à la publicité du manoir. Les mois défilent à toute vitesse et je ne peux saisir que des bribes de moments heureux. Les projections ralentissent et s'arrêtent un an plus tard, Clara s'imprime dans notre quotidien et cela est loin de me déplaire. J'aime cette gamine ! C'est déconcertant, pour une fois, je parviens à être sincère avec moi-même.

Je rouvre les paupières à l'arrivée du docteur Leimann dans la pièce. Un détail retient mon attention ; elle se tient debout, immobile. Elle ne se rassoit pas face à moi.

— Anna, méditez sur cette expérience jusqu'à la semaine prochaine. Vous me relaterez ensuite vos conclusions.

Mes yeux s'écarquillent encore une fois, elle a le don de me surprendre. J'acquiesce et ramasse mes affaires sans demander mon reste. Après avoir payé, je ressors du cabinet avec des interrogations plein la tête, à tel point qu'elles commencent à surchauffer mon cerveau.

***

C'est le début de soirée et je conduis jusque chez Ewenn. Je dois reconnaître que ce n'est pas désagréable d'avoir un second toit pour changer d'air, même si c'est proche du manoir, j'ai le sentiment d'insuffler un peu d'oxygène dans ma routine.

Je me gare dans la cour et marche dans l'allée, j'ai l'impression d'avoir retrouvé la légèreté de mon adolescence. Ma main tente de dominer mes cheveux rebelles, comme si elle détenait le pouvoir qui sauverait les apparences. Non, il faut admettre qu'après une journée à courir partout, je n'ai pas eu le temps de revenir au manoir pour me rafraîchir. Ewenn se contentera de mon aspect au naturel. C'est donc avec la sueur sur le front et les cheveux en éventail que je m'apprête à le rejoindre. Nous pouvons estimer que s'il reste avec moi après cela, il m'aime vraiment pour ce que je suis. On ne pourra pas lui enlever ça !

Je sonne et rentre, bien qu'il m'ait rabâché d'entrer directement. Cela me paraît hyper-intrusif à ce stade de notre relation de pénétrer chez lui comme si j'étais chez moi. Nous avions l'habitude de cohabiter, mais nous avons remis un peu d'espace, histoire de prendre le temps de vivre nos débuts sans nous précipiter. Et je dois bien admettre que cela me plaît et me convient. Petit à petit, c'est tout que ce j'espérerais. De cette manière, je redoute moins d'échouer.

Ewenn m'attend au salon, je m'avance vers lui pour l'embrasser et une odeur de pommes au four et de bœuf mariné s'échappe de la cuisine. Un léger sourire se dessine malgré moi, il a passé sa journée à travailler au manoir et m'a déjà préparé un dîner.

— Alors ta chasse au trésor a-t-elle été fructueuse ? me taquine Ewenn.

— Eh bien, oui, figure-toi ! J'ai déniché bien plus que je ne l'espérais. Des meubles pour l'espace d'accueil dans le hall, des fauteuils individuels de style ancien aux coussins bien garnis et aux menuiseries ornées de gravures. Puis, j'ai eu une idée supplémentaire pour les travaux, il faut modifier l'éclairage. Tu vois, créer une certaine atmosphère pour exploiter un maximum la lumière du jour, celle qui est naturelle. Alors on pourrait réaliser deux ouvertures imposantes pour y installer des fenêtres de chaque côté de la porte d'entrée. La percée du jour changera tout, elle se frayera un chemin jusqu'à l'intérieur.

Ewenn lève des yeux enthousiastes dans ma direction.

— C'est une bonne idée ! Avec l'aide des intérimaires, on peut y parvenir à temps. Tu devrais peut-être déjà réfléchir à une devanture, à un nom pour le manoir.

— Tu as raison, je vais bientôt rencontrer la société de communication et je n'ai pas vraiment pris le temps d'y songer sérieusement.

Je m'interroge quelques minutes et les souvenirs de mon enfance refont surface. Je l'ai toujours appelé ainsi et mes proches aussi. Convaincue, je regarde Ewenn avant de suggérer :

— Au manoir du bonheur.

Il fronce les sourcils, je crois qu'il n'est pas très fan de ma proposition. Bon d'accord, c'est peut-être un poil kitsch.

— C'est un peu simpliste, non ?

J'apprécie son tact pour m'annoncer qu'il n'adhère pas à l'idée, mais je ne suis pas dupe.

— C'est un clin d'œil à ma famille et à mon enfance, nous l'avons toujours nommé ainsi. Alors, même si j'avais pu être plus originale, j'y tiens, parce que quelque part, c'est sentimental et c'est l'identité que nous lui avons donnée.

— Je comprends mieux. Va pour « Au manoir du bonheur » !

Je lui souris, cette idée me plaît vraiment.

Le reste de la soirée se déroule en douceur. Après avoir trop mangé, nous nous sommes enlacés devant un film, dont je ne me souviens pas du titre. Je n'ai jamais réussi à retenir ce genre de détails insignifiants, surtout aux côtés d'Ewenn. Le temps s'est effacé dans ses bras, c'est un peu déstabilisant d'éprouver autant de sécurité et de bien-être. Quelque part au fond moi, je sais que je peux compter sur lui à n'importe quelle heure du jour ou de la nuit. Il sera toujours là si j'ai besoin de lui. Nous n'en avons jamais parlé, mais c'est quelque chose qu'il me fait ressentir à travers son comportement et ses attentions. Ewenn est devenu l'un des piliers de ma vie.

Chapitre 48

Novembre
Ewenn

Cela doit bien faire dix minutes que je remue le pinceau dans la peinture pour recouvrir la porte d'entrée du manoir. Mon esprit est parasité par Clara depuis trois semaines. Ses résultats scolaires sont en chute libre, Daphné rejette la faute sur la difficulté à suivre l'intégralité des matières en anglais. Mon ex-femme a refusé de l'inscrire dans une école spécialisée pour les étrangers, afin de « stimuler immédiatement ses facultés linguistiques ». Le plus inquiétant dans l'attitude de Clara, c'est que je ne ressens plus son entrain naturel à travers sa voix quand je l'appelle. Ma fille semble réellement souffrir de la situation. Je ressasse les solutions dans tous les sens, une seule me revient sans cesse : convaincre Daphné de lâcher prise et de m'accorder sa confiance. Je suis tout à fait capable d'assumer Clara. Et si c'est ce qu'elle souhaite au plus profond de son cœur, je ne comprends pas pourquoi sa mère le lui refuse. Mon ex se comporte égoïstement en s'obstinant de la sorte.

Anna me rejoint pour m'aider et s'adresse à moi. Pourtant,

je prends conscience de sa présence seulement lorsqu'elle pose sa main sur mon épaule.

— Tout va bien ? Tu sembles très concentré. Et je ne crois pas que ce pinceau y soit pour quelque chose. Non ?

— Je m'inquiète pour Clara. Tout ça commence vraiment à me prendre la tête ! Je l'ai appelée hier et depuis, je ne cesse de cogiter à plein régime.

Je soupire, tentant de recouvrer mon calme. Je ne suis pas énervé contre Anna, simplement frustré par la situation qui devient urgente.

— Elle ne va pas bien, même si elle ne se plaint pas. Son air est triste au téléphone, ses notes n'ont jamais été aussi basses et elle refuse les activités imposées par Daphné. Clara reste cloîtrée dans sa chambre. Je dois réagir, je ne peux pas tourner la tête si ça concerne ma fille. Je ne voulais pas la faire souffrir avec un nouveau conflit entre sa mère et moi, mais finalement, le résultat est le même. Alors, autant respecter son souhait.

Anna m'envoie un sourire tendre, avant de me répondre.

— Je suis d'accord avec toi, je l'ai appelée il y a trois jours. Elle paraît plus introvertie depuis son retour à New York. Ce n'est pas forcément une mauvaise chose en soi, si ça te rend heureux, mais ça ne semble pas être son cas. Sache que je te soutiens et suis là si tu as besoin de mon aide.

— Merci. Je dois commencer par une conversation avec mon ex. Elle doit écouter la réalité et arrêter de se montrer égoïste.

Anna m'embrasse sur la joue et passe ses bras autour de mon cou. Au moins une chose dont je suis certain, je suis heureux de l'avoir à mes côtés. Même dans les moments où la situation devient difficile, elle a le don de me changer les idées, de démêler mes nœuds intérieurs, de redresser mon cœur et de supporter mon poids pendant que je me relève.

Au fond de moi, j'espère qu'un jour, je déclencherai en elle ce sentiment rassurant. Bien qu'elle m'ait ouvert la porte de sa confiance, je sais qu'il y a des réglages dans le cerveau humain qui nécessitent bien plus que de bonnes intentions. Anna a besoin d'aimer à nouveau la vie, de lui faire confiance dans sa plus authentique sincérité. Aujourd'hui, il y a encore des menaces qui planent au-dessus de nos têtes ; il lui faudra du temps pour les chasser définitivement.

***

Nous avons décidé de rester dormir au manoir ce soir, c'est plus pratique pour les travaux. Anna commence à véritablement se projeter dans l'ouverture de sa maison d'hôtes. Elle a acheté les trois quarts de la décoration intérieure et en fin de journée, elle a commandé des équipements modernes de cuisine pour compléter ce qu'elle possède déjà. Elle passe de nombreux coups de téléphone pour nouer des partenariats avec des établissements locaux, le département et la région. Elle enchaîne les rendez-vous pour finaliser ses démarches. Elle a même réussi à négocier des subventions. Anna est une réelle force de la nature, elle ne lâche rien et ce trait de caractère ne peut être qu'un très bon point pour son projet et sa future clientèle. J'ai l'impression qu'elle est montée sur pile du matin au soir, avant de s'évanouir en milieu de soirée.

Pendant qu'elle cuisine, j'en profite pour sortir sur la terrasse et passer l'appel qui m'a torturé l'esprit et les nerfs toute la journée.

— Ewenn, tiens. Tu vas appeler notre fille tous les jours ?

— C'est toi que je contacte là, pas Clara, coupé-je d'un ton dénonçant clairement que je ne suis pas d'humeur à la plaisanterie ni aux reproches.

— Qu'est-ce que tu veux ? C'est l'après-midi, ici et tu sais, j'ai un métier…

— Daphné, tu vas te taire et m'écouter. Je me fous de ton job de snob et de tout le reste. En revanche, tu vas enfin prendre tes responsabilités de mère. Le comportement de Clara devrait t'alerter ! Notre fille est malheureuse, ouvre les yeux une bonne fois pour toutes. Alors, je te le demande sincèrement, range ta fierté et laisse Clara revenir vers moi.

— Ewenn, c'est hors de question ! Clara s'est engagée à essayer durant toute l'année scolaire, je ne céderai pas.

— Putain, ce n'est pas possible d'être aussi bornée. Notre fille souffre de la situation et toi, tu t'en fiches complètement. Comment as-tu pu devenir ce genre de mère, Daphné ?

Elle claque sa langue sous l'agacement.

— Cesse tes grandes paroles, ce n'est pas à toi de me prodiguer des conseils. Écoute-moi bien, toi aussi, ta fille te manipule pour obtenir ce qu'elle veut. Rassure-toi, même si Clara ne sort pas beaucoup ou parle peu, elle ne s'empêche pas de vivre. C'est une adolescente, elle doit faire sa crise avant l'heure.

Je reste silencieux quelques secondes, cherchant un moyen de calmer ses ardeurs et de la faire réfléchir.

— Tu peux répondre avec franchise à une question ? Pourquoi refuses-tu qu'elle vienne habiter avec moi ?

— Un enfant doit être avec sa mère, c'est dans l'ordre des choses.

— J'espère que tu es plus convaincante quand tu mènes des négociations. Pour une fois, tu ne peux pas être simplement honnête ?

Elle soupire profondément.

— J'ai besoin d'elle…

— OK. Alors, que partages-tu réellement avec notre fille au quotidien ? Qu'est-ce que vous faites ensemble, concrètement ?

Le silence de Daphné marque au fer rouge son absence de lien avec Clara. Je décide de la malmener un peu pour qu'elle prenne vraiment conscience de la situation.

— Donc... de la cuisine, du shopping, des séances de cinéma, du sport, de longues conversations ? Tu peux bien me citer au moins un exemple !

— Ewenn, tu commences à m'emmerder !

— Tu sais que j'ai raison dans le fond. Clara ne me raconte rien de ce qu'elle fait avec toi, parce qu'il n'y a rien à dire. C'est toujours la même chose, « maman est au travail », « maman voyage pendant plusieurs jours », « le week-end, maman et Tom reçoivent des amis ». Quand, vas-tu réaliser que tu n'accordes rien à ta fille, hormis ton foutu argent ? Ne t'étonne pas de ce qui va arriver.

— Oh, tu me menaces... Et donc, qu'est-ce qui peut bien m'arriver ?

— Je vais prendre un avocat et demander la garde de Clara, elle est en âge de choisir. Puisque tu ne veux pas régler la situation entre nous, repassons au tribunal.

— Tu ne m'impressionnes pas, franchement tu es pathétique, Ewenn. Je vais embaucher le meilleur avocat, tu ne feras pas le poids. Tu vas jeter ton fric par la fenêtre et crois-moi, dans ta situation, il ne vaudrait mieux pas. Le juge se rendra vite compte que tu peux à peine offrir le confort nécessaire à Clara.

— Je me fous de ce que tu en penses. Je t'appelais pour te prévenir.

Je raccroche et vocifère enfin. Quelle sacrée garce ! Comment peut-elle être fière au point d'ignorer le comportement de notre fille ? Cette conversation m'a redonné le courage de me battre et ne pas baisser les bras.

Cette fois, je décide de joindre Clara sur son portable. Elle est peut-être déjà sortie des cours.

— Salut papa.

— Hello, ma puce. Tout va bien ?

— Hum, je viens de rentrer de l'école.

— Clara, je t'appelle pour te parler de quelque chose. Ma question va peut-être te sembler bizarre, mais réponds sincèrement. D'accord ?

— D'ac.

— Est-ce que tu es malheureuse à New York ?

Je l'entends renifler discrètement.

— Hum… je veux revenir vivre avec toi.

Sa supplique terrasse les quelques doutes qui subsistaient dans ma conscience.

— Je viens d'avoir une conversation avec maman, elle refuse toujours cette option. Mais, je ne peux pas continuer à te savoir mal, alors je vais lancer une procédure pour avoir ta garde. Ton avis te sera demandé, à ton âge, le juge le prend en compte. Donc il faut juste être patient, le temps des démarches.

— Papa, tu crois vraiment qu'on peut gagner contre maman et Tom ? Tu sais, ils payeront les meilleurs avocats.

— Essaye de ne pas le voir comme une guerre de clans. Ce n'est pas ça, tes deux parents t'aiment et chacun désire ta garde.

— Ce n'est pas la peine de la défendre, je n'ai plus cinq ans. Je comprends beaucoup de choses.

— J'en suis bien conscient, mais je te demande juste de ne pas en vouloir à ta mère, Clara. Tu sais très bien qu'elle t'aime, elle est simplement maladroite et n'arrive pas à accepter de ne plus t'avoir à ses côtés. Quelque part, je la comprends, c'est une décision difficile.

— Tu es trop gentil avec elle.

— Clara, ce n'est pas la question.

— D'ac… Merci, papa. J'ai vraiment hâte de te retrouver.

Chapitre 49

Décembre

Malgré la fin de l'automne, le soleil persiste et ses rayons réchauffent mes joues et mon humeur. Je déambule entre les différents stands du marché, tout le monde ici est bien matinal et si l'on observe un peu, on aperçoit quasiment tous les commerçants du coin. J'avance d'un pas décidé, sans hésiter sur le chemin à emprunter jusqu'au primeur, Yves. Oui, on a déjà sympathisé ! C'est un joyeux sexagénaire, une petite blague toujours planquée dans la poche ! On est vite tombé d'accord, dès l'ouverture de mon établissement, je commanderai chez lui quotidiennement. Alors, pour remercier ma fidélité, il m'accordera un pourcentage de rabais et puis en contrepartie, je lui ferai de la pub sur mon menu en citant la provenance des matières premières. C'est gagnant-gagnant ! C'est tout de même grisant de parvenir à ces préparatifs finaux. Depuis une semaine, je m'entraîne à cuisiner pour une quinzaine de personnes, tester des recettes, élaborer une carte de l'entrée au dessert. Tout doit être encadré pour mes débuts, je tolérerai ensuite un zèle de liberté dans mes repas avec un grain d'imprévu dans ma cuisine. Je dois tout d'abord garder en tête la contrainte d'une table d'hôtes, celle d'un menu unique par repas à mes futurs clients. Dans un sens, cela me permettra de ne pas réaliser de gaspillage de denrées alimentaires et d'argent. Mes budgets hebdomadaires sont définis, dont notamment celui consacré à l'alimentation et je compte bien m'y tenir. J'ai suivi également une courte formation pour obtenir ma licence pour les boissons alcoolisées. En dehors des repas, je n'ai pas le droit d'en proposer à ma clientèle. Tout est très protocolaire ! Et le dernier point qui me donne le sourire tous les jours, j'ai déjà reçu mes premières réservations et ce, dès l'ouverture ! Il faut dire que l'acceptation de mon intégration au label national m'a permis d'apparaître plus facilement aux yeux des vacanciers en recherche de location. Je n'ai jamais été si empressée de parvenir à mes fins, je risque de mourir d'impatience ! Plus qu'une dizaine de jours !

Yves se lève de sa chaise pliable pour venir m'embrasser, tout en s'enquérant de ma santé et de celle de ma famille – jusqu'au moindre ancêtre. Cet homme a ce petit truc chaleureux en lui, qui transpire de son être pour atteindre les autres. Presque immédiatement, mes épaules se relâchent, mon rythme cardiaque ralentit et mon esprit devient plus léger. C'est assez étrange.

Pendant une bonne heure, nous échangeons sur ses produits et sa façon très ancienne de mener à bien ses cultures. Il me recommande deux amis, un boucher et un pêcheur. Je le remercie joyeusement, c'est un plaisir d'enrichir mon carnet d'adresses de professionnels fiables.

Le temps s'effiloche et cela me permet aussi de ne pas penser aux soucis qui parasitent mon esprit. Je vois bien qu'Ewenn et son avocat piétinent. Apparemment celui de Daphné maîtrise toutes les combines pour toujours réclamer un document, reporter les rendez-vous pour une raison ou une autre. Clairement, elle cherche à gagner du temps.

Pourtant, cela semble assez convaincant pour Clara, elle redoute que son père n'obtienne pas les faveurs du juge. C'est peut-être très cliché de ne pas pouvoir supporter l'ex-femme de son conjoint, mais en essayant de rester objective, Daphné a quelque chose dans sa personnalité, tout au fond d'elle, qui me dérange. Un excès de conquête d'ego, une tornade prête à tout saccager sur son passage, sans se soucier des dégâts qu'elle causera.

Sur le chemin du retour, je m'arrête à l'office du tourisme pour déposer mes flyers, cartes de visite et pour rapter une quantité de prospectus pour mes futurs clients. Je compte bien leur proposer les activités locales et les spécialités de cette ville. Quimper est une magnifique ancienne cité médiévale et malgré tout, il y a un nombre important de jardins et d'espaces verts en son sein. Le paysage est lui-même traversé par quatre cours d'eau, ce qui vient sublimer le tableau, déjà bien coloré par les teintes vives de certaines maisons ou d'autres à colombages. Il y a une vingtaine, voire une trentaine, d'activités à découvrir entre Quimper et les alentours. Mes clients pourront, s'ils le veulent, organiser une randonnée dans les gorges du Stangala, qui demeurent une curiosité géologique pouvant atteindre jusqu'à quatre-vingts mètres de dénivelé. Ou même l'ascension du mont Frugy, la colline emblématique quimpéroise qui offre un panorama incroyable. Ils auront également la possibilité de visiter les musées du coin, celui de la faïence, le musée départemental breton ou encore celui des Beaux-Arts. Il y a aussi tous les somptueux jardins, dont celui de la Retraite. Cet endroit offre trois espaces singuliers, allant des palmiers aux plantes tropicales jusqu'à celles de terrain sec. La liste est longue, mais ce lieu a tellement à offrir que j'ai envie d'en partager un maximum à ma clientèle. Et puis, tout ceci ne peut pas faire de mal aux commerçants locaux, bien au contraire.

***

En début de soirée, je rejoins Ewenn chez lui. J'ai réellement parcouru la ville en long, en large et en travers pour dégoter toutes les informations possibles sur les commerces et activités du coin et j'en ai même découvert que je ne connaissais pas. Il va falloir moi-même que je suggère certains restaurants et je vais devoir les tester prochainement. Hors de question de donner une mauvaise adresse ! Tout doit être parfait. J'ai pu aussi créer un partenariat avec trois maisons d'hôtes voisines, si l'un de nos établissements est complet lors d'une réservation, nous recommanderons les deux autres.

Depuis quelques jours, je possède ma propre clé de chez Ewenn. Par commodité, nous avons opté pour avoir un double de chaque domicile. Nous ne passons plus nos journées ensemble, depuis qu'Ewenn a de l'aide et que je peux vaquer à orchestrer l'ouverture de mon établissement. Ces derniers temps, mon planning s'est organisé autour du choix de la petite cuillère à café, de l'esthétique de mes cartes de menus et de l'achat de literies. Nous avons gardé l'ossature des lits d'époque du manoir, puisque nous en avons toujours pris soin. En revanche, j'ai jeté tous les matelas et réinvesti dans du neuf. Le confort doit être là et croyez-moi, je n'ai pas lésiné sur les dépenses. J'ai même pensé à acheter des oreillers de chaque type pour répondre aux besoins de tous les clients.

Je me déleste de mes ballerines dans l'entrée et enfile ma paire de chaussons. La camionnette d'Ewenn n'était pas stationnée dans la cour, il ne devrait pas trop tarder à rentrer. Pourtant quelque chose m'intrigue, il est déjà presque vingt et une heures et il ne lui restait plus qu'une couche de peinture à appliquer dans la salle de réception. Titillée par ce constat, je cherche mon portable dans mon sac à main. Il ne m'a pas contactée, alors ni une ni deux, je l'appelle. Mon humeur ne s'améliore pas lorsque je tombe directement sur sa messagerie. Ewenn et sa super-manie de ne jamais recharger son téléphone par anticipation ! C'est soit ça, ou deux autres options ; il est déjà en ligne ou il n'a simplement pas de réseau. Je songe un instant à appeler au manoir, puis me souviens que j'ai enclenché le répondeur avant de partir faire ma tournée de la ville. Je dois éviter de me monter la tête, chasser cette vieille habitude. Je n'ai aucune idée de ce qu'il peut bien faire, pas la peine de chercher plus longtemps.

Je m'affaire pour ne pas m'inquiéter et commence à découper des tomates et des poivrons. Ensuite, je m'en prends aux pommes de terre, je les attaque à coups d'éplucheur et les taille en dés sans pitié. Voilà que, très rapidement, j'arrive au bout de ma préparation ! J'avais apporté un poulet cuit dans la matinée dans le nouveau four à broche du manoir. Cet équipement est une véritable tuerie ! J'espère qu'Ewenn ne va pas rater mon dîner.

Ma fausse bonne humeur s'étiole. Je réitère mon appel, sans plus de succès. Je commence à m'agiter d'une extrémité à l'autre de la cuisine. Mes yeux ne cessent de fixer le cadran, pourtant celui-ci m'indique deux messages paradoxaux ; le temps ne passe pas à l'attendre et il est quand même déjà tard. Je coupe les feux et rabats les couvercles sur les casseroles. J'erre comme une âme en peine jusqu'au séjour. J'allume bêtement la télévision pour me sentir moins seule. Avoir du son autour de moi, quelque chose qui m'aide à rester ancrée dans la réalité pour empêcher mon esprit de divaguer.

À une heure du matin, je commence sincèrement à m'inquiéter. J'hésite entre contacter la police ou les hôpitaux.

Mais n'est-ce pas une réaction excessive ? Il a peut-être été invité à une soirée à la dernière minute par un ami, un collègue ou qui sais-je et puis, sa batterie l'a lâché avant qu'il ne puisse m'appeler. Et si j'arrêtais de m'inventer tous les scénarios possibles ? Je ne peux pas faire grand-chose, hormis, éventuellement prendre ma voiture et aller jusqu'au dépôt. Il n'y a aucune raison pour qu'il soit encore au manoir. Il m'aurait prévenue. Ewenn gère son travail depuis son portable et n'a donc pas de téléphone fixe dans ses locaux. Des scénarios s'invitent à nouveau dans ma tête… Ah, *pis merde*, j'en sais rien ! Il pourrait être n'importe où, chez sa mère, en ville…

Tout ce dont je suis certaine, c'est qu'il est distant et plutôt froid ces derniers jours. Et l'origine de son humeur n'est autre que la situation autour de Clara, entre les avocats, son ex, les papiers à produire, les démarches à répétition et puis sa fille qui baisse les bras. J'espère juste qu'il va bien.

***

À trois heures du matin, j'ai sauté au volant de ma voiture. N'arrivant plus à me contenir au lit, je me suis rhabillée en deux temps trois mouvements. Ma conscience me hurle depuis des heures de partir le chercher, j'ai comme un mauvais pressentiment. Je voulais éviter de paraître intrusive ou comme une conjointe pot de colle, mais mes nerfs ne disposent pas de ressources inépuisables ! Je roule au-dessus de la limitation pour atteindre plus vite ma destination. J'espère sincèrement qu'il sera là-bas, même si je n'en imagine pas la raison.

Lorsque ma voiture franchit les mètres aux abords du dépôt, tout mon corps se crispe jusqu'à ce que j'aperçoive sa camionnette. Mon souffle se relâche, en toute logique il devrait être là. Mais bon Dieu, que fout-il ici à trois heures du matin, sans me prévenir ? J'avoue que la colère me chatouille et qu'il ne faudrait pas grand-chose pour qu'elle me dépossède de mes bonnes manières. Gare à toi, Ewenn Morvanec !

Je m'arrête un instant devant la porte d'entrée, je tente de calmer ma respiration saccadée par la peur et l'énervement. Deux ou trois bouffées d'oxygène après, je pousse enfin la poignée. Elle n'est pas verrouillée et je pénètre immédiatement. Puis, mon cerveau reprend sa paranoïa et imagine mon conjoint inerte au sol, ayant succombé à un quelconque malaise.

Mon regard se perd sur la partie atelier qui baigne dans l'obscurité, j'appelle Ewenn, mais n'obtiens aucune réponse. Je commence vraiment à douter qu'il soit là, mais bon, la porte était ouverte. J'entre dans le couloir sombre, une faible lumière jaillit sur ma gauche à travers un carreau. Je tire la porte et avance en direction de la cuisine. Je me fige, Ewenn est endormi, la tête contre la table. Une bouteille de whisky trône au centre et d'ici, je peux affirmer qu'elle est vide.

Mon pied tapote nerveusement contre le sol et je ne peux rien faire pour le calmer. Durant les premières minutes, je suis sidérée. Comment a-t-il pu se saouler sans me donner de nouvelles ? Alors que nous avions prévu de passer la soirée ensemble chez lui. Ça ne lui ressemble tellement pas ! Je le dévisage quelques secondes et soudainement, je revois l'homme que j'ai rencontré la première fois, alcoolisé et titubant sur la voie publique. Une partie de moi est tout de même rassurée de le savoir sain et sauf en train de comater profondément, tandis que l'autre meurt d'envie de le secouer comme un prunier.

Sur la table à côté de sa main, traîne son téléphone éteint et des documents de son avocat. Je crois que je n'ai pas besoin de réfléchir davantage. C'est la situation actuelle qui l'a poussé à picoler de la sorte. Peut-être même une énième engueulade avec Daphné.

J'avoue que je ne parviens pas à taire la colère en moi. Vexée et déçue qu'il ait choisi cette option plutôt que de compter sur mon aide.

J'hésite longuement à me transformer en dragon et à le réveiller rudement, mais je finis par laisser tomber. À quoi servirait d'avoir une conversation à presque quatre heures du matin, alors qu'il a trois grammes dans chaque veine et que je ne suis clairement pas calme ?

Je repars comme si de rien n'était et rentre me coucher. Maintenant que je suis rassurée sur le fait qu'il soit vivant, je vais pouvoir m'écrouler. Pour la peine, je décide de conduire jusqu'au manoir, autant dormir pénarde dans mon lit. Et vu l'état d'Ewenn, je doute qu'il soit là aux aurores et quand bien même, il se débrouillera sans moi. Sincèrement, j'ignore quelle est la bonne façon de réagir à son comportement. Dois-je m'énerver, m'inquiéter ou encore ne pas m'en mêler ? Je ne sais pas où se trouve la limite entre nous à présent, en fait je ne souhaite pas le braquer ou ajouter une couche à ses soucis. Pourtant, je reste convaincue que nous devrions avoir une vraie conversation et lui confier mes tourments. J'espère que demain, il sera capable de les entendre avec sincérité.

Chapitre 50

La lumière du jour filtre à travers mes paupières, je sens une main caresser ma joue. J'entrouvre les yeux, Ewenn est assis sur le rebord du matelas, le visage grave et le teint livide. Son absence de la veille me revient en mémoire. Je me redresse contre la paroi du lit et l'observe en silence, attendant qu'il veuille bien prononcer quelque chose.

— Je suis vraiment désolé pour hier. Ce matin en me réveillant, j'ai remarqué tes appels. Je n'ai pas d'excuse, je suis un abruti.

Ma colère de la veille s'est envolée, je me retiens de sourire et l'encourage à poursuivre.

— Qu'est-ce qui s'est passé ?

— Après avoir terminé de peindre, je suis allé au dépôt décharger le matériel. Daphné m'a appelé au même moment et j'aurais mieux fait d'éviter de lui répondre. Elle est en plein délire, elle désire traîner Clara chez un psy pour prouver qu'elle n'est pas en état de décider où elle veut vivre. Mon ex-femme se soucie enfin du changement de comportement de notre fille, mais souhaite s'en servir pour l'empêcher de partir. Je ne sais vraiment plus quoi faire. Si Clara était en France, les démarches seraient plus simples. Elle semble tout de même oublier que la garde de notre fille a été convenue avant son départ à New York. Le jugement m'accorde un droit de garde un week-end sur deux et les vacances scolaires. Mais ce n'est pas la même chose qu'en France ; pas de Toussaint, une semaine à Noël, une en février et une à Pâques. J'ai vraiment été con d'accepter par écrit de ne l'avoir qu'aux vacances du fait de la distance. Et je n'ai même pas Noël, puisque Daphné tient à l'emmener au ski et comme Clara adore ça, je n'ai pas eu le cœur de m'y opposer. Mon avocat aussi perd patience, elle fait exprès de ralentir le processus. Il m'a conseillé de recueillir par écrit la volonté de Clara, puis de la faire revenir en France pour être entendue par le tribunal et éventuellement se soumettre à une expertise d'un psychologue désigné par la justice. Je sais que je suis dans mes droits, puisque Daphné ne respecte pas la décision du juge. Je dois passer à l'offensive et clairement, ça va être une véritable guerre entre Daphné et moi. Je crains que cela nuise davantage à l'équilibre de notre fille. A-t-on vraiment besoin d'en arriver là ? Bref, après cet appel, j'étais complètement effondré et je suis tombé sur une bouteille offerte il y a quelques mois par un fournisseur. J'ai coupé mon téléphone, bu plus qu'il ne fallait et me suis endormi comme un idiot. Tu as dû t'inquiéter toute la soirée. J'espère que tu ne m'en veux pas. Je suis désolé.

— Je ne vais pas te mentir, je me suis fait un sang d'encre. À tel point qu'en plein milieu de la nuit, je suis venue au dépôt pour te trouver. En effet, tu dormais profondément. Ma colère est un peu redescendue en constatant qu'il ne t'était rien arrivé de grave. Mais bon… comment dire ? Je suis légèrement déçue. J'aurais aimé que tu te tournes vers moi plutôt que vers cette bouteille. Je peux comprendre ton envie de relâcher la pression, d'oublier le temps d'une soirée. Mais sincèrement, ne me refais plus jamais ça ! J'étais à deux doigts d'appeler la police et les hôpitaux de la région. Et puis, Ewenn, si tu veux récupérer ta fille, ton comportement doit être irréprochable. Tu devrais exiger d'avoir Clara pour Noël et en profiter pour avancer dans les démarches. Tu es dans tes droits, Daphné ne pourra pas s'y opposer.

Ewenn se fraye un chemin jusqu'à moi pour me prendre dans ses bras.

— J'y ai pensé, mais je me dis que cette semaine au ski pourrait vraiment faire du bien à Clara et lui permettre de mettre de côté les tensions entre ses deux parents. Je suis indécis, je n'ai pas pour habitude d'imposer les choses, ce n'est pas dans ma nature. J'ai encore quinze jours avant les vacances, je vais prendre rendez-vous avec mon avocat avant de recontacter Daphné. Je crois que tu as raison, il est peut-être temps que je sois moins pacifiste et montre un peu plus les dents pour respecter la volonté de ma fille.

— Je ne cherche pas à t'influencer, Ewenn. Ce sont juste des conseils, la décision t'appartient dans tous les cas. Et je pense que c'est une bonne idée de revoir ton avocat pour préciser les choses, si tu exiges la présence de Clara pour les vacances.

***

Deux jours plus tard

En fin d'après-midi, je profite de l'absence d'Ewenn pour réaliser plusieurs clichés de l'intérieur du manoir et du domaine. Je compte bien les mettre en avant sur les réseaux sociaux et sponsoriser quelques annonces ! J'ai même prévu un événement pour l'ouverture dans dix jours. Je vais organiser un immense buffet dans la magnifique salle de réception. Pour marquer le coup, j'ai invité plus de la moitié de la ville, ainsi que des journalistes. L'idée est de faire découvrir le manoir et de déployer la force du bouche-à-oreille.

Après avoir pris plusieurs photos de différentes chambres, dont deux grandes suites et une plus petite, je mitraille aussi le rez-de-chaussée. Le chantier est enfin terminé ! Deux entreprises me sont venues en aide, une spécialisée en espaces verts et l'autre en nettoyage d'intérieur après travaux. Seule, je ne serais jamais parvenue à ce résultat, d'autant que je n'ai aucune compétence pour tailler des massifs !

Je suis interrompue par un appel de Clara. Surprise, je décroche immédiatement.

— Salut Clara. Tout va bien ?

— Anna, j'ai un service à te demander. Mais tu dois me promettre de ne pas en parler à mon père pour le moment.

Je reste sans voix, je ne m'attendais pas à une telle entrée en matière. Je finis par acquiescer pour qu'elle en vienne aux faits.

— Je suis à l'aéroport de Quimper. Peux-tu venir me chercher ?

— Quoi ? Tu es à Quimper ? Clara, j'ai loupé une étape ? Tu n'es pas encore en vacances.

— J'ai fugué. Viens, s'il te plaît. Et pour le moment, garde-le pour toi. J'aimerais parler moi-même à papa.

— Est-ce que tu te rends compte de ce que tu me demandes ? Cacher ça à ton père ? Et puis, ta mère doit être morte d'inquiétude.

— Aucune chance, elle ne rentre que demain de son voyage d'affaires. Pour l'instant, elle n'est pas au courant. J'ai bidouillé un faux mot d'absence pour l'école. Ma gouvernante croit que je passe deux nuits chez une copine et vais en cours avec elle. Anna, est-ce que je peux compter sur toi, oui ou non ?

Ma conscience oscille entre les différentes conduites à tenir, puis je balaie le tout d'un revers de la main.

— Attends-moi au café dans le hall. Je pars tout de suite.

***

Paniquée par la situation, je ne suis pas très concentrée au volant et aperçois enfin l'entrée de l'aéroport. À l'aide du Bluetooth de ma voiture, je me décide à contacter Ewenn après de nombreuses hésitations. À sa place, j'aimerais qu'il le fasse et tant pis pour ma promesse faite à Clara. Et, bien évidemment, je tombe sur sa foutue messagerie !

— Ewenn, rappelle-moi dès que tu peux. C'est urgent !

Une question me turlupine soudainement. Comment Clara s'est-elle débrouillée pour organiser seule sa fuite depuis New York ? Bien qu'elle ait l'âge de voyager seule, elle a dû réserver un billet, le payer, mentir à tout le monde, se rendre à l'aéroport et avoir le cran de partir. Cette gamine est vraiment stupéfiante !

Je pénètre dans le hall, le souvenir du mois d'août lorsque nous avions quitté Clara me revient en mémoire. Ewenn était tellement triste et elle aussi. Devant la vitrine du café, je l'aperçois assise à une table en train de boire un chocolat chaud. Je l'observe en silence quelques secondes et c'est étrange, en l'espace de quatre mois, j'ai l'impression qu'elle a vraiment grandi. Elle n'a plus cette lueur enfantine dans le regard, son visage est légèrement creusé et marqué par la fatigue. Pourtant, elle semble déterminée dans son attitude. Elle tourne la tête dans ma direction et m'aperçoit, un large sourire étire ses lèvres lorsqu'elle se lève pour me rejoindre. Clara s'avance, puis arrivée à ma hauteur, elle se jette dans mes bras.

— Merci d'être venue. Je savais que je pouvais compter sur toi.

Je l'embrasse, la saisis par l'épaule et la guide à l'extérieur.

— Pas de souci. En revanche, tu me dois quelques petites explications. Et je te préviens, nous allons immédiatement voir ton père, il est chez ta grand-mère. Il n'est pas au courant que je suis venue te chercher. Je ne peux pas lui mentir, Clara. Tu ne peux pas me demander ça.

Elle sourit encore avant de se résigner.

— J'avais peur de sa réaction et qu'il me renvoie dans un avion *illico presto*. De toute manière, je suis venue ici pour lui. Allons-y.

— Sincèrement, je ne pense pas qu'il aurait réagi ainsi. Et puis, peut-être que ton arrivée tombe au bon moment, justement.

Clara m'interroge du regard, mais je reste silencieuse. C'est à son père de prendre la suite en main.

Chapitre 51

Ewenn

Pendant que ma mère est allée répondre au téléphone dans le salon, j'en profite pour sortir sur la terrasse et tenter d'avoir un trait de réseau. Une fois l'appareil tendu vers le ciel, la notification d'un message vocal apparaît. J'appuie pour l'écouter.

— *Ewenn, rappelle-moi dès que tu peux. C'est urgent !*

La voix d'Anna semble inquiète, j'essaye de la recontacter immédiatement. Mais c'est sans compter sur l'aide de ce foutu réseau capricieux. Je tente de réitérer l'opération quand j'entends une voiture arriver. Malgré les quelques mètres de distance, je discerne celle d'Anna. L'angoisse me saisit sur-le-champ, elle n'est jamais venue chez ma mère, alors pourquoi soudainement aujourd'hui ? Et puis je ne lui ai jamais donné l'adresse… Je plisse les yeux, incertain, il semble y avoir quelqu'un à ses côtés.

Aussitôt, je descends de la terrasse et rejoins l'allée. Je manque défaillir en reconnaissant Clara. Je me fige sous l'incompréhension, incapable d'avancer. Anna reste en retrait vers la voiture, elle encourage ma fille à venir vers moi.

Elle a sa tête des jours de grandes bêtises, avec cette teinte rouge sur les joues.

— Salut, papa.

Je ne réfléchis plus, laissant le relais à ma conscience et la prends dans mes bras. En quelques secondes, l'odeur de ses cheveux et son contact réchauffent l'intérieur de mon âme. Enfin, la réalité me revient avec force en pleine gueule !

— Qu'est-ce que tu fais là ?

Elle baisse les yeux et les rive au sol. Ses mains se serrent entre elles et je vois bien qu'elle cherche comment m'expliquer la vérité.

— J'ai fugué, pris l'avion et me voilà. Papa, s'il te plaît, je ne veux pas rentrer à New York. Je reste ici ! On peut simplifier les démarches, si je suis avec toi, je me suis renseignée sur Internet.

Je n'ai pas le temps de répondre quoi que ce soit que ma mère nous rejoint. Elle enlace sa petite-fille et se réjouit de sa venue. Je profite de cette diversion pour m'approcher d'Anna, qui est toujours adossée à sa voiture.

— Tu peux m'expliquer ? Tu étais au courant ?

— Non, elle m'a appelée tout à l'heure en arrivant à l'aéroport. Elle m'a mise sur le fait accompli et m'a demandé de ne pas t'en parler jusqu'à ce qu'elle te voie. J'ai failli à ma mission, en essayant de te joindre. Tu dois prévenir Daphné, Ewenn. Clara affirme qu'elle n'est pas au courant de son départ, elle est en déplacement. Apparemment, elle a préparé un plan précis pour duper l'école et sa gouvernante.

— Génial, je sens que Daphné va m'accuser de tous les vices. Elle va certainement penser que j'ai manipulé notre fille. Et comme ce ne sont ni les vacances ni le week-end, elle risque de bien m'emmerder avec son droit de garde.

— Ewenn, je ne crois pas que ça soit le plus important. Ta fille de treize ans a réussi à s'enfuir et à te rejoindre en

France. Je pense qu'il faut que tu restes concentré là-dessus. C'est un appel aux secours, prends les choses en main et passe à la vitesse supérieure avec ton avocat. Je vous laisse en famille pour ce soir. Je suis joignable, si tu as besoin.

Je ne peux rien ajouter, elle m'embrasse furtivement et regagne son siège. Avant qu'elle ne referme sa fenêtre, je passe ma tête dans l'habitacle.

— Merci de l'avoir récupérée et conduite ici. Anna, tu peux rester, tu fais partie de cette famille. Et puis, j'ai besoin de toi pour gérer ça, admis-je un peu gêné.

Je décèle une lueur de surprise dans ses yeux, elle semble émue.

— D'accord, capitule-t-elle en enlevant les clés du contact avec un léger sourire sur les lèvres.

***

Mon beau-père, Samuel, arrive à son tour, se joignant à la joyeuse réunion familiale. Il s'intéresse à Clara et à Anna en animant la conversation et rien que pour ça, je lui suis reconnaissant. Ma mère, ravie de nous avoir tous pour dîner, a décidé de sortir sa plus belle vaisselle. Je m'isole à l'étage pour appeler Daphné depuis le fixe. Elle décroche immédiatement.

— Ewenn, qu'est-ce que tu veux ?

— Tu es déjà rentrée chez toi ?

— Non, je suis en Allemagne, là. Pourquoi je te réponds, cela ne te…

— Clara a fugué. Elle est venue jusqu'à Quimper.

— Mais qu'est-ce que tu racontes ? Avec le décalage horaire, elle est à l'école en ce moment.

— Elle s'est débrouillée pour prendre l'avion toute seule et me rejoindre.

Elle soupire avant de fulminer.

— Elle a un problème psychologique pour agir ainsi, depuis le temps que je te le dis ! Bon Dieu, ce n'est pas vrai ! Cette gamine n'en fait qu'à sa tête !

— Est-ce que tu peux arrêter deux minutes de noyer le poisson ? Clara n'a pas de problème d'ordre mental, elle est juste malheureuse. Et c'est toi qui l'as mise dans cette situation en la contraignant à quitter son pays et son père. Assume tes putains d'erreurs, au lieu de l'accabler ! Jusqu'où va-t-elle devoir aller pour que tu comprennes ? Même sa fugue, tu refuses de la considérer sérieusement. C'est toi qui as un problème psychologique !

— Et tu crois que je vais te laisser notre fille ? Tu plaisantes, Ewenn. Demain, je prends un avion à la première heure et je la ramène. Que tu sois d'accord ou non, c'est moi qui ai sa garde en dehors des vacances scolaires. Ne complique pas les choses, mon avocat sera assez habile pour retourner cette situation contre toi.

— En même temps, tu fais tout ton possible pour repousser les démarches du mien. Sinon, on n'en serait pas là.

— On terminera cette conversation demain.

Je ne peux rien ajouter qu'elle a déjà raccroché. Je meurs d'envie de l'insulter, mais me ressaisis immédiatement.

Mes pensées sont confuses, ne parvenant pas à trouver le moyen de résoudre cette situation. Je n'aurai jamais le cœur à laisser ma fille partir. Je ne redescends pas tout de suite et appelle mon avocat.

— Bonsoir maître, je suis navré de vous déranger à cette heure alors que nous avons rendez-vous après-demain. Mais c'est urgent, j'ai besoin de votre avis. Clara a fugué et quitté les États-Unis pour me rejoindre. Elle se trouve donc avec moi en ce moment même. Je viens de prévenir sa mère, qui compte débarquer dès demain pour la reprendre de force. Comment puis-je l'en empêcher ?

Après une longue conversation et plusieurs conseils, je raccroche, soulagé. Espérons que tout se passe comme prévu !

Je rejoins les autres au rez-de-chaussée et me fige un instant en entendant les rires de Clara aux blagues de ses grands-parents et la bonne humeur d'Anna. Ce moment chaleureux ravive mon esprit de famille et peut-être ai-je moi-même jugé trop durement mon beau-père. Nous ne partageons pas grand-chose, mais il n'a jamais rien fait de mal. Hormis prendre la place de mon père auprès de ma mère. À cet instant, je prends conscience de ma connerie qui a duré plusieurs années. Comment ai-je pu être aussi égoïste ? J'aurais dû me réjouir qu'elle refasse sa vie et soit heureuse. Mais non, je n'ai voulu voir que les défauts de son nouveau conjoint.

Un peu penaud, je m'invite à la table et prends la place libre à côté de Samuel. Il m'adresse un léger sourire et m'offre un verre de vin. J'accepte de bon cœur et décide d'enterrer ma rancœur et mes pensées négatives sous le noyau de la Terre.

La nuit est profonde, lorsque je propose à Clara et Anna de partir. Nous remercions nos hôtes qui ont rendu la soirée plus légère et plus simple. Je n'ai rien dit à ma fille sur l'arrivée de sa mère le lendemain. Je n'ai pas envie de l'inquiéter davantage, nous verrons comment cela se passera.

Avant qu'Anna ne regagne sa voiture et Clara et moi la camionnette, je l'interpelle.

— Tu viens dormir à la maison ?

Ma fille monte dans le véhicule et je m'approche d'Anna.

— Je vais vous laisser seuls.

— Anna, arrête avec ça. Tu n'as pas à t'effacer dès que ma fille est là ou pour d'autres raisons. Tu as ta place à mes côtés et c'est valable pour la vie de tous les jours et tous ces grands moments.

Elle sourit et cède à ma requête.

Chapitre 52

Clara

Je ne sais pas quelle heure il est, il me faut plusieurs minutes pour réaliser que je suis chez papa, dans ma chambre. Mon cœur se détend un peu, pourtant quelque chose en moi me préoccupe. Je fixe mon portable sur la table de nuit, je n'ai pas osé le rallumer. J'ai peur d'y découvrir une tonne d'appels en absence de maman. Je ne suis pas bête, je me doute bien que papa a dû la contacter hier pour la prévenir que j'étais là. Est-ce qu'elle va venir me chercher ? Mon Dieu, faites qu'elle me laisse tranquille !

Je sors de ma chambre pour rejoindre la cuisine. Anna s'y trouve et est en train de cuire des crêpes sucrées pour le petit-déjeuner. L'odeur réveille mon estomac qui se met à gronder, ce qui a le don de la faire sourire. Je prends une tasse et du lait avant de m'installer à table.

— Salut, bien dormi ?

— Oui… Ça faisait longtemps… Où est papa ?

— Je l'ignore, il a laissé un mot précisant qu'il s'absentait une heure. Il ne devrait pas tarder.

— Tu sais s'il a appelé maman ?

Immédiatement, Anna semble gênée par ma question et s'en serait bien passée.

— Il n'avait pas vraiment le choix, il devait la tenir informée.

— Qu'est-ce qu'elle a dit ?

— Clara, je préfère que ça soit ton père qui t'en parle. D'accord ?

— D'ac, coupé-je en comprenant que je la mets dans une position compliquée.

— Tiens, ça doit être lui ! J'ai cru entendre une voiture.

Quelques minutes plus tard, mon père nous rejoint, suivi d'un monsieur que je ne connais pas. Il porte un costume sombre et des mocassins cirés, il a même une serviette en cuir dans la main.

— Je vous présente Maître Ganec, mon avocat. Clara, tu vas t'entretenir un petit moment avec lui. Il a besoin de formaliser ton souhait de rester vivre ici avec moi. Il va aussi falloir que tu lui racontes précisément comment tu t'es organisée pour arriver jusqu'ici. C'est important, ma puce.

— Maman va débarquer, c'est ça ? demandé-je en contenant le trémolo dans ma voix.

Mon père ne répond rien, il se contente de hocher la tête. La colère monte en moi, j'essaye de ne pas la montrer.

Ce que mes parents ignorent, c'est que *jamais*, je ne repartirai à New York. C'est hors de question !

***

Il aura fallu deux bonnes heures à l'homme de loi pour tout inscrire noir sur blanc et me demander de signer. Il explique à mon père que sans attendre, il va envoyer les documents à l'avocat de ma mère et au juge qui a prononcé le divorce et ma garde. Ils ne me disent rien, mais j'ai le sentiment que la suite des démarches devrait se faire pendant les vacances. Cela veut dire quoi au juste ? Qu'ils comptent que je rentre ?

Agacée, je me lève enfin de mon siège et remarque l'attitude étrange de papa. Il fait les cent pas à proximité de la porte d'entrée, le visage grave. Anna tente de l'apaiser en lui parlant d'autre chose, mais rien n'y fait. Soudain, j'aperçois un taxi à travers la fenêtre se garer dans la cour. Dès que je vois ma mère ouvrir la portière, l'angoisse me saisit. Non, c'est un cauchemar ! Je ne veux pas ! Je dois m'échapper et vite !

Paniquée et apeurée, je pousse mon père brusquement pour passer et sors en trombe. Ma mère me dévisage avec un air mitigé entre la colère et l'amertume. Elle s'apprête à ouvrir la bouche en s'avançant vers moi, mais je ne lui en laisse pas le temps. Je m'échappe par la gauche et cours de plus belle pour quitter l'allée de la maison. Mes pas dévalent la ruelle à toute allure, éloignant les cris de mes parents derrière moi. Je m'en fiche et les ignore, je ne me retourne pas. Je ne la laisserai pas décider encore une fois pour moi ! Je la déteste !

Les minutes suivantes, je m'essouffle et m'arrête entre deux bâtisses pour reprendre ma respiration. Où vais-je bien pouvoir aller ? Je ne connais rien dans ce village !

Au moment où je quitte ma cachette, la camionnette de mon père pile net devant moi, me barrant le passage. C'est assez surprenant de voir ma mère assise à côté. Ils descendent tous deux en m'intimant de me calmer, mais leurs mots redoublent ma colère.

— Non, je ne me calmerai pas ! Je ne veux pas rentrer avec toi. C'est hors de question ! Je ne veux plus vivre à New York ! hurlé-je pour qu'elle m'entende enfin. Je te déteste pour me forcer à rester !

— Clara, ressaisis-toi et arrête de crier ! m'ordonne ma mère. Qu'est-ce que je t'ai fait pour mériter ça ?

— Rien, justement ! Tu ne fais rien, tu ne vis que pour toi et Tom. Je n'existe pas ! Tu crois que j'en ai quelque chose à faire de m'inscrire à toutes les activités new-yorkaises ? Je veux retrouver ma vie d'avant, vivre avec papa, pas avec toi !

— Tu n'as que treize ans, tu ne sais pas ce qui est bon pour toi ! Et tu es injuste de dire que je ne fais rien pour toi ; je t'ai trouvé la meilleure gouvernante de la ville, tu peux inviter tes copines comme bon te semble, tu as aussi de l'argent de poche sans modération. Arrête de te comporter en enfant gâtée !

— Mais pourquoi tu ne comprends jamais rien ? Je m'en fous de ton fric, de ta gouvernante ou de mes copines. Avant, quand tu aimais encore papa, tu n'étais pas comme ça ! T'es devenue une étrangère !

Je ne l'ai pas vue venir, mais sa gifle a sifflé dans l'air avant de s'abattre férocement sur ma joue. La douleur irradie immédiatement, redoublant mes larmes.

— Putain, Daphné, qu'est-ce qui te prend ? intervient mon père en l'attrapant brutalement par le bras.

— Tu ne vois pas qu'elle raconte n'importe quoi ! Elle me fait passer pour un monstre !

— Sérieusement, arrête. C'est toi qui la forces à agir ainsi. En la frappant violemment, tu te comportes comme un monstre, justement ! Écoute-la, bon sang ! Est-ce si grave, qu'elle vienne vivre avec moi ? Tu l'auras aux vacances, ce n'est pas la fin du monde si cela suffit à l'épanouir, non ?

Les lèvres de ma mère se mettent à trembler. J'ai rarement vu sa façade se fissurer, elle semble à deux doigts de pleurer. Toujours silencieuse, elle relève les yeux dans ma direction, malgré moi, je l'implore du regard d'accepter.

— Non ! Elle rentre avec moi !

La rage m'envahit.

— Je te déteste ! Et je ne resterai pas vivre avec toi, tu m'entends ! Je recommencerai à fuguer ! De toute façon, tu n'es jamais là ! Et je ne comprends même pas pourquoi t'es aussi bornée ! Qu'est-ce que ça peut te faire ? Tu ne m'aimes pas, tu ne penses qu'à toi ! Je te déteste pour m'avoir enlevée à papa, alors qu'avec lui, je suis heureuse ! T'es qu'une sale égoïste, voilà pourquoi je ne veux plus vivre à tes côtés !

Contre toute attente, le corps de ma mère recule et s'adosse à la camionnette. Ses larmes jaillissent comme celles d'une enfant. Jamais je ne l'ai vue ainsi.

— Rester ici, c'est vraiment ce que tu souhaites, Clara ? Ce n'est pas un simple caprice, hein ?

Je hoche la tête frénétiquement, ma vision se déformant sous mes sanglots.

— D'accord... Pardonne-moi. Je n'ai pas compris le mal que je te faisais, je croyais... murmure-t-elle. Tu as raison, j'étais égoïste...

Elle se tait et avance vers moi, passe sa main pour essuyer mes joues.

— Je suis désolée, ma puce. Je t'aime, je ne me suis pas rendu compte qu'on ne partageait plus rien ensemble et que je t'avais arrachée à ta vie ici. C'est d'accord, pour que tu restes avec ton père. Je laisse tomber la bataille judiciaire. Ewenn, je signerai tous les papiers que tu veux.

— C'est vrai, tu acceptes enfin ? demandé-je comme pour être certaine que je ne suis pas en train de rêver.

Maman se recule légèrement pour m'observer.

— Oui, mais à condition que tu viennes à chaque vacance et que nous rattrapions le temps perdu.

Soulagée et heureuse, je l'enlace à mon tour et souffle :

— Merci d'avoir compris au bout du compte. Et je t'aime

aussi, ça n'a jamais changé, même si je souhaite vivre avec papa.

***

L'heure suivante, nous raccompagnons ma mère à l'aéroport. Je m'en veux un peu, pour toutes les horreurs que je lui ai balancées, mais dans le fond, c'est la vérité. J'espère qu'elle parviendra à changer les choses entre nous. Nous verrons bien, j'ai envie de croire à la sincérité de ses paroles.

Au cours du trajet, mon père s'arrête dans une épicerie et me demande de patienter dans le véhicule. Avant de reprendre le volant, il décharge deux sacs à l'arrière.

— On rejoint Anna au manoir ? On a deux choses à fêter ce soir ; ton retour et l'ouverture de son établissement dans quelques jours.

Mon sourire lui suffit comme réponse. Il redémarre la camionnette. Le paysage quimpérois défile sous mes yeux et de nouvelles larmes s'y agglutinent. Je pleure, mais de joie à présent.

Chapitre 53

Jour de l'inauguration

Il est six heures du matin et je cuisine déjà depuis deux bonnes heures à présent. La nuit a été pour ma part plus que courte, inexistante est un meilleur qualificatif. Ewenn doit encore être en train de ronfler. L'anxiété, l'appréhension et l'excitation m'ont empêchée de trouver le sommeil, alors je me suis relevée, bien décidée à optimiser mon temps. Les convives sont invités à un apéro dînatoire en fin de journée. Une quarantaine de personnes sont attendues, passant du maire, aux journalistes, commerçants de la ville, agriculteurs, éleveurs locaux et bien entendu mes proches. J'ai volontairement choisi de leur offrir une cuisine simple, mais de très bonne qualité. Tout sera fait maison, de l'entrée au dessert, allant de différentes pâtes feuilletées et brisées, aux viandes marinées, sans oublier les sauces et accompagnements. Les seules choses que j'ai accepté de déléguer, ce sont les boissons et le pain. J'ai trouvé un artisan boulanger hors pair et comme je ne pourrai jamais réaliser de meilleurs pains que lui, j'ai préféré en tirer parti. Notre collaboration s'est donc conclue il y a seulement quelques jours. C'est lui qui se chargera de me fournir un éventail de pains frais ; les classiques et tous ceux aux différentes graines possibles ainsi que les viennoiseries pour mes futurs pensionnaires. Dans une version salée, il associe au pain des cubes de lard et du fromage local. Même si c'est simple et bien connu, cela reste une tuerie et je l'ai réservée pour l'arrivée des premiers clients demain en fin de matinée. Cela consistera à une partie de la mise en bouche gourmande pour célébrer les débuts de l'aventure.

Du bruit derrière moi me sort de mes élucubrations, Ewenn passe ses mains autour de ma taille et m'embrasse dans la nuque.

— Salut toi. Il n'est pas un peu tôt pour avoir déjà tant cuisiné ?

— Aucun moyen de dormir, alors j'ai préféré gagner du temps. Ça va, je ne sens pas encore la fatigue.

— Je vois ça. Tu sais, personne n'arrivera avant dix-huit heures. Tu devrais peut-être ralentir le rythme.

— Très drôle, c'est impossible. J'ai décidé de rajouter deux ou trois choses et il reste beaucoup de préparations à exécuter.

Je me tais et garde pour moi que j'ai élaboré un plan très précis des étapes à réaliser et chaque temps imparti. Tout doit être parfait et tout le sera. J'aimerais vraiment donner de bonnes ondes au manoir et à ce nouveau projet de vie. Une note positive pour débuter parce que cette soirée est importante pour la suite de mon entreprise et ma réputation. La voix d'Ewenn me ramène au moment présent.

— Rédige-moi la liste des ingrédients que tu comptais prendre au marché. Je peux me débrouiller et te décharger de cette tâche.

Plongée dans le silence, j'hésite un instant. Ewenn saura-t-il bien choisir les légumes, poissons et viandes ? Mon regard s'ancre à la réalité et je vois sa mine se décomposer face à ma réaction. Je pense qu'il imaginait un peu plus d'entrain de ma part. Je me ressaisis et décide de lui accorder ma confiance.

— C'est clair que ça me permettrait d'être moins speed ! Merci.

Après avoir tout consigné – ainsi que quelques conseils pour ne pas se tromper – je l'embrasse furtivement et reprends ma préparation d'un *pesto* qui servira à garnir différents toasts et feuilletés.

Les portes battantes n'ont pas le temps de se refermer derrière Ewenn que Clara surgit dans la cuisine. Elle a enfilé un tablier légèrement trop grand pour elle – ce qui m'arrache un sourire – et s'arrête face à moi. Ses yeux sont déterminés à quelque chose.

— Donne-moi de quoi m'occuper. Qu'est-ce que je peux faire pour te rendre service ?

— Merci, ma belle. J'ai besoin que tu te charges de la décoration et de l'arrangement des tables hautes et des dessertes. Il doit toujours y avoir de la nourriture à portée de mains des invités. Appelle-moi pour t'aider à déplacer le mobilier.

Normalement, le moindre espace a été réfléchi et aménagé dans l'optimisation la plus totale. J'aurais pu recourir à des professionnels pour la décoration, mais je ne voulais pas donner l'image d'un événement mondain. J'aime la simplicité et l'authenticité de la nouvelle version du manoir, rien n'y reflète l'abondance matérielle. En revanche, l'atmosphère dégage un riche parfum de bonheur. Les meubles d'époque ont toujours été là et ont traversé avec soin les différentes générations. Un petit coup de fraîcheur pour une bonne partie du mobilier et des pièces principales, mais aussi quelques aménagements comme la cuisine, les salles de bains et les chambres. L'ouverture de deux pans vitrés dans le hall ravive désormais une lumière inouïe dans ma demeure. Tout semble tellement plus resplendissant. Et cela a suffi à ce que le manoir développe une nouvelle aura. Peut-être que ce n'est que mon avis, mais j'aime cet endroit et m'y sens bien, l'existence est plus légère entre ces murs. Ce n'est pas un lieu froid et ancien pour moi, c'est un être vivant relié à mon existence.

Mon regard revient à Clara qui trépigne d'impatience quand je lui confie la clé de la pièce où se trouvent toutes les décorations que j'ai achetées. Si j'avais eu plus de temps, j'aurais pu tenter de les confectionner moi-même ou redonner une seconde vie à certains objets. Je note ces idées dans un coin de ma tête pour une prochaine célébration.

L'adolescente me suit d'un pas pressé, du doigt je lui montre les différentes marchandises entreposées sur l'étagère. Ses yeux se transforment en billes rondes, sous l'effet de la contemplation. Clara sautille sur place et immédiatement, j'imagine la centaine d'idées qui doit se percuter dans son esprit.

Je la regarde s'éloigner les bras chargés, contente de s'atteler à la tâche. Mon cœur se serre. Il y a quelque chose en elle qui m'émeut. Sa positivité, son envie de toujours être utile, son besoin d'amour et de reconnaissance. J'ai le sentiment que Clara cherche à l'évidence à améliorer sa confiance en elle. Même de manière détournée, je l'aiderai de toutes mes forces. Il ne peut en être autrement.

***

Vers seize heures, alors que je retire une énorme plaque de feuilletés du four, j'entends des pas résonner dans le couloir, juste derrière les portes de la cuisine. Affairée, je ne me retourne pas tandis que la poignée s'active. Deux talons claquent sur le sol et se pressent dans ma direction.

— Hey !

Par réflexe à l'interpellation, je lève enfin le regard sur mon visiteur et manque tressaillir en confirmant ma pensée. La voix m'était plus que familière.

— Jo ? Qu'est-ce que tu fais là ?

— Primo, je ne comptais pas rater cet événement et deuzio c'est une longue histoire. Disons simplement que je vais disposer de temps libre à présent et j'aimerais t'aider dans le lancement et la gestion du manoir. Anna, tu ne pourras pas tout superviser seule, même si les chambres ne sont pas toutes réservées. Oui, je me suis renseignée auprès d'Ewenn. Rien que les repas, le ménage et la lessive vont te faire manquer de temps pour les courses, les activités et les sorties. Laisse-moi prendre en charge la partie événementielle, je pourrai accompagner tes hôtes dans une découverte de la ville et des alentours. J'organiserai des soirées à thème, il faut que tu fasses vivre ce lieu, Nana ! Pas simplement, en faire juste des chambres pour y séjourner. Tu peux créer un endroit de vacances singulier, de telle sorte que ta clientèle ne t'oublie pas et parle de toi à son entourage. C'est comme ça que ça marche. Tu dois mettre toutes les chances de ton côté. Tu peux compter sur moi pour t'aider !

Mon visage doit être figé par la stupéfaction, puis l'incompréhension.

— Jo, sois plus claire. Tu plaques ta carrière de mannequinat ?

— Oui, j'ai envie d'autre chose, d'une autre vie. D'avoir un endroit à moi, je n'ai pas loué d'appartement depuis au moins dix ans. Je vis dans des hôtels aux quatre coins du monde. C'est magnifique et luxueux, mais cela n'a rien à voir à ce que tu ressens quand tu as un logement à toi. J'ai envie de revivre ce sentiment de bien-être et de sécurité, dès l'instant où l'on a passé la tête dans l'entrée. Par conséquent pour parvenir à mes fins, je te propose une collaboration. Ton projet m'a tout de suite enthousiasmée et je sais qu'on peut bien fonctionner ensemble. Alors, tu en dis quoi ? On pourrait s'associer ? Je monte ma boîte d'événementiel, j'ai pas mal d'économies de côté.

Je dévisage Jo, encore chamboulée par sa proposition. Je décide de me montrer sincère.

— Je suis surprise, je ne m'y attendais pas aussi vite. Quand tu m'en as parlé la première fois au téléphone, je voyais ton changement de vie d'ici plusieurs mois, voire années. Je dois sérieusement y réfléchir, mais cela pourrait être génial si ça marche.

— Tu sais que les bonnes adresses et les relations débordent de mon portefeuille. Alors, autant en profiter pour la notoriété du manoir et notre projet commun. Si tu veux, on va faire un test. Tu accueilles tes premiers clients pour une dizaine de jours, laisse-moi prendre en main l'organisation d'un après-midi et d'une soirée. Tu sais, je connais beaucoup de monde bien placé et je pourrai convier les personnes influentes des environs. On va pouvoir se servir de mon nom et de ma réputation. Autant en user, parce que dans quelques années, plus personne ne s'en souviendra et moi la première, j'aurai oublié !

Je suis médusée par les mots si francs de ma cousine et son enthousiasme débordant. Pourtant, au fond de moi, je ressens cette irrépressible envie d'accepter. Elle a raison, je me suis un peu surestimée en pensant pouvoir tout accomplir seule ; de la cuisine au service, à l'entretien du manoir et à l'approvisionnement des marchandises. Ou trouverai-je le temps et l'énergie d'organiser, voire d'animer des demi-journées ou des soirées pour ma clientèle ? Et comme depuis quelques mois, j'ai une bonne étoile au-dessus de ma tête, Clara en prime, a insisté pour me donner un coup de main jusqu'à sa rentrée scolaire début janvier. Ewenn s'est absenté à plusieurs reprises pour un gros chantier à une soixantaine de kilomètres. Les travaux devraient bientôt commencer. C'est étrange, mais une part de moi imagine Ewenn à mes côtés dans la vie du manoir et des occupants. Ce projet pourrait être tellement beau à deux. Mais Ewenn a sa propre entreprise et moi la mienne. Je ne dois pas tout mélanger et c'est peut-être aussi une sécurité pour chacun d'apporter des revenus de sources différentes.

Mes yeux scrutent un instant l'horloge murale, un léger sourire orne mes lèvres lorsque je m'adresse à Jo.

— Installe-toi au second, dans la première chambre de l'aile droite, passe une tenue pratique pour le restant de l'après-midi. Deux mains supplémentaires en cuisine ne seront pas de refus.

— Tu vas voir, ça va être génial ! Si tu m'acceptes, je te promets d'être une associée hors pair pour tes affaires.

Je n'en doute pas un instant. Je garde le silence et mon sourire ne parvient pas à s'effacer malgré les secondes qui s'égrènent. Il restera là un bon bout de temps en compagnie des miens.

J'ai une brève pensée pour Magalie qui a accouché hier. Si elle avait pu, elle aurait été là aujourd'hui pour l'inauguration. Mon amie a pesté un instant sur la mauvaise synchronisation de ces deux événements qui allaient changer nos vies, puis nous en avons ri. Je lui rendrai visite après les vacances d'hiver, pour rencontrer ce magnifique petit garçon, nommé Édouard, mon filleul. Je n'ai pas pu me retenir de pleurer de joie en recevant les premiers clichés.

Chapitre 54

Mes parents et ceux d'Ewenn nous ont rejoints dans l'après-midi pour nous prêter main-forte. Je traverse le couloir après avoir installé les différentes dessertes et mes pas ralentissent malgré moi, attirés par la présence d'Ewenn dans l'entrée. Il se trouve perché sur un gigantesque escabeau, en train de fixer la banderole enroulée, dissimulant le nom de mon établissement jusqu'à ce qu'on actionne la corde pour la cérémonie d'ouverture.

Ma tête dévie sur le côté et je remarque mon père, qui a surgi à la droite d'Ewenn pour sécuriser son ascension. Bien que cela ne soit pas nécessaire vu l'équipement dont il s'agit, mon père ne peut s'empêcher de superviser. Puis, je me décale légèrement sur la gauche et aperçois à travers l'entrebâillement de la porte de la cuisine, ma mère qui termine de dresser les verrines sur les dessertes encore vides, aidée par Clara et Jo.

Marielle, la mère d'Ewenn et Samuel testent le son du micro et vérifient l'installation des haut-parleurs dans la salle de réception. Même si j'ai opté pour de la cuisine simple, les allures de grandeur du manoir réussissent tout de même à m'impressionner. Je reste immobile quelques secondes, en reconnaissant la chance que j'ai de les avoir tous dans mon existence. En réalité, ce n'est pas la fin du monde d'accepter de l'aide, au contraire, c'est grisant et puis mon appréhension est moins difficile à supporter. Un brin de légèreté me redonne de l'assurance et de l'entrain. Avec eux à mes côtés, rien ne peut m'arriver. Peut-être que c'est simplement ça, le pouvoir d'une famille.

***

18 h 30

Tous les convives sont arrivés et la salle de réception est pleine. Mes mains sont moites en saisissant le micro, mes jambes ne cessent de trembler sous ma grande robe lorsque je monte sur l'estrade pour proclamer mon discours. Avant de me lancer, je jette un regard en direction d'Ewenn. Il me fixe et je peux lire ses pensées encourageantes et rassurantes. Me voilà munie du courage qu'il me manquait, alors j'actionne le bouton du micro.

— Bonsoir à vous tous, pour ceux ou celles qui ne me connaissent pas encore, je suis Anna Le Goff, la gérante de cette nouvelle maison d'hôtes. Tout d'abord, je tiens à vous remercier d'être là ce soir et de soutenir le lancement de mon entreprise. Ce projet n'aurait pas pu avoir lieu sans mes parents, Violaine et Pierre Le Goff, ici présents. Ce manoir est dans le patrimoine de ma famille depuis des siècles et je suis très honorée et reconnaissante envers mes parents de me l'avoir transmis, pour réaliser mon rêve de petite fille. J'ai toujours voulu ouvrir une maison d'hôtes, un endroit chaleureux qui réunirait des personnes d'horizons différents. Un lieu où je pourrais partager ma passion culinaire et mon amour de recevoir. Ma carrière m'a permis de travailler dans des établissements parisiens très réputés et j'espère bien émoustiller vos papilles ce soir, ainsi que celles de mes futurs pensionnaires à travers ma table d'hôtes. Je tenais aussi à remercier toutes les personnes qui ont contribué aux travaux du manoir et en particulier Ewenn Morvanec, qui a assuré la quasi-totalité de la rénovation. C'est un professionnel hors pair, qui ne manque pas d'idées novatrices et originales et je suis très heureuse que le destin l'ait mis sur ma route. Sans lui, ce projet ne serait pas ce qu'il est devenu aujourd'hui. Je vous rassure, je ne vais pas vous faire un long discours ennuyeux, j'imagine que vous devez mourir de faim, alors je vais me dépêcher. Ça serait le comble qu'une chef cuisinière parvienne à vous affamer !

Le public se met à rire et mon angoisse a disparu. Je reprends mon speach totalement improvisé.

— Avant de vous dévoiler le nom de ma maison d'hôtes, d'ailleurs au passage, je tiens à remercier mes proches pour avoir dissimulé la devanture, je voulais partager avec vous ce qui m'a poussé à l'appeler ainsi. Depuis ma plus tendre enfance, ce lieu a toujours été magique et unique. J'étais consciente d'être privilégiée, tout le monde n'a pas la chance de grandir dans une telle demeure. Cependant, hormis leurs allures de château et de conte de fées, ces murs m'ont sans cesse apaisée et apporté du réconfort dans les moments difficiles. Ils avaient le don de me couper de la réalité et de m'offrir une bulle de soulagement. C'est pourquoi avec mes parents, nous avions pour habitude de dire que nous vivions au *manoir du bonheur*.

Essoufflée par mon monologue, je saisis les grands ciseaux qu'Ewenn me tend pour déchirer le tissu symbolique. Au moment où le ruban retombe au sol, je prends conscience de l'ampleur de mon projet, de sa réalité. La banderole fixée en hauteur se déroule, affichant l'identité de mon établissement « Au manoir du bonheur ».

Les applaudissements de la foule me troublent et des larmes brouillent ma vue. La série de flashs des appareils photos des journalistes m'éblouit quelques secondes et me déconnecte de la réalité. Ewenn attrape ma main et la serre fort, mes yeux cherchent les siens et à l'instant où ils se rencontrent, je suis certaine de n'éprouver aucune peur concernant l'avenir. En toute honnêteté, j'ai même hâte de le découvrir et de le vivre. Il y avait des années que je ne ressentais plus aucun goût à l'imaginer.

Je reprends le micro pour inviter les convives à me suivre jusqu'à l'extérieur afin de visiter le domaine éclairé par de grands spots et lumières au sol. Durant l'hiver, l'obscurité s'invite rapidement en fin de journée et l'humidité redouble, alors nous avons prévu cet éclairage et un endroit chauffé sur la terrasse jouxtant la salle de réception.

Une fois arrivés aux abords de la dépendance, j'explique aux invités qu'il s'agit d'une ancienne écurie transformée en appartement autonome et que j'y réside à présent. Le but de la manœuvre est de montrer tout le potentiel d'Ewenn et améliorer sa notoriété. Avant de rentrer découvrir l'intérieur du manoir, nous progressons le long du domaine sublimé par tous les faisceaux colorés, le panorama est magnifique.

***

Vers vingt et une heures, après avoir reçu une vague de félicitations pour ma cuisine réussie et mon projet, je suis heureuse de constater que de nombreux petits groupes se sont constitués et que chaque personne discute avec une autre, tout en poursuivant la contemplation de l'exposition photo sur la rénovation du manoir. Ewenn est rapidement alpagué par trois élus locaux, j'entends des bribes de conversation d'où je me tiens, des mots concernant des projets de réhabilitation du patrimoine.

Mes yeux se perdent dans ceux d'Ewenn, je pourrais peindre les yeux fermés, cette magnifique lueur dans son regard, ce singulier gris-vert. Il sourit et plaisante avec ses interlocuteurs, parle d'architecture et de bâti avec ferveur. Cet Ewenn-là n'a plus rien à voir avec l'homme que j'ai sauvé des roues d'un camion, ce fameux soir. Depuis que nous sommes ensemble et que sa fille nous a rejoints, il s'est métamorphosé. Ewenn n'est plus que lumière et bienveillance. Je ne décèle plus l'obscurité qui l'enrobait, huit mois plus tôt. Huit mois… je prends alors conscience que tout s'est enchaîné très vite dans mon existence, que ça soit le manoir ou ma vie amoureuse. J'avais survécu à un virage en épingle à cheveux. Les rencontres que le destin m'a permis de croiser ont influencé ma reconstruction. Certaines d'entre elles me renvoyaient ce que je devais dépasser en moi et les autres étaient des sortes de guides vers le changement. Il y a quelques années, j'ai choisi d'arrêter de vivre et m'y suis tenue fermement, jusqu'à très récemment. Pourtant, Ewenn a tout bouleversé dans mon rapport au monde et aux autres. Sa présence est devenue de plus en plus indispensable, jusqu'au jour où il n'y a plus eu de retour en arrière possible.

Jo a assuré tout au long de la soirée, naviguant entre les extrémités de la pièce, échangeant quelques minutes et paroles avec chaque convive. J'ai rarement vu durant la dernière décennie, ce sourire sincère et chaleureux sur les lèvres de ma cousine. Elle a l'air de prendre du plaisir à partager généreusement ses émotions, j'ai l'impression qu'elle a enfin franchi ce pas envers elle-même et a retrouvé son côté naturel et simple. Et le plus drôle dans tout ça, c'est qu'en étant ainsi, elle attire deux fois plus l'attention. Comme quoi, la beauté n'est pas toujours là où on l'attend.

***

À vingt-trois heures, un couple de journalistes d'une cinquantaine d'années s'approche de moi. Si ma mémoire est bonne, il s'agit de monsieur et madame Gardin. Ils se trouvaient par hasard dans le restaurant où j'étais venue en personne inviter les propriétaires à l'inauguration. Ils se sont présentés sans hésiter et m'ont demandé tout de suite, s'ils pouvaient se joindre à l'événement. La voix de monsieur Gardin me ramène sur terre.

— Est-ce qu'il vous reste une chambre jusqu'à la fin de la semaine ? Ma femme et moi sommes en reportage dans le coin pour quelques jours. Cet endroit nous a conquis, ça serait pour nous un moyen de mêler l'utile à l'agréable et de nous offrir un air de vacances malgré le travail. L'hôtel dans lequel nous sommes est plutôt sordide.

Ses paroles m'encouragent sans le savoir, ce sont ces détails qui me confortent dans mes choix et dans ce projet.

— Oh, je suis touchée et vous accueille avec plaisir et même dès cette nuit, si vous le souhaitez. Il me reste des chambres disponibles.

— Nous acceptons et si c'est possible nous aimerions nous reposer à présent, nous avons roulé dans les environs plusieurs heures avec mon épouse.

— Bien entendu. Laissez-moi vous y conduire.

— Vous savez si l'endroit nous convient, nous pourrions réaliser un petit reportage sur vous et le manoir, ajoute madame Gardin à mon intention.

Mes pas ralentissent malgré moi, étonnée par sa proposition. Concernant les journalistes présents, je n'espérais qu'un petit article dans la presse locale ou encore sur les réseaux sociaux. Mais un reportage vidéo pourrait s'avérer une véritable aubaine pour mes affaires !

Chapitre 55

Trois jours plus tard

Pour mon plus grand bonheur, j'ai pu découvrir d'élogieux articles dans les journaux concernant la soirée d'inauguration et mon établissement. Le bouche-à-oreille a permis trois réservations supplémentaires. L'aide de Jo et de Clara a été un soulagement, sans elles, il aurait été difficile de tout gérer et je leur en suis infiniment reconnaissante. Chacune d'entre nous a trouvé sa place naturellement, Jo a diverti plusieurs couples de clients en les promenant d'un bout à l'autre de la ville. Après une petite formation de quelques heures à Clara, elle s'est montrée d'une efficacité sans pareille dans le ménage quotidien des chambres et je crois qu'elle est heureuse de gagner un peu d'argent de poche par elle-même. Nous nous répartissons les deux étages et c'est dans la bonne humeur que nous travaillons. La fille d'Ewenn est un vrai rayon de soleil entre ces murs, elle est enjouée du matin au soir. Qui aurait pu imaginer qu'une gamine de treize ans s'investirait autant à mes côtés ? Dans le fond, nous prenons autant de plaisir l'une que l'autre à partager nos vies. Le visage de Clara s'illumine dès qu'on partage quelque chose avec elle ou qu'on lui délègue des responsabilités. Son air triste des derniers mois s'est complètement évaporé. La présence de mes deux fées me permet de ne pas trop ressentir l'absence d'Ewenn. Il doit rentrer ce soir et j'ai vraiment hâte de le retrouver. Depuis trois jours, il est parti sillonner les routes et dénicher du matériel bien particulier pour son client. Dès qu'il a évoqué cette contrainte, sans réfléchir une seconde je lui ai proposé de garder Clara au manoir. Puis, elle-même a insisté auprès de son père, qui hésitait à accepter le déplacement professionnel. Son client lui a prévu une véritable expédition avec au minimum cinq bonnes heures de route quotidiennes, prenant à ses frais l'hébergement. Clara a réintégré sa chambre dans la dépendance, à mes côtés, tandis que Jo loge au manoir.

La soirée organisée par Jo a lieu ce soir, sincèrement j'ignore ce qu'elle nous a concocté. Au fond de moi, j'appréhende un peu, je sais que Jo se perd vite dans le grandiose. À ma grande surprise, les quinze pensionnaires ont tous accepté d'être présents ce soir. Malgré moi, je me questionne sur le budget alloué à ses ambitions. Je secoue la tête comme pour stopper mes pensées négatives. J'ai confiance en ma cousine, elle ne me mettra pas en difficulté et puis, c'est moi qui lui ai donné carte blanche. C'est le moment d'assumer ! Deux jours plus tôt, des ouvriers sont venus équipés de machines que je n'avais jamais vues. J'ignore ce qu'ils ont installé et Jo m'a interdit d'aller jeter un œil. Elle veut que je découvre sa surprise en même temps que les autres. Alors j'ai dû me raisonner à plusieurs reprises pour ne pas faillir à ma promesse. La curiosité fait partie de mes vilains défauts. La seule chose que j'ai pu constater, c'est l'immense chapiteau dressé sur le domaine, avec de gros câbles et tuyaux traversant la structure à différents endroits pour s'approvisionner en énergie. Bien entendu, j'ignore ce qu'il renferme.

Au moment, où je regagne la cuisine, j'entends la sonnerie du téléphone fixe. Je libère mes mains d'un grand saladier avant de décrocher.

— *Au manoir du bonheur*, bonjour.

— Bonjour, je cherche à joindre Ewenn Morvanec.

— Il est absent jusqu'à ce soir. Est-ce que je peux lui transmettre un message pour qu'il vous recontacte ?

— Dites-lui que son frère a appelé. Merci.

— Attendez un instant, vous êtes Gérald ? Je suis Anna, la compagne de votre frère. D'ailleurs, avez-vous quelque chose de prévu ce soir ?

Je ne sais pas ce qu'il m'a pris, ma proposition est sortie sans aucune préméditation. Après tout, cela peut être sympa de convier le frère d'Ewenn à la soirée de Jo. Soudainement, une pensée étrange me traverse. Et si les frères ne s'entendaient plus ? Parce que depuis que je connais Ewenn, il n'a mentionné son frère qu'une seule fois alors qu'il vit à Quiberon. Peut-être que je me torture l'esprit pour rien et que Gérald n'est simplement pas très disponible entre son école de voile et son magasin d'équipements nautiques.

Bref, prions pour que tout se passe bien et que ça ne soit pas une erreur.

***

Avec l'ensemble des pensionnaires, nous sommes dans le hall à contempler le magnifique arbre de Noël installé depuis les dernières vingt-quatre heures et patientons. Jo m'a fait promettre d'attendre qu'elle vienne nous chercher ici. Nous n'avons pas le droit de découvrir immédiatement ce qui se cache sous l'énorme chapiteau. Le seul indice que ma cousine a laissé était la consigne de « nous habiller chaudement ».

Jo débarque à son tour dans le hall, elle porte un jean bien ajusté, des bottines en cuir et une doudoune en guise de manteau. Je vois dépasser de sa poche, une paire de gants et là, je me demande vraiment ce qu'elle nous réserve. Son visage arbore un vaste sourire, tiraillé entre l'excitation et la fierté.

Je suis mes clients et ferme la marche, je pénètre en dernier sous l'immense tente. D'une main, je tiens l'ouverture du chapiteau, lorsque mes yeux découvrent l'ampleur de la surprise. Une patinoire apparaît devant moi, avec un coin sur la droite pour se restaurer ou prendre un verre. Trois employés nous accueillent, je ne les connais pas. Stupéfaite, je détaille l'étendue de glace et cherche Jo des yeux. Je suis bluffée par le travail de ma cousine, j'admets que la question du budget me revient rapidement en tête, mais quand j'observe le visage de mes clients, je ne peux que trouver son idée géniale. Une atmosphère d'enfance et de vieux souvenirs semble flotter dans l'air. Les adultes parlent de plus en plus fort pour s'encourager à patiner. Tandis que les deux enfants présents, âgés de huit et onze ans, se ruent vers une banque d'accueil en bois, où sont distribués les patins.

Je laisse la foule se disperser et me rapproche de ma cousine. J'attrape sa main pour attirer son attention, elle tourne son regard dans ma direction et appréhende clairement ma réaction. J'ai l'impression durant quelques secondes de retrouver la Jo de nos treize ans. Cette espièglerie étrangement teintée d'une peur de toujours mal agir.

— C'est une super idée ! Tu as fait du très bon boulot.

Son visage se décrispe sous l'effet de mes mots. Son sourire revient aussitôt et elle entoure mes épaules de son bras.

— Tu vois, je vais t'apporter plein de choses. On va transformer ce manoir en un lieu de séjour incontournable. J'ai même loué une machine à barbe à papa, un petit clin d'œil pour toi et moi, en souvenir du bon vieux temps. Regarde la tête de tes clients, je suis certaine qu'ils vont garder de super-souvenirs de leurs vacances. Et ne t'inquiète pas pour l'argent ! L'entreprise que j'ai sollicitée, elle est dirigée par l'ami d'un ami. J'ai obtenu quarante pourcents de remise et les services de leur personnel gracieusement. Bon, j'avoue que je me suis un peu avancée pour toi, je leur ai promis un geste commercial si un jour, ils souhaitaient séjourner ici. Allez, Nana, détends-toi. C'est ça, le business. Tout est contrepartie de service et chacun en sort gagnant au bout du compte.

Je respire, Jo sait que je n'aime pas qu'on décide pour moi. Mais je comprends sa logique et je la partage. Tous les partenariats que j'ai pu obtenir avec les commerçants locaux sont un échange de bons procédés. J'embrasse affectueusement sa joue, puis m'éloigne pour accueillir Ewenn qui ne devrait pas tarder. Avant de quitter le chapiteau, je jette un regard en arrière. Tout le monde a l'air ravi et enthousiaste. Déjà quatre d'entre eux se sont aventurés sur la glace et les autres semblent déterminés à les rejoindre.

Une fois à l'intérieur, j'en profite pour vérifier le repas, Jo m'a laissé cette responsabilité pour éviter de multiplier les dépenses et de toute manière, c'est pour moi un plaisir de pouvoir réaliser la cuisine dont j'ai envie et de pouvoir la partager. Pour ce soir, j'ai prévu des croustillants de langoustines, poudre de sarrasin avec une sauce crème aux herbes fraîches, suivis d'une fondue de poireaux aux noix de saint-jacques. Pour le dessert des fars bretons nature traditionnels, un délicieux gâteau crémeux et moelleux. Avec en prime des crêpes sucrées de blé noir, accompagnées d'une belle poire pochée, d'une boule de glace maison à la vanille et d'un nappage chocolat chaud.

Les serveurs viendront m'aider à distribuer les plats

des clients à table sous le chapiteau. Toujours en train de m'affairer dans la cuisine, j'entends une voiture se garer dans l'allée. Je quitte la pièce, empressée de retrouver Ewenn. Au moment où je descends les marches extérieures, mon corps se raidit. Un homme d'une trentaine d'années claque la portière, dégageant dans son attitude et à travers son faciès un air de la famille Morvanec. C'est un grand brun élancé, vêtu d'un jean sombre et d'un long manteau. J'observe davantage son visage éclairé par les lampadaires, il est très séduisant et arbore un regard gris-vert que je connais bien. Il me faut quelques secondes pour saisir que Gérald est arrivé avant son grand frère. L'homme me fixe timidement avec l'air de se demander s'il peut avancer vers moi. Ses joues diffusent la couleur d'une gêne latente, quelque chose qui l'étouffe de l'intérieur.

— Bonjour, je suis Anna. Gérald, je présume ? Enchantée. Votre frère n'est pas encore arrivé, mais joignez-vous à nous.

— Anna, je suis désolé, je suis venu peut-être un peu trop tôt. Avez-vous pu prévenir Ewenn de ma présence ?

— Non, je n'en ai pas eu l'occasion depuis notre conversation téléphonique. Ne vous inquiétez pas, cela ne pose aucun problème.

— Je n'en suis pas si certain que vous.

Le silence nous étreint, tandis que la nostalgie vient s'accrocher à son regard. À cet instant, je décèle de la tristesse en lui.

— Écoutez, c'était une erreur. Ewenn et moi ne sommes plus très proches et je n'aurais pas dû venir sans son accord. Veuillez m'excuser, Anna. Je vous souhaite une bonne soirée.

— Gérald, hors de question que vous repartiez aussi vite ! Vous êtes là, alors vous restez et tout va bien se passer.

— Espérons-le.

Sa supplique n'est pas du genre à me rassurer.

***

Dix minutes plus tard, je discute toujours avec Gérald, qui visite le manoir avec intérêt. Une fois que nous rejoignons le hall, Ewenn apparaît devant moi avec un large sourire. Il semble ne pas avoir remarqué son frère encore dans l'escalier et fonce sur moi en deux secondes pour me prendre dans ses bras et m'embrasser.

— Tu m'as manqué, souffle-t-il contre mes lèvres.

Je n'ai pas le temps de profiter pleinement de ces retrouvailles que je l'informe immédiatement :

— Toi aussi, Ewenn, mais nous ne sommes pas seuls.

Mon compagnon se ressaisit en une fraction de seconde et se redresse en inspectant l'angle de la pièce. Alors que je m'attends à une réaction hospitalière, son visage se tend comme un élastique prêt à rompre. Oups ! Ce n'était peut-être pas une idée si géniale que ça, en fin de compte !

— Qu'est-ce que tu fais là, Gérald ?

Je me sens mal, je suis responsable de cette situation et m'interpose.

— Ewenn, il a téléphoné pour te parler tout à l'heure. Alors je lui ai proposé de participer à la soirée de Jo, coupé-je pour désamorcer l'agressivité d'Ewenn.

— Anna, est-ce que tu peux nous laisser seuls un moment, s'il te plaît ?

J'acquiesce de la tête, mal à l'aise. Et comme par enchantement, Jo débarque de je ne sais où, une main tendue vers Gérald. Après leur poignée de mains dynamique, elle fait une bise à Ewenn en lui souhaitant la bienvenue. Un détail me saute aux yeux, Jo semble un peu perturbée par la présence de notre visiteur ou bien je suis victime d'hallucinations. Finalement, ma cousine embarque mon « beau-frère » vers le chapiteau et n'a laissé aucune chance à Ewenn de reprendre le conflit. Je la remercie mentalement pour son intervention improbable et à point nommé.

Je souffle un peu, soulagée par la tournure de la situation, mais c'est sans compter sur la bonne humeur que dégage mon partenaire. Il est évident, qu'il est en colère et déçu. Comment aurais-je pu savoir ?

— Ewenn, je suis désolée, je croyais bien faire. Clara était très emballée de revoir son oncle. Et puis, j'avais envie d'apprendre à connaître ton frère. Je ne pensais pas que vous ne vous fréquentiez plus.

— Tu ne pouvais pas le savoir, je n'ai jamais rien évoqué à ce sujet. Nous ne sommes pas en guerre, mais nous ne parvenons jamais à nous comprendre. Nos besoins et nos idées sont systématiquement en total désaccord, complètement à l'opposé les uns des autres. Gérald a toujours été jaloux de la relation que j'entretenais avec mon père. Comme j'étais celui qui avait pour mission de reprendre l'entreprise familiale, ce statut m'a octroyé de nombreux moments en tête-à-tête avec notre paternel. En revanche, il est vrai qu'il n'accordait jamais de temps comme ça à son autre fils. Une sorte d'animosité s'est instaurée entre nous au fil de l'adolescence. Je crois que Gérald ne me pardonnera jamais d'avoir reçu plus d'amour que lui. Bien des années en arrière, j'ai essayé de lui faire comprendre que malgré tout, ce n'était pas ma faute. Même si quelque part, bien enfoui dans mon âme, je m'en veux d'avoir autant aimé mon père, alors que j'étais conscient qu'il faisait souffrir mon petit frère. Pourtant, je n'y étais pour rien si son cœur a manqué de place. J'ai même tenté bien souvent de le rapprocher de Gérald. Mais mon père était totalement hermétique à sa présence. Nos rapports fraternels se sont complexifiés au fil des années et complètement brisés à la mort de mon père. Il ne m'a pas adressé un mot depuis l'enterrement. Alors oui, je suis assez énervé de le voir débarquer ici, comme ça, du jour au lendemain. Je ne comprends toujours pas pourquoi il est venu.

— Peut-être qu'il veut avancer d'un pas vers toi, te tendre une main. Tout n'est pas motivé par de sombres raisons, Ewenn. Il y a aussi des actes sincères et de bon cœur. Accepte de les voir. Allez, viens, ta fille t'attend et tout le monde a commencé la fête sans nous.

***

Le repas s'est déroulé dans une ambiance joviale. Ewenn a mis de l'eau dans son vin en tolérant la présence de son frère. D'ailleurs, ce dernier semble très bien s'entendre avec Jo, vu les sourires que chacun arbore et ils ne se sont pas quittés depuis son arrivée. La musique reprend de plus belle et certains courageux retournent patiner. Ewenn me tend la main en plongeant son regard dans le mien. Je le suis jusqu'à la petite porte en bois pour accéder à la glace. En posant la pointe de mon patin, j'essaye de chasser l'image de Bambi se ratatinant plusieurs fois à la suite, pour finir les membres en croix. J'adorais patiner gamine, ça va revenir, ça doit être comme le vélo ! Oui, on se rassure comme on peut !

Injustement, Ewenn semble bien plus à l'aise que moi et navigue librement. Il attrape ma main et me tire derrière lui. Au fil de la musique et des jeux de lumière sur la piste, les personnes s'agitent autour de nous, pourtant je me sens bien et en sécurité. J'ai une totale confiance en mon partenaire, il ne me lâchera pas la main si je ne lui demande pas. Il se met face à moi et patine en arrière, je tente de reprendre un peu le contrôle et me redresse sans le tenir. Je débranche mes pensées et essaye d'agir naturellement sur la glace ; c'est une bonne idée puisque je commence à bien m'équilibrer et gagner de la vitesse. À un moment où nous réalisons des tours de piste dans un bon rythme, Clara zigzague entre nous et nous dépasse tout en tirant la langue. Ewenn et moi nous adressons un regard empreint de défi avant de nous lancer à sa poursuite, déterminés à arriver les premiers.

Le son des rires résonne dans mes oreilles, la fraîcheur de la glace et la chaleur sur mes joues m'apaisent. De la fumée blanche se forme autour de nos bouches dès que nous nous parlons, pourtant je n'ai pas froid, mon cœur bouillonne auprès d'eux.

Chapitre 56

Six mois plus tard
15 août

Ewenn et moi avons pris la fuite trois jours. Nous avons loué un bateau et comme Ewenn possède tous les permis, c'est lui qui nous guide jusqu'au large. Jo et Aline, une nouvelle employée pour la saison estivale, assurent la gestion du manoir et des clients. Il y a aussi Maximilien qu'elles peuvent appeler en cas de besoin pour un service ou une activité. Le jeune homme âgé d'une vingtaine d'années est en vacances chez ses grands-parents. Il cherchait un moyen de gagner un peu d'argent et moi des extras. Étrangement, je ne suis pas inquiète, j'ai confiance ; elles vont assurer. Joanna a changé au cours des derniers mois et surtout depuis qu'elle s'est trouvé un appartement en plein centre de Quimper. Elle s'est même enfin acheté une voiture, maintenant qu'elle a une vie plus stable. Le visage de ma cousine s'est métamorphosé, passant du regard grave et des traits tirés à un sourire indélébile sur les lèvres et une grande soif de vivre. Et puis pour être honnête, Gérald n'est pas étranger à tous ces bouleversements chez Jo. Ils sont discrets, mais j'ai remarqué sans la moindre difficulté que quelque chose entre eux s'installait.

Six mois en arrière, Ewenn et son frère échangeaient à peine quelques mots. Depuis deux mois, je vois bien qu'une complicité pointe le bout de son nez, même si c'est encore timide. Gérald s'était bien manifesté pour renouer avec son frère, il avait pris conscience de sa jalousie et de la responsabilité de son père. Il s'en voulait d'avoir repoussé Ewenn toutes ces années.

Clara est heureuse de côtoyer davantage son oncle. D'ailleurs, au début du printemps, elle a commencé à s'entraîner dans son école de voile. Penser à Clara me serre le cœur, elle nous manque beaucoup. Depuis une quinzaine de jours, elle est en vacances sur une île paradisiaque avec sa mère. Leur relation a également évolué, Daphné fait preuve de bienveillance et tente de rattraper le temps perdu avec sa fille, tandis que cette dernière est devenue une adolescente pleine de vie et heureuse. J'ai l'impression qu'elle s'est retrouvée, elle aussi.

Pour la soirée, nous attelons le bateau sur un quai du port. Nous avons navigué jusqu'à la presqu'île de Quiberon. Ewenn et moi avons réservé la nuit dans une maisonnette typique de la ville. Même si le temps est humide pour un mois d'août, nous passerons un merveilleux moment. Je le sais déjà.

Après manger, nous nous baladons sur la plage. Le vent soulève le bas de ma veste et mes cheveux volent en arrière. Cette simple sensation est un instant de bonheur ; la chaleur de la main d'Ewenn qui réveille ma peau et apaise mon cœur. Nous restons silencieux, nous n'avons pas besoin de parler. Une connexion invisible s'est instaurée entre nous, nous nous comprenons à distance. Nous savourons cet instant en l'ancrant davantage en nous, le développement de nos sens permet d'apprécier la moindre particule de soleil et de vent. Les vagues se fracassent gentiment sur le bord de la plage. L'air marin, la perception du sable sous nos pieds nus, les chaussures à la main, tout est là pour graver nos sourires et nos sentiments.

***

Lundi
14 h 10

Nous sommes rentrés hier de notre petite escapade et j'ai poussé le vice un peu plus loin, en demandant à Jo si elle pouvait me remplacer cet après-midi au manoir.

Après l'interpellation de la secrétaire, je pénètre dans le cabinet du docteur Leimann, je suis presque heureuse de la voir. Elle est devenue, étrangement, une personne structurante dans mon environnement. Et puis, je ne devrais pas, mais je l'apprécie en quelque sorte ; pour l'aide qu'elle m'a apportée et pour la personne qu'elle est.

Sophie me signale de la main de prendre place où je le souhaite. Je m'assieds volontairement sur le fauteuil face à elle. Nos yeux se fixent plusieurs secondes, le silence demeure toujours.

— Docteur Leimann, j'ai pris une décision.

— Bien, je vous écoute.

— Ma thérapie est achevée. Je veux vivre par moi-même à présent.

Ma psy encaisse sans broncher, je crois qu'elle ne s'attendait pas à cela, ou bien peut-être est-elle déçue que cela se termine.

— Alors, en guise d'adieu, je vous ai écrit une lettre. J'aimerais vous la lire.

Elle m'encourage d'un signe de tête à poursuivre.

— OK.

« Voilà un peu plus d'un an que vous m'accompagnez dans les débats de mon existence et aujourd'hui, j'en suis certaine, nous sommes arrivées à la fin du voyage. Quand j'ai débarqué dans ce bureau la première fois, j'étais tétanisée. Je redoutais votre profession, tout ce qu'elle me rappelait, mais aussi ce que cela signifiait pour moi ; revenir en arrière… Parce que le présent ne pouvait plus être supporté sans avenir. Pourtant aujourd'hui, j'ai pris conscience de choses essentielles. Il faut déguster l'instant présent, en pleine conscience. Trop penser au futur nous empêche de vivre. Chaque chose en son temps, un pied devant l'autre, le futur se réalisera quoi qu'il arrive. J'ai accepté petit à petit d'avoir besoin à nouveau d'être aimée et d'aimer, de réduire à néant ma carapace de protection. Ewenn a su me mettre en confiance et avec votre soutien, docteur, j'ai donné une chance à notre relation.

D'ailleurs, je crois que j'ai vraiment commencé à changer ce jour-là. À présent, ma vie n'a plus rien à voir. Nous projetons de construire une maison pour nous trois en limite du domaine du manoir. Ewenn et moi devons encore nous accorder sur quelques détails, mais bientôt nous débuterons les travaux de notre premier chez-nous. Le collègue de Max, celui qui lui avait loué la maison est rentré en France en mars dernier. Depuis, Ewenn, Clara et moi vivons dans la dépendance, mais ce n'est pas une solution à terme et nous aimerions un espace un peu plus grand pour notre vie de tous les jours. Alors, nous avons décidé de ce projet commun et n'avons pas hésité longtemps. Tout ça, c'est aussi grâce à vous. Vous m'avez aidée à voir la personne que j'étais et j'ai compris que cela ne se résumait pas simplement au fait d'avoir ou non des enfants. Grâce à ma relation amoureuse, j'ai testé pleinement ce sentiment d'exister pour quelqu'un et d'être importante à mes propres yeux.

Je vous remercie d'avoir su percer ma carapace, tout en patience et délicatesse. »

Sophie a la bouche légèrement entrouverte, elle semble apprécier les quelques notes de silence avant de prononcer :

— Vous devriez plutôt vous remercier vous-même, Anna. C'est vous qui êtes à la tête de votre vie. Ce sont vos choix et vos comportements. J'avais en effet évoqué, il y a quelques semaines, la fin imminente de cette thérapie et vous avez raison d'y mettre un terme. Vivez, Anna. Il est grand temps !

Je la remercie, les yeux embués par mes larmes. Il ne faut plus grand-chose désormais pour que je me laisse aller sans aucun filtre. Ça aussi, j'ai décidé de l'accepter, que je ne peux pas toujours tout contrôler. Que l'imprévu est finalement le bienvenu et qu'ensemble, nous pouvons composer de belles choses.

Épilogue

Jour de Noël
Ewenn

Cette année, nous fêtons Noël au manoir, Anna a fermé son établissement pour une durée de trois jours afin que nous puissions profiter de cette réunion familiale. Nous avons donc décidé d'organiser un repas avec nos parents respectifs, Jo et Hélène, Gérald, Clara, Daphné et Tom. Nous sommes étrangement parvenus à des rapports normaux, mon ex-femme a beaucoup changé depuis le départ de notre fille. Son côté bienveillant a repris le dessus, c'est pour cela que nous avons accepté la demande de Clara, d'avoir tout le monde à ses côtés pour Noël. Et comme je ne suis pas censé l'avoir pendant les vacances scolaires, je ne peux que me réjouir de sa présence avec nous.

La salle de réception du manoir est chaleureuse et colorée de tons verts, rouges, dorés et marron. Le sapin est plus petit que le monstre qui trônait dans le hall l'année dernière et ce n'est vraiment pas plus mal, la scène semble plus réaliste.

Nous sommes attablés depuis midi, soit trois bonnes heures déjà. Anna a confectionné un gigantesque assortiment de fruits de mer. Nous avons tous été gourmands et il va falloir digérer un peu pour la suite. Elle a préparé une dinde farcie avec des pommes noisette maison. Elle a aussi réalisé secrètement une énorme bûche, que j'avais tout de même aperçue dans le congélateur. Mais ça, elle l'ignore !

Une belle montagne de cadeaux orne le pied du sapin, des odeurs de cannelle, d'orange et de conifères se mélangent dans l'atmosphère, venant davantage réchauffer nos âmes.

Bien plus tard arrive l'heure des cadeaux. Clara tend une boîte à Anna, avec une enveloppe glissée dans la fente du papier. Anna, assise par terre, semble surprise, un peu penaude elle accepte le présent et l'ouvre maladroitement. Elle pose l'enveloppe au sol, à côté de sa cuisse, tandis qu'elle prend ses deux mains pour venir à bout de l'emballage. Elle en extirpe deux livres de recettes bretonnes et son sourire s'affiche immédiatement. Anna ouvre ensuite le courrier et ses yeux dévalent les lignes manuscrites de Clara. Son regard change, une émotion s'inscrit sans filtre sur son visage, puis elle s'avance vers ma fille et la serre affectueusement dans ses bras. Je l'entends lui murmurer « moi aussi, je t'aime ». Cette image des deux personnes les plus importantes dans ma vie me rend fébrile et vient accentuer ce que j'ai en tête depuis plusieurs mois. Je dois absolument en parler à Anna ce soir.

***

Six ans plus tard
Début septembre
Anna

Aujourd'hui, c'est la rentrée des classes. Clara nous a quittés la veille pour rejoindre sa nouvelle résidence universitaire en région parisienne, elle a vingt ans à présent et l'avenir devant elle. Après une première année foireuse en psychologie, Clara a opté pour des études de commerce, spécialisées en gestion d'établissements touristiques. Allez savoir pourquoi ? Pourtant, je m'imagine déjà un jour lui léguer le manoir. Et cette perspective me donne le sourire.

Nos pas continuent sur quelques mètres, ralentissant à l'approche du bâtiment. À cet instant, la chaleur de la petite main qui s'agrippe à la mienne se répand dans tout mon être. Ewenn marche de l'autre côté de Bastian, notre fils de huit ans et lui tient l'autre main. Six mois plus tôt, nous l'avons ramené de Marseille, du foyer dans lequel il vivait et avons obtenu l'adoption plénière. Bastian n'a plus de famille depuis ses quatre ans. Ses parents, d'origine étrangère, sont morts dans un accident de voiture. Il est devenu pupille de l'État, sans famille sur le sol français, alors que lui était né là. Notre fils a eu besoin de calme et de tranquillité pour prendre ses marques, pour s'ouvrir à nous et commencer par oser nous regarder dans les yeux. On s'apprivoise petit à petit, pourtant l'amour que nous ressentons déjà pour lui est sans limites.

Six ans en arrière, le soir de Noël, Ewenn m'a confié son envie d'adopter, ça a été un grand choc pour moi et après quelques semaines de réflexion, j'ai approuvé ce projet. Nous nous sommes ensuite mariés, parce que pour en avoir le droit, nous devions l'être depuis au moins deux ans. Puis les années suivantes ont été une lutte de paperasses, de démarches et d'attente. J'ai failli renoncer, mais Ewenn m'a tenu la main jusqu'au bout.

Je me souviens du jour où nous avons rencontré notre fils, quand mes yeux ont croisé son regard éteint. Quelque chose s'est animé entre nous, une connexion, un lien invisible. Malgré ses craintes, le petit garçon a soutenu mon regard et je n'ai pas pu retenir un sourire.

Nous arrivons devant le portail de l'école. Bastian entre en CE1 aujourd'hui et c'est aussi une nouvelle école pour lui. Son cartable semble démesuré dans son dos et retombe lourdement en arrière. Ses pieds se sont arrêtés et la pointe du gauche joue nerveusement avec les cailloux sur le trottoir. Ewenn et moi nous lançons un regard, en parfaite synchronisation, nous reprenons chacun une main de Bastian et le soulevons dans les airs pour passer l'entrée, ce qui a le mérite de lui arracher un rire. La maîtresse qui nous fait face a une quarantaine d'années et arbore une mine pleine de gentillesse. Elle s'adresse à Bastian qui se cache derrière mes jambes et se baisse doucement vers lui.

— Bonjour, tu dois être Bastian. Tu peux venir avec moi, je suis ta maîtresse. Je vais te présenter à tes nouveaux camarades.

Mon fils hésite et m'adresse un regard en quête d'approbation. Je l'encourage d'un signe de tête et il lâche nos mains pour avancer tout seul. Nous le suivons jusqu'au couloir de l'école, l'aidons à se déchausser et enfiler une paire de ballerines. Il se tient droit face à nous pendant plusieurs secondes, je m'agenouille devant lui.

— Ne t'inquiète pas, nous serons là à la sortie de l'école.

Un sourire traverse immédiatement son visage, puis d'un pas timide, il avance jusqu'à moi et embrasse ma joue.

— D'accord, maman.

Mon cœur se serre ; c'est son premier vrai pas vers moi, la première fois qu'il prononce ce mot et j'ai envie de pleurer de bonheur. J'attrape ses joues toutes rondes et l'embrasse à mon tour en lui souhaitant une bonne journée. Ewenn en fait de même et notre fils rejoint sa classe.

Mon mari passe sa main dans le bas de mon dos pour me faire comprendre d'avancer vers la sortie. Je jette un dernier regard en arrière et aperçois notre fils discuter avec son voisin de table. Cette image m'apaise et me donne confiance en l'avenir pour lui. Bastian est un gamin attachant. Il saura toujours rebondir et se débrouiller, j'en suis certaine.

Ewenn et moi nous dirigeons vers la voiture garée sur le parking arrière de l'école.

— Vous semblez bien pensive, madame Morvanec.

Je souris en réponse à sa plaisanterie.

— Je me répétais combien j'ai eu raison de t'arracher aux roues de ce camion. Qui aurait cru qu'un homme ivre sur la voie publique allait autant me combler de bonheur ?

Je cesse ma taquinerie et reprends d'un ton plus serein :

— Mais à présent, j'ai compris une chose importante. Je sais que ça ne sera pas toujours facile entre nous et avec Clara et Bastian. Pourtant, je sais déjà que nous serons plus forts que les épreuves dont nous croiserons la route. Aujourd'hui, nous sommes pleins d'espoirs et de rêves, nous sommes inébranlables.

Ewenn m'adresse un regard tendre et amoureux.

***

Rien ne pourra nous voler les instants de bonheur que nous construisons, parce que nous les incarnons en temps réel. Une fois vécus, on ne peut plus nous les prendre, ils sont en nous et nous appartiennent.

Aujourd'hui, je n'ai plus besoin de me retourner en arrière. Mon passé ne traîne plus dans mon ombre, il s'est complètement évaporé. Ne laissant devant lui plus que l'instant présent pour esquisser le futur.

De toutes les quilles, contre lesquelles la boule de bowling s'était élancée à pleine puissance, j'étais celle qui avait vacillé, tournoyé sur elle-même et qui était tombée inéluctablement. Pourtant, ce que j'ignorais, c'est que d'aucune chute, on ne se relève jamais, si on parvient à détacher ses yeux du sol et à fixer l'horizon.

À présent, je sais que mon destin n'était pas de donner la vie, mais d'offrir mon amour à un enfant qui en avait besoin. L'existence a ce don, celui de vous réserver des plans impossibles à déchiffrer à l'avance. Pour les connaître, il faut avoir le courage de vivre et de se relever encore et encore.

Remerciements

« J'écris pour la même raison que je respire,
parce que si je ne le faisais pas, je mourrais. »
Isaac Asimov

Tout d'abord, je tiens à remercier les Nouveaux Auteurs ainsi que Prisma Média, qui permettent à des écrivains de premier roman ou peu connus de participer au prix du roman Femme Actuelle et ce, pour la seizième année et d'être publiés en librairie.

J'ai également une profonde pensée pour Françoise Bourdin, écrivaine de renom et présidente de ce prix littéraire, qui nous a quittés en décembre dernier. Merci pour les nombreux mots que vous avez laissés derrière vous, ils continueront d'émerveiller les lecteurs.

Je remercie du fond du cœur les membres du comité de lecture qui ont élu l'histoire d'Anna et Ewenn « Coup de cœur des lectrices 2023 ». C'était un rêve de gamine, d'un jour pouvoir contempler mon roman sur les rayons d'une librairie, au milieu de tous les autres.

Merci à toi lecteur, d'être arrivé jusqu'à cette page. J'espère que tu refermeras ce livre, un sourire aux lèvres.

Une dernière pensée destinée à tous mes proches ; mon

conjoint, ma famille, mes amis, mais aussi à mes premiers lecteurs. Merci à vous de croire en mes propres rêves. Et si je parviens à les toucher du doigt ou à les attraper, c'est parce que vous m'aurez portée jusque-là.

Alexandra Roch

Originaire de Franche-Comté et habitant en Haute-Saône, Alexandra Roch s'est spécialisée en romance contemporaine, alliant tranches de vie, émotions et feel-good.

Disponible en librairies et en version ebook

Disponible en librairies et en version ebook

Disponible en librairies et en version ebook

Couverture :
© Stephen Mulcahey / Trevillion Images
Ligne graphique : Séverine Morizet
Conception graphique de la couverture : IGS-CP à L'Isle-d'Espagnac (16)
Studio Fabrication : Flora Bellanger
Responsable Développement : Vesna Veljkovic
Chef de projet : Chloé de Jerphanion
Composition : IGS-CP à L'Isle-d'Espagnac (16)

Impression :

CPI
BRODARD & TAUPIN

pour le compte des Éditions

NOUVEAUX AUTEURS

Dépôt légal : juin 2023 – N° d'impression : 3052077

Depuis 2009, Prisma Media met en place une politique d'achat écoresponsable.
Ainsi, une majorité du papier de nos magazines est certifié (gestion durable des forêts).
La fabrication des livres des Éditions Prisma s'inscrit également dans cette démarche.

Cet ouvrage a été imprimé en France sur un papier composé de fibres naturelles, recyclables, et fabriqué à partir de bois provenant de forêts plantées et cultivées pour la fabrication de pâte à papier.

PEFC
10-31-3066
Certifié PEFC
Ce produit est issu de forêts gérées durablement et de sources contrôlées.
pefc-france.org